La vérité est si obscurcie en c
et le mensonge si établi
qu'à moins d'aimer la vérité
on ne saurait la reconnaître.

Die Wahrheit ist in dieser Zeit so sehr verdunkelt
und die Lüge so allgemein verbreitet,
dass man die Wahrheit nur erkennen kann,
wenn man sie liebt.

Blaise Pascal

1

Sonntag, 3. September

Es war noch früh. Er mochte es, zu dieser Tageszeit unterwegs zu sein. Die Luft war noch nachtkühl und ließ ihn leichter atmen. In der Regel begegnete er niemandem. Die ersten Jogger liefen nicht vor sieben durch das Wäldchen, wenn die Sonnenstrahlen durch die Blätter fielen. Dann kamen auch andere Hundebesitzer für ihren Morgenspaziergang, und die Geräusche nahmen allmählich zu. Aber jetzt mit dem ersten, noch fahlen Tageslicht, war er allein mit Tiffany und dem Gezwitscher der Vögel und dem unablässigen Gurren der Tauben. Von Weitem hörte man die Hunde des Tierheims bellen. Tiffany blieb abrupt stehen, stellte ihr Schwänzchen auf und spitzte die Ohren.

»Na, was ist, Tiffany? Was erzählen sie dir?« Erst vor Kurzem hatte er den noch jungen Jack-Russel-Terrier aus dem Tierheim zu sich genommen. Eigentlich war der Hund zu jung für ihn. Oder er schon zu alt für den Hund, wie man's nimmt. Er hatte sogar gedacht, dass er sich gar keinen Hund mehr zulegen sollte. Es könnte ihm ja jeden Tag etwas zustoßen, und wer kümmerte sich dann um das Tier? Nachdem Benny, sein Rauhaardackel, nach langem Leiden endlich eingeschlafen war, wollte er nie wieder einen Hund haben. Zu sehr hatte er geweint, als er seinen treuen Gefährten in aller Frühe hier im Wäldchen begraben hatte. Nie wieder wollte er diese Traurigkeit spüren. Wie einsam konnte man sein ohne Hund. Und wie leer war seine Wohnung plötzlich. Er hatte immer einen Hund gehabt. Und jedes Mal war ihm der Tod des Tieres nahegegangen, aber niemals hatte er sich selbst so todessehnsüchtig gefühlt wie nach dem Tode von Benny. Eines Tages stand er dann doch wieder vor dem Tierheim, vielleicht hätten sie ja einen alten Hund für einen alten Mann, die beide noch ein bisschen Trost und Gesellschaft bräuchten in ihrem Leben. Aber dann war es dieses vorwitzige Hündchen gewesen, das ihn im Sturm erobert hatte. Der Blick, mit dem sie ihn angesehen und eine Pfote auf seinen Arm gelegt hatte, als er sich zu ihr hinunterbeugte, hatte sein Herz zum Schmelzen gebracht. Sie hatte ihn um den Finger gewickelt. Sie war frech, verzogen und ungestüm. Unter dem Tisch kaute sie stillvergnügt seine Hausschuhe an, sprang kläffend den Vorhängen im Wind hinterher und sie hüpfte morgens in sein Bett und leckte ihm vor Freude jaulend über das Gesicht. Er schimpfte und lachte gleichzeitig. Aber er fühlte sich wieder lebendig. »Ein paar Jahre werden wir schon noch zusammen haben, was Tiffany«, sagte er und beugte sich zu dem kleinen Hund hinab, »und jetzt werden wir dich erst mal erziehen, du verzogenes Hundevieh!« Aber Tiffany wirkte alarmiert und beachtete ihn nicht. »Was ist los, Tiffany? Das Grab von Benny hat dich doch sonst auch nicht interessiert, was ist los?«

Der Hund sträubte das Fell und begann leise zu knurren. Dann zog er energisch an der Leine.

»Nein! Aus! Hierher, Tiffany!« Aber der Hund ließ sich nicht beirren. Er begann zu bellen.

»Tiffany!« Der Alte zog den Hund zurück und überlegte nervös, wie er reagieren sollte, wenn er plötzlich einem Wildschwein gegenüberstünde, die in diesem Stadtwäldchen die

Erde umwühlten oder auch die Mülltonnen der nahe gelegenen Häuser nach Essbarem durchsuchten. Tiffany bellte wütend, zerrte an der Leine und war mit einem Ruck unversehens samt Leine im Dickicht verschwunden. Sie begann erneut wütend zu bellen und zu jaulen. Sonst hörte man kein Geräusch – keinen Kampf, kein Fauchen. Der Alte folgte ihr zögernd, er merkte, wie sich sein Herz zusammenkrampfte, dann schob er entschlossen die Zweige auseinander. »Oh, mein Gott!«, entfuhr es ihm.

Montag, 4. September

Es war windstill, und die Wellen plätscherten gemächlich auf den Sand. Das zarte Blau des Himmels und das dunklere Blau des Meeres trafen sich am Horizont. Kein einziges Wölkchen war am Himmel zu sehen, die Sonne schien bereits warm. Es würde ein angenehmer Tag werden. Duval lief und war glücklich. Der Strand vor ihm war leer. Nur ein paar Möwen standen in Grüppchen herum und warteten darauf, dass mit den Wellen etwas Essbares angeschwemmt käme. Hin und wieder lagen auf dem Sand ein paar gelartige Flecken halb aufgelöster Feuerquallen, die in den letzten Tagen wieder vermehrt im Mittelmeer gesichtet worden waren und die die verbliebenen Urlauber davon abhielten, ins Wasser zu gehen. Seit ein paar Tagen war die Hochsaison vorbei, die meisten Sommertouristen waren abgereist und an ihren Arbeitsplatz zurückgekehrt, und in Cannes war es schlagartig ruhiger geworden. Im September war man zwar noch immer nicht ganz unter sich, aber auch die verbliebenen Urlauber kamen selten vor zehn Uhr an den Strand. So früh morgens war er hier noch fast allein, abgesehen von ein paar älteren Herrschaften, die gerne unbeobachtet ihre alterssteifen Glieder strecken wollten oder bereits eine Runde schwammen. Die frühen Strandbesucher kannten sich alle, jeder hatte seinen festen Platz, man grüßte sich respektvoll, und auch Duval hob freundlich die Hand, wenn er an ihnen vorbeilief. Man nickte freundlich zurück, als regelmäßiger früher Strandläufer gehörte er inzwischen dazu. Manchmal wechselte man ein paar Worte, nicht viele, ein freundliches *bonjour!* Und dann, mit einem Blick in den Himmel, prüfend Wolken und Wind zur Kenntnis nehmend, eventuell einen kleinen Satz zum Wetter: »Wird es so bleiben?« »Ah ... wer weiß?!« Aber die wichtigste Frage überhaupt, die selbst Wildfremde morgens am Strand zu einem kleinen Schwatz vereinte, lautete: *Elle est bonne?* Gemeint war das Wasser. Wie ist es heute Morgen? Die Frage ist im Prinzip nur rhetorisch gemeint, die Güte von Wasser und Meer ist bereits impliziert: *Elle est bonne?* Wie sollte es nicht! Duval hatte noch nicht einmal gehört, dass das Meer und das Wasser morgens nicht »gut« seien. Denn so wie man auf die Frage des Befindens stets mit einem positiven *Ça va!* antwortete, so lautete auch die Antwort auf die Frage zur Güte des Wassers stets gleich: *Aaah, elle est bonne!* Und die Quallen? Ach, die Quallen, die haben damit nichts zu tun ... und überhaupt, da hinten gibt es keine. Ein echter Ganzjahresschwimmer lässt sich von ein paar Quallen, seien sie auch noch so feurig, doch nicht vom Schwimmen abhalten!

Vielleicht würde er heute mal wieder richtig essen gehen können, er hatte die Sandwiches, die er im Sommer auf die Schnelle verschlungen hatte, so satt. Am Strand vielleicht, da war nun weniger los. Oder er könnte bis nach Théoule fahren. Im benachbarten Örtchen hatte er ein kleines Restaurant entdeckt, das zwar in einer unscheinbaren Seitenstraße lag und keinen spektakulären Blick bot, ihn kulinarisch aber jedes Mal in Entzücken versetzte. Allein beim Gedanken an das köstliche Essen lief ihm das Wasser im Mund zusammen. Er war schon lange nicht mehr dort gewesen. Im Sommer war es fast unmöglich, in angemessener Zeit dorthin zu kommen, so sehr reihten sich die Autos im *stop and go* auf der Corniche, der Küstenstraße, aneinander.

Der Sommer war anstrengend gewesen. Während das gesamte Land zwei Monate lang in Ferienstimmung war, überall sämtliche Bäcker, Metzger und alle Handwerksbetriebe gleichzeitig geschlossen hatten, selbst die medizinische Versorgung zu wünschen übrig ließ, und sogar die Hauptstadt Paris wie ausgestorben wirkte, zumindest dort, wo sich keine Touristen drängelten, und nur ein paar übrig gebliebene Gestalten an den Bistrotischen ihr Gläschen Roten tranken und müde das träge Sommerleben betrachteten, so platzte das kleine Cannes während der Sommermonate aus allen Nähten. Alle schienen sich entschieden zu haben, an die Côte d'Azur zu reisen, denn nur hier gab es so etwas wie eine Sonnengarantie. Cannes vibrierte vor Geschäftigkeit. Die Einwohnerzahl hatte sich in kürzester Zeit verdreifacht, die Terrassen der Restaurants leerten sich quasi nie, und auch am Strand war es schwierig, eine freie Liege oder einen Platz für sein Badehandtuch zu finden. Cannes war laut im Sommer. Tag und Nacht erschallte von irgendwo Musik, alle Strandbars waren mit Lautsprechern ausgestattet, selbst vom Strandrestaurant des edlen Carlton wummerten elektronische Töne in den Wind. Da zahlte man ein kleines Vermögen, um ein Zimmer mit Meerblick an der Croisette zu haben, und dann wurde man bis nachts um drei mit Musik beschallt. Überall betrunkene Autofahrer, Schlägereien vor Diskotheken, Streitereien zwischen nachts feiernden Urlaubern und entnervten Anwohnern. Die Polizei war in Cannes während des Sommers im Dauereinsatz, und man forderte zusätzlich, wie jedes Jahr für die »heiße Zeit«, Verstärkung aus anderen Départements an. Denn auch Diebe und Einbrecher hatten Hochkonjunktur: Da die Urlauber nur allzu oft sorglos ihren Reichtum spazieren trugen, verschwanden am Strand teure Handys oder Sonnenbrillen, im Gewühl der Innenstadt wurden Geldbörsen, Handtaschen oder Halsketten hastig entrissen, Autodiebstähle waren an der Tagesordnung, und es gab jede Menge Einbrüche in Hotels und Ferienwohnungen, da bei der Hitze natürlich jedermann Fenster und Türen sperrangelweit geöffnet ließ.

Zusätzlich hatte ihm diese feuchte Hitze zu schaffen gemacht, trotz klimatisierter Autos und Büros war er an manchen Tagen völlig erschöpft. Das frühmorgendliche Schwimmen im Meer, das er sich angewöhnt hatte, tat ihm zwar gut, die Frische hielt jedoch an den schwülheißen Tagen nur kurz an. Manchmal ging er deshalb abends noch einmal los, aber es war nicht das Gleiche wie am Morgen: Es war laut, Familien und vor allem junge Menschen sprangen kreischend ins Wasser, spielten Ball oder picknickten in Gruppen. Abfall lag herum, die Müllsäcke quollen über, und das Meer war aufgewühlt. Er bevorzugte den frühen Morgen, wenn die Müllabfuhr und die Maschinen, die den Sand wieder gleichmäßig verteilten, bereits durch waren, sodass der Strand für eine kurze Zeit wie unberührt wirkte.

Die *rentrée* im September war für alle so etwas wie ein zweiter Neubeginn des Jahres. So sehr alle die vergangenen zwei Monate in Ferienlaune gewesen waren, so sehr waren jetzt alle in Aufbruchsstimmung. Es ging wieder los. Die Arbeit in den Läden, Büros und Arztpraxen setzte sich ächzend wie ein großes Mühlrad nach einem langen Stillstand wieder in Gang. Schulen und Universitäten öffneten ihre Tore. Seine Kinder hatten nach neun Wochen Sommerferien sehnsüchtig die Rückkehr zur Schule und zu den Klassenkameraden erwartet. Er dachte daran, wie stolz ihm Lilly ihren neuen rosafarbenen Schulranzen gezeigt hatte, und wie sehr sie sich darauf freute, ein neues Kleid, das sie extra für die *rentrée* bekommen hatte, anzuziehen. Im nächsten Jahr käme Matteo schon ins Collège. Wie schnell das ging. Seit er seine Kinder nicht mehr täglich sah, schienen sie ihm riesige Wachstums- und Entwicklungsschübe zu machen. Während alle wieder zur Arbeit zurückkehrten, hoffte er, dass es mit der *rentrée* für ihn und die Kollegen vielleicht endlich etwas ruhiger werden würde.

Auf dem Rückweg nahm er im Vorüberlaufen bei der *Épicerie aux Deux Palmiers* zwei Croissants mit. Bernard, der freundliche Besitzer, blätterte in einem dicken Heft, das zusätzlich mit Zetteln gespickt war, und trug die Summe ein. Bei ihm konnte man noch anschreiben lassen, wenn sich das Ende des Monats finanziell schwierig gestaltete, und das tat es immer öfter bei seinen Kunden. Duval jedoch ließ nicht anschreiben, sondern arbeitete ein Guthaben ab, das er zuvor eingezahlt hatte. So war er der Sorge enthoben, zum morgendlichen Schwimmen Geld mitzunehmen. Er kaufte auf dem Rückweg oft Croissants, manchmal zusätzlich noch etwas Obst, ein Baguette oder eine Flasche Rosé – was er alles woanders vielleicht günstiger bekommen hätte, aber er mochte den immer liebenswürdigen kleinen Mann in seinem altmodischen Lebensmittelladen und wollte ihn gerne unterstützen. Außerdem konnte er sich darauf verlassen, dass die Produkte frisch und von guter Qualität waren. Wer weiß, wie lange es diese kleinen Läden überhaupt noch gab? Dieser würde vermutlich verschwinden, wenn Bernard sich zur Ruhe setzte. Das eine oder andere Mal hatten sie schon darüber gesprochen, Bernard liebäugelte damit, sich mit seiner Frau ein kleines Häuschen auf dem Land zu kaufen. Weit weg von Cannes bedauerlicherweise, aber die Immobilienpreise waren hier so überhöht, dass die Stadt für die echten Cannois unerschwinglich geworden war. Meistens wechselten sie noch ein paar allgemeine Worte über das Wetter, die Befindlichkeit, oder sie ließen, mit einem Blick auf die Überschrift der Tageszeitung *Nice Matin*, einen sarkastischen oder resignierten Satz zur politischen Lage fallen. Aber heute hielt Duval sich nicht lange auf.

»Habe ich noch was gut, Bernard?«

»Keine Sorge, Monsieur Duval, noch über zwanzig Euro. Warten Sie, wenn Sie es genau wissen wollen ...«, er blätterte erneut in dem dicken Heft.

»Nein, nein, schon in Ordnung. Bis morgen, Bernard!«

»Bis morgen!«, rief der *Épicier* zurück, aber Duval war schon verschwunden und schlenkerte die kleine Papiertüte mit den duftenden Croissants beim Laufen.

»Bonjour, was gibt's Neues?« Duval grüßte gut gelaunt in die Runde und schenkte sich einen Kaffee ein. Die Anschaffung einer Kaffeemaschine mit integrierter Thermoskanne hatte die triste Automaten-Kaffee-Situation im Kommissariat entschieden verbessert.

»In einem Hotel auf der Croisette ist mal wieder geklaut worden. Es hört nicht auf ... Die Kollegen vom Einbruch haben den Fall gestern Abend schon aufgenommen.« LeBlanc hielt ihm den Bericht hin.

»Und gestern Morgen hat ein Spaziergänger im *Parc de la Valmasque* einen Toten entdeckt, übel zugerichtet anscheinend, aber den hat Kollege Galliano auf dem Schreibtisch. Wir dürfen uns nur um den Einbruch kümmern.« Villiers machte eine Grimasse.

Duval rührte nachdenklich den Zucker in den Kaffee. Seine selbst gewählte Versetzung von der Großstadt Paris ins provinzielle Cannes hatte zur Folge, dass er sich in einer *Police Judiciaire* wiederfand, die alles einschließlich Mord aufzuklären hatte, je nachdem, was der Richter anordnete. Vorbei die Zeit in der *Brigade Criminelle*, der Mordkommission, die innerhalb der Polizei gerne als die Königsdisziplin angesehen wurde, und vorbei auch die Zeit einer großen Freiheit. Hatte er seinen ersten Mordfall in Cannes auch bravourös gelöst, so konnte er doch nicht darauf hoffen, dass man ihn von nun an mit jedem Mord betraute. Die Entscheidungen der Gerichtsbarkeit waren unergründlich. Er fügte sich, er hatte auch keine andere Wahl. Aber bislang schätzte er den Kollegen Galliano nicht besonders. Und das lag nicht nur daran, dass Robert Galliano, ein dunkler, gut aussehender Typ mit kunstvoll rasiertem Dreitagebart, seit Duvals Ankunft mit ihm in einer Art Wettstreit zu liegen schien. Duval hatte vielmehr den Eindruck, dass Galliano bei den Ermittlungen oft nicht so genau hinsah und sich mit dem erstbesten Ergebnis zufriedengab. So hatte er eine schöne Erfolgsstatistik vorzuweisen, und schnelle Ergebnisse waren immer gut für die Karriere, die Galliano offenbar fest im Blick hatte. Dass man ihn mit einem Mord betraut hatte und Duval selbst »nur« Schmuck auf den Schreibtisch warf, begriff er als Abstrafung. Er überflog den Bericht. In einem Hotelzimmer war ein Safe leer geräumt worden. Schmuck und Bargeld waren verschwunden. Der von den Kollegen hinzugezogene Sicherheitstechniker, der seinerzeit die Safes im Hotel eingebaut hatte, konnte mittels eines Speicherchips nachweisen, dass der Safe mit dem Mastercode geöffnet worden war. Um 13.02 Uhr. Am helllichten Tag.

»Croisette ist doch schick«, sagte Duval, ohne sich seine eigene Gekränktheit anmerken zu lassen. »Oder wären Sie lieber durch das Wäldchen gestreift?«

»Naja, es ist bald Pilzsaison, und ich glaube, der Kollege würde gern das eine oder andere Pilzomelette schmausen …« LeBlanc war ungewohnt heiter.

Duval lachte auf. »Und im Valmasque findet man noch welche?«

»Schon, man muss natürlich wissen, wo …« Villiers gab sich geheimnisvoll. Niemand gab gern seine Pilzstellen preis. »Letztes Jahr habe ich dort einen Bovisten gefunden, der war groß wie ein Fußball und wog anderthalb Kilo.«

»Im Ernst? Was haben Sie mit ihm gemacht?«

»Na gegessen.«

Duval lachte. »Daran hatte ich keinen Zweifel. Wie haben Sie ihn zubereitet?«

»Ach so, als Schnitzel, in Scheiben geschnitten und paniert. Superlecker!«

»Ich gehe lieber ins Esterel, da gibt es sogar Pfifferlinge«, warf LeBlanc ein.

»Pfifferlinge sind sehr fein. Habe ich schon lange nicht mehr gegessen«, sagte Duval.

»Ja, aber es ist viel zu trocken dieses Jahr. Bislang hat es noch nicht einmal geregnet, was soll da wachsen? Pilze brauchen Regen und Sonne. Ich denke, es ist noch zu früh.«

»Wie machst du die Pfifferlinge?«, fragte Villiers jetzt interessiert, und LeBlanc setzte an, ihm sein Rezept detailgenau zu erzählen. Duval hörte mit einem Ohr zu. »Speck … Zwiebeln … mit Weißwein ablöschen … leise köcheln lassen …«

»Nimmst du Knoblauch?«

»Niemals!« LeBlanc war entschieden.

LeBlanc und Villiers hatten begonnen, sich in Schwung zu reden.

»Vielleicht liegt unser nächster Toter im Esterel, und falls es zwischendurch mal geregnet hat, liegt er inmitten von Morcheln und Pfifferlingen, aber bis dahin können wir genauso gut auch in der Stadt bleiben und dem Hotel einen Besuch abstatten.« Damit schnitt Duval die Pilzdiskussion ab, die sonst noch ewig dauern konnte. »Keine Post?«, fragte er dann und sah auf den Schreibtisch.

»Die Post streikt mal wieder«, informierte ihn LeBlanc.

»Pilze und Streiks, beide sprießen im September besonders gut«, ließ sich Villiers vernehmen.

»Streiks gehen doch immer«, antwortete seufzend Duval, »selbst in der besten Saison. Ich erinnere mich, dass Anfang Juli die korsischen Fährarbeiter fast drei Wochen die Fähren lahmgelegt haben. Pünktlich Anfang August streikten sie bei der Air France und zum hochheiligen 15. August hat sich die SNCF auch noch mal kurz eine Auszeit genommen. Wirklich, manchmal ist es zum Haare raufen mit diesem Land.«

»Streiks sind kein Freizeitvergnügen, auch wenn das hier eine landläufig verbreitete Meinung zu sein scheint!« Léa Leroc klang streng. »Es geht vor allem darum, auf verschlechterte Arbeitsbedingungen aufmerksam zu machen! Wenn ich mir erlauben darf darauf hinzuweisen, dass das Briefverteilzentrum in Nizza nur streikt, um auf die Umstrukturierung aufmerksam zu machen, die vorsieht, dass dort ab Oktober acht Arbeitsplätze abgebaut werden sollen.«

»Sie klingen wie eine Gewerkschaftsbroschüre, Léa. Sind Sie Mitglied?«

»Aber sicher, Commissaire.« Sie grinste. »Aber keine Angst, ich streike nicht.«

»Soviel ich weiß, ist es Ihnen auch untersagt zu streiken, oder irre ich mich da?«

Sie zog eine Grimasse. »Ganz recht. Ich finde Streik in der Polizei auch absurd, aber gewerkschaftliche Arbeit halte ich für unerlässlich.«

»Schön, schön. Dann lassen Sie uns doch gleich mal unsere ebenso unerlässliche Polizeiarbeit tun und uns zum Hotel begeben.«

Isabelle de Breuil hatte Sorgen. Warum war sie nur mit zwei nichtsnutzigen Kindern gestraft, denn ja, es war doch die Schuld ihrer Kinder, dass sie sich in dieser misslichen Lage befand! Sie spürte, dass ihr das Hotel, das seit vier Generationen in Familienbesitz war, langsam entglitt, und zu allem Übel war nun Schmuck aus dem Zimmer von Stammgästen verschwunden. Was für eine Katastrophe! So eine Negativschlagzeile hatte ihr gerade noch gefehlt. Nicole würde einen riesen Aufstand machen, dass man sich als Gast nicht mehr sicher fühlen könne im Hotel. Das wäre Wasser auf ihre Mühle, die hysterisch Sicherheitsfenster und -türen und überhaupt ein modernes Sicherheitssystem für das Hotel forderte.

Was war nur schiefgelaufen mit André und Angélique? Georges, der Sohn von Nicole, der seit einiger Zeit für ein »Praktikum«, wie Nicole heuchlerisch sagte, im Hotel mitarbeitete, war ein ganz anderes Kaliber, wie sie neidvoll anerkennen musste. Ein »Praktikum« – als hätte sie nicht verstanden, dass es darum ging, ihr auf die Finger zu sehen. Sicher, sie hatte mit der Wahl ihres Ehemannes kein gutes Händchen gehabt, er hatte zwar die Konten des Hotels umsichtig geführt, war aber ein Schürzenjäger, und sie hatte es bald sattgehabt, dass er ein Zimmermädchen nach dem anderen vernaschte. Solange er seine Eskapaden im Hotel auslebte, hatte sie darüber hinwegsehen können, immerhin behelligte er sie nicht mehr. Aber an dem Tag, an dem sie nach Hause kam und eins der Zimmermädchen in ihrem Ehebett vorfand, hatte sie einen Schlussstrich gezogen. Und trotzdem, bei allem, was sie gegen ihn vorzubringen hatte, war er, wenn auch knauserig und im Grunde kleinbürgerlich, ein geschäftstüchtiger Mensch. Er hatte einen realistischen Sinn für Zahlen und hatte es doch auch zu etwas gebracht, soweit sie das von Ferne beurteilen konnte. Mit seiner zweiten Frau hatte er sich vor ein paar Jahren in der Corrèze niedergelassen und behauptete steif und fest, dass sie die Entscheidung wegen der Landschaft und des Klimas gefällt hätten. Wie lächerlich. Das Klima der Corrèze! Es gab nichts Ungemütlicheres. Er hatte sich, geizig, wie er war, für seinen Wohnsitz eines der Départements mit den geringsten Lebenshaltungskosten ausgesucht. Das war der einzige Grund. Isabelle rümpfte ein wenig die Nase. Hinterste Provinz natürlich. Aber dort konnte er für sein Geld eine große Villa mit einem riesigen Grundstück erstehen und den Grandseigneur geben. Vermutlich trimmte er vormittags seinen Rasen mit seinem albernen Traktor auf exakt vier Zentimeter, immerhin regnete es dort ausreichend, und er musste ihn nicht mit immensen Kosten künstlich bewässern wie sie. Und nachmittags errechnete er bis auf zwei Stellen hinter dem Komma, wie viele Zinsen er erwirtschaftet hatte. Die Überprüfung seiner Konten war seine Lieblingsbeschäftigung. Sie seufzte erneut. Wie konnten zwei Menschen mit einem realistischen Verhältnis zu Geld zwei Kinder zeugen, die so absolut nicht mit Geld umgehen konnten? Während sie alles, was sie anfasste, zum Laufen brachte, schmolz das Geld in den Händen ihres Sohnes wie Schnee in der Sonne. Er hatte seine Anteile am Hotel schon fast komplett verkauft, um seinen kostspieligen Lebenswandel zu finanzieren. Alle Projekte, die er jedes Mal mit viel Begeisterung und großem finanziellen Aufwand begann, ließ er schon ein paar Monate später wieder fallen. Eine Kunstgalerie war seine letzte Investition. Er gefiel sich als Galerist, aber er hatte zu wenig Ahnung von Kunst und ließ sich von seinem Geschmack leiten, der in ihren Augen allenfalls besserer Kitsch war. Außerdem ein bisschen vulgär. Sie rümpfte erneut die Nase. Frauenakte. Darin immerhin war er seinem Vater wohl ähnlich. Von André erwartete sie nicht mehr viel Unterstützung für das Hotel. Seitdem er seine Anteile verkauft hatte, schlug sie sich nun mit Nicole Bouvard als Miteigentümerin herum, die sofort und unverblümt vorgeschlagen hatte, ihr das Hotel abzukaufen, um aus dem altmodischen Dreisternehotel etwas völlig anderes zu machen. Ein Spa-Resort schwebte ihr vor. Als bräuchte man mit dem Meer vor der Haustür ein Hotel mit einer Wellnessanlage. Sie wollte aus dem Hotel ein Fünfsternehaus machen und plante große Umbaumaßnahmen. Als Erstes forderte sie einen Aufzug. Neue Fenster und eine neue Heizungsanlage standen auch auf ihrer Liste, ein modernes Sicherheitssystem und zu guter Letzt wollte sie einen Pool. Tatsächlich war das Fehlen des Aufzugs ein Manko, aber das Personal hatte bislang noch jeden Koffer auch in die abgelegensten Räume getragen, und Gäste, die nicht gut zu Fuß waren, logierten im Erdgeschoss. Sie hatten zwar keinen Blick aufs Meer, aber einen direkten Zugang zum Garten. Bisher waren damit alle zufrieden gewesen. Isabelle de Breuil blickte aus ihrem Büro im Erdgeschoss in den alten baumbestandenen Garten. Kein anderes Hotel an der Croisette konnte mit so einem Garten aufwarten. Und darin sollte nun ein vulgärer

Pool Platz finden? Nicht, solange sie hier das Sagen hatte. Das Hotel für Monate zu schließen, um die Modernisierung voranzutreiben, wie es Nicole Bouvard forderte, kam für sie nicht infrage.

Nicole Bouvard belästigte sie nun fast täglich und verlangte Einblick in die Zahlen. Das Hotel hatte über all die Jahre so wie es war immer genug Geld eingebracht. Und das trotz steigender Kosten und obwohl die Steuerabgaben inzwischen ein gutes Drittel der Einnahmen auffraßen. Sie hatten eine gute und dem Haus treue Klientel, ein bisschen überaltert vielleicht, aber genau diese Klientel hatte das Geld. Was sollten all diese Luxus-Investitionen? Und das Hotel, das seit fast hundert Jahren in Familienbesitz war, und es auch bleiben sollte, war unantastbar. Verkaufen! Niemals. Wenigstens von Angélique hatte sie sich dabei Unterstützung erwartet, wer sollte das Hotel denn übernehmen, wenn nicht sie? Beide Kinder kannten das Hotelgewerbe von klein auf und beide hatten sie die Hotelfachschule besucht. Mit nur mäßigem Erfolg, wie Isabelle de Breuil unwillig zur Kenntnis nehmen musste. Angélique konnte rechnen, keine Frage, aber sie wollte schnell viel Geld verdienen und das arbeitsame Hotelgewerbe war ihr zu mühselig. Weder sie noch André hatten Lust vor den Gästen zu buckeln. Angélique flatterte gelegentlich durchs Hotel, machte ein bisschen Wind, scheuchte die Zimmermädchen auf, trank ein Gläschen Champagner an der Bar und schwatzte ihr dann einen Scheck ab. Geld, Geld, Geld jetzt und sofort für ein Designer-Abendkleid, eine Autoreparatur, eine als Fortbildung ausgegebene Reise und was nicht noch alles. Das alles zusätzlich zu der Summe, die sie ihren beiden Kindern großzügig monatlich zur Verfügung stellte, damit sie ein standesgemäßes Leben führen konnten. Isabelle, die gehofft hatte, ihre Kinder mit der Übergabe ihres Hotelanteils endlich mit in die Verantwortung zu nehmen, sah sich enttäuscht. André und Angélique waren noch dabei »zu leben«. »Leben! Maman, hast du eine Ahnung was das eigentlich ist, das Leben?«, hatte ihre Tochter sie mit leichter Verachtung in der Stimme gefragt. »Meine liebe Tochter, mein Leben war harte Arbeit, um uns drei zu ernähren, alleine, denn dein Vater hat dazu nicht einen Centime beigetragen, damit du es weißt. Und ich arbeite immer noch, wie du vielleicht bemerkst! Ich habe die Verantwortung für eine Menge Menschen, und wie es aussieht, arbeite ich vor allem, um dir und deinem Bruder euer ausschweifendes Leben zu ermöglichen!«, hatte sie scharf geantwortet. »Arbeit! Das ist alles, was du hast, Maman, wie arm ist das! Ich spreche vom Leben, von Gefühlen, von Leidenschaft! Du lebst doch gar nicht wirklich. Und nichts, was du zeigst, ist echt, alles Fassade, alles ist inszeniert und immer nur für die Gäste: Meine reizende Tochter tanzt an Weihnachten Ballett für die Gäste, mein Sohn spielt abends im Salon Klavier für die Gäste, nicht jetzt Angélique, sei brav Angélique, wir haben Gäste, nicht so laut, du störst die Gäste ... was ist das denn für ein Leben? Damit hast du Papa aus dem Haus getrieben. Verkauf endlich diesen alten Kasten und fang an richtig zu leben!« »Aber das Hotel IST mein Leben, mein ganzes Leben, verstehst du das nicht? Im Übrigen verbiete ich dir, so mit mir zu sprechen!« Ein Wort gab das andere, aber letztlich hatte sie ihr erneut einen Scheck ausgestellt. Sie hatte sich jedoch geweigert, ihr baldmöglichst einen Vorschuss auf ihr Erbe auszuzahlen, denn das war es, was sie wollte. Geld. Jetzt und sofort. Isabelle konnte sich nicht vorstellen, wofür ihre Tochter eine solch große Summe Geld benötigte, und Angélique blieb vage. Nur um zu »leben«?! Isabelle machte ein verächtliches Geräusch. Eines Tages würde sie hoffentlich zur Vernunft kommen. Die Erwähnung ihrer gescheiterten Ehe funktionierte immer. Keinesfalls wollte sie, dass Angélique sich mit ihrem Vater gegen sie verbündete. Aber vielleicht leierte sie ihm ebenso raffiniert einen Scheck nach dem anderen aus den Rippen? Angélique, Angélique, Isabelle de Breuil schüttelte den Kopf. Und jetzt schien sie von den ehrgeizigen Plänen Nicoles angetan zu sein. Als ob man in einem Luxushotel nicht arbeiten müsste. Und wie lange würde es dauern, bis sich die Investitionen amortisiert hätten? Sie schüttelte energisch den Kopf. Das kam überhaupt nicht infrage.

Vor der kommenden Gesellschafterversammlung musste sie unbedingt noch einmal mit Angélique sprechen. Es würde nicht einfach werden. Angélique konnte störrisch sein. Und jetzt meldete sie sich wieder mal nicht. Dass ihre Tochter lange kein Lebenszeichen von sich gab, war zwar nicht neu, aber die Gesellschafterversammlung nahte in Riesenschritten, und dass sie ihre Tochter gerade jetzt nicht erreichen konnte, ärgerte sie. Angélique ging schon geraume Zeit mit dem Anwalt Roland Arnaud aus. Auch das war ein Streitpunkt zwischen ihnen. Maître Arnaud war zwar ein charismatischer Typ, aber sie traute ihm nicht über den Weg. Ein Emporkömmling, und außerdem noch verheiratet. Er hatte sich um Angéliques Scheidung gekümmert, und dabei waren sie sich nähergekommen. Sie zweifelte stark an seinen ernsten Absichten. Aber natürlich wollte dieses dumme Ding davon nichts wissen. Sie hatte mehrfach Nachrichten auf ihrem Festnetz- sowie auf dem Mobiltelefon hinterlassen, aber Angélique antwortete nicht. Sie wählte die Nummer von André.

»Bonjour, Maman …«, sagte er freundlich, aber etwas gelangweilt, als er abnahm.

»Bonjour, mein Großer«, sagte sie und ärgerte sich sofort über diese mütterliche Formulierung, »wie geht es dir?« Sie wartete seine Antwort nicht ab, sondern sprach eilig weiter.

Ihr Ton war autoritär, aber sie war sich nicht bewusst, dass sie diesen Ton jedes Mal anschlug, wenn sie mit ihrem Sohn sprach. »André, sag mir bitte, hast du etwas von Angélique gehört? Nein? Weißt du, wo sie steckt? Ist sie bei Maître Arnaud? Nein, das werde ich natürlich nicht tun.« Das fehlte noch, dass sie diesen Schnösel anrief, damit sofort alle Welt erführe, dass sie ihrer Tochter hinterhertelefonierte. »Aber, ich muss sie sprechen! Wenn sie sich bei dir meldet, sagst du es ihr bitte? Ich kann auf dich zählen, oder?«

»Natürlich, Maman. Geht es dir gut?« Er klang weiterhin gelangweilt.

Wie sollte es ihr gut gehen mit all den Sorgen? Aber ihr Sohn schien davon keine Kenntnis zu haben, oder es interessierte ihn einfach nicht. Daher antwortete sie nur »Sehr gut, natürlich. Und dir? Wie geht es dir?«, fragte sie dann noch einmal der Form halber.

»Gut, Maman, sehr gut sogar. Schön, dass du nachfragst. Ich habe nämlich gerade ein fantastisches Geschäft gemacht!« Seine Stimme klang triumphierend.

»Das freut mich für dich. Hast du etwas verkauft?« Hatte sich doch ein Käufer für all diese prallen Busen und Schenkel gefunden?

»Nein, ich habe gekauft!« Sie ahnte Schlimmstes. »Ja, du weißt doch, Maman, die Ausstellung, die ich gerade laufen habe ... warum bist du eigentlich nicht zur Vernissage gekommen? Du hast die Einladung doch erhalten?«

»Ja, ja, habe ich, verzeih, ich hatte es wirklich fest vor, aber ich habe gerade schrecklich viel um die Ohren – ich bereite die Gesellschafterversammlung für das Hotel vor, du weißt ja, wie viel Arbeit das ist.« Natürlich wusste er gar nichts. Nicht ein einziges Mal hatte er ihr bei den Vorbereitungen geholfen in all den Jahren. Und sie hatte keine Lust gehabt, einen Abend damit zu verplempern, indem sie mit langweiligen Menschen Begeisterung heuchelnd vor obszönen Aktbildern herumstand.

»Weißt du, Maman«, hatte André schon weitergeredet, »niemand sieht die Qualität von Pierre. Dieser Pinselstrich, dieser feine Ausdruck. Alles Banausen. Ich dachte, ich muss das ein bisschen pushen und habe daher Pierre alle Bilder abgekauft …«

»Du hast WAS?« Isabelle de Breuils Stimme wurde schrill.

»Reg dich nicht auf, Maman, zum halben Preis natürlich, und gerade habe ich diskret eine Meldung an *Nice Matin* gegeben, dass ein Kunstkenner, der ungenannt bleiben möchte, die gesamte Ausstellung aufgekauft hat. Das wird morgen einen Run geben, sage ich dir!«

Isabelle de Breuil schnappte nach Luft. »Ganz ruhig, Isabelle, ganz ruhig«, redete sie sich gut zu.

»Was sagst du dazu, Maman?«

»Ich weiß nicht, mein Junge, ich weiß nicht … was für eine, hm, bizarre Idee! Aber musstest du die Gemälde dafür unbedingt kaufen? Ich halte es für sehr unwahrscheinlich, dass du mit so einem windigen Coup Käufer anziehst!«

»Das verstehst du nicht, Maman, und das ist kein windiger Coup, so macht man das heute, und ich werde sie dreimal so teuer verkaufen, wie ich sie gekauft habe! Und wenn nicht, dann ist es immer noch eine super Geldanlage! Pierre und ich trinken gerade ein Gläschen Champagner darauf.«

»…«

»Willst du mir nicht gratulieren?«

»Hör zu, ich gratuliere dir, wenn du sie alle zum dreifachen Preis verkauft hast. Ich muss Schluss machen, wenn du Angélique siehst oder hörst, sag ihr, ich warte dringend auf ihren Anruf!«

»Das ist typisch, Maman, nie vertraust du mir. Nie! Nicole unterstützt ihre Kinder ganz anders. Sie glaubt an ihre Fähigkeiten. Du hast mich nie …« Aber Isabelle de Breuil hatte schon aufgelegt.

Vertrauen! Diesem Nichtsnutz! Als sie ihm das letzte Mal vertraut hatte, hatte er nach bereits sechs Monaten einen großen Teil seines Hotelerbes verschachert, um sich diese dämliche Galerie in der *Rue d'Antibes* zu kaufen. Und seitdem hatte sie diese Kröte von Nicole als Miteigentümerin im Hotel. Sie sah in den Garten mit der ausladenden Palme und den Oleanderbüschen, die noch immer in verschiedenen Rot- und Rosatönen üppig blühten. Hier hatte sie schon als kleines Mädchen Verstecken gespielt und später ihre Kinder. Ein Paradies. Was war nur schiefgelaufen?

Duval war überrascht am Ende der Croisette dieses Hotel im Stil der Belle Époque zu entdecken. Das weiße dreigeschossige Haus lag etwas zurückgesetzt in einem großen Vorgarten, in dem zwei symmetrisch angeordnete Springbrunnen plätscherten. An den Seiten, eingerahmt von niedrig gestutzten Buchsbaumhecken luden Steinbänke zum Verweilen ein. Ein breiter Treppenaufgang führte zum Eingang, über den sich ein verspieltes Glasdach wölbte. Die Anlage wirkte zwischen den achtstöckigen modernen Appartementhäusern, die sich am Ende der Croisette aneinanderreihten, wie aus der Zeit gefallen. Innen ging die Zeitreise weiter. Die Eingangshalle war mit dunklem Holz und altrosa gemusterten Tapeten gestaltet. Rechts lag der Rezeptionstresen, links eine kleine Sitzecke mit einem Sofa und mehreren Sesseln, alle mit altrosa Samt bezogen. Eine geschwungene Marmortreppe führte zu den oberen Etagen.

Duval stellte sich und seine Leute an der Rezeption vor und wurde von einer jungen Frau in das Büro von Isabelle de Breuil geführt. Das Büro erinnerte eher an einen kleinen Salon: Teppiche, voluminöse Gardinen vor den bodentiefen Fenstern, mehrere grazile Louis-quinze-Sesselchen waren locker um einen runden Tisch gruppiert. Der antike beinahe leere Schreibtisch von Madame de Breuil kontrastierte mit dem großen Computerbildschirm. Ein in die Wand gebauter Schrank, dessen Türen offen standen, gab den Blick auf Ordner und eine Hängeregistratur frei. Madame de Breuil schien ihre Arbeit im Griff zu haben. Alles war aufgeräumt, nur wenig lag herum, ein geöffneter Ordner, ein sauber geordneter Papierstapel, in den drei Ablagekästchen nur wenige Blatt Papier.

Die weißhaarige dezent geschminkte und wohlfrisierte rundliche Dame erhob sich flink hinter ihrem Schreibtisch und eilte ihm entgegen. Sie begrüßte ihn wortreich mit einem professionellen Lächeln, gleichzeitig musterte sie seine Erscheinung. Dann nickte sie unmerklich, er schien Gnade vor ihren Augen gefunden zu haben.

»Ah, Monsieur le Commissaire, gut, dass Sie da sind. Obwohl, es macht auf die Gäste keinen guten Eindruck, wenn man immer wieder so viel Polizei im Hotel sieht. Ganz abgesehen davon, dass man sich in unserem Haus nicht sicher fühlen kann, wenn Dinge verschwinden. Ich hoffe, Sie können das alles schnellstmöglich aufklären …«

»Madame de Breuil«, unterbrach Duval ihren Redefluss, »wenn Sie mir vielleicht zunächst erzählen würden, was sich zugetragen hat?«

»Natürlich, verzeihen Sie, Commissaire, lassen Sie mich

überlegen … wo fange ich an – nun, Monsieur und Madame Rochefort sind Stammgäste in unserem Haus, müssen Sie wissen. Sehr, sehr kultivierte Leute, sehr vermögend, sehr angenehme Gäste im Übrigen, wenn sie alle so wären … nun gut, Monsieur und Madame Rochefort hatten gestern Abend eine Einladung für ein Galadiner im Palm Beach Club, und als Madame ihren Schmuck, den sie anlässlich des Diners tragen wollte, aus dem Safe nehmen wollte – denn natürlich haben wir in jedem Zimmer einen kleinen Safe installiert, das versteht sich von selbst –, war er leer. LEER! Einfach ausgeräumt, ohne äußere Spuren von Gewaltanwendung. Ich kann Ihnen nicht sagen, wie mir zumute ist! Im Safe befand sich laut ihren Angaben nicht nur Geld, sondern auch Familienschmuck von unschätzbarem Wert. Ich fasse es nicht. Das ist der Gipfel! Und das in meinem Haus – das ist in all den Jahren noch nie vorgekommen …«

»Wer hat Zugang zu den Gästezimmern?«, wollte Duval wissen.

Madame de Breuil schien diese Frage unangenehm zu sein. »Lassen Sie mich vorausschicken, dass ich meinem Personal hundertprozentig vertraue. Wir haben immer mal wieder neue Praktikanten für ein paar Monate, aber die allermeisten Angestellten arbeiten schon lange für mich, wir sind hier so etwas wie eine große Familie.«

Duval nickte. »Sie wollen sagen, das gesamte Personal könnte sich Zugang verschaffen?«

»Nun, offiziell gehen nur die Zimmermädchen in Abwesenheit der Gäste in die Räume, mit einem Generalschlüssel. Ich überprüfe stichprobenartig die Arbeit.« Sie räusperte sich kurz. »Aber in der Regel hängt der Generalschlüssel an der Rezeption. Er ist im Prinzip für jeden vom Personal erreichbar.«

»Hm. Erzählen Sie mir doch etwas über das Hotel, Madame de Breuil. Seit wann ist es in Ihrem Besitz?«

Isabelle de Breuils Augen begannen zu strahlen, als sie anfing zu erzählen: »Das Hotel wurde um die Jahrhundertwende gebaut und ist seit 1920 im Besitz meiner Familie. Meine Urgroßeltern haben es zusammen mit meinen Großeltern gekauft. Das Hotel war damals, obwohl fast neu, schon völlig abgewirtschaftet und heruntergekommen. Es war ja im Ersten Weltkrieg als Lazarett requiriert worden, wissen Sie?! Fast alle Hotels hatten dieses Schicksal. Gerade erbaut und schon in ein Lazarett verwandelt. Der Erbauer des Hotels, ein Ungar, hatte gehofft, die russische und englische Aristokratie als Gäste anzuziehen, Cannes wurde damals gerade sehr schick, vorwiegend noch als Winterdomizil. Aber dann kam ihm der Erste Weltkrieg dazwischen. Die Gäste blieben aus, und das Hotel wurde requiriert. Und danach war er bankrott. Meine Familie konnte es günstig erstehen, und meine Großeltern haben es mit der finanziellen Hilfe ihrer Eltern dann wieder hergerichtet. Als es gerade anfing wieder halbwegs zu laufen, kam der Zweite Weltkrieg.« Sie atmete durch. »Ich bin Gott sei Dank erst nach dem Krieg geboren, aber auch da war es harte Arbeit. Wir haben alle zusammen im Hotel gewohnt. Ich bin hier groß geworden.« Sie blickte in ihrem Büro um sich. »Das kann man heute keinem mehr verständlich machen, aber wir haben zu fünft in zwei kleinen Räumen im Keller gelebt. Die Großeltern in einem Raum, meine Eltern mit mir im Nebenzimmer. Gleich daneben war das Wäschezimmer. Aber wir hatten sowieso kein Familienleben. Alle haben damals mitgearbeitet. Ich auch. Nur ab und zu habe ich mit den Wäschemädchen im Garten Versteck gespielt.« Sie lächelte und sah in den Garten. »Die Oleanderbüsche standen damals schon, können Sie sich das vorstellen? Und die Orangenbäume auch. Die haben im Winter 1956 Frost bekommen, sie haben sich nie davon erholt, deshalb sind sie so klein, und sie tragen nur jedes zweite Jahr. Aber ich kann mich nicht dazu durchringen, sie auszutauschen, sie waren von Anfang an da.« Sie sah den Commissaire an. Duval nickte freundlich.

»Wohnen Sie immer noch im Hotel?«

»Nein!« Sie lachte. »Es ging dann doch aufwärts. Meine Eltern haben irgendwann eine Villa gekauft. Aber mein Vater hat oft dennoch im Hotel geschlafen. Und ich habe mich nach meiner Scheidung auch wieder kurzzeitig in einem Zimmer eingerichtet. Die Kinder wohnten bei meinen Eltern. Aber das war alles nur vorübergehend. Jetzt wohne ich mit den Kindern in der Villa meiner Eltern.«

»Ihre Kinder?«

»Ja, Angélique und André.«

»Die sind jetzt erwachsen, vermute ich. Sie arbeiten im Hotel mit?«

Isabelle de Breuil sah ihn mit einem eigenartigen Ausdruck in den Augen an. »Ob sie wirklich erwachsen sind, das bezweifle ich manchmal«, sagte sie, »Angélique ist 36 Jahre alt, und André ist dieses Jahr vierzig geworden, und nein, sie arbeiten nicht im Hotel mit. André hat sich zu seinem Geburtstag dieses Jahr eine Galerie geleistet. Das sagt wohl alles. Ich habe die Hoffnung aber noch nicht ganz aufgegeben, dass zumindest Angélique sich eines Tages dazu entschließen kann.« Sie klang bitter.

Vor der Tür hörte man einen kurzen Tumult und eine weibliche Stimme, die autoritär sagte »das wollen wir doch mal sehen!«, dann klopfte es laut, und zeitgleich wurde die Tür aufgerissen. Eine zierliche, aber energisch wirkende Frau stand im Zimmer. »Verzeihung, Madame de Breuil!«, rief der Rezeptionist durch die offene Tür und machte eine hilflose Geste, »aber Madame Bouvard wollte nicht warten ...«

»Nein! Madame Bouvard wollte nicht warten!«, zeterte Nicole Bouvard, »als Miteigentümerin dieses Etablissements erwarte ich augenblicklich in Kenntnis gesetzt zu werden, wenn es in diesem Haus ein Delikt gegeben hat! Wie konnte das geschehen, Madame de Breuil? Das ist eine Katastrophe! Ich habe Ihnen gleich gesagt, dass Ihre Sicherheitsvorkehrungen nicht ausreichend sind. Sie wollten es nicht wahrhaben, aber Sie sehen es immer wieder: Ihr Haus ist völlig überaltert, völlig unzureichend alles. Unfassbar, dass es so etwas in einem Hotel noch geben kann! Und jetzt auch noch ein Diebstahl! Jeder kann in diesem Haus ungehindert ein- und ausgehen. So geht das nicht mehr. Wollen Sie uns in den Ruin treiben? Und wer sind Sie?«, herrschte sie Commissaire Duval an.

»Commissaire Duval, *Police Nationale*«, stellte Duval sich knapp vor und fragte dann höflich »... und Sie sind Madame ...?!«

»Bouvard.« Sie schien kein bisschen eingeschüchtert und setzte sich, ohne dass man sie aufgefordert hätte, auf einen der kleinen Sessel und knallte ihre große Handtasche energisch auf den Tisch. »Immerhin, zumindest die Polizei ist schon da. Wenn Sie den Fall dann bitte fix aufklären könnten, hier wird schon genug gefaulenzt ...«

Isabelle de Breuil schnappte nach Luft.

»Sie sind Miteigentümerin dieses Hotels?«, fragte Duval, ohne sich von ihrer Attitüde beeindrucken zu lassen.

»Allerdings.« Sie schlug die Beine übereinander. »Und ich werde verhindern, dass man dieses alte Gemäuer verkommen lässt.«

»Das ist ja wohl die Höhe!« Jetzt wurde Isabelle de Breuil

laut. »Seit fast hundert Jahren ist dieses Hotel in Familienbesitz, und es kann keine Rede davon sein, dass hier irgendetwas verkommt.«

»Genau. Wir leben jetzt im 21. Jahrhundert, Madame de Breuil, aber es geht hier noch zu wie vor hundert Jahren. Hören Sie auf, setzen Sie sich zur Ruhe, überlassen Sie das Hotel jüngeren Leuten, Sie können nicht mehr mithalten.« Sie begann in ihrer Handtasche zu kramen. Halblaut, aber so, dass es noch gut hörbar war, sagte sie dabei: »Oh, wie ich diese Menschen hasse, die sich auf ihrem ererbten Besitz nur ausruhen, anstatt etwas Großes daraus zu machen.«

»Was wollen Sie damit sagen? Ich habe mein ganzes Leben lang hart gearbeitet!«, empörte sich Madame de Breuil.

»Natürlich.« Es klang verächtlich. »Man sieht ja wie dynamisch Sie dieses Haus führen.« Sie strich wie gedankenverloren über eine abgeschabte Stelle des Samtbezuges der Sessellehne.

»Madame Bouvard, wenn Sie bitte draußen warten wollen, so lange, bis ich mein Gespräch mit Madame de Breuil beendet habe?«

»Ah bon?« Nicole Bouvard erhob sich unwillig. »Dann beeilen Sie sich bitte, ich habe nicht ewig Zeit, ICH habe nämlich zu tun. In einer halben Stunde habe ich eine wichtige Telefonkonferenz!« Sie zog die Tür knallend hinter sich zu.

»Gut«, wandte Duval sich ungerührt wieder an Madame de Breuil. »Wir werden mit allen Angestellten des Hotels sprechen müssen. Auch mit den Gästen, das verstehen Sie sicher. Gibt es einen Raum, wo wir das relativ ungestört und, sagen wir mal, diskret machen können?«

Isabelle de Breuil nahm das Wort »diskret« dankbar zur Kenntnis. Immerhin hatten sie ihr keinen vulgären *flic* geschickt, sondern jemanden mit Manieren. »Am besten vielleicht im *Salon de thé*. Dort werden Sie vermutlich am wenigsten gestört, und es stört auch den Ablauf im Haus nicht.«

Duval nickte. »Das Zimmer von Monsieur und Madame Rochefort liegt im Erdgeschoss?«

»Ja.«

»Können wir uns das bitte ansehen? Ich würde mir auch gern das gesamte Hotel ansehen, den Garten, den Keller. Sind die Herrschaften jetzt da?«

»Das vermute ich.«

»Gut, dann werden wir dort und mit ihnen beginnen.«

Monsieur und Madame Rochefort waren ein rüstiges Ehepaar in den Siebzigern, klassisch und teuer gekleidet, aber mit dem eleganten Pariser Understatement und nicht mit der schillernden Ich-zeige-was-ich-habe-Attitüde der Reichen der Côte d'Azur. Madame trug ein hellblaues Chanelkostüm und Monsieur einen zweireihigen marinefarbenen Blazer mit Einstecktuch zu einer leichten grauen Hose. Duval glaubte, das Cerruti-Logo auf den geprägten goldfarbenen Knöpfen zu erkennen. Sie lebten in Paris und residierten seit Jahren im Hotel Beauséjour, und das mehrfach im Jahr. »Wir ziehen das Hotel einem eigenen Appartement vor, der Service hier ist angenehm, und wir können unseren Aufenthalt ganz sorglos genießen.« Er hielt kurz inne und sah seine Frau an. »Konnten, muss ich jetzt vielleicht sagen ...« Madame Rochefort aber blickte unverwandt aus dem Fenster. »Wissen Sie«, fuhr Monsieur Rochefort fort, »ein eigenes Appartement macht einem Sorgen, wenn man nicht vor Ort ist, weil man immer Angst haben muss, dass eingebrochen wird.« Er hielt erneut inne und lachte dann ein wenig hilflos. »Offenbar kann auch ein Hotel das nicht mehr garantieren.« Er seufzte. Dann schüttelte er den Kopf. »Aber ein Appartement kommt dennoch nicht infrage für uns. Freunde von uns besitzen eines in einer Wohnanlage, immerhin mit einem gewissen Standing in der *Basse Californie*, aber sie haben dort sehr unangenehme Nachbarn. Das vergällt einem den schönsten Aufenthalt. Außerdem ist der Unterhalt eines Appartements teuer. Ständig muss irgendetwas im Haus erneuert werden, die Lichtanlage im Hausflur oder die Sprechanlage, der Aufzug muss gewartet werden, oder es müssen neue Plätze für die Mülltonnen geschaffen werden, die immer mehr und immer größer werden. Fast jeden Monat werden Sie für irgendeine Sache zur Kasse gebeten, von der Sie nur ein paar Wochen im Jahr profitieren. Das haben wir zu Hause auch, das wollen wir in den Ferien gerade nicht. Daher investieren wir lieber in einen Hotelaufenthalt. Aber wenn man hier jetzt auch Sorgen haben muss, müssen wir vielleicht doch noch einmal umdenken.« »Nein, *chéri*, bitte nicht!« Monsieur Rochefort zog die Augenbrauen hoch. Sie waren beide trotz des Verlusts sehr beherrscht, nur Madames Stimme zitterte ein wenig, wenn sie sprach, und Duval bemerkte ihre geröteten Augen. Natürlich waren sie versichert, natürlich gab es Aufnahmen des Schmucks, der sentimentale Erinnerungswert, den der gestohlene Familienschmuck besaß, konnte jedoch mit keinem Scheck von der Versicherung ersetzt werden.

»Wann haben Sie den Verlust bemerkt?«

»Gestern Abend, gegen 19 Uhr. Das haben wir aber den Kollegen schon zu Protokoll gegeben.«

Duval nickte. »Erzählen Sie es mir noch mal, bitte.«

»Nun, wir hatten für gestern Abend zwei Plätze zur Gala

im Palm Beach Club. Das war endlich ein Anlass für meine Frau, ihren Schmuck zu tragen.«

Sie nickte. »Wissen Sie, es ist nicht mehr so angeraten, mit zu viel Schmuck durch Cannes zu laufen. Es gibt so viele begehrliche Blicke. Einer Bekannten hat man neulich versucht, die Halskette zu entreißen. Die Kette riss entzwei, sie hat sie geistesgegenwärtig festhalten können, aber was für ein Schock! Und das am helllichten Tag! Auf der Promenade! Können Sie sich das vorstellen?«

Duval nickte, er konnte sich noch viel mehr vorstellen, es hatte im Sommer täglich versuchte und auch erfolgreiche Diebstähle dieser Art gegeben. Er zeigte auf ihre Ringe und eine geflochtene goldene Halskette mit einem diamantenbesetzten Herzanhänger, die sie trug. »Diesen Schmuck tragen Sie täglich?«

Sie nickte. Dann fügte sie erklärend hinzu: »Alles sehr persönliche Stücke. Mein Verlobungs- und mein Ehering, ich trage sie immer, seit über fünfzig Jahren«, sie sah ihren Mann dabei lächelnd an, »und diesen Saphirring habe ich von meiner Mutter geerbt. Ich trage ihn, um sie nah bei mir zu haben. Die Kette ist ein Geschenk meiner Kinder. So habe ich alle meine Lieben bei mir.«

»Und Sie deponieren Ihren Schmuck abends im Safe?«

Sie machte einen gequälten Eindruck. »Nein, das sollte ich wohl, aber ich kann mir das nicht angewöhnen. Den Ehering trage ich sowieso immer. Alles andere liegt auf meinem Nachttisch. Ich lege den Schmuck nur in den Safe, wenn wir an den Strand gehen, und auch dann nicht immer. Ich fühle, fühlte muss ich wohl sagen, mich hier sicher. Wissen Sie, wir kommen schon so lange hierher, ich bin etwas gehbehindert, deswegen sind wir immer in diesen beiden Zimmern im Erdgeschoss, ich fühle mich hier wie zu Hause.

Und das Personal hat noch nie in all den Jahren Anlass zur Klage gegeben.«

Duval seufzte unhörbar. »Ich muss Ihnen leider sagen, dass das sehr unvorsichtig ist, Madame.«

»Ich weiß«, sie klang schuldbewusst. »Aber«, sagte sie dann empört, »der Schmuck, der verschwunden ist, wurde aus dem Safe genommen. Der lag nicht herum, das schwöre ich Ihnen!«

»Das stimmt!« Monsieur Rochefort kam seiner Gattin zu Hilfe.

Duval nickte. »Wann haben Sie das letzte Mal den Safe geöffnet? Also, bevor Sie gestern Abend den Verlust bemerkten?«

»Gestern Morgen, nach dem Frühstück. Ich habe etwas Bargeld entnommen, weil wir nach Italien gefahren sind.«

»Haben Sie denn gesehen, dass der Schmuck noch da war?«

»Nun – ich habe die Rolle nicht geöffnet, nur nach hinten geschoben. Danielle bewahrt ihren Schmuck in einer alten Schmuckrolle aus Leder und Samt auf«, fügte er erklärend hinzu, »aber ich nahm an, dass der Schmuck noch darin war. Sie fühlte sich an wie immer. Jetzt ist auf jeden Fall die gesamte Rolle verschwunden und auch das Bargeld. Aber das sagte ich ja gestern schon. Es waren wohl noch etwas mehr als zweitausend Euro. Es ist vielleicht dumm von mir, aber ich habe einfach gern etwas Bargeld und nicht immer nur diese Karten.«

Duval hatte nach dem Gespräch mit Monsieur und Madame Rochefort in aller Ruhe das Hotel inspiziert und sich zu guter Letzt noch den Garten des Hotels zeigen lassen. Erst dann hatte er sich Nicole Bouvard zugewandt, die ihre Wut darüber nur noch schlecht verbergen konnte. Während er sich ihr näherte, lief sie mit energischen Schritten durch die Eingangshalle und telefonierte mit lauter Stimme. Ihre dunklen kinnlangen Haare wippten energisch bei jeder Kopfbewegung.

»... ich sitze hier fest und habe keine Ahnung, wie lange dieser Polizist mich noch warten lassen will ...«, hörte er sie gerade sagen.

»Madame Bouvard?«

Sie sah auf, nickte mit dem Kopf. »Ich melde mich später«, sagte sie zu ihrem Gesprächspartner am Telefon und beendete abrupt das Telefonat.

»Ah, na endlich, Commissaire, Sie bringen mich in unglaubliche Schwierigkeiten mit dieser Trödelei, was ich alles absagen und umplanen musste Ihretwegen, Sie machen sich keine Vorstellungen ...«

»Dann lassen Sie uns beginnen, Madame Bouvard«, unterbrach Duval ungerührt, »ist es Ihnen hier genehm?« Er zeigte auf die kleine Sitzgruppe.

»Wo auch immer. Das ist mir völlig gleich.« Sie setzte sich mit übereinandergeschlagenen Beinen in das grazile Sofa.

Duval wählte den Sessel gegenüber. »Madame Bouvard, Sie sind also Miteigentümerin des Hotels?«

»Ja.«

»Seit wann?«

»Seit einem Jahr etwa. Falls Sie das genaue Datum benötigen, müssen Sie es dem Kaufvertrag entnehmen. Finden Sie bei meinem Notar. Maître Catalanotti.« Sie antwortete kurz und knapp, wie um zu zeigen, dass sie effizient arbeiten konnte und nicht herumtrödelte.

»Bouvard – verzeihen Sie, aber das ist doch der Name der

Drogeriemarktkette, wenn mich nicht alles täuscht? Das sind Sie?«

»Sie täuschen sich nicht, Commissaire. Das IST die Drogeriemarktkette, und ja, das bin ich.« Sie klang spöttisch, sah aber zufrieden aus, dass sie ihre Bedeutung herausstreichen konnte.

»Warum haben Sie Anteile an diesem Hotel erworben?«

»Es ist doch nicht verboten, sich neue Ziele zu setzen, oder?«

»Sie wollen ins Hotelgewerbe einsteigen?«

»Warum nicht. Ich liebe neue Herausforderungen. Schauen Sie, das Haus gefällt mir, die Lage ist ausgezeichnet, und ich hatte die Möglichkeit, einen Teil günstig zu erwerben. So etwas lässt man sich nicht entgehen. So einfach ist es. Nun, zunächst möchte ich dieses Hotel auf Vordermann bringen. Sie sehen ja, wie abgewirtschaftet es ist.« Sie machte mit verächtlichem Blick eine umfassende Geste, die die Samtsessel und die Tapeten mit einschloss, und deutete dann auf den in der Tat abgetretenen Teppich. »Alles ist hier marode, wenn Sie die elektrischen Leitungen sehen würden – Sie machen sich keine Vorstellungen!« Sie schüttelte mit dramatisch geweiteten Augen den Kopf. »Ständig gibt es hier Stromausfälle, und ein Kurzschluss hat vor nicht allzu langer Zeit bereits zu einem Brand geführt! Ein Brand im Hotel, stellen Sie sich das vor! Es ist katastrophal ... dieser Diebstahl konnte auch nur stattfinden, weil man hier keine zeitgemäßen Sicherheitsvorkehrungen getroffen hat. Keine Kameras, keinerlei Sicherheitssystem, nur ein banales Türschloss an den Zimmertüren, wie Sie vermutlich schon bemerkt haben. Das führt dazu, dass das Niveau sinkt und hier langsam jedermann logiert. Ich bitte Sie, manche Gäste muss man einfach ablehnen. Neulich gab es hier nachts einen Riesenskandal, weil betrunkene Gäste randalierten. Hat sie Ihnen das erzählt? Natürlich nicht, ich wusste es. Aber sie ist überfordert, sie verliert ihre Autorität. Sie ist zu alt und sie lebt noch in einer anderen Zeit. Das Hotel muss komplett neu konzipiert und ganz neu organisiert werden. So geht es nicht mehr.«

Duval fand es amüsant, dass Madame Bouvard ihre Gegenspielerin als »zu alt« bezeichnete. Er schätzte sie beide auf Anfang sechzig, auch wenn Nicole Bouvard sich alle Mühe gab, jünger zu wirken, braun gebrannt in einem Hosenanzug, mit getönten Haaren und faltenfreiem Gesicht. Alles an ihr sagte: Sieh her, ich bin sportlich und dynamisch! Madame de Breuils rundliche Figur, ihre klassische Kleidung und die weißen ondulierten Haare passten hingegen zum Ambiente des Hotels, das Duval zwar etwas altmodisch, aber insgesamt charmant und einladend fand. Er hatte zwar keinen besonderen Hang zu rosafarbenen Samtsesseln, aber er hätte zumindest mehr Lust, sich in den alten Ledersessel am Kamin zu setzen, als auf einen Plexiglasstuhl in einer durchgestylten, aber gesichtslosen Hotellobby in einem der kühlen Hotelneubauten.

»Ihr Sohn arbeitet im Hotel mit?«

»Ja. Er macht ... nun sagen wir, eine Art Praktikum. Er soll ein bisschen in das Hotelgewerbe schnuppern. Wenn wir hier durchstarten, brauche ich kompetente Leute. Von den Angestellten werden wir nur die übernehmen können, die bereit sind, in einem anderen Tempo und in einem völlig neuen Ambiente zu arbeiten.«

»Sie rechnen fest damit, dass Sie das Hotel übernehmen?«

»Ich bitte Sie, das ist doch nur eine Frage der Zeit, bis Madame de Breuil geht. Sie ist überfordert, das sieht man doch.«

»Das Haus ist immerhin seit Generationen in Familienbesitz.«

»Pah!« Sie machte eine verächtliche Grimasse und winkte ab. »Diese Familie hat ihre besten Tage gesehen. Und die letzte Generation hat nicht mehr diese Disziplin. André und Angélique wollen frei sein von der Bürde des Hotels. Das hat Isabelle noch nicht verstanden. André ist Künstler, er wollte immer Kunst studieren und nicht ins Hotelfach, aber dafür hat Madame ja keinen Sinn. Sie versteht nichts von Kunst, sie ist eine kleine Krämerseele. Schauen Sie nur, was für banale Gemälde sie hier aufgehängt hat.« Sie deutete auf die kleinformatigen Blumen- und Landschaftsgemälde, die über dem Sofa hingen. »Alles vergangene Epochen! Kein Mensch will heute noch so etwas sehen, man will doch etwas Neues, Großes anschauen, etwas was uns mitreißt ...«, sie schüttelte den Kopf. »André hat jetzt eine Galerie und ist endlich glücklich. Ich habe ihm einen Gefallen getan, als ich seine Anteile kaufte, glauben Sie mir. Und Angélique ist sehr flatterhaft, sie hat ihren Weg noch nicht gefunden, aber auch sie will vor allem frei sein, und das Hotel interessiert sie nicht.«

»Madame Bouvard, wo waren Sie gestern im Laufe des Tages?«

»Ha! Das ist ja wohl die Höhe!«, empörte sie sich. »Ich habe es doch nicht nötig, hier durchs Hotel zu laufen und die Gästesafes leer zu räumen, was glauben Sie eigentlich?«

»Sie können mir nicht sagen, wo Sie gestern waren, Madame Bouvard?«

»Natürlich kann ich Ihnen das sagen, aber das wird Sie nicht weit bringen.«

»Vielleicht sagen Sie es mir trotzdem.«

»Ich habe gearbeitet! Wie jeden Tag!« Sie war wütend und

zog einen Kalender aus der Handtasche, schlug ihn auf und hielt ihn Duval demonstrativ hin. Der gestrige Sonntag war wie die gesamte Woche komplett mit Terminen ausgefüllt. »Reicht das?« Sie klang spöttisch.

»Ich werde mir davon eine Kopie machen ... wenn Sie erlauben«, fügte er noch freundlich hinzu. »Es ist nur eine Formalität, verstehen Sie? Ich brauche das für die Vollständigkeit der Unterlagen.«

Keinesfalls glaubte er, dass sie selbst den Diebstahl verübt haben könnte, genauso wenig wie ihr Sohn, der ebenfalls ein wasserdichtes Alibi hatte – wasserdicht im wahrsten Sinne des Wortes: Er hatte seinen freien Tag mit Freunden auf dem Meer verbracht. Mit seinem Schiff waren sie bis nach St. Tropez gesegelt, das konnten mehr als sechs Personen bestätigen.

Auf dem Weg zum Teesalon traf Duval auf Madame de Breuil, die sich in einem großen Spiegel im Flur betrachtete. Als sie Duval bemerkte, wischte sie mit der Hand ein imaginäres Stäubchen weg, so, als habe sie die Sauberkeit des Kristallspiegels überprüft.

»Man muss sich immer selbst ein Bild machen!«, sagte sie entschuldigend.

»Ich verstehe. Sagen Sie, Madame Bouvard sprach von einem Brand, den haben Sie damals gemeldet?«

Madame de Breuil schien unangenehm berührt. Duval wusste nicht, ob es der Fall an sich oder die Tatsache war, dass Nicole Bouvard ihm davon berichtet hatte. »Ja, das musste ich, schon wegen der Versicherung.« Sie atmete tief durch und sagte dann mit bitterer Stimme. »Sie hat aber nichts gezahlt, weil im Kellergeschoss nicht alle elektrischen Leitungen der heutigen Norm entsprachen. Dabei war das wirklich nur in zwei Räumen im Keller der Fall, überall sonst ist alles korrekt. Und natürlich haben wir Rauchmelder in jedem Raum, die auch einwandfrei funktioniert haben.« Sie sah ihn verärgert an. »Normen, Normen, ständig muss etwas erneuert werden, weil neue Normen geschaffen werden. Das ist alles so sinnlos wie ein Kropf, wie meine Großmutter gesagt hätte.«

»Da gebe ich Ihnen durchaus recht, Madame, aber was elektrische Leitungen angeht, sehen Sie ja selbst, dass es sinnvoll ist, sich an den Normen zu orientieren. Sie dienen immerhin der Sicherheit Ihrer Gäste. Leitungen aus der Vorkriegszeit, wo die einzelnen Phasen noch ungeschützt beieinanderliegen ...«, Duval sah sie ernst an, »ich möchte Ihnen nicht ausmalen, was passiert wäre, wenn ein Gast zu Schaden gekommen wäre und die Versicherung sich weiterhin weigerte zu zahlen. Aber jetzt haben Sie alle elektrischen Leitungen erneuert?«

»Natürlich. Das musste ich ja. Das war eine Auflage der Versicherung.« Sie zuckte die Schultern.

Duval blickte aus dem Fenster. Er sah Villiers, der den Garten inspizierte. LeBlanc und Léa Leroc sprachen derweil mit einigen Gästen des Hotels. Während er im Teesalon darauf wartete, dass die Mitarbeiter des Hotels sich zur Befragung einfanden, bat er den Barmann um einen *café* und ein Glas Wasser.

»Besondere Wünsche? Allongé? Ristretto?« Der Barmann hatte mit flinken Händen bereits eine Untertasse mit Löffel und Zucker auf den Tresen gestellt. Er füllte ein Glas mit Eiswasser und stellte es daneben.

»Normal würde ich sagen, ich mag die Tasse weder randvoll, noch möchte ich den Kaffee darin suchen.« Der Barmann nickte höflich. Mit präziser Geste dosierte er Kaffeepulver in den Filter, schraubte ihn mit einer halben Drehung in die Kaffeemaschine und drückte auf den Knopf. Die Maschine röhrte, und sofort lief ein Strahl wohlriechenden Espressokaffees in das kleine dickwandige Tässchen.

»*Voilà*, Monsieur.«

Duval ließ den Zucker aus dem Portionstütchen in die Tasse rieseln und rührte um. Er führte die Tasse an den Mund. Sie war heiß. Und der *café* war vorzüglich.

»Genau, wie ich ihn mag.«

Der Barmann nickte, während er Gläser mit einem weißen Tuch auswischte. »Ich habe ihn gemacht wie für mich.«

»Sie arbeiten schon lange hier im Hotel?«

»Seit sieben Jahren fest. Vorher habe ich hier nur hin und wieder die Sommersaison gemacht.« Er fügte erklärend hinzu: »Das ist in diesem Metier eine lange Zeit.«

»Das ist heutzutage fast überall eine lange Zeit«, antwortete Duval.

»Das stimmt. Aber wissen Sie, im Hotel oder Gaststättengewerbe ist es an der Tagesordnung, dass man saisonweise arbeitet. Diese Freiheit und Flexibilität sind oft der Grund, warum man ins Hotelgewerbe geht. Es ist anstrengend, nicht immer gut bezahlt, dafür kommt man rum und sieht die Welt. Und man findet immer etwas, oft auch kurzfristig.«

»Aber Sie sind geblieben?«

»Ja. Irgendwann wird es auch mit der Freiheit anstrengend. Dieses Herumgondeln ist nett, wenn man jung ist und vor allem gesund. Mit zunehmendem Alter braucht man plötzlich häufiger einen Arzt. Vielleicht braucht man auch mehr Ruhe. Und man sucht verlässliche Eckpunkte. Also mir ging es zumindest so. Aber wenn Sie mir das noch vor zehn Jahren erzählt hätten, hätte ich Sie ausgelacht. Ich habe hier ein paar Jahre immer nur während der Sommersaison gearbeitet. Die Wintersaison verbrachte ich auf den Antillen, Guadeloupe, Martinique ... und wenn mir die Nase von jemandem nicht mehr passte, dann habe ich eben gewechselt. Ich dachte, ich würde das immer so weitermachen, mir gefiel dieser Rhythmus, diese Unabhängigkeit. Aber dann wurde ich krank, hatte mir einen Virus von dort eingefangen. Ständig hatte ich leichtes Fieber, ich war einfach nicht in Form. Ich schleppte mich hier mit Aspirin durch den Sommer und dachte, ich würde mich nach der Saison wieder erholen, aber ich blieb müde und schlapp. So konnte ich die Wintersaison nicht antreten. Ich lebte während des Winters hier in Cannes in einem feuchten Einzimmerappartement im Souterrain und fror erbärmlich. Es kann hier so kalt sein im Winter, dieses feuchte Klima ist so ungemütlich. Als Isabelle de Breuil davon erfahren hat, hat sie mich energisch zu einem Tropenarzt geschickt und mich unterstützt. Und sie hat mir dann einen festen Vertrag angeboten. Ich habe noch den ganzen Winter gekränkelt, aber ich bin dann hiergeblieben. Und ich bin Isabelle sehr dankbar.«

Duval kratzte mit dem Löffel ein paar Zuckerkrümelchen und den letzten Tropfen *café* in dem Tässchen zusammen und schlürfte es aus.

»Eine soziale Arbeitgeberin ...« Es war nicht ganz deutlich, ob es eine Frage oder eine Feststellung war.

»Was heißt sozial – sie hat noch gewisse Werte, sagen wir so. Sie ist aber auch sehr autoritär und fordert unbedingte

Loyalität. Und sie kann keine Konkurrenz im eigenen Haus ertragen. Aber für mich ist das kein Problem. Wie gesagt, ich weiß zu schätzen, was sie für mich getan hat.«

»Für Sie ist das kein Problem. Für andere schon?«

»Naja ...«, der Barmann zögerte mit seiner Antwort und ordnete ein paar Dinge hinter dem Tresen, die nur für ihn sichtbar waren.

»Sagen wir so: Für mich ist das kein Problem, weil ich keine Konkurrenz für sie bin. Wir haben jeder unseren Bereich. Ich bin ein alter Hase, ich kenne meinen Beruf, das weiß sie und sie redet mir nicht rein. Und ich bin kein Anwärter auf den Job des Direktors, wenn Sie verstehen ... Aber ich sehe, dass sie keinen Nachfolger hat, der ihr das Wasser reichen kann. Und das hat sie sich ein Stück weit selbst zuzuschreiben. Sie ist die Königinmutter, verstehen Sie? Sie braucht die gesamte Aufmerksamkeit. Sie wollte nicht, dass ihr die Kinder im Hotel Konkurrenz machen. Sie hat sie immer klein und in Abhängigkeit gehalten und immer alles für sie geregelt. André hatte so oft Spielschulden ...« Er schüttelte den Kopf. »Jetzt wundert sie sich, dass die Kinder nicht selbstständiger sind.«

»Wer ist denn Anwärter auf den Job des Direktors?«

Der Barmann verzog das Gesicht. »Tja ... Angélique ist vorgesehen, ihre Tochter, aber ich sehe sie nicht wirklich in dieser Rolle. Es ist schwer, mit einer so brillanten und dominanten Mutter seinen Weg zu finden. Angélique gondelt ein bisschen unstet in der Weltgeschichte herum, ohne wirkliche Aufgabe, Isabelle kann einfach nichts abgeben und wenn, muss sie ständig kontrollieren ... Es erinnert mich an die Königin von England und ihren Sohn.«

»Sie haben Sie vorhin auch Königinmutter genannt.«

»Sehen Sie ... Möchten Sie noch einen *café*?«

»Nein, danke.«

»Wo waren Sie denn gestern gegen 13 Uhr?«, fragte Duval dann unvermittelt.

»Jetzt geht's los«, grinste der Barmann, »jetzt kommen die richtigen Fragen.«

Duval blieb ernst.

»Gegen 13 Uhr? Da ist es passiert?«, fragte der Barmann und rieb sich nachdenklich über das Kinn.

Duval machte eine vage nickende Bewegung mit dem Kopf.

»Gestern war es eher ruhig«, der Barmann überlegte und sprach langsam. »Wir servieren hier das Frühstück bis zehn Uhr, es gibt immer ein paar Spätstarter, aber ab halb, dreiviertel elf war es dann ruhig. Madame de Breuil kam gegen elf auf einen Espresso, das ist beinahe ein festes Ritual. Zwischen zwölf und zwei sind in der Regel alle irgendwohin zum Essen ausgeflogen. Wir servieren hier kein Essen, bieten nur ein paar süße oder herzhafte Snacks zum Drink oder zum Tee oder Kaffee an. Kurz vor zwölf hatte ich zwei Engländer für einen *Apéro*, glaube ich, aber dann ... lassen Sie mich überlegen ... meist kommen die Gäste erst wieder für den Tee am Nachmittag, so ab 15 Uhr, und dann abends, da arbeiten wir dann zu zweit.« Er überlegte. »Ich glaube, nein, ich bin sicher, ich hatte um 13 Uhr keine Gäste hier, alle ausgeflogen. Und wenn niemand da ist und alles in Ordnung ist, wenn nichts aufgeräumt oder gespült werden muss, dann gehe ich raus auf die Terrasse zum Rauchen. Ich vermute, ich war draußen.«

»Ist Ihnen drinnen oder draußen irgendetwas aufgefallen?«

»Nein«, er schüttelte entschieden den Kopf.

»Denken Sie noch mal nach, und wenn Ihnen irgendwas einfällt ... Sie wissen schon.« Duval tendierte stets dazu, diesen Satz abzukürzen. Wie viele Tausend Mal hatte er ihn schon gesagt, und wie viele Tausend Mal hatte ihn ein jeder schon in TV-Kriminalserien gehört. Duval sah den Barmann an. Der nickte.

»Sicher.«

»Entschuldigen Sie, Monsieur le Commissaire, ich musste erst noch zwei Buchungen bestätigen, dann kam noch ein Anruf und dazwischen immer wieder besorgte Gäste, die ich beruhigen muss ...« Der Rezeptionist kam schnellen Schrittes in den Teesalon und wirkte gestresst.

»Setzen Sie sich, Monsieur ...?!«

»Favier, Philippe Favier.«

»Sie arbeiten an der Rezeption?«

»Ja, ich bin Rezeptionist in diesem Hotel seit ... gut 15 Jahren, glaube ich. Nein, ich weiß es sogar ziemlich genau, damals war mein Sohn gerade in die *École Primaire* gekommen, da war er fünf, jetzt ist er zwanzig und studiert. Fünfzehn Jahre also.« Monsieur Favier war immer noch etwas kurzatmig und sprach schnell.

»Ah ja, das geht schnell mit den Kindern, kaum sieht man nicht hin, sind sie schon groß ...« Duval versuchte den nervösen Mann etwas zu beruhigen.

»Ja, unglaublich. Ich habe das Gefühl, die Zeit, in der er nachts noch nicht durchgeschlafen hat, war gerade gestern, und heute ist er ein junger Mann, mit dem ich nicht mehr weiß, was ich reden soll.« Der Mann atmete tief, setzte sich dann aufrecht in einen kleinen Sessel und drehte unwillkürlich den Kopf Richtung Rezeption und lauschte. Von weit weg hörte man ein Telefon schrillen. »Entschuldigen Sie ...«, er war versucht aufzustehen, sah zu Duval, gab diese Idee auf und zuckte dann mit den Schultern. »Ich kann nicht alles machen.«

»Sie haben jetzt jemanden an der Rezeption, der Sie vertritt …?«

»Ja, ja, schon …«

»Gut, Monsieur Favier, Sie arbeiten ausschließlich an der Rezeption?!« Philippe Favier nickte. »Gestern auch?« Der Rezeptionist nickte wieder. »Hatten Sie gestern die gleiche Arbeitszeit?«

»Ja. Diese Woche habe ich Frühschicht. Wir arbeiten hier wochenweise im Schichtdienst, an der Rezeption haben wir nur Früh- oder Spätschicht. Dann gibt es noch eine Art Nachtdienst, das sind zwei junge Männer, die sich abwechseln, und immer wieder eine Kontrollrunde im Haus und im Garten machen.«

»Wie Sie vermutlich wissen, ist der Safe in dem betreffenden Zimmer präzise um 13 Uhr geöffnet worden, das war zu einem Zeitpunkt, an dem Sie also an der Rezeption waren. Ihnen ist nichts aufgefallen, wenn Sie jetzt noch einmal nachdenken?«

»Um 13 Uhr? Das wissen Sie so genau?« Der Rezeptionist wirkte überrascht.

Duval nickte. »Ist ja heute alles elektronisch unterstützt … so gut wie nichts geschieht heute noch unkontrolliert.«

»Aha. Das wusste ich nicht.«

»Also? Irgendetwas Besonderes? Alles kann wichtig sein. Haben Sie etwas gehört? Gesehen?«

»Um 13 Uhr? Ich habe keine Ahnung. Ich habe nichts Besonderes bemerkt. Ich habe vermutlich etwas gegessen.« Er schien zerknirscht.

»Es war nicht gerade ein Moment, wo besonders viel los war an der Rezeption um diese Zeit?«

»Nein, nein. Sicher nicht. Wenn Gäste auschecken, ist das eher vormittags, das Einchecken beginnt hingegen erst nachmittags. Dazwischen müssen die Zimmer ja wieder gemacht werden, insofern geht es nicht früher. Um die Mittagszeit ist es daher eigentlich ruhig im Hotel. Alle sind beim Essen, auch das Personal.«

»Mittags trifft man also eher niemanden auf den Fluren?«

»Naja, ja und nein, das kann man so nicht sagen. Die Gäste sind zumeist unterwegs, aber natürlich sind immer Menschen im Hotel, die Zimmermädchen sind noch da, zum Beispiel, die machen meist gar keine Pause, sondern hören lieber früher auf, je nachdem, wann sie fertig sind.«

»Das Hotel ist voll belegt?«

»Nein. Bedauerlicherweise nicht. Aber es ist ja auch schon September, die Hauptsaison ist vorbei. Allerdings war auch die eher zu ruhig. Die Krise ... was wollen Sie machen, das trifft uns alle.«

»Alles war also ganz normal gestern?«

Duval schien es, als zögere der Mann unmerklich, bevor er sagte: »Ja, alles war wie immer.«

»Gut, dann vielen Dank, Monsieur Favier, wenn Ihnen noch irgendetwas einfällt, was auch immer, melden Sie sich, ja? Ich gebe Ihnen meine Karte.«

»Das war's schon?« Er wirkte überrascht.

»Für den Moment war es das. Aber keine Sorge, manchmal fällt mir später auch noch etwas ein, dann komme ich wieder und frage weiter.«

»Ach so?!« Der Rezeptionist sah ihn befremdet an.

»Ja, das war keine Drohung«, versuchte Duval zu scherzen, aber der Rezeptionist schien nachhaltig irritiert. »Also, ich glaube nicht, dass mir noch etwas einfällt. Es war nicht viel los«, sagte er dann.

»Das weiß man nie. Manchmal kommt einem etwas erst später in den Sinn, keine Sorge, das ist ganz normal.«

Der Rezeptionist nickte, erhob sich, stützte sich mit beiden Händen ab und verzog schmerzvoll das Gesicht.

»Ein Problem?«

»Nein, nein, nichts weiter«, er stöhnte dennoch leise. »Nur ... mein linkes Knie ist völlig hinüber, ich muss mir den Meniskus rausnehmen lassen. Aber ich wollte es erst nach der Saison angehen. Jetzt habe ich noch drei Monate Wartezeit bis zur OP. Der Übergang vom Sitzen zum Stehen und Gehen ist schwierig. Und die Treppen ... ein Aufzug wäre tatsächlich nicht schlecht, manchmal.«

—

Duval sprach noch mit den drei Zimmermädchen, die um die fragliche Zeit die Zimmer im zweiten und dritten Stock aufgeräumt und teils komplett neu hergerichtet hatten. Sie waren alle drei eingeschüchtert, weil sie sich praktisch als Hauptverdächtige sahen. Immerhin hatten sie den Generalschlüssel und somit Zugang zu allen Räumen. Und selbstverständlich hatten sie die beiden Zimmer des Ehepaars Rochefort aufgeräumt. Allerdings bereits gleich morgens, nachdem das Ehepaar das Hotel verlassen hatte. Wann sie welche Zimmer machten, hing davon ab, welche der Zimmer dringend für neue Gäste benötigt wurden. Die Zimmer für Gäste, die einen längeren Hotelaufenthalt gebucht hatten, wurden dazwischengeschoben, je nachdem wie es gerade passte und je nachdem wann die Gäste das Zimmer verließen und das Schild »Zimmer aufräumen« an den Türgriff hängten.

Fragen, ob sie Fenster, Terrassentür und Zimmertür auch

wieder verschlossen hatten, hatten sie alle drei sehr bestürzt. Natürlich. Oder? Tätigkeiten, die so routiniert ablaufen, erledigt man, ohne drauf zu achten. Sie arbeiteten in der Regel zu dritt, die Arbeit war detailliert aufgeteilt, zwei machten zusammen das Bett, eine säuberte das Bad. Je nachdem wie viel es noch aufzuräumen gab, gingen zwei der Mädchen schon weiter, während die Dritte noch abstaubte und mit dem Staubsauger durch das Zimmer ging oder den Fußboden wischte, dann alles wieder an seinen Platz schob und das Zimmer verließ. Hatte Zelia wirklich abgeschlossen, als sie das Zimmer verlassen hatte? Die junge Frau begann zu zittern, als Duval sie dies fragte.

»Ich denke, ja, ich ... ich ...«, sie begann zu weinen. Duval schwieg einen Moment und wartete. »Ich kann es nicht beschwören, aber ich denke, dass ich es automatisch mache.« Sie schluchzte noch einmal kurz auf und sagte dann entschlossen: »Ich habe einen Anruf bekommen, dass meine Tochter sofort aus der Schule abgeholt werden muss, sie hatte sich erbrochen und Fieber bekommen. Ich war natürlich total aufgeregt und versuchte meine Mutter zu erreichen, damit sie meine Tochter abholt, weil ich ja nicht einfach so wegkonnte, mitten im Dienst. Aber ich konnte sie nicht erreichen, also habe ich rumtelefoniert und war mit meinen Gedanken woanders. Vielleicht habe ich nicht abgeschlossen. Ich weiß es nicht. Ich hoffe, das ist jetzt nicht alles meine Schuld?! Muss ich sonst dafür aufkommen?« Sie begann erneut zu zittern.

»Immer mit der Ruhe, noch ist gar nichts geklärt, Mademoiselle. Und zwischen Türen nicht abschließen und illegal einen Safe öffnen und Schmuck stehlen ist ein großer Unterschied.«

Sie schniefte.

»Was haben Sie dann gemacht?«, fragte Duval. »Haben Sie jemanden für Ihre Tochter gefunden?«

Sie sah ihn schuldbewusst an, als erwartete sie, dass Duval sie sofort verhaftete. »Nein.« Sie flüsterte fast. »Ich bin heimlich gegangen. Ich wollte nicht, dass Madame de Breuil es erfährt, es ist schon mehrfach vorgekommen, wissen Sie? Meine Tochter ist oft krank, und ich bin alleine mit ihr. Meine Mutter arbeitet auch noch, verstehen Sie? Ich habe niemanden. Und Madame de Breuil ist so streng! Immer erzählt sie mir, wie sie es früher mit ihren Kindern gemacht habe. Als würde mir das etwas helfen.« Sie begann erneut leise zu weinen. »Aber jetzt ist sowieso alles egal. Sie wird mich rauswerfen, wenn sie das erfährt. Es ist alles meine Schuld!« Sie schnüffelte mit der Nase und suchte in den Taschen ihres Kittels ein Taschentuch.

»Mademoiselle, beruhigen Sie sich, Sie haben den Schmuck nicht gestohlen, oder?«

»Nein!« Sie schüttelte heftig den Kopf.

»Na, sehen Sie. Wie geht es Ihrer Tochter heute? Wie alt ist sie?«

»Besser«, sie lächelte vorsichtig, »aber ich wollte kein Risiko eingehen, und habe sie nicht in die Schule geschickt. Sie ist heute bei einer Nachbarin. Sie ist vier.« Sie lächelte verlegen.

»Wer wusste denn, dass Sie heimlich gegangen sind?«

»Niemand!« Augenblicklich flüsterte sie wieder.

Duval hätte beinahe gelacht. »Na, die Kolleginnen werden Sie schon vermisst haben, oder? Und hat irgendjemand Sie gesehen, als Sie gingen?«

»Die Mädchen, ja, aber die sind auf meiner Seite. Und Philippe wusste es auch. Aber Philippe sagt nichts. Dem kann man vertrauen.«

»Philippe Favier?«

»Ja.«

»Gibt es sonst noch irgendetwas, was Sie mir in diesem Zusammenhang erzählen möchten? Irgendetwas, das noch vorgefallen ist? Denken Sie ruhig nach.«

Sie überlegte angestrengt und zog dabei die Stirn in Falten. Dann schüttelte sie den Kopf. »Meinen Sie, ich muss den Schmuck ersetzen, wenn rauskommt, dass ich nicht abgeschlossen habe?«

»Das ist Ihre größte Sorge?«

Sie nickte.

»Ich bin nicht hundertprozentig sicher, Mademoiselle, aber ich denke nicht. Reicht Ihnen das erst einmal?«

Sie nickte erneut, wirkte aber nur bedingt erleichtert.

»Gut, wenn Ihnen oder Ihren Kolleginnen noch etwas einfällt, dann rufen Sie mich an, ja?« Er gab ihr seine Karte.

»Dann danke ich Ihnen, *au revoir* und weiterhin gute Besserung für Ihre Tochter.«

Sie lächelte. »Danke.«

Er überlegte und ging dann die Treppen zum dritten Stock hinauf, wohin die Zimmermädchen wieder entschwunden waren, um die letzten Zimmer zu beenden. Er lief den mit rostrotem Teppichboden ausgelegten Flur entlang und sah sich um. Vom Fenster am Ende des Flurs konnte man in den Garten sehen. Duval besah sich den weitläufigen gepflegten Garten mit den großen Palmen. Er war wirklich ein kleines Paradies.

Zurück an der Rezeption blieb er stehen und wartete, dass der Rezeptionist den Telefonhörer auflegte. »Ja?«, fragte dieser. »Sie haben noch eine Frage?«

»Ja, sehen Sie ... mir ist doch noch etwas eingefallen. Warum haben Sie mir nicht erzählt, dass Zelia gestern Morgen früher gegangen ist?!«

Der Rezeptionist sah erschrocken zur Bürotür von Madame de Breuil, beugte sich über den Tresen und sagte leise. »Ich wollte sie nicht verraten. Madame de Breuil hat gesagt, wenn es noch einmal vorkommt, dann fliegt sie raus.«

»Verstehe.«

Dienstag, 5. September

»Lassen Sie uns mal zusammentragen, was wir haben, Villiers, fangen Sie an?« Duval blickte in die Runde.

»Nun, für jemanden, der sich auskennt, ist der Zugang zum Hotel ein Kinderspiel. Ich denke, es ist nicht unmöglich, dass selbst tagsüber jemand über die Gartenmauer unbemerkt auf das Hotelgelände gelangen kann. In der Kluft eines Gärtners beispielsweise würde er zumindest den Gästen nicht weiter auffallen. Die Hotelzimmer werden noch klassisch mit einem Schlüssel geöffnet. Auch das ein Kinderspiel, für einen versierten Türöffner zumindest. Die Fenster der Zimmer im Erdgeschoss sind zwar wie alle anderen Fenster mit Fensterläden und zusätzlich mit einem dekorativ geschwungenen Gitter versehen, nicht aber die Fenstertüren, die jeweils zu einer kleinen privaten Terrasse und zum Garten führen. Zugang gibt es auch über die nicht verschlossenen Notausgangtüren am Ende der Flure. Es gibt einen weiteren Zugang von außen zum Kellergeschoss, in dem sich die Wäschekammer, ein Bügelzimmer, die Spinde des Personals und mehrere Personalzimmer befinden. Der ist nur mit einem einfachen Schloss versehen. Es gab keinerlei Einbruchsspuren, weder an einer der Hoteltüren noch an der Zimmertür, der kleine Safe im Kleiderschrank, der in der Wand verankert war, war ebenso nicht gewaltsam geöffnet worden. Am Safe wurden nur die Fingerabdrücke von Monsieur und Madame Rochefort gefunden.«

»Das steht so in etwa auch im Bericht der Kollegen.« Duval überflog den Bericht erneut. »Auf dem Speicherchip konnte nachgewiesen werden, dass der Safe um 13.02 Uhr ohne Fehlversuche direkt mit dem Mastercode geöffnet worden war. So. Damit sind zum großen Entsetzen von Isabelle de Breuil alle verdächtig, die einen Zugang zum Mastercode hatten, in erster Linie das Personal, für das sie eigentlich die Hand ins Feuer legt. Madame de Breuil selbst und die Mitarbeiter an der Rezeption kannten den Code, der wiederum im Hotelsafe deponiert war und auf den so unter Umständen auch von anderen Mitarbeitern zugegriffen werden konnte.«

»Und selbst wenn der Täter von außen gekommen war, musste er im Hotel einen Komplizen gehabt haben«, ergänzte Villiers. »Woher hätte er sonst wissen sollen, dass es genau in diesem Safe etwas zu holen gab und dass das Ehepaar genau an diesem Tag mehrere Stunden abwesend war?«

Léa Leroc wedelte mit Papier: »Ich habe mir von Madame de Breuil die Dienstpläne ausdrucken lassen und versuche zu sehen, wer vom Personal wann und wo war. Aber es war kaum jemand da um die Mittagszeit. Die Rezeption und die Bar waren besetzt, und die Zimmermädchen waren noch im Haus ... die hatten Sie alle befragt, Commissaire, oder?«

Duval nickte.

Léa Leroc sprach weiter: »Madame de Breuil war nachweislich außer Haus essen, Georges Bouvard hatte seinen freien Tag, der Gärtner kommt morgens in aller Frühe und ist spätestens um zehn Uhr wieder weg. Er sagt, er war danach bei einem anderen Kunden, das muss noch überprüft werden. Im Keller arbeitet eine Frau, die sich um die Wäsche kümmert. Sie ist Philippinerin, eine kleine, freundliche Frau. Spricht allerdings schlecht französisch. Dort unten hört man nur die Maschinen brummen. Zusätzlich zum Lärm des Wäschetrockners und der Waschmaschine, ließ sie Wäschestücke durch eine Heißmangel laufen. Sie hört den ganzen Tag Radio Nostalgie, und die Schlager plärren zusätzlich fröhlich durch den Keller. Furchtbar. Als ich kam, lief gerade was von Michel Delpech, das ich jetzt nicht mehr loswerde …« Sie schüttelte genervt den Kopf.

»Oh, Delpech …« Villiers begann mit schmelzender Stimme zu singen: *»Pour un flirt avec toi … je ferais n'importe quoi«* und sah sie dabei schmachtend an. »Richtig?« Er grinste breit.

»Oh là là, hör auf, Noah, du nervst!«

LeBlanc ergriff das Wort. »Mit Léa haben wir die Gäste befragt, die im Haus waren, es sind nicht allzu viele. An besagtem Tag ist morgens eine Reisegruppe von zwölf Gästen abgereist. Die waren gegen zehn Uhr schon auf dem Weg zum Flughafen. Geblieben sind nur noch ein paar Rentner. Ein alter Herr hat das Zimmer direkt neben den Rocheforts. Im ersten Stock wohnen zwei rüstige Engländer, dann drei ältere französische Damen, die alle miteinander befreundet sind, sie haben die Zimmer nebeneinander. Im zweiten Stock wohnen ein italienisches und ein deutsch-französisches Ehepaar. Die Engländer und die drei älteren Damen sind wie die Rocheforts Stammgäste.«

»Alle rühmen übrigens den sehr persönlichen Stil des Hauses«, ergänzte Léa Leroc. »Die Damen verbringen manchmal Weihnachten und den Jahreswechsel im Hotel, und sie schwärmten in höchsten Tönen, wie stimmungsvoll es immer sei. Madame de Breuil spielt Klavier und sie macht jedem Gast ein kleines Geschenk. Als sei man Familie. Dieses Ambiente wird von allen geschätzt. Dass eine der Damen zwei Kopfkissen zum Schlafen benötigt oder einen bestimmten Tee trinkt, solche Kleinigkeiten merkt man sich hier.«

LeBlanc nickte und fuhr fort: »Eine allein reisende Dame, eine Französin, wohnt ganz oben im zweiten Stock. Aber alle waren zur fraglichen Zeit außer Haus, bis auf den wirklich sehr alten Herrn, der im Erdgeschoss, direkt im Nachbarzimmer, logierte. Er war zwar anwesend, hat aber mit Kopfhörern Musik gehört. Er ist schwerhörig und wollte die anderen Gäste nicht mit der Lautstärke seiner Musik stören.«

»Das ist auch besser so, das sollten alle tun, wenn sie Radio Nostalgie hören«, spottete Leroc. LeBlanc war kurz irritiert und sah auf seine Notizen. »Aber er hörte nicht Radio Nostalgie«, widersprach er, »er hörte Klassik, also diesen Klassiksender *France Musique*, das habe ich mir extra notiert.« Er sah Leroc an, die gespielt ernst nickte. »Und er war völlig in Anspruch genommen von seiner Musik und hat nichts anderes gehört, geschweige denn gesehen, das sagt er zumindest. Wir könnten vielleicht überprüfen, was er gegen 13 Uhr gehört hat …«

»Die Nachrichten wahrscheinlich«, sagte Leroc trocken, »kein Zeuge also, und ich glaube als möglichen Täter können wir einen alten Mann mit zitternden Händen ebenfalls ausschließen.«

»Ach, man sollte die alten Herrschaften nicht unterschätzen«, warf Villiers ein. »Erinnert ihr euch an den Achtzigjährigen, der seine ebenso alte Nachbarin erstochen hat, weil sie ihn nicht erhören wollte? Der hat auch ausgesehen, als könne er kein Wässerchen trüben und hat immer nur wiederholt ›sie war allein, und ich war allein, alles hätte so schön sein können‹.« Villiers lachte.

»Idiot!« Das war Léa Leroc.

»Meinst du mich?«

»Nein, den Alten natürlich, so etwas kann nur einem Mann einfallen.«

»Können wir mal beim Thema bleiben?« Duval war gereizt. Sein Telefon klingelte. Er sah an der Nummer, dass es der ChefChef war, wie die Kollegen ihn hier nannten. Der Polizeidirektor. »O.k., wir machen später weiter.« Duval machte eine Geste mit der Hand, und Villiers, LeBlanc und Leroc verließen das Büro, während er den Hörer abnahm.

»Oui, Monsieur le Directeur?«

»Duval, wie geht's?«, fragte er, aber ohne den üblichen höflichen Austausch der Befindlichkeiten abzuwarten, fuhr er fort: »Sagen Sie, wie weit sind Sie in der Schmucksache in diesem Hotel Beauséjour? Es wäre wünschenswert, wenn wir mal einen schnellen Erfolg vorweisen könnten. Halten Sie mich auf dem Laufenden bitte, ich möchte nicht immer das Gefühl haben, dass ich der Letzte bin, der hier etwas erfährt.« Noch bevor Duval antworten konnte, sprach er weiter. »Übrigens habe ich gestern anlässlich eines Diners Madame Bouvard getroffen ...«

Na, wunderbar, dachte Duval.

»... und mir sind Klagen über Ihr Verhalten zu Ohren gekommen. Sie wissen es vielleicht nicht, aber Madame Bouvard genießt ein überaus hohes Ansehen in Cannes. Sie ist eine einflussreiche Persönlichkeit ...«

»Das sehe ich«, knurrte Duval dazwischen.

»Bitte?«

»Ich sagte, dass ich mir dessen bewusst bin, Monsieur le Directeur, glauben Sie mir, ich mache nur meine Arbeit und ...«

»Natürlich, Duval, das habe ich der Dame auch gesagt. Aber passen Sie ein bisschen auf, wo Sie die Füße hinsetzen. Und bitte seien Sie in Zukunft ein bisschen taktvoller mit Madame Bouvard. Sie verstehen, was ich meine?«

»Monsieur le Directeur ...«, setzte Duval an, aber der Direktor unterbrach ihn. »Ich muss Ihnen doch nicht erklären, wie Sie Ihre Arbeit zu machen haben?«

Das tun Sie gerade, dachte Duval, aber er sagte: »Nein, Monsieur le Directeur.«

»Na dann. Machen Sie weiter.«

Wie im Kindergarten, dachte Duval verärgert. Das ist der Nachteil in einer kleinen Stadt, in der jeder jeden von irgendwoher kennt und man sich aus irgendwelchen Gründen gegenseitig verpflichtet ist. Es konnte natürlich auch ein Vorteil sein. Kam ganz darauf an. Er fühlte sich bislang noch ziemlich frei in Cannes und hoffte, das auch zu bleiben. Aber es war immer eine Gratwanderung.

»Sie haben Nicole Bouvard wirklich warten lassen?« Villiers war zwischen Entsetzen und Begeisterung hin- und hergerissen. »*Ouulaaa*, Commissaire. Sie kennt alle der oberen Zehntausend und geht einmal in der Woche mit dem Bürgermeister essen.«

»Ist mir wurscht!« Duval machte keinen Hehl aus seiner schlechten Laune.

»Hier kennt man sich, Commissaire!«, insistierte Villiers. »Das wird sie Sie spüren lassen.«

»Ja, ja ...« Duval brummte unwillig. »Das wollen wir erst mal sehen.« Er stieß seine Schreibtischschublade geräuschvoll zu. »Lassen Sie uns was essen gehen, Villiers, währenddessen erzählen Sie mir mal ein bisschen von der Dame.«

»Jawohl, Chef!« Villiers machte eine angedeutete Geste des Salutierens.

»Hören Sie auf, Villiers, und hören Sie auf, mich ständig Chef zu nennen.«

»Wie soll ich Sie denn sonst nennen? *Patron,* vielleicht?«

Duval verdrehte die Augen. Er antwortete nicht. »Wo gehen wir hin?«, fragte er stattdessen und seufzte gleichzeitig. Seit das Restaurant *Le Pacific* mit seiner einfachen, aber schmackhaften Küche und den patenten, herzlichen Kellnerinnen, das so praktisch gegenüber dem Polizeipräsidium gelegen war, seine Türen von einem auf den anderen Tag ohne Vorankündigung geschlossen hatte, fühlten er und die Kollegen sich verwaist. Man aß mal hier, mal dort. Nicht überall war man als *flic* wirklich willkommen.

»Was möchten Sie denn?«, fragte Villiers vorsichtig, da er den feinen Gaumen des Commissaires kannte.

»Wo gehen Sie denn hin, seit das *Pacific* geschlossen ist?«

Villiers schien plötzlich verlegen. »Mal hier, mal da«, sagte er vorsichtig. »Ich habe ein kleines Restaurant entdeckt, gleich gegenüber dem Palais, aber ...«, er zögerte.

»Aber?!«, fragte Duval nach.

»Naja ... es ist nicht gerade Sternegastronomie.«

»Das war das *Pacific* auch nicht, dennoch war es gut.«

»Hmm ...« Villiers druckste ungewohnt herum.

»Also, gehen wir? Ich habe Hunger.«

»Jawohl, Che... Commissaire.«

Eine Blondine mit Pferdeschwanz wies ihnen lächelnd einen Tisch auf der Terrasse an und reichte ihnen gleichzeitig die Karte. Dann legte sie Papiersets auf den Tisch und Besteck und Papierservietten.

»Was ist das Tagesgericht?«, erkundigte sich Duval.

»*Moules Frites.*«

»Nehme ich.« Duval war schnell entschieden. »Und ein Glas Weißwein für mich und eine Karaffe Wasser, bitte.«

»Und für Sie, Monsieur?« Die blonde Kellnerin sah Villiers auffordernd an.

»Das Gleiche für mich.« Villiers war ganz gegen seine Gewohnheit zurückhaltend und sah die Kellnerin kaum an.

»Zweimal *Moules Frites*, zwei Weißwein und eine Karaffe Wasser, geht in Ordnung.« Sie stellte ihnen ein Körbchen mit Brot auf den Tisch und zog noch einmal die Papiersets gerade.

»Erzählen Sie mal, was Sie über die Dame Bouvard wissen«, forderte Duval Villiers auf und nahm sich ein Stück Brot.

»Madame Bouvard …«, begann Villiers gedehnt, »nun, Madame Bouvard wird manchmal die Margaret Thatcher der Drogeriemarktketten genannt. Sie ist eine unerbittliche Chefin, arbeitet aber auch hart, und sie ist stinkreich, nach allem, was man so hört. Sie hat aber mal ganz klein angefangen. Stammt aus einer Familie italienischer Einwanderer, die irgendwann in den Dreißigerjahren nach Cannes gekommen sind. Bescheidene Verhältnisse. Sie ist aber schon in Cannes geboren, aufgewachsen und hat ihr Abitur gemacht, im Lycée Carnot, wenn ich es richtig weiß, eine echte Cannoise also. Und zunächst arbeitete sie dann im Schuldienst, ich glaube als Mathematik- oder Physiklehrerin. Da blieb sie nicht allzu lang, sie hat sich dann mit Edmond Bouvard gut verheiratet und bekam zwei Kinder. Alles sah nach einer klassischen Frauenkarriere aus, man arbeitet ein bisschen, heiratet und bekommt Kinder. Aber dann starb überraschend ihr Mann, und zum Schrecken aller Mitgesellschafter hat sie seine Geschäfte übernommen. Das hatte niemand erwartet und alle befürchteten Schlimmstes. Aber sie ist eingestiegen, dass es nur so krachte. Und sie legte los, als hätte sie ihr ganzes Leben nichts anderes gemacht. Sie führt die Geschäfte viel strenger als ihr Mann, und sie hat ganz neue Saiten aufgezogen: Als Erstes trennte sie sich von allen gewerkschaftlich organisierten Mitarbeitern, und wer bei ihr nicht spurt, muss gehen oder geht irgendwann gerne freiwillig. Sie arbeitet hart und erwartet das auch von ihren Angestellten. Und sie ist erfolgreich damit. Sie hat expandiert und macht heute Umsätze in Milliardenhöhe. Die Gesellschafter, die sie anfangs so skeptisch beäugt haben, tragen sie heute auf Händen. Die verdienen sich alle dumm und dämlich. Vor ein paar Jahren hat sie die Auszeichnung zur erfolgreichsten Geschäftsfrau des Jahres erhalten, sie ist Vorsitzende der ›APM Riviera‹, einer lokalen Managementorganisation, und sie unterrichtet an der FBS, einer Business School, die in Nizza eine Dependance eröffnet hat.«

Die Kellnerin hatte ihnen zwischenzeitlich Wein und Wasser gebracht und stellte ihnen nun zwei tiefe Teller und je ein schwarzes emailliertes Kochtopfungetüm auf den Tisch. »Achtung, es ist superheiß!«, warnte sie. »Die Fritten kommen gleich.«

»Danke.« Duval nickte und nahm den Deckel ab und zuckte zusammen: Es WAR heiß! »Hmmm Muscheln ...«, freute er sich und beugte sich über den Topf, um den Geruch einzuatmen. Ihm lief das Wasser im Mund zusammen.

Er brach eine Muschel auseinander und schlürfte den Sud aus einer Hälfte und bediente sich einer leeren Muschel als Zange, mit der er das Muschelfleisch aus der anderen Hälfte zwickte. Er steckte sie in den Mund und war ein bisschen enttäuscht. Seine ersten Muscheln der Saison, und sie waren klein und etwas verkocht. Ein bisschen trocken fand er sie. Der Sud war auch etwas fade. Schade. Er aß sie trotzdem, aber die *Moules marinières* des *Pacific* erschienen in seiner Erinnerung noch köstlicher, als sie es vermutlich gewesen waren, und Wehmut überkam ihn, als er an das altmodische Restaurant dachte.

»Wissen Sie, was aus den Kellnerinnen des *Pacific* geworden ist?«, fragte er Villiers.

»Soweit ich weiß war Nancy sowieso kurz vor der Rente und hat einfach aufgehört, und Marie-Laure ist mit ihrem Mann nach Rumänien gegangen oder in eins dieser osteuropäischen Länder. Ihr Mann kommt von dort.«

»Hm.«

»Schmeckt es Ihnen?«

»Hmjah – *ça va*«, antwortete Duval wenig enthusiastisch. Er wollte nicht unhöflich erscheinen. Sie aßen schweigend. Dass Duval alle Muscheln aufaß, den Sud auslöffelte und den Rest sogar noch mit Brot auftunkte, war vor allem seinem Hunger geschuldet.

Aber die Kellnerin sah es erfreut. »Das sieht man gerne!«, lächelte sie ihn gut gelaunt an, als sie die Töpfe und Teller abräumte. »Möchten Sie ein Dessert?«

»Warum nicht. Was haben Sie denn heute?«

»Nougat Glacée, Tarte Tatin, Mousse au Chocolat, Crème brûlée ...«, begann sie aufzuzählen.

»Tarte Tatin«, entschied Duval.

»Mousse au Chocolat«, wählte Villiers.

»Kommt sofort. Möchten Sie auch einen *café*?«

»Anschließend«, entschied Duval und sah Villiers fragend an. Der nickte.

»In Ordnung.« Sie verschwand, und ihr blonder Pferdeschwanz wippte. Villiers sah ihr nach.

Duval räusperte sich, und Villiers zuckte leicht zusammen. Er grinste etwas verlegen. »Madame Bouvard ist also eine ausgezeichnete Geschäftsfrau?!«, setzte Duval die unterbrochene Konversation fort.

Villiers nickte. »Sie ist ohne Zweifel sehr erfolgreich. Und sie hat eine Menge Einfluss auch außerhalb der Wirtschaft. Sie unterstützt großzügig mehrere Kunststiftungen und kauft immer mal wieder ein spektakuläres Werk eines angesagten Künstlers und verschenkt es ebenso großzügig. Cannes ist voll von riesigen Skulpturen: Vor dem neuen Krankenhaus steht so ein Ding, und das Gemälde in der Eingangshalle der Mairie ist auch ein Geschenk von ihr. Da gibt es dann natürlich jedes Mal eine große Enthüllung mit Pomp und Presse und Tralala, und ihr Name steht mal wieder auf einer Gedenktafel aus Marmor, und ihr Bild ist groß in der Zeitung.«

»Sie macht von sich reden.«

»Ja, sehr exzessiv. Sie ist ständig in den Medien und äußert sich zu allem und jedem. Sie verweigert kein Interview und hat zu allem eine Meinung. Die Presse mag das.«

»Großes Geltungsbedürfnis«, meinte Duval trocken.

»Ja, sicher, aber es ist nicht nur das. Es ist so ein ›an mir kommt ihr nicht vorbei‹-Gehabe. Ob Wirtschaft, Kunst oder Sport, ich bin schon da.«

»Sport auch?«

»Aber ja! Der altehrwürdige Tennis Club in Cannes ist ihr Lieblingskind. Der Club dümpelte jahrzehntelang so vor sich hin, obwohl er zu einer anderen Zeit mal sehr angesehen war. Mitglied im Tennisclub zu sein, war zwar zu jeder Zeit sehr schick, aber der Verein ist im Laufe der Jahre bedeutungslos geworden. Seit sie sich dort engagiert und wieder erstklassige Trainer nach Cannes geholt hat, die die Jugendmannschaften trainieren, boomt es dort wieder. Der Club findet erneut internationale Beachtung. Das ist so ganz nach ihrem Geschmack, diese Demonstration, dass sie aus einem verschlafenen Verein einen Verein mit Weltklasseformat machen kann.«

»Verstehe. Vermutlich hat sie das jetzt auch mit dem Hotel vor.«

»Gut möglich.« Villiers nickte. »Naja, und sie kennt hier natürlich alles, was Rang und Namen hat, ist ja eine kleine Stadt. Es heißt, sie hat die Wahlkampagne des Bürgermeisters finanziert, nicht offiziell natürlich, aber sie unterstützt ihn, verstehen Sie?«

Duval nickte. Dann wandte er sich seiner *Tarte Tatin* zu, auf der eine Kugel Vanilleeis balancierte. Die Tarte war lauwarm, und er genoss die Verschmelzung von Apfel und Vanille und war beinahe versöhnt mit seinem Mittagsmahl.

Nach dem *café* trennten sie sich. Duval wollte noch ein paar Schritte gehen. Nachdenken konnte er am besten, wenn er in Bewegung war.

Mittwoch, 6. September

Madame de Breuil entschloss sich nun doch Maître Arnaud anzurufen, um Angélique zu sprechen. Die Gesellschafterversammlung war für kommenden Montag angesetzt, sie konnte nicht mehr länger warten.

»Bonjour, Madame de Breuil, wie geht es Ihnen?« Roland Arnaud hatte ihre Nummer auf dem Display erkannt.

»Bonjour, Maître. Danke, es geht mir sehr gut, wie geht es Ihnen?« Sie zwang sich, die formelhafte Begrüßung einzuhalten.

»Ausgezeichnet, ganz ausgezeichnet! Danke der Nachfrage. Was verschafft mir die Ehre, Madame de Breuil, was kann ich für Sie tun?«

Sie entschloss sich direkt nach Angélique zu fragen, es gab jetzt kein Ausweichen mehr. »Maître«, versuchte sie so heiter wie möglich zu klingen, »ich würde einfach gern mal wieder meine Tochter sprechen und hören, wie es ihr geht. Ich weiß, dass Sie bei Ihnen ist, also lassen wir das Versteckspiel.« Fügte sie etwas strenger hinzu.

»Oh! Verzeihen Sie, Madame de Breuil, da bringen Sie mich in Verlegenheit. Angélique hat mich angewiesen, dass sie keinesfalls mit Ihnen sprechen möchte. Haben Sie es schon direkt auf Ihrem Handy versucht? Sie könnten Ihr eine Nachricht hinterlassen, und Angélique wird sich sicher melden, wenn sie sich dazu in der Lage fühlt.«

»Ich habe es schon hundertmal auf dem Handy probiert und schon ebenso oft eine Nachricht hinterlassen, es reicht mir jetzt, dass sie nie antwortet. Seitdem es diese Handys gibt, telefonieren alle ununterbrochen, aber niemand geht mehr direkt ans Telefon.« Sie war ungehaltener, als sie wollte.

»Ja, Madame de Breuil, ich verstehe Ihren Ärger. Ich werde versuchen Angélique dazu zu bewegen, dass sie sich bei Ihnen meldet, einverstanden?«

»Jetzt kann ich sie nicht sprechen?«

»Nein, Madame de Breuil, sie ist nicht hier. Aber ich kümmere mich darum, versprochen!«

»Wo ist sie denn?«

»Auch das möchte sie nicht, dass Sie es erfahren. Aber ich verspreche Ihnen, ich kümmere mich darum.«

»Das ist ja wirklich die Höhe, was sind das denn für Geheimnistuereien? So war sie früher nicht!«

»Ja, Madame de Breuil, Angélique hat sich verändert. Es ist manchmal schwer für Eltern, so etwas zu verstehen. Und besonders als Mutter. Angélique versucht, verzeihen Sie, wenn ich das so unverblümt sage, sie versucht sich von Ihnen abzunabeln. Sie hat es auch nicht leicht, glauben Sie mir.«

Unerhört, was wusste denn dieser Kerl vom Muttersein? »Da stecken doch Sie dahinter, Maître, was haben Sie ihr für einen Floh ins Ohr gesetzt?«

»Nein, Madame de Breuil, Sie täuschen sich. Es ist allein Angéliques Entscheidung, keinen Kontakt mit Ihnen aufzunehmen. Ich unterstütze sie nur in ihrer Entscheidung, weil auch ich denke, es ist besser so. Momentan zumindest. Aber ich verspreche Ihnen, mich darum zu kümmern, dass Angélique sich meldet. Kann ich sonst noch etwas für Sie tun?«

Dieser Strahlemann, sie sah ihn vor sich, wie er jovial ins Telefon säuselte, ganz Herr der Lage. Sie war außer sich. Wie konnte er nur ihrer Tochter derart den Kopf verdrehen?

»Nein, ich danke Ihnen, Maître, wenn Sie sich darum kümmern wollen. Ich möchte wirklich nur wissen, wie es ihr geht.« Keinesfalls würde sie diesem Anwalt etwas anderes erzählen.

»In Ordnung, Madame de Breuil. Einen schönen Tag noch!«

»Guten Tag, Maître.«

Sie legte den Hörer auf und sah vor sich hin. Dann brach es aus ihr heraus, ohne dass sie etwas dagegen tun konnte. Sie ließ sich gehen und weinte hemmungslos. Es klopfte, und wie üblich stand Monsieur Philippe Favier bereits im Zimmer.

»Oh! Pardon! Ich bitte tausendmal um Entschuldigung.« Er wollte schon wieder die Tür schließen.

»Nein, kommen Sie ruhig, Philippe, nur ein Moment der Schwäche. Es geht schon«, sagte sie mit vibrierender Stimme. Sie putzte sich geräuschvoll die Nase und sah ihn dann mit geröteten Augen betont fröhlich an. »Es muss ja weitergehen. Was gibt es?«

»Alles in Ordnung, Madame de Breuil? Kann ich etwas tun?« Er sah sie voller Mitleid an.

»Sie sind ein Engel, Philippe, wenn ich Sie nicht hätte. Ich mache mir Sorgen um Angélique. Sie ist mir so fremd geworden, jetzt will sie nicht einmal mehr mit mir sprechen.«

»Ah!« Er wirkte erleichtert. »Ich dachte ... aber naja, wissen Sie, mein Sohn ist manchmal auch unerträglich. Da rackert man sich ab, lässt sie studieren, und dann schämen sie sich für einen, weil man nur Rezeptionist ist.«

»Ja, das ist vielleicht nicht ganz der Fall bei Angélique, aber in etwa haben Sie recht, Kinder sind immer undankbar. Was dachten Sie?«

»Wieso?«

»Nun, als ich sagte, ich mache mir Sorgen um Angélique, wirkten Sie so, als hätten Sie etwas anderes erwartet.«

Er wurde rot. »Ja, verzeihen Sie, es geht mich nichts an, oder eigentlich ja doch.« Er druckste herum.

»Philippe! Wir kennen uns seit fünfzehn Jahren, was ist los?«

»Madame de Breuil, das Gerücht geht um, dass das Hotel verkauft werden muss, weil wir, weil Sie bankrott sind. Wir machen uns alle Sorgen um Sie und auch um uns, um unsere Arbeitsplätze, verstehen Sie? Als Sie weinten, dachte ich, ›Es ist so weit!‹. Und natürlich bin ich erleichtert, wenn es, verzeihen Sie, nur darum geht, dass Ihre Tochter nicht mehr mit Ihnen spricht.«

Sie sah ihn erschüttert an. »Das Gerücht geht um? So? Hören Sie zu Philippe und erzählen Sie es ruhig herum: Ich bin nicht bankrott! Und ich werde das Hotel nicht verkaufen! Niemals!« Sie war laut geworden. »Und machen Sie sich keine Sorgen um Ihre Arbeitsplätze. Alles bleibt, wie es ist«, fügte sie etwas ruhiger hinzu. »Konnte ich Sie damit beruhigen?«

»Danke, Madame de Breuil, ich bin so froh! Wirklich. Ich habe mir schreckliche Sorgen gemacht. Ich ... also ... vielleicht sollten Sie mit der Belegschaft sprechen, damit Sie es von Ihnen direkt hören ...«

»Ja, das werde ich machen in den nächsten Tagen, bestimmt. Weshalb wollten Sie mich sprechen, Philippe?«

»Nein, nein, nichts weiter. Also ich meine, das war es schon, Madame de Breuil, das, worüber wir gesprochen haben.«

»Gut. Dann ...«

»*Oui*, Madame de Breuil.«

Nachdem Philippe Favier die Tür geschlossen hatte, atmete sie tief durch. Gar nichts war sicher. Und wenn sie Angélique nicht auf ihrer Seite hätte, käme sie tatsächlich in eine Situation, in der sie das Hotel nicht mehr halten könnte. Ihre rechte Hand begann wieder zu zittern. Nicht im Traum hätte sie gedacht, dass ihr das Hotel, das ihre Urgroßeltern erworben hatten, eines Tages nicht mehr gehören könnte. Kurze Zeit später hatte sie eine E-Mail von Angélique in der Eingangsbox.

> *Chère Maman,*
> *Roland bat mich, Dir zu schreiben. Es geht mir nicht sehr gut. Ich hätte beinahe eine Dummheit begangen, bin jetzt aber in guten Händen. Mach Dir keine Sorgen um mich. Ich brauche etwas Ruhe und Abstand und werde mich eine Zeit lang nicht melden. Roland wird mich derweil in allen Angelegenheiten vertreten.*
> *A.*

»Mach dir keine Sorgen um mich!« Nun machte sie sich erst recht Sorgen. Und was sollte denn das heißen, »Ich hätte beinahe eine Dummheit begangen« und »Roland wird mich in allen Angelegenheiten vertreten«?

Entschlossen schrieb sie eine Mail an ihre Tochter, in der sie sie eindringlich bat, sich direkt mit ihr in Verbindung zu setzen. Mehrfach formulierte sie den Text um. Er sollte nicht zu aufdringlich klingen, wenn Angélique Abstand wollte. »Abstand!« Isabelle de Breuil schüttelte den Kopf. Seit wann brauchte man Abstand zu seiner Mutter? Neun Monate hatte sie sie in ihrem Bauch getragen! Abstand! Pah! Und wenn sie an die Schmerzen dachte, die sie bei Angéliques Geburt gehabt hatte ... Sie bemühte sich trotzdem, nicht zu viel Sorge, aber auch keine Gleichgültigkeit zu vermitteln. Sie schrieb von der bevorstehenden Gesellschafterversammlung und wie dringend sie Angélique an ihrer Seite sehen wollte. Als sie den Text erneut las, fürchtete sie, dass Angélique glauben könnte, sie sorge sich nur um das Hotel und löschte alle Formulierungen, die wie »reiß' dich zusammen« oder »ich appelliere an deinen Menschenverstand« klingen könnten. »Ich respektiere deine Bitte um Abstand, aber es geht um die Zukunft des Hotels, das auch deine Zukunft ist, bitte sei daher am Montag an der Seite deiner Maman, die dich von Herzen liebt«, schrieb sie schließlich. Das war doch wohl in Ordnung. Sie schickte die Mail ab.

Duval schloss die Haustür auf und drückte auf den Lichtschalter im Flur. Es blieb dunkel, wie auch schon die letzten Abende. Vermutlich war die Glühbirne durchgebrannt. Seit Tagen nahm er sich vor, sich darum zu kümmern, aber abends fühlte er sich entweder zu hungrig oder zu müde, um es anzugehen, und morgens dachte er einfach nicht mehr daran. Morgen früh würde er sich wirklich darum kümmern. Nein, jetzt gleich, entschloss er sich. Er suchte in seiner Wohnung nach einer Glühbirne und einer Taschenlampe. Damit ging er in den unbeleuchteten niedrigen Anbau hinter dem Haus, der als Abstellraum und Keller diente. Er brauchte eine lange Stehleiter, wenn er die Glühbirne in der Deckenlampe auswechseln wollte. Die beiden niedrigen beinahe lichtlosen ineinander übergehenden Räume waren vollgestellt mit alten Möbeln, an den Wänden lehnten Bretter, Baumaterial und Autoreifen. Mehrere alte Fahrräder standen in einer Ecke. In einer Badewanne stapelten sich Kisten, und die schiefen Holzregale bogen sich unter der Last von Lacken, Holzlasur und Farbeimern. Offene Holzkisten voll verrostetem Werkzeug, Einmachgläser voller Nägel, Schrauben und Dübel standen herum. Es war kühl, und es roch feucht und modrig. Eines Tages müsste er hier aufräumen, bevor alles durch die Feuchtigkeit verrottete. Im Schein der Taschenlampe sah er die Leiter, die er suchte. Sie lag zusammengeschoben neben einem alten Küchenschrank. Er zog sie hervor, dabei verhakte sie sich mit der Tür des Küchenmöbels, und als Duval sie gewaltsam herauszog, schlug er sich den Kopf an der Schranktür an. *Merde!* Er fühlte mit der Hand auf der Stirn nach. Nicht schlimm, es würde vermutlich nur eine Beule. Wütend stieß er die Tür des Küchenschranks zu, die sich jedoch nicht wirklich schließen lassen wollte. Mit der Taschenlampe leuchtete er hinein. Eine alte Kiste ragte ein Stück hervor. Sie passte weder der Länge noch der Breite nach in den Schrank. Duval zog sie heraus und öffnete sie: alte Fotos. Er leuchtete mit der Taschenlampe auf ein Foto und glaubte, seinen Großvater als jungen Mann darauf zu erkennen. Er drehte es um, aber es war nicht beschriftet. Er nahm die ganze Kiste und trug sie ins Treppenhaus. Das würde er sich später ansehen. Als er die Deckenlampe mühsam abgeschraubt hatte, stellte er fest, dass darin noch eine altmodische Glühbirne mit Bajonettgewinde steckte. Er hatte nur Energiesparlampen mit Schraubgewinde im Haus. Er fluchte leise. Dann eben nicht. Er stellte die Leiter an die Wand, legte die Deckenlampe darauf und trug die alte Kiste, die er gefunden hatte, in die Küche. Sie war prallvoll mit alten Schwarz-Weiß-Fotografien, manche hatte die Feuchtigkeit zusammenkleben lassen, und wenn er sie auseinanderzog, war nichts mehr darauf zu erkennen. Alles roch nach Feuchtigkeit, Schimmel und Pilzen. Er fand Postkarten, Briefe, Zettel, eine alte Straßenkarte von Italien und zwei verblasste ungelenke Filzstiftzeichnungen von schiefen Häusern. »Léon 6 Jahre« stand auf der Rückseite. Duval war gerührt, aber er erinnerte sich nicht, sie gemalt zu haben. Er sah die Fotos an, Gruppenfotos, feierliche Hochzeitsfotos, nackte Babys auf einem Fell, kleine Mädchen in Erstkommunionkleidern. Junge Männer in Uniformen. Nur auf einem Foto glaubte er, seine Großeltern als junges Paar zu erkennen. Sonst erkannte er niemanden. Er begann die Postkarten zu lesen, sie waren an seine Urgroßmutter adressiert, Madame Gagliardi, Avenue du Prado 8 in Cannes. Auf der Rückseite einer schwarz-weißen Karte mit Bergmotiv stand: »Schöne Wanderung, angenehmer Aufenthalt, herzliche Grüße, P.«. »Aosta ...« war auf dem Poststempel neben der italienischen Briefmarke zu lesen. Das Datum konnte Duval nicht entziffern. Dann fand er ein kleines Büchlein, auf dem »Hühner« stand. Jemand hatte haarklein aufgeschrieben, wie viele Körner eine Handvoll Hühner futterten und was alles gekostet hatte. Die Summen waren enorm, alles war noch in alten Francs aufgeführt. In Duvals Kopf war plötzlich ein Bild. Die Avenue du Prado! Jetzt wusste er auch, weshalb ihm die Straße so bekannt vorgekommen war, als er damals die Indios in der dortigen Kirchengemeinde untergebracht hatte.

Er sah Hühner scharren in einem Hof, Licht und Schatten flimmerten auf dem Boden, er sah einen großen Feigenbaum. Und er erinnerte sich, dass ihn jemand rief: *»Mon cococciu!«* Seine Großmutter? Oder seine Urgroßmutter? Er schaute auf die Uhr. Es war schon spät, aber er rief dennoch seine Mutter an. Sie war zwischen Verärgerung über die späte Störung und Freude, ihn zu hören, hin- und hergerissen. Er berichtete von seinem Fund und seinen plötzlichen Erinnerungen. Seine Mutter war kategorisch: »Das kann nicht sein, Léon, du warst da noch ein Baby!«

»Aber Maman, wenn ich dir doch sage, ich erinnere mich an die Straße und die Hühner!«

»Das bildest du dir ein, Léon. Du warst noch keine zwei Jahre alt, als die Urgroßeltern das Haus mit dem Hühnerhof hatten. Die Urgroßeltern wohnten unten und die Großeltern oben. Ja, das war, wenn ich mich recht entsinne, in der Avenue du Prado. Wir sind dann nach Paris gezogen, aber du warst da noch so klein. Später hast du Ferien bei den Großeltern gemacht, aber da wohnten sie schon in dem Haus, das dir dein Vater vererbt hat. Und Hühner gab es da schon keine mehr.«

»Ich würde dir gern die Fotos zeigen, vielleicht weißt du, wer das alles ist. Ich erkenne so gut wie niemanden darauf. Lauter kleine Männer mit dunklen Schnurrbärten und Frauen mit langen Röcken und Hüten. Und Babys auf Fellen und Mädchen in Kommunionkleidern, die aussehen wie kleine Engel.«

»Das ist bestimmt die italienische Familie. Ich kenne da auch kaum jemanden. Dein Vater hat sich immer ein bisschen geschämt für die Eltern seiner Mutter, dabei sind das fleißige Leute gewesen. Beide haben ihr ganzes Leben lang gearbeitet. Dein Urgroßvater, also der Vater deiner Großmutter war Drucker und ihre Mutter, deine Urgroßmutter, war Büglerin. Aber so richtig in Stellung, weißt du? Sie hat bei reichen Leuten gebügelt, das war damals noch eine richtige Arbeit.«

Duval dachte kurz an Martine, mit der er manchmal eine Nacht verbrachte, sie führte eine kleine Wäscherei und wusch und bügelte und mangelte auch den ganzen Tag Wäsche von anderen Leuten. »Das ist heute auch noch eine richtige Arbeit, Maman, für manche zumindest.«

»…«

»Und wer hat ›*mon cococciu*‹ zu mir gesagt?«

Seine Mutter schien unangenehm berührt. Sie war nicht sehr zärtlich und hatte ihn nie anders als mit seinem Vornamen angeredet. »Ich weiß nicht, was das heißen soll, und ich weiß auch nicht, wie du dich daran erinnern kannst, Léon. Wie gesagt, du warst ein Baby. Vielleicht hat die Urgroßmutter so etwas in der Art gesagt, sie hat immer italienisch geredet, wenn sie liebevoll oder wütend war.«

»Ich würde dir die Fotos wirklich gern zeigen. Vielleicht erinnerst du dich an etwas. Wen soll ich denn sonst fragen? Von Vaters Seite gibt es ja niemanden mehr.«

Sie seufzte. »Ach, Léon, die Familiengeschichte deines Vaters hat dich doch bisher nicht interessiert. Ich bin auch nicht sicher, ob ich da viel weiß. Aber falls du dich mal für meinen Familienzweig interessieren solltest, zu meinen Lebzeiten meine ich, ich habe hier viele Alben, die wir gern ansehen können.«

»Gut, Maman. Das machen wir, beim nächsten Mal.«

»Warum fragst du nicht Frédéric, der wohnt doch noch in Cannes, oder?«

»Ja, aber der ist ja noch jünger als ich, was soll der denn wissen?«

»Na, vielleicht hat dein Vater ihm die Alben hinterlassen, er hat damals sehr schöne Fotoalben angelegt. Warum fragst du ihn nicht?«

»Hm. Mal sehen.«

»Es ist immerhin dein Bruder. Ihr wollt doch nicht auf ewig im Streit sein?«

»Halbbruder«, korrigierte Duval. »Es lag ja nicht an mir, Maman.«

»Na, das musst du wissen. Ich gehe jetzt schlafen. Gute Nacht, Léon.«

»Gute Nacht, Maman.«

Er goss sich noch ein Glas Rosé ein und legte Brassens auf. Er überlegte: Hatte Brassens eigentlich ein Lied über Hühner gemacht? Ihm fiel nur *La Cane de Jeanne* ein. Er suchte es auf der CD und sang melancholisch, aber falsch zusammen mit Brassens vom Tod einer Ente. Dann sah er sich wieder und wieder mit einer Lupe die ernsten Gesichter auf den alten Fotos an.

2

Donnerstag, 7. September

»Guten Morgen, Emilia, haben Sie einen Moment Zeit? Ich bräuchte mal Ihre Hilfe, ganz privat.« Duval hatten die Erinnerungen bis in seine Träume verfolgt, aber auch sein Unterbewusstsein hatte keine Antworten gefunden.

»Was kann ich für Sie tun, Commissaire?«

»Sie sprechen doch noch italienisch, oder?«

»Ja – soll ich etwas übersetzen?«

»Nur ein Wort eigentlich, aber lachen Sie nicht, ich weiß nicht, was es heißt, ich habe schon im Wörterbuch gesucht, ich denke, es ist ein familiärer Ausdruck, der es nicht bis ins Wörterbuch geschafft hat.« Er räusperte sich, »... ›*mon cococciu*‹, sagt Ihnen das was?«

Sie lachte. »Klingt süß, aber was soll das heißen?«

»Na, wenn ich das wüsste ... es ist ein Wort, das mir plötzlich wieder eingefallen ist, ich glaube, meine Urgroßmutter hat mich so genannt.«

Emilia sah ihn neugierig an. »Kam sie aus Sardinien?«

»Ich dachte, sie käme aus dem Piemont, aber so ganz sicher bin ich nicht.«

»Hm, das ›cciu‹ als Endung klingt nicht nach Piemont, ich denke, es ist eher ein Ausdruck aus dem Süden oder aus Sardinien – keine Ahnung, aber vielleicht haben Sie das Wort in Ihrer Erinnerung auch deformiert und es hieß ›*cucciolo*‹? Das sagt meine Großmutter immer. Also zu mir sagt sie natürlich ›*cucciola*‹. Das ist ein süßes rundliches Tierbaby, ein Hündchen oder Kätzchen, das könnte doch sein, oder?«

»*Mon cucciolo?*« Duval schüttelte den Kopf. »Nein, das klingt nicht richtig in meinen Ohren. Ich denke es war ›*cococciu*‹, auch wenn ich nicht weiß, was es heißen soll.«

»Es ist vielleicht etwas sehr Regionales oder sehr Persönliches, italienische Großmütter sind ja sehr überschwänglich und nennen ihre Enkelkinder den lieben langen Tag zärtlich nach allem Möglichen.«

Duval nickte. »Danke, Emilia. Etwas ganz anderes, Sie kennen nicht vielleicht eine zuverlässige Frau, die mir hin und wieder im Haushalt helfen könnte?«

»Auf Anhieb nicht. Wie oft bräuchten Sie denn jemanden?«

»Einmal in der Woche vielleicht?«

»Ich denke mal drüber nach, Commissaire.«

»Danke, Emilia.«

»Übrigens, Commissaire, eine junge Frau hat angerufen, sie sagt, sie sei Zimmermädchen im Hotel Beauséjour und wollte Ihnen noch etwas sagen. Ich habe ihre Nummer hier notiert.« Sie reichte ihm ein Post-it-Etikett. »Und ein Herr hat ebenfalls angerufen. Er ist wohl gestern spät abends in der Zentrale gelandet, heute Morgen lag eine Nachricht der Kollegen auf meinem Schreibtisch.« Sie reichte ihm den Zettel ebenfalls.

»Danke.« Duval las die Notiz und zog die Augenbrauen hoch.

Aber zunächst rief er seinen Halbbruder an. Seit dem Streit um das Erbe hatten sie keinen Kontakt mehr gehabt. Frédéric hatte ihm übel genommen, dass er seinen Pflichtteil eingeklagt hatte. Sein Vater hatte ihm wider besseres Wissen gesagt, er sei Alleinerbe, und daran gäbe es nichts zu rütteln, und natürlich hatte er es geglaubt und sich gedanklich schon mit seinem Reichtum angefreundet. Dass er davon dann doch ein Drittel abgeben musste, war ihm bitter aufgestoßen, und er nahm es seinem Bruder noch immer übel. Es war die Schuld ihres Vaters, der seinen Sohn aus zweiter Ehe manipuliert und ihm vermutlich allerhand Lügen über ihn erzählt hatte. Frédéric war noch zu jung, um das zu durchschauen. Er hatte seinen Vater abgöttisch geliebt und ließ keine Kritik an ihm zu. Duval gab sich einen Ruck. Na gut, einen Versuch wäre es wert.

»Frédéric? Léon hier. Wie geht's dir?«

»Léon! Was willst du? Noch mehr Geld?«

»Frédéric, lass uns vernünftig miteinander reden, bitte. Ich wollte hören, wie es dir geht, wir sind immerhin Halbbrüder. Ich lebe in Cannes seit Mai.«

»Hab ich gehört, ja.«

»Hast du Lust, dass wir mal zusammen essen gehen?«

»Hm. Wann?«

»Wann es dir passt.«

»Ich überlege mal. Ich ruf dich an.«

»O.k. Fred – eins noch ...«

»Was?«

»Hast du von Vater noch Fotoalben? Also mit alten Familienfotos von früher, Fotos von den Großeltern und Urgroßeltern vielleicht?«

»Was willst du denn mit dem alten Scheiß?«

»Nur ansehen. Ich habe bei mir im Haus eine Kiste mit alten Fotos gefunden und weiß überhaupt nicht, wer das alles ist. Da ist nichts beschriftet. Ich weiß, dass Vater früher Fotoalben angelegt hat. Ich würde sie einfach gern sehen.«

»Muss mal schauen. Ich melde mich.«

»O.k., Fred. Bis dann.«

Duval öffnete die Tür des kleinen Etablissements des Goldankäufers. Eilfertig erhob sich ein Mann hinter dem Tresen und kam auf ihn zu. Duval zeigte seinen Ausweis, und der Mann führte ihn in ein winziges fensterloses Büro hinter dem Ladengeschäft, in dem sich ein Tischchen, zwei Stühle und ein lächerlich großer Tresor befanden.

»Bitte, Monsieur le Commissaire, setzen Sie sich. Möchten Sie einen Kaffee?«

Duval schüttelte den Kopf und blieb stehen. »Sie haben uns angerufen, Monsieur Galvez?!«

»Ja. Wissen Sie, einen Cartier-Ring sehe ich nicht jeden Tag. Ich war erstaunt, dass der Junge diesen Ring einfach so aus seiner Hosentasche zog. Ich dachte sofort, da ist was faul. Der Junge sah nicht so aus, als hätte er eine Großmutter, die ihm ein solches Stück vererbt hat. Er hatte aber kein einziges gültiges Ausweisdokument bei sich, daher sind wir sowieso nicht ins Geschäft gekommen.«

»Das hat er gesagt? Dass er den Ring geerbt hätte?«

»Ja. Ich habe ihm natürlich nicht gesagt, dass ich ihm das nicht glaube. Ich sagte nur, dass es schade sei, so einen Ring einzuschmelzen und dass ich ihm für den Stein nichts geben könne, nur für den Gegenwert des Goldes. Und dass er bei einem Juwelier oder einem Auktionshaus für einen Cartier-Ring dieser Art deutlich mehr Geld bekäme. Wissen Sie, wir sind sehr seriös, wir sagen unseren Kunden natürlich, wenn sie woanders mehr Geld bekommen können.«

Duval lächelte amüsiert. »Natürlich.«

Monsieur Galvez nickte bestätigend. Er spielte die Rolle des beflissenen, seriösen Händlers. »Ich spürte, dass er enttäuscht war. Er wollte sofort viel Geld haben. Immerhin bieten wir das an.« Der Mann wies auf das große Schild am Eingang, das den Ankauf von Gold und eine sofortige Auszahlung anbot. Das Schild war sogar für Leseunkundige verständlich. Eine Abbildung von Goldschmuck führte via Pfeil zu einem überdimensionalen Euro-Symbol. »Aber er hat nicht insistiert. Er wirkte nervös, als ich ihn um ein Ausweisdokument bat. Ich habe dann natürlich gleich die Polizei angerufen.«

»Natürlich«, wiederholte Duval ironisch.

»Ja, sicher.« Der Mann nickte und sah aus, als erwarte er dafür Lob.

»Können Sie mir den Ring beschreiben?«

»Natürlich!« Jetzt war der Mann in seinem Element. Eifrig beeilte er sich, eine perfekte Beschreibung zu liefern: »Ein klassischer Solitär. Elegant, zeitlos. Ein 750er Gelbgoldring mit einem etwa einkarätigen Brillanten. Rundschliff in feinem Weiß, mit kaum sichtbaren Einschlüssen. Sehr schönes Stück. Sehr gut erhalten, obwohl sichtbar viel getragen.«

»Das haben Sie alles gesehen?«

»Natürlich! Ich muss so etwas erkennen. Was denken Sie?« Der Mann schien in seiner Ehre gekränkt. »Was man mir hier alles zeigt! Vor allem so viel Blech, und die Leute glauben, sie hätten etwas Echtes, das sie zu Geld machen könnten. Außerdem war der Ring gestempelt.«

Duval legte eine Fotografie auf den Tisch. »Könnte das der Ring sein?«

Der Verkäufer nahm die Fotografie in die Hand, hielt sie unter die Schreibtischlampe, besah sie lange und nickte dann. »Doch, doch, ich denke schon. Das müsste man natürlich genauer sehen, aber es ist auf jeden Fall diese Art Ring.

Habe ich also recht gehabt? Ein Ring aus einem Diebstahl?«, fragte der Mann sensationslüstern.

»Sie verstehen, dass ich Ihnen das *natürlich* nicht sagen kann«, antwortete Duval und steckte die Fotografie wieder ein.

»Natürlich, ich verstehe.«

»Können Sie den Mann beschreiben, der Ihnen diesen Ring angeboten hat?«

»Ein Araberjunge. Er hatte einen starken Akzent und eine dunkle Hautfarbe.«

»Natürlich«, sagte Duval trocken.

»Bitte?« Der Schmuckankäufer wirkte irritiert.

»Sie meinen, er war Maghrebiner?«

»Ja natürlich, Maghrebiner, wenn Sie so wollen, aber wenn ich Araber sage, wissen Sie doch, was ich meine, oder? Ein ganz junger Kerl mit Jogginganzug und Laufschuhen. So ein typischer Vorstadtjunge. Er machte aber auf sehr männlich, trug eine Sonnenbrille und spielte die ganze Zeit mit seinem Gebetskettchen. Also, er wirkte nicht so, als hätte er eine Großmutter mit Cartier-Schmuck.«

»Ja, das sagten Sie bereits. Ein junger Mann also. Wie alt etwa?«

»Sehr jung. Höchstens zwanzig. Oder jünger. Ich kann das nicht so genau einschätzen, und er trug so eine verspiegelte Sonnenbrille. Ein eher mageres Kerlchen, nicht sehr groß.«

»Hat er Ihnen noch etwas anderes angeboten?«

»Nein.«

»Und er trug einen Jogginganzug?«

»Ja. So einen glänzenden Anzug, also eine Hose und eine Jacke, ich glaube dreifarbig. Weiß und zwei Blautöne. Alles ein bisschen zu groß, wenn Sie mich fragen. Aber vielleicht trägt man das so?!«

»Ein Oberteil mit Kapuze?«

»Nein, ich glaube nicht.«

»Irgendeine Kopfbedeckung?«

»Nein«, er überlegte kurz, »nein«, bestätigte er dann, »ich habe ja seine Haare gesehen, dunkles welliges Haar.«

»Gut. Kommen Sie doch morgen früh ins Kommissariat, dann nehmen wir Ihre Aussage auf, und Sie können auch ein bisschen in unserem Album blättern, vielleicht erkennen Sie ihn wieder, wenn wir Glück haben, ist er schon archiviert, der junge Mann.«

»Natürlich.« Der Mann nickte beflissen. »Morgen. Um wie viel Uhr?«

»Wann Sie es einrichten können, Monsieur Galvez, am besten kommen Sie gleich am Vormittag.«

»Gut. Vormittags. Natürlich. Immer zu Diensten, Monsieur le Commissaire.« Der Mann eilte voraus, um ihm die Tür zu öffnen und machte dabei eine angedeutete Verbeugung.

Was für ein falscher Fuffziger, dachte Duval. Er verließ das kleine Lädchen, das sich in einer Seitenstraße der Fußgängerzone befand. Der Besitzer stand seit Langem im Verdacht, undurchsichtige Geschäfte mit gestohlenem Schmuck zu tätigen. Bisher hatte man ihm nichts nachweisen können, aber er stand unter Beobachtung. Seine Klientel war sehr gemischt, heutzutage hatten fast alle Geldsorgen, und manch ältere Dame veräußerte peu à peu ihren Schmuck, um ihre karge Rente aufzubessern. Aber auch junge Mädchen kamen und zogen schüchtern aus einem Schächtelchen ein Goldkettchen mit einem Kreuzanhänger, vermutlich ein Geschenk zur Erstkommunion, das jetzt fix gegen fünfzig Euro eingetauscht wurde. Normalerweise war Pierre Galvez weder wählerisch noch misstrauisch und fragte sicher nicht explizit nach, ob der Schmuck, der ihm zum Verkauf angeboten wurde, wirklich Eigentum des Verkäufers sei. Er war vielmehr für seine Diskretion bekannt. Aber er hatte sich wohl entschieden, hin und wieder mit der Polizei zu kooperieren, um sich den Anschein eines ehrlichen Händlers zu geben und vor allem, um in Ruhe gelassen zu werden für das, was er wirklich tat. *Natürlich.* Duval amüsierte sich im Laufe des Nachmittags damit, dieses Wörtchen immer wieder in seiner Konversation unterzubringen.

Er entschloss sich, einen *café* trinken zu gehen, wenn er schon in der Fußgängerzone war und das *Da Laura* nur einen Katzensprung entfernt lag. Den besten *café* der Stadt bekam man seines Erachtens bei diesem Italiener, man konnte dort auch ganz vorzüglich essen, aber das *Da Laura* war kein Geheimtipp mehr, und ihm persönlich war es dort immer zu voll. Außerdem lag ihm das Sehen und Gesehenwerden, was auf der Terrasse des kleinen Restaurants von großer Wichtigkeit war, nicht, aber für eine kurze Pause und einen kleinen *café* am Vormittag war es dort angenehm.

Auf dem Weg traf er Momo. Momo hatte seinen Standort am Pont Carnot fast direkt vor dem Polizeipräsidium. Bei jeder roten Ampelphase lief er von Auto zu Auto und erbat mit einem freundlichen Augenzwinkern ein paar Münzen. Fast an jeder Ampel wurde man in Cannes angebettelt. Mal säuberten junge Mädchen, noch ehe man sich versah, die Windschutzscheibe des Autos und forderten dafür energisch eine Entlohnung, manchmal wurde einem auch nur wortlos, unterwürfig bittend oder auch aggressiv und vorwurfsvoll ein Pappkärtchen, auf dem so etwas stand wie »Ich habe Hunger!« oder »Ich habe 5 Kinder, helfen Sie mir!« und ein Plastikbecher entgegengestreckt. Die *Police Municipale* verscheuchte die Bettler hin und wieder, die sich aber wie ein Spatzenschwarm sofort wieder einfanden, kaum dass die

Beamten außer Sichtweite waren. Der Einzige, der seinen Standort beibehielt und sozusagen mit offizieller Genehmigung bettelte, war Momo. Eigentlich war er Verkäufer der Obdachlosenzeitung *Sans Abris* und durfte deshalb dort stehen. Er trug die Zeitung zwar noch immer offen sichtbar mit sich, verkaufte sie in der Zwischenzeit aber nur noch auf direkte Nachfrage, er hatte sein Business schon vor einiger Zeit umgestellt und arbeitete nun direkt in die eigene Tasche. Jeder muss schauen, wo er bleibt. Da er freundlich war, weder devot noch aggressiv, die Autofahrer niemals bedrängte, ließ man ihn gewähren. Jahrelang arbeitete Momo so schon hier. In der Zwischenzeit kannte er alle seine Kunden, er konnte sie schon am Auto erkennen und wusste, ob man ihm etwas gab, wer ihm mitunter viel gab und wer gar nichts. Und er sah und hörte allerhand. Momo saß auf den Stufen des Pont Carnot und verpflasterte sich einen Fuß.

»*Ça va,* Momo? Probleme?«

Momo sah auf, »Bonjour, Commissaire, *ça va, ça va,* bin in Glasscherbe getreten, ging mitten durch«, er zeigte seinen abgelaufenen Schuh, »und jetzt habe ich Wunde. Heilt nicht.«

Duval sah zweifelnd auf den schmutzigen Fuß, auf den Momo mehrere Pflaster übereinander geklebt hatte. »Warst du beim Arzt?«

Momo schüttelte den Kopf. »*Ça va*, geht schon, geht schon, ich laufe zu viel, aber muss ja.«

»Du solltest es desinfizieren.«

»Ich habe Salbe.«

Duval betrachtete die Tube. Es war eine Pflegecreme mit Rosskastanienextrakt. »Das ist keine gute Salbe für das, was du hast.«

»Hat mir Dame geschenkt, hat gesagt, gute Salbe.«

»Ja, gut zum Eincremen, wenn du müde Füße hast, aber nicht gut für eine Wunde.«

Momo zuckte die Schultern und zog den Schuh wieder an.

»Neue Schuhe bekommst du doch sicher bei der *Sécours Catholique*, oder? Welche Schuhgröße hast du?«

»Sind gute Schuhe.«

»Ja, sicher, aber schon etwas abgelaufen.«

Momo zuckte erneut die Schultern.

»O.k., Momo, bis später.«

Duval machte einen Umweg und nahm in einer Apotheke ein kleines Fläschchen Betadine mit, das er Momo, der wieder seinen Posten an der Ampel bezogen hatte, später in die Hand drückte. »Damit musst du die Wunde desinfizieren, Momo.«

Momo besah das Fläschchen.

»Es ist eine braune Flüssigkeit, tut nicht weh, aber hilft, glaub mir.« Momo nickte dankend, steckte das Fläschchen in seine kleine Umhängetasche und humpelte bereits zu den nächsten Autos, die bei Rot an der Kreuzung angehalten hatten.

Duval gab »Hotel Beauséjour« und den Namen »de Breuil« in das System ein und las sich die Einträge durch. In letzter Zeit hatten sich die Vorkommnisse im Hotel gehäuft. Dreimal waren die Kollegen wegen Streitereien ins Hotel gerufen worden. Jedes Mal standen die betroffenen Personen, jeweils Gäste des Hotels, unter Alkoholeinfluss. Einmal wurden andere Gäste angegriffen, die versuchten, die Streitenden zu beschwichtigen. Ein Gast erlitt dabei einen Nasenbeinbruch und musste ins Krankenhaus eingeliefert werden. Einmal kam es zu Handgreiflichkeiten mit den eingetroffenen Polizisten, da der 31-jährige stark alkoholisierte Mann, der in seinem Zimmer randalierte, heftigen Widerstand leistete, als die Kollegen ihn in Gewahrsam nehmen wollten. Die Beamten wurden getreten und gebissen. Die Umstände für seinen starken Wutausbruch blieben ungeklärt. Duval las die trockenen Worte der Polizeiberichte und blätterte im Computer zurück: Er fand die Meldung über den Brand im Untergeschoss und erfuhr, dass das Eingangsportal des Hotels auch dem Angriff eines Graffitisprayers ausgesetzt gewesen war. Die violetten und schwarzen Farbkritzeleien waren in der hiesigen, kaum existenten Sprayerszene nicht bekannt. Erneut nahm er sich den Bericht über den Brandschaden vor. Der Verdacht auf Brandstiftung konnte nicht erhärtet werden. Es gefiel ihm trotzdem nicht. Er würde noch einmal hinfahren. Zunächst aber wollte er mittagessen gehen.

Er wählte erneut das kleine Restaurant, in dem er mit Villiers bereits einmal gegessen hatte. Villiers schien dort Stammgast geworden zu sein und berichtete nur Gutes. Duval hatte es weder von der Qualität noch vom Ambiente besonders beeindruckt, aber er wollte dem Restaurant eine zweite Chance geben. Die kleine Terrasse war heute völlig leer. Der böige Wind hatte die Gäste Platz im Inneren suchen lassen. Duval zögerte, doch als der Wind klirrend die Gläser umfegte, ging er ebenfalls hinein. Er fand noch einen freien kleinen Tisch, die Kellnerin nickte ihm zu, als er fragend darauf deutete. Auch dieses Mal wählte er das Tagesmenü, das ein Tournedos mit Gnocchi und frischen Pilzen versprach. Seitdem die Kollegen ihre Rezepte ausgetauscht hatten, lockte ihn ein Pilzgericht. Er hatte Hunger. Aber das Essen war erneut eine Enttäuschung. Er stocherte zunächst lustlos in seinem Salat, über den eine weiße süßliche Soße gegossen worden war. Die Tournedos waren weder gut noch schlecht, aber von frischen Pilzen keine Spur. Das, was ihm in der salzigen dunkelbraunen Soße serviert wurde, stammte sicher aus der Dose. Er seufzte. Er bedauerte zutiefst, dass das altmodische *Pacific* mit seinen abgenutzten Holztischen und Stühlen verschwunden war. An seiner Stelle würde zwar in absehbarer Zeit wieder ein Restaurant erstehen, aber vermutlich würde es genau wie dieses banal und austauschbar, vielleicht zusätzlich versehen mit ein bisschen billigem Glamour. Es gab Hunderte dieser Art in Cannes.

Duval zählte sechs Personen im Service des nicht besonders großen Restaurants. Drei Kellnerinnen, die beinahe gleich gekleidet waren, wirbelten ununterbrochen herum, aber ohne erkennbar viel zu tun. Alle drei hatten blondes oder blondiertes, Duval war da nie sicher, langes Haar und trugen es zum Pferdeschwanz hochgebunden, der bei jeder Bewegung lustig wippte. Duval hatte Schwierigkeiten, sie auseinanderzuhalten. Eine der Kellnerinnen hatte leicht aufgespritzte Lippen, und Duval glaubte, eine entfernte Ähnlichkeit mit Emmanuelle Béart zu erkennen. Schlagartig verstand er, was Villiers hier anzog. Sicherlich hatte er ein Abenteuer mit einer der Blondinen. Ach, Villiers ... Duval spießte einen der letzten kalt gewordenen Gnocchi auf. Er tunkte mit dem Brot noch etwas von der Soße auf, ließ es dann aber auf dem Teller liegen und schob ihn brüsk von sich. Er hatte nun auch keine Lust mehr auf ein Dessert. Er zahlte und nahm auf dem Rückweg erneut einen *café* am Tresen des *Da Laura.*

»Können wir noch einmal irgendwo in Ruhe miteinander sprechen?«

»Wenn es nicht zu lange dauert, Monsieur le Commissaire?!«

Duval zuckte die Achseln. Philippe Favier wandte sich an seine Kollegin. »Aurélie, können Sie für einen Moment die Rezeption alleine machen? Wenn etwas ist, ich bin mit dem Commissaire im *Salon de thé.*« Das junge Mädchen nickte.

Der Rezeptionist öffnete die Tür zum Büro von Isabelle de Breuil. »Madame de Breuil, ich wollte Sie nur davon unterrichten, dass die Polizei noch einmal im Haus ist. Der Commissaire hat noch Fragen ... Aurélie ist so lange allein an der Rezeption.«

»Ah, Commissaire, guten Tag.« Isabelle de Breuil kam ihm entgegen und reichte ihm die Hand. Obwohl sie sich offensichtlich mit ihrem Äußeren Mühe gegeben hatte, sah sie müde aus. »Sind Sie noch nicht fertig mit den Befragungen? Ich wäre Ihnen dankbar, wenn Sie diskret vorgehen könnten und nicht noch mehr Unruhe ins Haus brächten.« Sie sah ihn dramatisch an und sagte dann pathetisch: »Die Gäste sind traumatisiert!«

»Bedaure, Madame de Breuil, aber das eine oder andere Mal werden Sie mich oder meine Kollegen hier noch zu sehen bekommen.«

Sie nickte resigniert. »Gibt es denn schon Neuigkeiten?«

»Wir ermitteln, Madame de Breuil. Wenn Sie erlauben, ziehen wir uns in den *Salon de thé* zurück?!«

»Sicher.«

Sie setzten sich an einen kleinen Tisch in der hinteren Ecke des Teesalons, in dem nur die drei älteren Damen, die in der ersten Etage logierten, an einem Tisch am Fenster Tee tranken und plauderten. Als sie den Commissaire sahen, grüßten sie und winkten fröhlich, als seien sie alte Bekannte. Dann steckten sie die grauen Köpfe zusammen und tuschelten. Duval hatte nicht den Eindruck, dass die Damen von den Ereignissen und seiner Anwesenheit traumatisiert waren. Sie schienen eher freudig erregt. Endlich passierte etwas Spannendes! Vermutlich war es Madame de Breuil selbst, die traumatisiert war.

Auch der Barmann grüßte, indem er leicht mit dem Kopf nickte. Duval nickte zurück.

»Wie geht's Ihnen?«, fragte Duval.

»Nun ja, noch immer etwas mitgenommen, um ehrlich zu sein.« Philippe Favier schien irritiert von dieser einfachen Frage.

»Ich will Sie nicht allzu lang von Ihrer Arbeit fernhalten …«

Der Rezeptionist nickte und wirkte erleichtert.

»Aber eine Frage habe ich noch. Sagen Sie, an dem Tag des Diebstahls, als eines der Zimmermädchen früher gegangen ist …«

Der Rezeptionist nickte. »Ja, Zelia, sie ist alleinerziehend und hat oft Sorgen wegen ihrer Tochter. Sie ging, ohne sich offiziell abzumelden, weil Madame de Breuil kein Verständnis für ihre Situation hatte.«

Duval nickte. »Sie haben das aber, Verständnis für die Situation von Zelia, meine ich?«

Der Rezeptionist sah Duval verwirrt an. »Ja, natürlich. Aber jetzt ist es sowieso rausgekommen, und Madame de Breuil wird sie nicht weiterbeschäftigen, nach allem, was passiert ist. Madame de Breuil will kein Risiko mehr eingehen.«

»Das ist bedauerlich für die junge Frau.« Duval meinte es ehrlich. »Aber sagen Sie, als Zelia weg war, blieben die beiden anderen Mädchen alleine mit den Zimmern im dritten Stock, oder? Die gleiche Arbeit aber zu zweit, das dauert länger, oder?«

»Ja, aber es ist trotzdem zu schaffen …«

»Natürlich. Vor allem wenn Sie ihnen helfen, die Säcke mit der Schmutzwäsche nach unten zu tragen. Dafür sind Sie extra zwei Mal in den dritten Stock gelaufen und haben die schweren Wäschesäcke bis in den Keller getragen. Und das, obwohl Sie solche Schmerzen in den Knien haben, dass Treppen steigen Ihnen ernsthaft Probleme bereitet.«

»Ich wollte ja nur helfen.«

»Hm« , machte Duval und nickte bedächtig mit dem Kopf. »Es war aber wohl das erste Mal, dass Sie so geholfen haben, und Zelia ist schon öfter klammheimlich verschwunden, und hat ihre Kolleginnen mit der Arbeit allein gelassen.«

»Na, es war eben besonders viel zu tun an diesem Tag.«

»Ach so? Ich hatte in Erinnerung, dass nicht so viel los war. Hatten Sie das beim letzten Mal nicht so gesagt?«

Philippe Favier wurde sichtlich nervös. »Habe ich das? Ich kann mich nicht erinnern, aber ich meinte sicherlich, bei mir an der Rezeption war nicht viel los. Für die Mädchen sieht das anders aus. Wenn viele Gäste gehen, müssen viele Zimmer gemacht werden, so meinte ich das.«

»So meinten Sie das, klar.« Duval nickte und schwieg und sah den Mann fest an.

Der Rezeptionist wich seinem Blick aus. Seine Augenlider flatterten leicht.

Duval ging zum Angriff über. »Monsieur Favier, ich habe mir mal angesehen, was in letzter Zeit so alles passiert ist im Hotel. Auffällig viele Zwischenfälle, für die die Polizei gerufen werden musste, finde ich. Randalierende Gäste, Ruhestörung, Graffiti, ein Brand … und jetzt der Diebstahl. Kein Wunder, wenn Madame de Breuil meint, die Gäste seien traumatisiert.«

Der Rezeptionist war unangenehm berührt. »Ja, es war wirklich eine Pechsträhne.«

»Sehen Sie, Monsieur Favier, für mich sieht das alles aus wie eine organisierte Pechsträhne …«

»*Ah bon?* Meinen Sie?«

»Ja, das meine ich. Erzählen Sie mir doch mal, wie sich die Situationen mit den alkoholisierten Gästen zugetragen haben. Das war ja teilweise sehr gewalttätig.«

»Da hatte ich keinen Dienst!« Monsieur Favier antwortete schnell und rief die Antwort beinahe. Die Damen am Fenster sahen neugierig herüber.

»Da hatten Sie keinen Dienst.«

»Nein.«

»Sie wollen gar nicht wissen, welchen von den drei Fällen ich meine?«

Der Rezeptionist wurde blass, dann rot. Er griff mit dem Zeigefinger zwischen Hemdkragen und Hals und versuchte den Kragen zu lockern. Er öffnete den Kragenknopf und atmete schwer.

»Nun, Monsieur Favier, hatten Sie denn jedes Mal dienstfrei, wenn alkoholisierte Gäste randalierten?«

»Ja, nein, aber das kann ich erklären!«

»Davon bin ich überzeugt. Dann legen Sie mal los.«

Es brauchte nicht mehr viel, um Monsieur Favier zum Reden zu bringen. Einmal in Fahrt, war er fast nicht mehr zu bremsen. Zu viel hatte seit Wochen seine Seele belastet. Zwei Männer hatten ihn eines Abends spät, am Ende seiner Schicht, an seinem Wagen abgefangen. Zuerst hatte er gedacht, sie seien von der Polizei, aber Polizisten zeigen in der Regel ihren Dienstausweis … Er sah Duval an, der dazu nickte. Die Männer waren nicht von der Polizei, aber was sie von ihm wollten, konnte er sich zunächst nicht vorstellen. Sie stiegen mit ihm in sein Auto und zwangen ihn, ein Stück aus der Stadt hinauszufahren, um irgendwo »in Ruhe miteinander zu sprechen«. In einer dunklen Seitenstraße ließen sie ihn anhalten. Einer der Männer saß neben ihm, der andere hinter ihm. Der Mann auf dem hinteren Sitz ließ ein Messer aufschnappen und reinigte sich damit langsam die Fingernägel. »Mein lieber Philippe«, begann der Mann, der neben ihm saß, »wir sind ja unter uns, ich sage Ihnen ganz offen, dass wir alles über Sie wissen, oder fast alles, auf jeden Fall genug. Wir wissen, wo Sie wohnen, und wir wissen, dass Ihr kleines Häuschen noch nicht abbezahlt ist. Wir können Ihnen dabei helfen, was meinen Sie? Oder sagen wir, wir helfen uns gegenseitig. Sie tun uns hin und wieder einen kleinen Gefallen, und wir unterstützen Sie finanziell. Ist das nicht ein schönes Angebot?« »Ich mache nichts Kriminelles, niemals!« »Aber nein, das brauchen Sie gar nicht, Sie behalten eine schöne weiße Weste, Sie behalten Ihren Arbeitsplatz, Sie geben uns nur hin und wieder eine kleine Information und vielleicht sind Sie manchmal gerade nicht am Platz? Sie haben Bauchschmerzen, müssen das kleine Örtchen aufsuchen, das ist ja nicht so unrealistisch, Sie sehen aus, als würden Sie sich bereits in die Hose scheißen ...«, der Mann lachte und schlug ihm hart auf die Schulter. »Keine Sorge, das lernen Sie alles mit der Zeit. Wir verlangen nichts Unrechtes von Ihnen, eine Information hin und wieder. Mit dem Rest haben Sie nichts zu tun.« »Das mache ich nicht!« Jetzt lachte der Mann auf dem Rücksitz und kratzte sich mit dem Messer unter dem Kinn. »Das meinen Sie nicht im Ernst. Sie sind doch intelligent, lieber Philippe, so eine Gelegenheit sollten Sie sich nicht entgehen lassen, und wir sind großzügig. Sie erhalten immer eine kleine Vergütung bei jeder Information, die Sie uns zukommen lassen, das ist für Sie doch ein guter Deal, da können Sie ein paar Monatsraten abstottern ...« »Und wenn nicht?« Der Ton des Mannes vom Rücksitz änderte sich schlagartig. »Dann hoffen wir, dass Sie eine gute Brandschutzversicherung haben, und eine gute Lebensversicherung obendrein. Ihre Frau ist ja noch ganz flott, die tröstet sich vielleicht bald und findet noch mal jemanden. Aber ob Ihr Sohn sein Studium zu Ende machen kann ... tja ... eigentlich ist er ja noch ein Kind, der gute Raoul, der braucht Sie noch, Philippe, das würde ich mir überlegen.« Philippe Favier sackte zusammen. Sie wussten alles von ihm. »Was soll ich tun?« »Sehen Sie, wie intelligent Sie sind.« Jetzt hatte wieder der Mann auf dem Beifahrersitz das Wort übernommen. »Das erfahren Sie nach und nach. Wir setzen uns mit Ihnen in Kontakt. Vielleicht notieren Sie mal Zahlen auf einen Zettel, den Sie irgendwo liegen lassen, vielleicht sorgen Sie mal dafür, dass eine Tür geöffnet ist, manchmal müssen Sie nur wegschauen, das ergibt sich, und Sie erfahren es rechtzeitig. Keine Sorge, nichts Schlimmes, das machen Sie schon.« Der Mann schlug ihm noch mal hart auf die Schulter und drückte ihm einen Briefumschlag in die Hand. »*Voilà*, eine Anzahlung, damit Sie sehen, dass wir unsere Verpflichtungen ernst nehmen. Darüber reden sollten Sie allerdings nicht, das versteht sich von selbst.« Er legte eine Hand schwer auf seine Schulter und sah ihn eindringlich an. »So, nachdem das geklärt ist, wollen wir zum erfolgreichen Abschluss noch was zusammen trinken, was meinen Sie?« »Wirklich, es ist schon spät, meine Frau wird sich sicher schon sorgen ...« »Na gut, dann fahren Sie mal nach Hause zu Ihrem Frauchen. Sie ist wirklich noch ganz flott, Ihre Süße, schade dass Sie ein bisschen depressiv ist, aber mit ein bisschen mehr Kohle verschwinden auch diese Sorgen. Fahren Sie mal schön mit ihr in Urlaub, das können Sie jetzt ja, und das haben Sie doch verdient, dann wird das auch wieder mit der Moral, da bin ich sicher ... einen schönen

Abend noch, Philippe. Sie hören von uns!« So hatte es angefangen. Und Philippe Favier lieferte Informationen und beschloss, zusätzlich an manchen Tagen kurzfristig seinen Dienst zu tauschen, Eliane war tatsächlich leicht depressiv, es war besser, wenn er ab und zu mal nach ihr sah. Das verstand jeder.

So leicht es gewesen war Philippe Favier zu einem Geständnis zu bewegen, so schwer gestaltete sich die Suche nach den »dunklen Männern«, die ihn angeworben hatten. Philippe Favier konnte oder wollte sich nicht an ihre Gesichter erinnern, vielleicht hatte er auch nur zu viel Angst, noch mehr zu sagen. Duval fragte sich, ob der Marseiller Dialekt, mit dem sie angeblich gesprochen hatten, nicht einfach erfunden war, um die Spuren wieder zu verwischen. Marseille war weit weg und zudem voll von Typen dieser Art. Philippe Favier hatte sie nie wiedergesehen. Zunächst blieb alles ruhig, aber genau in dem Moment, als er hoffte, das alles sei nur ein schlechter Scherz gewesen, begann es. Seine Aufträge erhielt er per SMS, und manchmal steckte morgens ein Zettel hinter seinem Scheibenwischer. Er atmete auf, als der erste Auftrag von ihm nur vorsätzliche Unachtsamkeit während seines Dienstes forderte und er etwas später das Graffito bemerkte. Die schwarze Farbe auf den Eingangstüren war noch nass und hatte auch auf dem Boden hässliche Farbkleckse hinterlassen. Er wartete einen Moment, bevor er Madame de Breuil verständigte und die Polizei rief. Das Graffito war zwar ärgerlich und hässlich, aber es war doch nur ein Dummerjungenstreich. Dass er zusätzlich einen Umschlag mit einigen Fünfzigeuroscheinen in seinem Auto fand, war verstörend, aber er steckte das Geld ein und versuchte nicht mehr daran zu denken. Am folgenden Wochenende lud er Eliane in ein edles Restaurant zum Essen ein und drückte seinem Sohn hundert Euro in die Hand. Raoul, der, seitdem er Jura studierte, zunehmend blasierter wurde, sah ihn überrascht an und konnte sich sogar ein »Danke Papa« abringen. Na, immerhin etwas. Einmal kaufte er Eliane eine goldene Halskette mit einem kleinen gefassten Brillanten. Schlicht, nichts Großes, aber das Leuchten in ihren Augen zu sehen, hatte ihn glücklich gemacht.

Für den Schmuckdiebstahl hatte er Informationen weitergegeben. Monsieur Favier genoss das Vertrauen der langjährigen Gäste. Man erzählte sich dies und das und zeigte sich hin und wieder Fotos von Kindern oder Enkeln. Selbstverständlich wusste er, welchen Schmuck Madame Rochefort trug, wenn sie ausging. Und natürlich war er informiert, dass das Ehepaar einen Tag im nahen Italien verbringen wollte. Und dann, ein paar Tage später, hatte er Zahlen auf einer Pappschachtel notiert, in der sich sein Mittagessen befunden hatte; er war angewiesen worden, sie in einen öffentlichen Papierkorb an der Croisette zu werfen. Ihm war schlecht gewesen vor Aufregung. Er hatte nichts essen können an diesem Tag, und er hatte das Sandwich in der Schachtel gleich mit entsorgt. Am Tag X hatte er rechtzeitig die Kellertür entriegelt. Er hatte persönlich darauf geachtet, dass zur fraglichen Zeit niemand vom Personal durch die Flure lief. Um die Mittagszeit ist es immer ruhig. Die meisten Gäste und Angestellten sind außer Haus. Kurzerhand hatte er sich entschlossen, an diesem Tag den Zimmermädchen die Wege in den Keller abzunehmen. Vorsichtshalber. Dass Zelia früher ging, hatte die Sache zusätzlich erleichtert. Seine Hilfe wirkte so völlig natürlich. Wer aber letzten Endes das Hotelzimmer betreten und den Safe geöffnet hatte, hatte er nicht gesehen. Einen Schatten hatte er vielleicht wahrgenommen. Mehr nicht. Mehr hatte er auch gewiss nicht sehen wollen.

Freitag, 8. September

»Bravo Duval! Endlich bewegt sich mal etwas.« Der Polizeidirektor war sichtlich zufrieden. »Lassen Sie nicht locker, dieser Philippe Favier weiß noch mehr, das ist sicher. Wenn er nicht sogar alles alleine eingefädelt hat. Rücken Sie dem mal auf den Leib, bis er gesteht. Ein schnelles Ergebnis ist das, was wir brauchen. Ich habe in einer Woche einen Termin mit dem Innenminister, und die Wahlen stehen vor der Tür, Sie verstehen, was ich sagen will?«

»Ja, Monsieur le Directeur, ich werde ihn gleich noch einmal verhören.« Duval war genervt. Als könnte man Ergebnisse genau dann produzieren, wenn man sie am besten gebrauchen konnte.

Philippe Favier wirkte übernächtigt. Er hatte rote Augen und war unrasiert.

»Möchten Sie einen Kaffee?«

»Ja, bitte.«

»Mit Zucker? Milch?«

»Zucker, viel bitte.«

Duval zog einen Kaffee aus dem Automaten und stellte ihn vor Philippe Favier auf den kargen Tisch im ansonsten leeren Raum.

Philippe Favier nahm den Becher Kaffee und roch daran. Er verzog das Gesicht, nahm aber trotzdem einen kleinen Schluck, dann rührte er mit dem Plastikstäbchen darin herum, um den Zucker in dem bitteren Getränk zu verteilen.

Duval schaltete das Aufnahmegerät ein. »Also, Monsieur Favier, kommen wir noch einmal auf den Moment zu sprechen, als die beiden Männer sie angeworben haben.«

»Ich weiß wirklich nicht mehr, als das, was ich schon gesagt habe« , beteuerte Favier sofort.

»Erzählen Sie es einfach noch einmal.«

»Ich bin nach dem Dienst, das war um 23 Uhr, zu meinem Auto gegangen, und als ich es aufschloss, standen plötzlich zwei Männer da, einer rechts, einer links von mir. ›Guten Abend, Philippe, wie geht's!‹, haben sie gesagt. Ich war irritiert, ich dachte, ich müsse sie kennen. Aber ich kannte sie nicht.«

»Das bedeutet, dass Sie sie doch so weit angesehen haben, um zu erkennen, dass Sie sie nicht kannten.«

»Nein!«

»Ich bitte Sie, Monsieur Favier. Was ist dann passiert?«

»Sie stiegen mit mir ins Auto. Einer setzte sich nach hinten und der andere neben mich. Dann zwangen sie mich, aus der Stadt rauszufahren.«

»Und als sie sich zu Ihnen ins Auto setzten, haben Sie sie beim Schein der Innenraumbeleuchtung doch gesehen? Irgendetwas?«

»Ja, nein, sie trugen doch Sonnenbrillen, und der auf dem hinteren Sitz trug einen Hut.«

»Sonnenbrillen? Und Hut? Um 23 Uhr?«

»Ja.«

»Mir scheint, sie verkleiden die beiden Männer gerade. Das haben Sie in einem Film gesehen, Monsieur Favier, oder?«

»Nein, ich schwöre. Ich dachte auch, es ist wie im Film, aber so war es.«

»Gut, und dann?«

»Dann bin ich Richtung Antibes gefahren und an der Abzweigung nach Golfe Juan zwangen sie mich rechts abzubiegen, Richtung Strand. Da haben wir dann angehalten.

Und dann haben sie mir klargemacht, dass sie alles von mir wissen. Alles, dass Eliane depressiv ist und mein Sohn studiert und dass das Haus noch nicht abbezahlt ist ... und dass ich ihnen Informationen geben solle. Über das Hotel. Was hätte ich denn tun sollen?«

»Tja, das fragen Sie mich nicht wirklich, Monsieur Favier. Sie hätten zur Polizei gehen können.«

»Ph ...«

»Was wollen Sie damit sagen?«

»Damit die am nächsten Tag meine Frau vergewaltigen oder mein Haus anzünden? Ich bin doch nicht verrückt. Die Polizei kommt doch immer erst, wenn alles schon passiert ist.«

»Sie hatten Angst, dass man Ihre Frau vergewaltigen und Ihr Haus anzünden würde?«

»Was weiß ich. Ich traue denen alles zu. Die wissen doch alles von mir.«

»Und deshalb haben Sie mitgemacht.«

»Ja, ich hatte doch keine andere Wahl!«

»Man hat immer die Wahl, Monsieur Favier.«

»Sie vielleicht!« Philippe Faviers Stimme klang trotzig. »Ich hatte keine Wahl. Ich hatte Angst! Wissen Sie, wie das ist, wenn Sie morgens in Ihrem Auto einen Zettel finden, obwohl das Auto verschlossen in der Garage gestanden hat? Dieses Gefühl, dass man ständig beobachtet wird. Dass die anderen allmächtig sind? Dass die in Ihr Haus kommen können, während Sie schlafen? Wissen Sie, wie viele Tabletten ich genommen habe in den letzten Wochen, um überhaupt schlafen und normal arbeiten zu können?«

Duval schwieg.

Irgendwann sagte Philippe Favier leise: »Ich habe Angst vor Gewalt. Ich wollte nicht, dass man mir wehtut an diesem

Abend. Ich hatte eine furchtbare Angst, Monsieur le Commissaire. Das verstehen Sie vermutlich nicht. Sie sind bestimmt schrecklich mutig in Ihrem Metier, Sie haben eine Waffe, Sie können sich verteidigen. Ich kann das alles nicht. Ich habe mir wirklich in die Hose gemacht in dieser Nacht. Ich habe mich geschämt, dass ich so viel Angst habe. Ich wäre auch gern mutig, aber ich bin es nicht. Ich könnte im Zweifelsfall nicht mal meine Familie schützen.«

Duval nickte. »Sie hatten so viel Angst, dass Sie sich für kriminelle Dienste anwerben ließen.«

»Aber ich wusste gar nicht so genau, bei was ich eigentlich mitmache. Und kriminell ... das mit dem Graffito war doch nicht so schlimm.«

»Wandschmierereien auf einer Jugendstilfassade sind nicht schlimm?«

»Naja ... schon, aber ...«

»Was glauben Sie denn, warum Sie das machen sollten?«

»Ich ... ich weiß nicht. Ich habe es nicht verstanden.«

»Sie sind doch nicht auf den Kopf gefallen, Monsieur Favier. Und Ihre Kollegen haben doch bestimmt auch etwas zu den vielen Vorfällen gesagt.«

»Naja, es kamen immer weniger Gäste, und nach den Schlägereien reisten Gäste überstürzt ab. Dann gab es plötzlich Gerüchte, dass Madame de Breuil bankrott sei. Aber so richtig habe ich das alles nicht verstanden. Die anderen dachten, das sei eben Pech. Ein schlechtes Jahr. Die Krise. Verfall der Sitten.«

»Monsieur Favier, vielleicht kommen wir doch noch einmal auf die beiden Männer zurück. Wie sahen sie aus? Irgendetwas muss Ihnen doch aufgefallen sein. Wie groß? Wie alt? Helle Stimme, dunkle Stimme?«

»Ich habe es doch schon gesagt, ich weiß es einfach nicht.«

»Sie sind sich vielleicht nicht im Klaren darüber, Monsieur Favier, solange wir Ihre Auftraggeber nicht haben, sind Sie der Hauptverdächtige.«

»Aber ich bin doch eigentlich auch nur ein Opfer in der Sache, oder? Die haben mich erpresst!«

»Jetzt hören Sie mal auf, sich aus allem rausreden zu wollen, Monsieur Favier. Und solange wir diese Erpresser nicht haben ...«

»Ich bin nicht schuld!«

»Der Haftrichter wird sich freuen, wenn Sie ihm so kommen«, sagte Duval unwillig. Duval ging dieser Mann, der nicht schuld sein wollte, zunehmend auf die Nerven. »Sie sind doch kein Kind, Monsieur Favier. Reden wir meinetwegen über die Schuldfrage. Vielleicht hat man Sie tatsächlich erpresst, aber Sie haben sich dennoch der Mittäterschaft in mehreren Fällen schuldig gemacht, Monsieur Favier, darunter schwerer Diebstahl. Sie haben, schlimmer noch, Geld dafür angenommen, das heißt, Sie haben Ihr Einverständnis zur Mittäterschaft gegeben, Monsieur Favier. Und noch haben wir sie nicht, Ihre beiden Erpresser. Mitgegangen, mitgefangen, mitgehangen, kennen Sie das Sprichwort? Ab wann ist es denn schlimm, Monsieur Favier? Wenn jemand dabei ums Leben kommt? Und wie weit wären Sie denn gegangen?«

»Ich hätte nie jemanden getötet!«

»Stellen Sie sich vor, jemand wäre bei dem Diebstahl tödlich verletzt worden. Wäre der alte Herr zufällig aus seinem Zimmer gekommen und der Täter hätte auf ihn eingeschlagen oder geschossen – und dann? Und wenn bei dem Brandanschlag jemand zu Schaden gekommen wäre? Machen Sie sich nichts vor, Monsieur Favier, Sie stecken tiefer da drin, als Sie sich vorstellen können. Ich empfehle

Ihnen, dass Sie sich schleunigst einen guten Anwalt suchen.«

Die Tür ging auf. Es war Villiers.

»Könnten Sie mal kommen, Commissaire?«

Duval nickte, schaltete das Aufnahmegerät aus und verließ den Raum.

»Was gibt's?«

»In Rocheville gab es gerade eine Schießerei. Zwei Gestalten auf einem Motorroller haben einen Mann exekutiert. Der Tote könnte der Mann sein, den wir wegen des Einbruchs suchen. Er passt auf die Beschreibung des Arabers, die wir von dem Goldkrämer bekommen haben.«

»Wo genau?«

»Kreuzung Avenue Roosevelt – Route Napoléon, in der Nähe der ehemaligen Mairie. Wissen Sie, wo das ist?«

»Ja, sicher. Ich fahre hin.«

Die Kreuzung, die eigentlich schon zur Gemarkung der an Cannes angrenzenden, weit ausgedehnten Stadt Le Cannet gehörte, war der Dreh- und Angelpunkt des Viertels Rocheville, eine Stadt in der Stadt mit hohem nord- und westafrikanischem Bevölkerungsanteil. Sichtbar waren fast nur die Männer, die dort in dunklen Teestuben den Tag verbrachten oder auf dem großen, meist leeren Platz vor dem Verwaltungsgebäude, einem Erweiterungsbau der Mairie, in Gruppen herumstanden. Früher war hier einmal das Rathaus gewesen, aber in der Zwischenzeit war man in ein repräsentativeres Belle-Époque-Gebäude fernab der Probleme des Viertels umgezogen. Das Städtchen Le Cannet, das in einiger Entfernung einen schmucken Altstadtkern besaß und an anderer Stelle aus weitläufigen hügeligen Villenstraßen bestand, versuchte das heruntergekommene Zentrum des ungeliebten Viertels zu sanieren. Ein Teil der schmuddeligen kleinen Häuser war schon vor geraumer Zeit abgerissen worden, ein großes abgesperrtes Bauterrain, auf dem sich bislang nichts bewegte, war an ihre Stelle getreten. Wo die Maghrebiner und Westafrikaner in Le Cannet zukünftig ihre Tage verbringen würden, war ungewiss, aber sicher nicht die erste Sorge der Stadt, die vermutlich hoffte, mit dem Abriss der maroden Häuser sich auch der ungeliebten Menschen zu entledigen. Aber noch gab es zwei kleine Teestuben, ein Wettbüro und ein paar andere Geschäfte, weil deren Besitzer sich hartnäckig weigerten zu verkaufen.

Eine Menge aufgeregter Männer drängte sich um die sofort eingetroffenen Beamten der *Police Municipale*, die den Tatort bereits großräumig abgesperrt hatte und den Verkehr umleitete. Sie hatten Mühe, sich Gehör und Autorität zu verschaffen. Alle Anwesenden schrien wild durcheinander, alle hatten etwas gesehen, aber mehr als die immer gleiche Beschreibung eines Motorrollers, der »von da kam und dorthin verschwand« und zwei Gestalten mit schwarzen Helmen konnte niemand liefern. Die Erschütterung darüber, dass einer von ihnen in ihrem Viertel am helllichten Tag niedergeschossen worden war, war groß.

Duval warf einen Blick auf den mageren jungen Mann, über den die Polizisten gerade ein Tuch ausbreiteten. Er trug einen Adidas Jogginganzug, wie ihn Monsieur Galvez beschrieben hatte und weiße Nike-Turnschuhe. Statussymbole in gewissen Kreisen.

»Hat er Papiere bei sich?«

»Nein, aber ein superluxuriöses Handy und diversen Kleinkram.« Der Beamte hielt mehrere durchsichtige Tüten hoch, in denen ein Klappmesser, eine Gebetskette, ein paar Geldscheine steckten und ein weißes Samsung Smartphone.

Duval nickte. »Handy ist gut. Das soll sich gleich mal jemand ansehen. Wir brauchen alles. Sämtliche Kontakte, Anrufe, SMS, Fotos ...« Seitdem alle ihr Privatleben mit einem Handy teilten, konnte man oft ein ganzes Leben damit rekonstruieren.

»Der Junge heißt Mehdi, das haben mehrere Männer hier übereinstimmend ausgesagt, er hängt hier seit ein paar Wochen regelmäßig rum.«

»Wo wohnt er?«

»Nicht hier in der Ecke, da ist man sich einig. Man sagt, er wohne bei einem Cousin oder Onkel. Einer der kleinen arabischen Friseure in der Rue de Mimont, so wie es aussieht.«

»Gut, schauen Sie mal, dass Sie rauskriegen bei wem, sonst mache ich meine Runde, so viele werden es ja nicht sein.«

Duval telefonierte mit dem zuständigen Ermittlungsrichter. Madame Marnier war im wohlverdienten Urlaub, sodass er es mit Richter Dussolier zu tun hatte. Duval kannte ihn bislang nur aus der knappen Beschreibung von Villiers: »Ein verknöcherter Alter. Er hat einen ausgezeichneten Ruf.« »Und eine Zahnprothese«, hatte er noch grinsend hinzugefügt. Duval fragte sich, was es mit der Bemerkung über die Zahnprothese auf sich habe, manchmal war Villiers ein Kindskopf mit seinen Albernheiten. Duval unterrichtete den Richter in knappen Worten von der Schießerei und davon, dass er möglicherweise Räumlichkeiten würde durchsuchen müssen.

»Kommen Sie dazu, um sich selbst ein Bild zu machen?«

»Nein, ich glaube, das ist nicht nötig. Machen Sie, was Sie für richtig halten, Duval, ich lasse Ihnen die entsprechenden Papiere zukommen. Melden Sie sich, wenn Sie etwas brauchen, und halten Sie mich auf dem Laufenden.« Noch bevor Duval antworten konnte, hatte er aufgelegt. Er machte nicht viele Worte, der Richter. Umso besser.

Genau genommen gab es zwei arabische Friseure in der Rue de Mimont, zwei andere Friseure in derselben Straße boten der afrikanischen Kundschaft mit anderer Haarproblematik ihre Dienste an.

Duval betrat den kleinen Laden, in dem zwei altmodische Friseurstühle vor einem großen Wandspiegel standen. Hier ließen sich ausschließlich Männer die Haare schneiden oder auch rasieren. Der Friseur, der sich auf einem kleinen Kocher in einem angrenzenden Räumchen einen Tee zubereitet hatte, war erschrocken hinter dem Perlenvorhang hervorgekommen, als Duval und ein weiteres Polizeifahrzeug direkt vor der Fensterfront des Ladens auf dem von Palmen bestandenen Gehweg anhielten. Die Polizei war in dem Viertel, rund um die Place Commandant Maria nicht sehr beliebt. Dieses Viertel, das an die Bahnlinie angrenzte, war das Cannoiser Gegenstück zu Rocheville. Und man hatte hier ebenso versucht, das Viertel wieder aufzuwerten. Zu großen Teilen waren hier bereits ganze Straßenzüge saniert worden, die Teestuben, die kleinen arabischen Läden und Metzgereien aber waren geblieben, ebenso die gemischte Bevölkerung. Allerdings versuchte man mit einer neuen, modernen Wohnanlage auf der anderen Seite des Platzes eine andere Bevölkerungsschicht anzuziehen, um eine »vollständige Arabisierung«, wie es in der Verwaltungssprache hieß, zu vermeiden.

»Bonjour, Monsieur!«, sagte Duval mit neutralem Gesichtsausdruck und Ton. Ob der Erschossene in kriminelle Handlungen verstrickt war, war noch nicht geklärt. Inwieweit der Friseur mit im Spiel war, noch weniger. Es galt vor allem, eine Todesnachricht zu überbringen.

»Bonjour, die Herren, was verschafft mir die Ehre …!?« Der Friseur, der noch immer einen verbeulten Aluminiumtopf voll heißem Wasser in der Hand hielt, war ironisch. Die wenigsten Menschen reagierten gegenüber der Polizei normal. Die Anwesenheit von *flics* machte eine Hälfte der Menschen aggressiv, die andere Hälfte betroffen und schuldbewusst. Einen ganz normalen Austausch gab es selten.

»Sie sind ein Verwandter eines gewissen Mehdi, Monsieur Kherbouche?«

»Mehdi? Ist ein Cousin«, bejahte der Friseur, und sein Gesichtsausdruck wurde ernst, »also Mehdi ist der Sohn eines Cousins von mir. Er lebt bei mir. Aber er ist nicht da. Hat er was angestellt? Er ist erst siebzehn!«

»Ob er was angestellt hat, wissen wir noch nicht. Möglich. Aber, so leid es mir tut Ihnen das mitteilen zu müssen …«, Duval zögerte und zeigte auf den Topf mit heißem Wasser, »vielleicht möchten Sie das erst abstellen?«, schlug er vor. Der Friseur schien zu verstehen, dass ihn keine gute Nachricht erwartete. Er stellte den Topf auf ein Brett, das an der Wand angebracht war.

»*Oh putain!* Was ist passiert?«

Duval zeigte ihm das Foto, das der Gerichtsmediziner gemacht hatte.

»Ist das ihr Cousin Mehdi?«

Der Friseur nickte. »Was ist passiert?«, wiederholte er.

»Er wurde erschossen.«

Er schlug die Hände vors Gesicht, dann fasste er sich. »*Allahu akbar. Allah yar ramouh*«, sagte er. »Was ist passiert?«, fragte er dann erneut und sah die Polizisten mit schmerzverzerrtem Gesicht an. »Sagen Sie mir, wer hat ihn erschossen? Warum? Was hat er getan? Er war noch ein Kind!«

»Er wurde von einem vorbeifahrenden Motorroller aus erschossen.«

Der Friseur schwieg betroffen. »Das kann nicht sein.«

»Haben Sie irgendeine Vermutung, um was es da gehen könnte?«

»Nein, absolut nicht! Mehdi ist noch ein Kind! Er ist ein guter Junge!«

»Ich bitte Sie, Monsieur Kherbouche, malen Sie uns kein Bild eines unschuldigen Kindes, er war mit großer Wahrscheinlichkeit in einen großen Diebstahl verwickelt und wer weiß, in was noch alles.«

»Niemals! Das ist bestimmt ein Irrtum.«

»Ihr unschuldiger kleiner Cousin hatte auf jeden Fall gewaltigen Ärger, sonst wäre er jetzt nicht tot. Er besaß ein kostspieliges Handy und ziemlich teure Turnschuhe. Haben Sie ihm das alles gekauft?«

»Ja, Handy und Kleider haben wir ihm gekauft. Warum nicht? Haben heute alle. Mehdi kam vor sechs Monaten zu mir. In unserem Land lebte er in einem Dorf in den Bergen und hütete Ziegen. Ist immer ein Schock hier anzukommen und all den Reichtum zu sehen. Ich wollte nicht, dass er sich wie ein armes Dorfkind fühlt.«

»Was sollte er hier machen?«

»Arbeiten, Geld verdienen, die Familie unterstützen. Mal bei mir, mal bei einem anderen Cousin, Karim. Karim hat einen Laden und eine Metzgerei, gleich hier vorne.« Er zeigte die Straße hinauf Richtung Platz Commandant Maria. »Mehdi arbeitet dort.«

Duval wollte ihn nicht korrigieren. Aber einer der Kollegen

konnte sich ein ironisches »Jetzt nicht mehr« nicht verkneifen. Duval sah ihn strafend an. Der Friseur sah plötzlich sehr wütend aus und ballte die Fäuste. »Wir werden das alles überprüfen, Monsieur Kherbouche«, beschwichtigte Duval. »Wir würden gern das Zimmer von Mehdi sehen, in dem er geschlafen hat. Hat er bei Ihnen gewohnt oder bei Ihrem Cousin?«

»Bei mir. Mehdi hatte kein eigenes Zimmer, aber er hat bei uns gewohnt. Wir haben keine Kinder, meine Frau und ich. Noch nicht.«

»Könnten wir jetzt gleich zu Ihnen gehen, bitte?«

»Warum? Haben Sie Durchsuchungspapiere?«

»Wir vermuten sehr stark, dass Mehdi in einen Diebstahl verwickelt ist. Den Durchsuchungsbeschluss dafür habe ich in weniger als zwei Minuten, und das wissen Sie auch. Der Richter ist schon informiert.«

Murad Kherbouche nickte finster. »Gehen wir, ist gleich hier obendrüber.«

Murad Kherbouche öffnete die Fensterläden, die die Wohnung in ein Halbdunkel getaucht hatten. Die Sonne schien jetzt hell in die kleine Zweizimmerwohnung, die blitzsauber und aufgeräumt war. Eines der Zimmer war als Wohnzimmer eingerichtet. Mehrere große dünne Teppiche lagen dort übereinander und bedeckten den ganzen Boden. Zwei breite braune Kunstledersofas standen rechtwinklig um einen niedrigen Tisch, darauf stand ein dekoratives Teeservice mit kleinen bunten Gläsern auf einem silbernen kunstvoll gravierten Tablett. Das Zimmer war nur mit wenigen anderen Dingen dekoriert. An der Wand hingen in mehreren schwarzen Plastikrahmen arabische Texte auf bunt glitzerndem Grund. Violette, mit Goldfäden durchwirkte Vorhänge hingen vor den Fenstern. Auf einem Tischchen in einer Ecke stand ein sehr großes Fernsehgerät, daneben ein Strauß pinkfarbener Plastikrosen.

»Mehdi hat hier geschlafen. Auf diesem Sofa. Man kann es ausziehen.« Er zeigte auf eines der beiden Sofas. »Es ist schon viel Luxus, in seinem Dorf schläft er mit der ganzen Familie in einem Raum, und nicht alle haben eine Matratze«, verteidigte er sich gegen eventuelle Vorwürfe, dass er Mehdi kein eigenes Zimmer zur Verfügung gestellt haben könnte. »Die Familie von Karim ist groß, er hat auch zwei Mädchen im Teenageralter, da konnte Mehdi nicht schlafen. Wir sind nur zu zweit und haben viel Platz.«

»Kein Problem, Monsieur Kherbouche, wo ist Ihre Frau jetzt?«

»Sie arbeitet. Sie hat mehrere Familien, wo sie arbeitet.«

Die Polizisten klappten das Sofa auseinander und wühlten in den Decken im Bettkasten. Sie tasteten die ausgeklappte Matratze ab und fanden beinahe sofort auf einer hinteren Seite den Schnitt, in den eine kleine zusammengerollte Plastiktüte hineingestopft war. »Wissen Sie, was darin ist, Monsieur Kherbouche?«

»Was?!« Er sah ehrlich erschrocken aus. »Nein, ich schwöre! Ich kenne das nicht!«

Duval sah in die Tüte und zog daraus Ringe, ein Armband, eine Halskette und ein zusammengerolltes Bündel Geldscheine. »Sie wissen nichts davon?«

»Nein! Oh là là, Allah ist mein Zeuge, ich schwöre! Nein! Nein! Ich weiß nicht, was das ist und wie es dahin gekommen ist. Ich habe die Sachen nie gesehen. Ich habe damit nichts zu tun. Meine Frau auch nicht ...«

»Sicher. Und Mehdi auch nicht, schon klar.« Duval klang sarkastisch.

»Ich weiß es nicht, ich verstehe das nicht.«

»Gut«, Duval atmete durch, »Sie müssen trotzdem mitkommen, wir werden das zu Protokoll nehmen. Und den Rest der Wohnung werden wir auch noch ansehen, das geht schnell, keine Sorge ... es wird nichts kaputtgehen«, fügte er noch hinzu, als er den besorgten Blick des Friseurs sah. »Mit Ihrer Frau würde ich auch gerne sprechen, Monsieur Kherbouche, vielleicht könnten Sie sie anrufen und informieren?«

Samstag, 9. September

Madame Lelya Kherbouche erschien am nächsten Morgen im Polizeirevier in Begleitung ihres Mannes. Sie war jung, aber traditionell gekleidet, ein Tuch verdeckte ihre Haare. Sie hatte feine Gesichtszüge und war dezent geschminkt. Sie sah ernst und gefasst aus. Duval wollte mit Madame Kherbouche ohne ihren Mann sprechen, bat aber Léa Leroc dazu. Monsieur Kherbouche sah die burschikose Polizistin misstrauisch an, stimmte aber zu.

»Setzen Sie sich, Madame Kherbouche, mein aufrichtiges Beileid.«

Sie nickte und setzte sich. »Ich danke Ihnen.«

»Madame Kherbouche erzählen Sie mir etwas über Mehdi, bitte.«

»Er war ein guter Junge, glauben Sie mir.« Sie sah Duval traurig an. »Es hat ihm nicht gutgetan hierherzukommen. Cannes ist keine gute Stadt. Dieser Kontrast mit seiner Heimat, das hat ihn durcheinandergebracht. Wissen Sie, in seinem Dorf leben acht Personen in einem Zimmer, man besitzt nur das Nötigste.« Sie sah den Kommissar an, um zu sehen, ob er verstand, wovon sie sprach. »Wenn man das nicht kennt, kann man es sich nicht vorstellen. Schon unsere bescheidene Wohnung ist Luxus. Aber er hat nicht gesehen, dass wir dafür arbeiten. Murad arbeitet, ich arbeite. Karim und seine Frau arbeiten auch, alle arbeiten wir. Anfangs war er eingeschüchtert von dem Leben hier, von den Geschäften, was man alles kaufen kann, dieser Luxus, den man täglich sieht. Und auch von den Mädchen, die hier halb nackt herumlaufen. Also, zu Hause benahm er sich wie ein Mann, aber draußen war er verloren wie ein Kind. Er tat mir leid, ich habe versucht, ihm das Leben hier zu erklären, aber er wollte sich von einer Frau nichts sagen lassen, da war er zu traditionell erzogen. Und mit siebzehn fühlte er sich schon sehr erwachsen.« Sie verzog das Gesicht. »Außerdem wollte er nicht so richtig arbeiten. Anfangs schon, da war er viel bei Murad, aber Murad hat nicht so viel zu tun, also ging er zu Karim. Karim war streng mit ihm, das hat ihm nicht gefallen. Murad dachte lange, er sei bei Karim, und Karim dachte, er sei bei Murad. Das kam natürlich raus irgendwann, Karim hat ihn geschlagen. Das hat er ihm übel genommen, und ich weiß nicht, wie ich sagen soll, aber etwas ist kaputtgegangen. Wissen Sie, bei uns ist Respekt wichtig. Sehr wichtig. Respekt vor dem Vater, dem älteren Bruder oder Onkel oder Cousin. Karim wollte, dass Mehdi Respekt hat vor ihm. Aber Mehdi war ohne Respekt. Vielleicht hat er schlechte Leute kennengelernt. Ich weiß nicht. Und als Karim ihn geschlagen hat, war es ganz aus.« Sie zuckte die Schultern und sah Duval an, ob er ihren Ausführungen folgte. Duval nickte fast unmerklich mit den Augen. Sie sprach weiter. »Er verschwand. Er ging morgens weg, ohne zu sagen, wo er hinging und kam abends oft erst spät zurück, manchmal schlief er nicht zu Hause. Murad konnte sagen, was er wollte. Vor Murad hatte er auch keinen Respekt. Was wollen Sie, Murad ist zu weich.« Sie schwieg einen Moment und legte die Hände in den Schoß. »Er verschwand und kam wieder, wenn wir nicht da waren. Ich sah es, weil Essen weg war, das ich bereitet hatte, und weil er Wäsche benutzte und Geschirr. Dann wurde es plötzlich wieder besser mit ihm, er kam zurück und arbeitete manchmal bei Murad. Ich freute mich, weil er wieder bessere Laune hatte und aufmerksamer wurde. Und er schlief wieder bei uns. Jetzt machte er auch sein Bett selbst, vorher hatte er alles nur liegen lassen. ... Das hätte mir zu denken geben müssen. Männer machen bei uns traditionell keine Hausarbeit. Und Mehdi hatte mir vorher nie geholfen. Aber ich dachte, er hat seine schwierige Phase hinter sich, und ich dachte, er tut es aus Respekt für mich, um mir zu zeigen, dass er mich schätzt. Wie dumm ich war.« Sie schüttelte den Kopf. »Er hat mir sogar einen Schal geschenkt ...«, sie hielt erschrocken inne, »aber vielleicht hatte er ihn gestohlen? Oder mit gestohlenem Geld bezahlt?« Sie sah Duval fragend an. Der zuckte mit den Schultern. »Ich war wirklich dumm. Ich dachte, Murad hätte ihm Geld gegeben und schimpfte ein bisschen mit ihm, weil er es nicht nach Hause schickte, sondern mir einen Schal gekauft hatte. Aber ich war auch geschmeichelt. Es ist ein schöner Schal, aus Seide! Ich bin dumm, ich habe nichts verstanden.« Sie schüttelte erneut den Kopf und legte kurz die Hände vor ihr Gesicht. »Ach, ach ...«, sie atmete schwer und seufzte.

»Das ist doch verständlich, dass Sie sich über ein Geschenk freuen. Warum sollten Sie etwas anderes vermuten? Aber jetzt erzählen Sie mir von dem Schmuck, Madame Kherbouche.«

»Was soll ich Ihnen da erzählen?! Da gibt es nichts zu erzählen! Nichts! Ich wusste das nicht! Ich schwöre es!« Sie sah ihn halb verzweifelt, halb empört an. »Deshalb hat er sein Bett selbst gemacht, damit ich nicht finde, was er in die Matratze gesteckt hat. Nicht, weil er mir helfen wollte. Ich bin wirklich ein Idiot!«

Karim Kherbouche, der in der Rue de Mimont einen Lebensmittelladen und eine Halal-Metzgerei führte, bestätigte die Aussage von Lelya und seinem Cousin Murad. Nur hielt er seinen kleinen Cousin für weniger unschuldig. »Ein Nichtsnutz war er. Ein Rumtreiber. Ein Lügner auch. Jedem hat er was anderes erzählt. Und mir hat er Geld aus der Kasse genommen, das habe ich Murad nicht gesagt, aber er hat mich bestohlen.«

»Deshalb haben Sie ihn geschlagen?«

»Ah, das wissen Sie?! Ja, deshalb. Wir arbeiten alle, ich habe viele Leute im Laden, die ich alle bezahle, einen kleinen Cousin, der nichts tut und Geld stiehlt, kann ich nicht gebrauchen. Ich dachte, es hilft. Aber dann war er verschwunden.« Karim Kherbouche zuckte die Achseln. »Was wollen Sie, ich habe es auf meine Art versucht. Aber er war verstockt. Arbeiten ist für Doofe, fand er. Er hat auf uns herabgesehen, weil wir arbeiten.« Er sah finster vor sich hin. »Er hat nicht ganz unrecht. Ich arbeite schon mein ganzes Leben, seit ich vierzehn bin, arbeite ich. Jeden Tag, jeden Tag meines Lebens habe ich gearbeitet, und es reicht gerade, um die Familie zu ernähren, meine Töchter zu verheiraten und um vielleicht am Ende eine kleine Wohnung in einem Araberviertel kaufen zu können. Wenn Sie dann ansehen müssen, wie andere mit undurchsichtigen Geschäften, ohne große Mühe zu Reichtum kommen, da muss man schon sehr gefestigt sein, um so weiterzumachen ohne zu verbittern, oder sich auf solche Sachen einzulassen.«

Dasselbe dachte Duval manchmal auch. Auch unter den Kollegen gab es immer wieder solche, die sich auf krumme Geschäfte einließen. Es war so leicht. Als *flic* war man Tag und Nacht mit der kriminellen Szene in Kontakt. Die Grenze zwischen dem, was unter Umständen eine gewisse Zusammenarbeit erlaubte und dem, was kriminell war, war fließend.

»*Allahu akbar!* Es war Allahs Wille, dass Mehdi sterben sollte«, sagte er dann plötzlich. »Wir werden das Trauergebet für ihn sprechen, *Allah yar ramouh,* Friede seiner Seele. Möge Allah ihm verzeihen und ihn zu sich nehmen. Wann können wir ihn beerdigen, Monsieur le Commissaire?«

»Das kann ich Ihnen noch nicht sagen, Monsieur Kherbouche, aber ich melde mich, sobald ich etwas weiß.«

Bei dem gefundenen Schmuck handelte es sich tatsächlich um die Stücke, die dem Ehepaar Rochefort im Hotel Beauséjour abhandengekommen waren. Für die Ermittlung war damit der Fall so gut wie gelöst. Mehdi Kherbouche hatte sich mithilfe des Rezeptionisten Zugang zum Hotelzimmer verschafft und mit dem Mastercode den Safe geöffnet. Was in der Folge passierte, blieb unklar. Hatte Mehdi den Schmuck leichtsinnigerweise behalten, um sich selbst zu bereichern, statt ihn seinem Auftraggeber weiterzureichen, und war er deshalb erschossen worden? Das war wohl die Lesart, die am leichtesten schien. Alle schienen damit zufrieden. Für Isabelle de Breuil war es zumindest ein Lichtblick, wenn sie auch noch immer schockiert war, dass Philippe Favier sie so hintergangen hatte. Das Ehepaar Rochefort war hochbeglückt, den für immer verloren geglaubten Familienschmuck beinahe vollständig zurückerhalten zu haben. Ein Cartier-Ring fehlte jedoch. Der Polizeidirektor war ebenso hoch zufrieden, beglückwünschte Duval und hielt sofort eine Pressekonferenz ab. Dringend tatverdächtig war der Rezeptionist, der finanzielle Probleme hatte und daher mit einem kleinkriminellen Araberjungen ein ganz großes Ding drehen wollte. Der Junge habe dann versucht, den Schmuck selbst zu veräußern, was ihm wohl teilweise gelungen sei, anstelle ihn dem Rezeptionisten zu überlassen. Dieser habe dann die Mörder beauftragt. Das hatte der Rezeptionist zwar noch nicht zugegeben, es konnte aber nur noch eine Frage der Zeit sein, bis er alles gestand. Die dunklen Männer, die ihn angeblich angeworben hatten, konnte er nicht beschreiben, was ein klares Indiz dafür war, dass er sie nur erfunden hatte. Der Mord an Mehdi Kherbouche aber wurde quasi sofort zu den Akten gelegt. »Sie werden doch keine Steuergelder ausgeben wollen, um nach dem Mörder eines Kriminellen zu suchen, der nicht einmal die französische Staatsangehörigkeit hatte?«, musste Duval sich anhören, als er insistierte. »Seien Sie froh, wenn die sich gegenseitig umbringen, einer weniger kann uns nur recht sein. Geben Sie der Familie den Körper des Jungen so schnell wie möglich frei, damit sie ihn in seinem Land beerdigen können. Das muss ja bei den Muslimen immer schnell geschehen, wenn wir ihnen da entgegenkommen, wirft das ein gutes Licht auf uns.«

Montag, 11. September

Isabelle de Breuil gruppierte die Stühle in ihrem Büro um den kleinen runden Tisch, der zu diesem Zweck ausgezogen worden war, und ordnete erneut die Unterlagen für die Gesellschafterversammlung. Obwohl sie perfekt vorbereitet war, fühlte sie sich angespannt. Sie hatte ein ungutes Gefühl.

Nicole Bouvard war die Erste, die erschien. Wie eine Diva rauschte sie in das Büro, begrüßte Isabelle de Breuil wie beiläufig, belegte mit großer Geste drei Stühle mit ihrer Jacke, der Handtasche und einer Aktentasche und legte sofort los: »Nun, Isabelle, ich hoffe, Sie haben sich zwischenzeitlich von all diesen zwielichtigen Gestalten Ihres Personals getrennt! Unfassbar, mit welchen Menschen Sie jahrelang zusammengearbeitet haben und was alles hinter Ihrem Rücken geschehen konnte! Zimmermädchen, die einfach so, mir nichts, dir nichts aus dem Dienst verschwinden. Und ein Rezeptionist, der das Vertrauen der Stammgäste missbraucht, um sie heimtückisch zu bestehlen. Ich fordere, dass alle Angestellten dieses Hauses überprüft werden! Alle! Ausnahmslos.«

Isabelle de Breuil sah angestrengt aus. Dass dieses kleine Flittchen von Zimmermädchen sich immer wieder heimlich davonschleichen konnte, hatte sie nur erbost, aber dass Philippe Favier, dem sie wirklich vertraut hatte, sie so hintergangen hatte, hatte sie noch immer nicht verwunden. Sie konnte nachts kaum noch ein Auge zutun, weil sie nicht wusste, was er alles an Informationen weitergegeben hatte. Und an wen vor allem. Wer dahintersteckte, war ja immer noch unklar.

»Erfreulich ist doch, dass der ›heimtückisch gestohlene‹ Schmuck wiedergefunden wurde, lassen Sie uns das nicht vergessen, Nicole«, gab Isabelle de Breuil zurück.

»Sehr erfreulich!«, ätzte Nicole Bouvard. »Dass es überhaupt so weit kommen konnte ist ka-ta-stro-phal!« Sie betonte jede Silbe.

»Nun, vorab kann ich Ihnen sagen, dass ich beiden Personen selbstverständlich gekündigt habe, Nicole, fristlos. Aber auf die Personalsituation kommen wir später in der Tagesordnung noch ausführlicher zu sprechen. Wenn Sie sich bitte bis dahin gedulden möchten?«

Ohne darauf einzugehen, zeterte Nicole Bouvard weiter. »Blindheit. Unfähigkeit. Ich weiß nicht, wie ich das nennen soll, wie Sie dieses Haus führen ...«

Glücklicherweise erschien nun Georges Bouvard. Erleichtert wandte Isabelle de Breuil sich ihm zu und begrüßte ihn lang und umständlich. Es folgte André, der betont gut gelaunt alle mit Küsschen begrüßte, als sei die Versammlung ein launiges Familientreffen. »Er ist herausgeputzt wie ein Pfau«, dachte Isabelle de Breuil missbilligend, musste er ausgerechnet heute ein violettes Seidensakko tragen? Und er hatte eindeutig zu viel Eau de Toilette benutzt. Sie konnte nicht umhin, die schlichte Eleganz von Georges zu bewundern. Sie war nervös und sah auf die Uhr. Noch war Zeit. Sie ließ zunächst Getränke und Kaffee servieren. Alle hatten sich in die Anwesenheitsliste eingetragen. Angélique fehlte.

»Lassen Sie uns beginnen, Isabelle, ich habe nicht den ganzen Tag Zeit.« Nicole Bouvard setzte sich demonstrativ und öffnete ihre Aktentasche.

»Angélique ist noch nicht da.«

»Nun, dann verpasst sie eben den Anfang, wir haben zehn Uhr vereinbart, jetzt ist es bereits Viertel nach zehn, ich denke, wir sollten beginnen. Pünktlichkeit in Geschäften halte ich für unerlässlich.« Sie sah Isabelle de Breuil auffordernd an.

Isabelle de Breuil fühlte sich in die Enge getrieben. Sie nahm ihre Papiere vom Schreibtisch, setzte sich Nicole Bouvard gegenüber und begann: »*Messieurs, Madame, bonjour*, ich begrüße Sie zur heutigen Gesellschafterversammlung.

Ich überprüfe zunächst die Anwesenheitsliste und konstatiere die Anwesenheit von Nicole Bouvard …«

»Ich bitte Sie Isabelle, wir sind zu viert, sparen Sie sich diesen kleinkarierten Mist, kommen wir zu Punkt eins, damit wir hier schnell durchkommen«, unterbrach Nicole Bouvard. »Sind alle damit einverstanden?« Sie sah Georges und André an, die beide nickten. »Na also!«

Isabelle de Breuils rechte Hand begann leicht zu zittern. Sie nahm die Papiere in die linke Hand.

»Nun, ich erinnere Sie daran, dass dies die Regeln für jede offizielle Versammlung sind, damit sie rechtsgültig ist. Ich bitte darum, dass dies zu Protokoll genommen wird. Womit wir bei Punkt 1 wären, die Wahl eines Vorsitzenden für diese Versammlung und Punkt 2, die Wahl eines Protokollanten. Zu Punkt 1. Ich stelle mich als Vorsitzende für diese Versammlung zur Verfügung. Gibt es Gegenstimmen?« Sie sah in die Runde. »Nein? Ich konstatiere, keine Gegenstimmen. Enthaltungen? Nein? Keine Enthaltungen. Isabelle de Breuil ist als Vorsitzende für diese Versammlung einstimmig gewählt. Wer stellt sich als Protokollant zur Verfügung?«

Nicole Bouvard und Georges Bouvard hoben beide die Hand.

»Gut, zwei Kandidaten. Wer ist für Nicole Bouvard?«

Jetzt erhob sich keine Hand.

»Nicht mal Sie selbst, Nicole?«

»Bah, wenn Georges es übernehmen will, lasse ich ihm gern den Vortritt.«

»Wer ist gegen Nicole Bouvard?«

Keine Meldung.

»Enthaltungen? Gut. Ich konstatiere vier Enthaltungen.«

»Wer ist für Georges Bouvard?« Sie sah in die Runde. Die Hände hoben sich.

»Georges Bouvard ist als Protokollant für diese Versammlung einstimmig angenommen.«

Sie reichte ihm einen Stapel weißes Papier. »Sie haben etwas zu schreiben?«

»Sicher.« Georges Bouvard nickte und legte einen Montblanc Kugelschreiber auf den Tisch.

»Kommen wir zu Punkt 3. Bericht der Verwaltung über das abgelaufene Wirtschaftsjahr ...«

»Ja bitte?« Es hatte geklopft. Isabelle de Breuil atmete heimlich auf. Angélique!

»*Bonjour Messieurs et Mesdames.* Ich bitte, die Verspätung zu entschuldigen.« Maître Arnaud trat ein und machte eine angedeutete Verbeugung. Isabelle de Breuil war irritiert. »Maître?!«

»Ich vertrete Angélique de Breuil. Sie hat mir eine Vollmacht erteilt.«

Isabelle de Breuil wurde es schwindlig. Sie stützte sich kurz mit beiden Händen am Tisch ab. »Was ist mit Angélique?« Ihre Stimme vibrierte.

»Alles in Ordnung, Madame de Breuil, keine Sorge. Sie ist ein bisschen erschöpft und ruht sich aus.«

»Erschöpft, wovon?« Sie war alarmiert.

»Ich bitte Sie Isabelle, wenn Maître Arnaud Ihnen sagt, alles sei in Ordnung, dann können Sie ihm wohl glauben. Ihre privaten Nachfragen heben Sie sich für später auf. Angélique hat einen Mann ihres Vertrauens mit einer Vollmacht ausgestattet, das ist wohl das Wichtigste. Und an der Ehrbarkeit von Maître Arnaud gibt es ja wohl keinen Zweifel. Können wir jetzt weitermachen? Wir haben 34 Punkte auf der Tagesordnung, lassen Sie uns das doch zügig durcharbeiten.« Nicole Bouvard war ungehalten.

»Bitte, dann nehmen Sie Platz, Maître«, sagte Isabelle de

Breuil bemüht freundlich. »Georges, nehmen Sie das zu Protokoll?«

»Selbstverständlich, Madame de Breuil.«

Isabelle de Breuil sah ihren Sohn fragend an. Wusste er etwas davon? Er schüttelte leicht den Kopf, zuckte mit den Schultern.

»Nun, dann fahre ich mit dem Rechenschaftsbericht des abgelaufenen Wirtschaftsjahres fort ...«

Bis sie sich wieder gefasst hatte, las sie den Text ab: »Es gab im vergangenen Jahr mehrere kurze Stromausfälle in der Rezeption, deren Ursache in unserem überlasteten Elektrizitätsnetz lagen. Des Weiteren führte ein Kurzschluss im Bügelzimmer zu einem Brand im Untergeschoss. Der Brand wurde dank der Rauchmelder sofort entdeckt und hat keinen nennenswerten Schaden angerichtet ...«

»Das sagen Sie so! Das muss man sich mal vorstellen!«, murmelte Nicole Bouvard halblaut. »Ein Brand in einem Hotel ist kein nennenswerter Schaden. Da hätte sonst was passieren können! Und die Renovierungskosten?«

»... und durch neue elektrische Leitungen im Untergeschoss einschließlich der Installation eines neuen Sicherungskastens, wie es den aktuellen Normen entspricht, konnten diese Probleme endgültig behoben werden.«

»Das will ich hoffen!«, schimpfte Nicole Bouvard jetzt laut. »So eine verfallene Bruchbude habe ich mir nicht vorgestellt, als ich die Anteile erworben habe.« Sie sah André de Breuil böse an.

»Maman, bitte!« Georges Bouvard versuchte seine Mutter zu beschwichtigen. Isabelle de Breuil konstatierte es mit Dankbarkeit.

»Wir hatten einen Wasserschaden in Zimmer 23«, fuhr sie fort. »Der Abfluss der Dusche im Badezimmer des Zimmers 33 war undicht und hat einen Schaden im darunterliegenden Badezimmer angerichtet.«

»Nicht nennenswert, vermute ich«, zischte Nicole Bouvard leise dazwischen.

»Glücklicherweise haben wir es recht bald bemerkt, aber die Duschwanne in Zimmer 33 musste erneuert werden, was den Austausch einiger Kacheln zur Folge hatte, ein neuer Anstrich im Badezimmer des Zimmers 23 war natürlich ebenso notwendig.«

»Bruchbude!«, wiederholte Nicole Bouvard halblaut. »Dieser alte Krempel gehört komplett rausgerissen und neu gemacht. Es wäre kostengünstiger, einmal alles zu erneuern, als ununterbrochen altersmüdes Material zu flicken.«

»... im Garten mussten mehrere kranke Palmen behandelt werden, und nicht zu vergessen, die Reinigungsarbeiten für das Graffito, mit der unsere Eingangstür besprüht wurde ...«, fuhr Isabelle de Breuil derweil fort. »Die Kosten für diese zusätzlichen Arbeiten sowie die Jahresabrechnung des Hotels finden Sie detailliert in den Anlagen 1–5 zur Tagesordnung. Ich gehe davon aus, dass Sie sie bereits geprüft haben. Ich schlage vor, dass wir gleich zur Abstimmung kommen?« Sie sah in die Runde. »Wer ist mit der Jahresabrechnung einverstanden?« Sie war unruhig und atmete auf, als sie sah, dass Maître Arnaud die Hand hob. André hob ebenfalls die Hand. »Wer ist nicht einverstanden?«

Nicole Bouvard hob energisch die Hand. »Ich habe allerhand Unregelmäßigkeiten zu bemängeln. Zunächst einmal sind manche Rechnungen für Arbeiten höher ausgefallen als die Kostenvoranschläge. Wie konnte es dazu kommen? Dann hat die Versicherung die Kosten für den, wie sagten Sie so schön, nicht nennenswerten Brandschaden nicht übernommen. Das hat uns die nicht nennenswerte Summe von rund

5500 Euro gekostet, nur weil Sie das Hotel nicht so wie es sich gehört ausgestattet haben! Ich weigere mich, die Kosten dafür mitzutragen! Und die Heizkostenabrechnung ist ebenfalls ein Schock! Die Kosten hätten meines Erachtens erheblich gemindert werden können, wenn man neue Fenster eingebaut sowie eine Außenisolierung vorgenommen hätte. Ich kann nur wiederholen, dass dieses Haus in einem maroden Zustand ist und generalüberholt werden muss.«

»Die Differenz zwischen den Kostenvoranschlägen und den Rechnungen hängt mit der Erhöhung der Mehrwertsteuer zusammen, die zwischenzeitlich in Kraft gesetzt wurde und ist daher völlig rechtens, und das wissen Sie auch, Madame Bouvard ...« Isabelle de Breuil hob die Stimme.

»Dann hätte man die Arbeiten zügiger beginnen müssen und nicht wochenlang vor sich herschieben. Sie wussten doch, dass die Mehrwertsteuer erhöht würde! Wenn Sie mit Ihrem Geld bisher so achtlos umgegangen sind, Madame de Breuil, so war das Ihre Sache, aber jetzt tragen Sie die Verantwortung für uns alle. Ein paar Hundert Euro zusätzlich hier, ein paar Hundert Euro da – so kann man doch nicht arbeiten ...«

»Was reden Sie denn da? Es geht doch nicht um ein paar Hundert Euro! Es geht insgesamt um € 82,56, um die sich der Rechnungsbetrag erhöht hat, das macht für Sie ...«, sie tippte auf dem Taschenrechner, »... mit 25 % Anteilen ... 20 Euro und 24 Cents, und das aufs Jahr gerechnet, Madame Bouvard! Wenn Sie schon Probleme haben, 20 Euro aufzubringen, dann möchte ich wissen, wie Sie die Umbauarbeiten, die Sie so heftig fordern, zukünftig finanzieren wollen?«

»Es geht ums Prinzip!«, gab Nicole Bouvard spitz zurück. »Und ICH habe kein Problem mit der Finanzierung, damit das auch gesagt wäre.«

»Ich konstatiere, dass die Jahresabrechnung mit einer Gegenstimme angenommen wurde!« Isabelle de Breuil sprach lauter, als sie wollte. Das konnte ja noch heiter werden, wenn es so weiterging.

3

Dienstag, 12. September

Duval grübelte darüber nach, inwieweit Philippe Favier wirklich in den Diebstahl verstrickt war. Seine Mittäterschaft war erwiesen, aber wusste er noch mehr? Dass er sich dennoch bis zum Prozessbeginn gegen eine Kaution, die vermutlich dem Wert seines Einfamilienhäuschens entsprach, auf freiem Fuß befand, lag sicherlich daran, dass man bei ihm als Ehemann und allein verdienendem Familienvater keine Fluchtgefahr vermutete. Von welchem Einkommen die Familie jetzt allerdings lebte, war ungewiss. Favier war hochkant aus dem Hotel geworfen worden. Duval seufzte. Ihm ging der Mann, der partout nicht schuld sein wollte an seiner Lage, gehörig auf die Nerven. Wo kam man denn hin, wenn niemand mehr die Verantwortung für sein Handeln übernehmen wollte?

Er schnappte sich einen weiteren Stapel Papier und besah sich die Auswertung des Handys von Mehdi Kherbouche. »Was für ein Kind«, dachte er, als er die Ausdrucke der vielen Selbstporträts sah. Mehdi hatte anscheinend eine betont männliche Pose gesucht. Er warf einen Blick auf die lange Liste der Telefonnummern, die sie von dem Mobiltelefonbetreiber bekommen hatten. Welche der Telefonnummern führte zu seinem Mörder? Da müsste er LeBlanc dransetzen, der für eine solche akribische Arbeit eine erstaunliche Begeisterung und Hartnäckigkeit an den Tag legte. Villiers tat sich eher schwer mit der Arbeit am Schreibtisch, war hingegen zu jeder Tages- und selbst Nachtzeit bereit, Außendienst zu versehen. Er überlegte, wen er bei der *Police Municipale* bitten konnte, Bilder der Videoüberwachung auszuwerten. Er war sicher, man könnte so den Motorroller und die beiden Männer finden, die Mehdi auf dem Gewissen hatten. Das Fernsehzimmer, wie die technische und operationelle Leitzentrale der Videoüberwachung gern spöttisch genannt wurde, lag am Quai St. Pierre am alten Hafen in einem unscheinbaren Haus und unterstand der *Police Municipale*, die ihren Hauptsitz nicht weit davon hatte. Nichts ließ von außen darauf schließen, dass sich hier das Herz eines hocheffizienten Sicherheitssystems befand. Drei Arbeitsplätze, mit denen die Kameras bedient werden konnten und eine fast sieben Quadratmeter große Monitorwand gab es hier, auf der man rund um die Uhr die Bilder sehen konnte, die die fast 250 Überwachungskameras von Cannes aufnahmen. In Cannes hatte man sich am Sicherheitssystem von Monaco orientiert, und tatsächlich wurde es auch nur noch von Monaco übertroffen, wo man auf mehr als 500 Überwachungskameras für die Sicherheit der Einwohner des kleinen Staates vertraute. Für den normalen Betrachter waren die Kameras, die sich von Straßenlaternen kaum unterschieden, nicht sichtbar. Sie hingen unauffällig und hoch oben an Gebäuden oder waren zusätzlich an bestehenden Laternenpfählen angebracht. Sie hingen über Straßenkreuzungen und entlang der Schnellstraße, an allen Ein- und Ausfallstraßen, und der Straßenverkehr konnte so stets überwacht werden. Falls es irgendwo zu einem Unfall oder einem Ereignis welcher Art auch immer kam, konnten die Beamten sofort reagieren. In der Theorie zumindest. Es scheiterte in der Praxis oft daran, dass in Cannes im Unterschied zu Monaco einfach nicht genügend Beamte zur Verfügung standen, um an allen Orten sogleich präsent zu sein. Was eine polemische Diskussion über die Ausgaben der Stadt hervorrief: Die in Einrichtung und Unterhalt extrem kostspielige Videoüberwachung wurde finanziert. Beamtenstellen der *Police Municipale*, um die Videoüberwachung adäquat zu nutzen, wurden rigoros gekürzt und eingespart. Sehr verhasst war bei der Bevölkerung die sogenannte Videoverbalisation. Die neue Generation von Überwachungskameras war in der Lage, Kennzeichen von stehenden als auch fahrenden Autos aufzuzeichnen, so genügte ein einziger Beamter, der den ganzen Tag die neuralgischen Punkte am Monitor überprüfte, um eine maximale Anzahl an Bußgeldbescheiden auszustellen oder Abschleppmanöver zu beauftragen. Selbstverständlich alles willkommene Einnahmen für die Stadtkasse. Ob die Zahl der Einbrüche und Überfälle aber tatsächlich um ein Drittel abgenommen hatte, seitdem das Stadtzentrum von Cannes quasi komplett überwacht war, darüber waren der Bürgermeister, der Befürworter der Aktion »Cannes ist sicher« und die Polizeistatistik uneins. Die Täter wurden, so die *Police Municipale*, durch die Präsenz der Kameras nicht weniger abgeschreckt, Straftaten zu begehen, nur waren sie seither in der Regel maskiert.

Man kann es zumindest probieren, dachte Duval und hob den Hörer ab, um den Leiter der Videoüberwachung, Eric Morandi, anzurufen. Sie hatten einen guten Draht. Eric war auch ein morgendlicher Läufer, sie trafen sich manchmal am Strand.

»Besuch für Sie, Commissaire«, es war Emilia, die den Kopf zur Tür hereinstreckte. Duval hob unwillig den Kopf. »Muss das sein? Kann das nicht vielleicht Villiers übernehmen?«

»Mademoiselle Chatel möchte mit Ihnen persönlich sprechen.«

Annie! Duval durchzuckte es wie ein Blitz, er war mit einem Schlag hellwach. Da stand sie auch schon in der Tür. Blonde Locken, braun gebrannt, ihre große Tasche über der Schulter sah sie ihn mit ihren wachen grünen Augen an. Ein kleines spöttisches Lächeln auf den Lippen. »Ich störe?«

»Nein, gar nicht, Annie, schön Sie zu sehen!« Er stand noch immer mit dem Hörer in der Hand da. Dann legte er ihn zurück. Er fuhr sich mit der Hand durch die Locken und rieb sich dann das stoppelige Kinn, ausgerechnet heute hatte er sich nicht rasiert. »Wie geht's Ihnen? Sind Sie wieder in Cannes?«

»Nein, nein. Ich lebe noch immer in Valberg, aber ich habe meine Wohnung in Cannes untervermietet und hatte einen Termin mit der neuen Untermieterin. Und ich war heute Morgen bei einer Beerdigung ...«, sie zögerte, »... und ich wollte gern etwas mit Ihnen besprechen.«

»Natürlich.« Er sah auf die Uhr und überlegte kurz. »Wollen wir zusammen essen gehen? Haben Sie so viel Zeit?«

»Gern.«

»Ich muss noch einen Anruf erledigen, aber dann bin ich bereit. Möchten Sie so lange in unserem charmanten Wartezimmer warten?« Duval zeigte auf den kargen Flur, in dem einige beigefarbene Plastikstühle an der Wand standen.

»Ach, ich gehe im Eiscafé an der Ecke einen Kaffee trinken und genieße ein bisschen das städtische Flair, wenn Sie gestatten. Das habe ich ja nicht mehr so oft.«

»Gut, dann bis gleich!«

Duval war beschwingt, warf LeBlanc die Telefonunterlagen auf den Schreibtisch und wählte eine Durchwahl bei der *Police Municipale.*

»Eric, wie geht's? Habe dich lange nicht mehr morgens getroffen. Hast du eine neue Route?«

»Salut Léon, nein, nein, ich laufe nur früher, ich bringe zurzeit meine Tochter zur Schule, da muss ich anders planen. Was kann ich für dich tun?«

Duval schämte sich ein wenig. Andere nahmen ihre Verpflichtungen als Vater, obwohl Polizist, ernster. Er hatte es so gut wie nie geschafft, seine Kinder zur Schule zu bringen. Na gut, der Dienst bei der *Police Municipale* war auch nicht vergleichbar. Es gab dort viele Beamte, die eine ruhige Kugel schoben. Eric gehörte allerdings nicht dazu. »Ich bräuchte mal deine Hilfe, also unter der Hand, wenn du verstehst, was ich meine.«

»Hm, Léon, ich habe zurzeit nicht viele Leute zur Verfügung, um was geht's?«

»Ich wüsste gern, ob man den Motorroller von der Schießerei in Rocheville ein bisschen weiterverfolgen könnte.«

»*O là là*, Léon, weißt du, wie viel Arbeit das ist? Und warum muss das inoffiziell sein?«

»Inoffiziell ist ein großes Wort, sagen wir, ich bin nicht zufrieden mit dem Ergebnis, das schon als das endgültige ausgegeben wird.«

»Na gut, pass auf, ich habe eine neue junge Kollegin hier, die noch in der Ausbildung ist, ich weiß sowieso nicht, wo ich die einsetzen soll, die darf sich damit amüsieren. Um wie viel Uhr war das? Du weißt, dass wir die Bilder immer nur ein paar Stunden speichern, wenn nichts anliegt.« Duval hielt kurz die Luft an. »Rocheville haben wir natürlich noch, keine Sorge, Krisenzentren werden gesondert behandelt.«

»Uff, du hast mich kurz erschreckt. Super Eric, und wenn ich mal irgendwas für dich tun kann, bei Gelegenheit … die Schießerei war präzise um 17 Uhr.«

»Gut, Léon, ich nehme dich beim Wort! Und ich setze die Kollegin gleich dran. Versprich dir nicht zu viel, manchmal ist es vertrackt, und man sieht gar nichts.«

»Keine Sorge. Weniger als das, was ich habe, kann es nicht werden.«

»Gut, du hörst von uns.«

»Danke, Eric!«

»Keine Ursache.«

»Wie geht's Ihnen? Erzählen Sie mal«, forderte Duval sie auf, während er mit Annie zu seinem Auto lief, und sie berichtete von ihrem Arbeitsleben im Bergalltag, das völlig anders war als das nervöse Stadtleben von Nizza und Cannes.

»Wirklich, ich konnte es am Anfang nicht glauben, wie ruhig und langsam das Leben auch sein kann. Es ist eine vollkommen andere Welt. Alle haben Zeit. Mich hat das am Anfang völlig verwirrt. Ich dachte immer, ich müsse was tun, fuhr wie wild in der Gegend herum, aber die meiste Zeit ist einfach nichts los.« Sie lachte. »Im Sommer habe ich an allen Veranstaltungen teilgenommen, die es gab, nur um etwas zu tun. Ich habe Diavorträge über Fledermäuse und Orchideen gesehen und Filme über den Wolf im Mercantour, und ich habe an Wanderungen teilgenommen, die zu kleinen Kapellen oder Gedenksteinen führten. Ein junger Pfarrer bietet das jeden Montag an. Er hat ein gutes Gespür für das, was die Leute dort oben wollen. Kein abgehobenes Blabla von der Kanzel, sondern einen Pfarrer zum Anfassen, der genauso schwitzt wie Sie, während er mit Ihnen zusammen zum Gipfel läuft. Das sind tolle Ausflüge, an denen man auch teilnehmen kann, wenn man nichts mit der Kirche am Hut hat.

Wenn er da oben eine Messe zelebriert, stehen immer ein paar abseits, aber der Pfarrer zwingt sie zu nichts, und so lässt auch niemand etwas auf den Pfarrer kommen. Auf diese Weise habe ich die Gegend und die Leute kennengelernt. Über die Wanderungen mit dem Pfarrer habe ich beispielsweise geschrieben. Das ist nicht viel, ein kleiner Artikel hier, ein kleiner da.«

»Aber davon können Sie doch nicht leben, oder?«

»Bislang reicht es mir, und ich schlage mich so durch. Wissen Sie, das Leben da oben ist einfach, aber insgesamt auch viel billiger. Und oft kriege ich von den Nachbarn, die einen Garten haben, Salat, Tomaten oder Zucchini geschenkt. Und ich habe angefangen die alten Leutchen in den Dörfern zu besuchen und sie zu interviewen, da werde ich ganz oft zum Essen eingeladen, das ist geradezu beschämend, wie großzügig die Menschen dort sind. Ich möchte unbedingt eine Serie machen über diese Dörfer und diese Menschen, vielleicht kann da auch ein Buch daraus werden.«

»Sie langweilen sich nicht«, stellte Duval fest.

»Nein, wirklich nicht. Naja, und an den Wochenenden habe ich manchmal auch drei, vier offizielle Termine gleichzeitig, das geht von hundertsten Geburtstagen über Einweihungen von Wanderwegen, bis hin zum Bürgermeister von Nizza, der zum Angeln oder Golf spielen kommt, und der sich bei Gelegenheit ein bisschen volksnah abgelichtet sehen will. Dann bin ich oft lange unterwegs, weil alles so weit auseinanderliegt. Insofern wohne ich ganz gern in Valberg, auch wenn ein Skiort im Sommer ein bisschen groß und leer ist, aber ich wohne quasi im Zentrum meines Einzugsgebietes.«

»Und Sie veröffentlichen immer noch im *Nice Matin*?«

Sie nickte. »Ja, Harmloses dieser Art kriege ich immer unter, wenn ein bisschen Platz ist, zumindest. Aber ich könnte mir vorstellen, dass diese Serie über die Dörfer auch das Fernsehen interessieren könnte, France 3 vielleicht. Mal sehen.«

»Ich habe keinen Ihrer Artikel je im *Nice Matin* gesehen.«

»Sie lesen die falsche Ausgabe.« Annie lachte. »Ich schreibe jetzt für die Redaktion in Nizza. Also konkret schreibe ich sogar nur für die Regionalausgabe Hinterland Nizza. Davon kriegen Sie in Cannes nichts mit.«

Duval fuhr bewusst die Küstenstraße entlang, und für einen Moment schwiegen sie beide. Es war einer dieser blauen Tage. Das Meer war türkis- und der Himmel stahlblau, keine Wolke am Himmel, und das Esterelgebirge schien zum Greifen nah. Annie konnte den Blick nicht abwenden: »Wie schön das ist! Das Meer hat mir eigentlich den ganzen Sommer über nicht gefehlt, aber jetzt bin ich ganz sehnsüchtig und würde gern schwimmen gehen«, bekannte sie. Er nickte. »Man kann sich dran gewöhnen. Ich schwimme fast jeden Morgen.«

»Wo fahren wir hin?«

»Nach Théoule, wenn Sie damit einverstanden sind. Ich habe dort ein nettes kleines Restaurant entdeckt, ganz ohne Chichi. Leider ohne Blick aufs Meer, aber man isst sehr gut, und es ist dennoch erschwinglich. Ich habe dort auch immer ein bisschen das Gefühl, im Urlaub zu sein. In Cannes kenne ich schon zu viele Gesichter.«

Sie nickte. »Gern.«

Annie. Er hatte immer mal wieder an sie gedacht. Vor mehreren Monaten hatte sie ihn eingeladen, und obwohl er stark von ihr angezogen war, hatte er der Versuchung, sie zu sehen, damals nicht nachgegeben, da er gerade den Entschluss gefasst hatte, es mit Hélène und den Kindern noch einmal zu versuchen. Er wollte keine unnötigen Komplikationen heraufbeschwören. Was für ein Idiot er manchmal war mit seiner Korrektheit. Jeder andere hätte die Gelegenheit genutzt. Er konnte sich vorstellen, was Noah Villiers gesagt hätte: »Du Trottel, eine hübsche Frau hat dich eingeladen, und du gehst nicht hin?!« Da hätte er nur verständnislos den Kopf geschüttelt. Aber als Hélène mit den Kindern in den Ferien da war, hatte sie auffallend oft den Namen eines amerikanischen Künstlers fallen lassen, dessen Kunstwerke sie zu beeindrucken schienen. Ben. Sie arbeitete seit Kurzem in einer Kunstgalerie, die mehrere Künstler vertrat, darunter eben diesen Ben. Duval hatte bald begriffen, dass es auch der Künstler selbst war, der sie beeindruckte. Ben hatte den unglaublichen Vorteil, präsent zu sein, da er sein Atelier im Hinterhof der Galerie hatte. Das war wohl das Hauptargument von Hélène, als er sie fragte, was verdammt noch mal dieser Ben habe? »Er ist da, Léon«, sagte sie schlicht. »Er ist da, er ist nett zu den Kindern und er mag mich. Was will ich mehr?« »Liebst du ihn?«, fragte er. »Ich weiß nicht, Léon«, war sie ausgewichen. »Es ist anders als mit dir, er ist freundlich, gut gelaunt und er ist da, verstehst du das?« Was sollte er dazu sagen? Er war eher schweigsam in Gesellschaft, kein stets gut gelaunter Stimmungsmacher, der geistreiche oder amüsante Begebenheiten erzählte oder gar Witze. Das, was er im Dienst erlebte, war selten amüsant, und wenn er freihatte, wollte er keinesfalls davon erzählen. Frei hatte er sowieso kaum. Sein Job ging immer vor. Er war zu unmöglichen Zeiten unterwegs, kam nie pünktlich zu irgendwelchen Einladungen, oft kam er auch gar nicht, und mehr als einmal hatte er vergessen, die Kinder von der Schule abzuholen. Und selbst, wenn er zu Hause war, wie oft hatte er sich gedanklich isoliert, Brassens gehört und war abgetaucht. Er seufzte. *Flic* sein und ein normales Familienleben haben, war schlicht unmöglich. Was ihn am meisten schmerzte, war, dass auch Matteo und Lilly so angezogen schienen von diesem Ben. Er hatte den Kindern sofort eine Ecke in seinem Atelier freigeräumt und ließ sie dort auf großformatigem Papier und Karton malen. Sie hatten eigene Farben und Pinsel, und diese neue Welt voller Farben und Gerüche faszinierte sie. »Ben hat gesagt, ich bin sehr begabt!«, hatte sich Matteo gebrüstet, und Lilly konnte nicht umhin, gekränkt zu versichern, dass sie aber auch sehr begabt sei. »Oder Papa?« »Natürlich, mein Schatz«, beeilte Duval sich zuzustimmen, »ihr seid sicher beide begabt. Kann ich denn mal sehen, was ihr so malt?« »Ben hat alles fotografiert und auf sein *tablet* geladen«, rief Matteo eifrig. »Geil, so ein *tablet*, hast du auch eins?« »Mama, kann Ben Papa nicht mal die Fotos schicken?«, das war Lilly. Das fehlte ihm noch. »Lass gut sein, ich seh' die Bilder ja, wenn ich euch besuchen komme«, brummte Duval, »und nein, ich habe kein *tablet* und ›geil‹ ist ein Wort, das ich nicht gehört haben will, Matteo, ist das klar?« Duval seufzte, als er sich an diese Unterhaltung erinnerte.

»Alles in Ordnung?«

»Ja, ja natürlich. Ich dachte nur gerade ...«, er zögerte, »... an meine Kinder.« Im gleichen Augenblick wusste er, dass nun die unbeschwerte Stimmung, die zwischen ihnen geherrscht hatte, zerstört war. Mein Gott, Duval, du Trottel, dachte er. Warum konnte er nicht einfach das Maul halten. Musste er sein Leben offenlegen? Wozu? Wo soll das hinführen? Mit Martine, der Kleinen aus der Wäscherei, verbrachte er hin und wieder eine Nacht, aber für beide war klar, dass es so unverbindlich bleiben sollte. Sie wussten nicht viel voneinander, außer, dass sie sich anziehend fanden. Sie war ein nettes Mädchen und belästigte ihn nicht mit ständigen Nachrichten auf dem Telefon. Sie sahen sich, wenn er seine Wäsche abgab oder wieder abholte, manchmal verabredeten sie sich, aßen zusammen und meistens übernachtete er dann bei ihr. Aber Annie war etwas anderes. Sie gefiel ihm wirklich.

»Aha«, sagte sie.

»Ich habe zwei Kinder, Lilly und Matteo, sie leben in Paris bei ihrer Mutter«, erklärte er.

Sie nickte. »Ich weiß.«

»*Ah bon?*«

»Naja, ich kann recherchieren, und Sie sind ja kein unbeschriebenes Blatt mehr, Commissaire.«

»Sieh an.«

»Ich wollte wissen, mit wem ich es zu tun habe, als ich Sie damals anrief, da habe ich ein bisschen recherchiert und rumgefragt, wie man das eben so macht.« Sie sah ihn verschmitzt an. »Sie machen das genauso, oder?«

»Ich habe nicht in Ihrem Leben rumgeschnüffelt.«

»Ah, rumschnüffeln ist ein Wort, das ich nicht besonders schätze.« Sie war sichtlich verärgert. »Aber bei mir mussten Sie auch nicht rumschnüffeln, weil ich Ihnen wie ein geschwätziges kleines Mädchen gleich mein ganzes Leben erzählt habe, wenn ich mich recht erinnere.«

Sie schwiegen einen Moment.

»Vermissen Sie sie?«

»Die Kinder?«

Sie nickte.

»Hm«, machte er mit einem unbewegten Gesicht.

»Entschuldigung, ich wollte Ihnen nicht zu nahe treten.«

»Nein, das ist es nicht, es ist nur ...«, er zögerte erneut, dann gab er sich einen Ruck: »Um ehrlich zu sein, jein, punktuell schon. Ich bin wohl nicht für einen Familienalltag mit all seinen Herausforderungen gemacht. Playmobilfiguren auf dem Fußboden und nachts hustende Kinder bringen mich durcheinander. Ich bin ihnen tatsächlich näher aus der Ferne, aber ich spüre, dass sie sich von mir entfernen, und das macht mir etwas aus.« Er schwieg wieder einen Moment. »Und dass sie diesen Alltag jetzt mit jemand anderem anscheinend besser leben, das macht mir sogar ziemlich viel aus. Und statt dass ich mich freue, dass es für sie gut läuft, nein, am liebsten möchte ich eingreifen und sagen: ›Halt! Das sind MEINE Kinder!‹ ... Hélène, also ihre Mutter, hat einen neuen Freund ...«, fügte er nach einer Weile hinzu. Damit wäre das auch gesagt, dachte er.

»Weiß man so etwas nicht vorher?«

»Dass ich nicht für ein Familienleben gemacht bin, meinen Sie? Ich weiß nicht. Ich wusste es vorher nicht. Also, mir war nicht klar, dass ich so anders ticke. Mir war aber auch nicht klar, wie sehr und wie dauerhaft sich das Leben mit den Kindern verändern würde. Ich wäre aber bestimmt nicht gegangen, es war Hélène, die nicht mehr mit mir leben wollte.« Er sah sie ernst an. »Jetzt habe ich Ihnen auch etwas aus meinem Leben erzählt.«

»Ja. Schön, danke.«

Sie hatten ein schattiges Eckchen auf der kleinen Terrasse vor dem Restaurant gewählt. Das Restaurant war klein, der Koch arbeitete nur mit seiner Frau und einer weiteren Hilfe, die mal in der Küche, mal beim Service half. Schon bei seinem zweiten Besuch hatte die flinke Frau des Kochs Duval wiedererkannt und sich an seine Vorliebe für den Pastis 51 erinnert. Er hatte mehrfach das Tagesmenü gewählt. Es war immer ausgezeichnet, häufig Fisch, den der Koch, wie ihm seine Frau gern bestätigte, tatsächlich noch von den lokalen

Fischern bezog, was zunehmend seltener wurde. Der lokale Fischfang war unwägbar, mal gab es viel, mal weniger Fisch und nicht immer das, was große Restaurants, die ihre Menüs bereits für eine Woche im Voraus planten, sich wünschten. Ein kleines Restaurant konnte da flexibler sein. Das Tagesmenü sah heute allerdings ein Filet Mignon in einer Speck-Salbei-Kruste an zweierlei Bohnen vor. Duval wählte wie immer einen Pastis als Apéro, Annie hatte sich für ein Glas Rosé entschieden. Die flinke Bedienung stellte ihnen, wie sie es immer tat, ein Tellerchen mit geröstetem Brot und einem Schälchen selbst gemachter *Tapenade* auf den Tisch. Duval bestrich eine kleine Scheibe Brot mit der Olivenpaste und reichte sie ihr.

»*Merci*«, sie lächelte ihn an.

»Was wollten Sie mit mir besprechen?«, fragte er endlich.

Ihr Gesicht bekam einen ernsten Ausdruck. »Ich war heute Morgen bei der Beerdigung von Nicolas Rinzetti«, sagte sie, »also bei der Einäscherung, um genau zu sein.«

Duval sah sie erstaunt an. »Der Tote aus dem Valmasque? Was haben Sie mit ihm zu tun?«

»Nicolas war ein guter Kollege. Man könnte fast sagen ein Freund. Einer der wenigen, die meine Aktion wegen Thibaut geschätzt haben und der den Kontakt mit mir gehalten hat, als ich in die Berge abkommandiert wurde.«

»Annie, um es gleich zu sagen, das ist nicht mein Ressort, aber wenn Sie mir trotzdem sagen wollen, was Ihr Problem ist?«

»Ach, es gab nur so einen nichtssagenden Nachruf im *Nice Matin*, der ihm nicht gerecht wird, und man erfährt absolut nichts über die Umstände seines Todes. Und bei der Abschiedszeremonie im Krematorium hat niemand etwas gesagt. Niemand hat seine Person und Arbeit gewürdigt. Ich war darauf nicht vorbereitet, sonst hätte ich das übernommen. Ich sagte nur einen Satz über einen treuen Freund und dachte, es kämen nach mir noch andere, aber niemand sagte etwas. Ich fand das sehr eigenartig. Es war bedrückend.«

»Hm, da gibt's doch bestimmt eine Erklärung, oder? Was sagen denn Ihre Kollegen?«

»Das ist es ja, nichts. Seit meiner Versetzung bin ich in Cannes *persona non grata*, ich bin total abgeschnitten von allen Interna. Niemand sagt mir etwas, offiziell zumindest, aber normalerweise erfahre ich schon immer das eine oder andere. Diesmal nicht. Schweigen im Walde.«

Duval reichte ihr das letzte Scheibchen geröstetes Brot mit Tapenade. »Wissen Sie, woran er zuletzt gearbeitet hat?«

»Nein, das wollte mir auch keiner sagen. Kümmere dich um deine Dorfgeschichten, haben sie mir spöttisch gesagt. Alles Idioten, wirklich, ich bin froh, dass ich da oben quasi mein eigener Chef bin.«

Duval nickte. »Naja, Annie, es tut mir leid, es ist wie gesagt nicht mein Fall. Ich leite die Ermittlungen bei einem Einbruch in einem Hotel und habe außerdem gerade einen Mord bei einer Schießerei aufzuklären. Den Mord an Rinzetti hat mein Kollege Galliano am Wickel. Ich bin ja nicht der einzige Kommissar im Haus.«

Sie sah enttäuscht aus. »Können Sie nicht mal mit dem Kollegen sprechen?«

Duval machte eine Grimasse. »Das müssen Sie verstehen, Annie, Rinzetti geht mich nichts an. Ich mag auch nicht, wenn man sich in meine Ermittlungen einmischt.« Er sah sie an. Sie war enttäuscht. »Vielleicht kann ich mit Galliano mal ein paar Worte wechseln ... aber wir sind uns nicht so grün. Ich fürchte, alles in allem werde ich da nicht viel machen können.«

»Hm.« Einen Moment schwiegen sie, aber dann wurde

ihnen das Entrée serviert, und sie widmeten sich den *Papetons d'Aubergines,* einer köstlichen und leichten Auberginenterrine und später dem Filet Mignon. Sie wechselten das Gesprächsthema. Annie erzählte Geschichten aus dem Dorfleben, von ausschweifenden Patronatsfesten, die sich im Sommer häuften, von bäuerlichen Märkten und vom verzweifelten Kampf der Schäfer gegen den Wolf, der sich wieder im Mercantour angesiedelt hatte und nun immer häufiger Schafe riss. Sie hatte eine kurzweilige Art zu erzählen, und Duval amüsierte sich.

»Was wünschen Sie zum Dessert?«, fragte die Frau des Kochs. »Wir haben heute einen *Fondant aux Chocolat* oder einen Crumble mit karamellisierten Äpfeln und dazu eine Kugel hausgemachtes Karamelleis.«

»Oh, den Crumble für mich bitte, hört sich toll an.«

»Und für Sie Monsieur?«

»Nur einen *café* bitte.«

Er rührte bedächtig seinen Zucker in den *café* und sah Annie an, die offensichtlich ihr Dessert genoss. »Gut?«

»*Délicieux!* Ich habe schon lang nicht mehr so gut gegessen. Vielen Dank, dass Sie mir Ihr Restaurant gezeigt haben. Wirklich eine Entdeckung.«

Er lächelte. »Aber gerne. Es ist mir ein Vergnügen. Ich freue mich, wenn ich mal nicht die Kollegen am Tisch habe, sondern ein charmantes Wesen.« Ich war auch schon mal origineller, dachte er. »Nichts gegen die Kollegen ...«, fügte er eilig hinzu.

Sie lachte: »Genau, Villiers hat doch auch einen gewissen Charme, wie ich schon erfahren durfte ...«

»Keine Frage, aber sein Charme greift bei mir nicht so ...« Himmel, hatte Villiers sie etwa schon angegraben? Dem würde er was erzählen. »Hat er Sie irgendwie belästigt?«

»Nein, keine Sorge, weniger wäre manchmal mehr, aber man kann es ihm verzeihen, er ist noch ein bisschen jung ...«

Sie war wirklich hinreißend ... könnte man nicht einfach sitzen bleiben ... Er gab sich einen Ruck. »Erzählen Sie mir noch etwas von Rinzetti«, sagte er dann.

»Ah!« Sie lächelte ihn an. »Ein aufbrausender Charakter. Ein halber Korse.«

»*Ouuula*, Korsika. Eine korsische Geschichte vielleicht? Das würde viel erklären, auch das Schweigen.«

Sie zuckte die Schultern. »Ich weiß es nicht. Er war nicht nur beliebt. Er glaubte, er begriffe die politischen Zusammenhänge besser als wir und war oft ein bisschen herablassend. Er wollte immer investigativen Journalismus machen, er sagte, es gibt hier so viel aufzudecken, aber naja, *Nice Matin* ist nicht gemacht für so etwas. Er schrieb hin und wieder auch für andere Zeitungen.«

»Wenn er so ehrgeizig war und hier auf keinen grünen Zweig kam, warum ist er dann hiergeblieben? Frau und Kinder?«

»Nein, er lebte allein. Ich glaube, er blieb wegen seiner Mutter. Sie ist krank und lebt hier in einem Altersheim. Sie war völlig verzweifelt, die arme Frau.«

»Sein Vater ist Korse?«

»War. Er ist schon tot. Er wurde von einem Nachbarn im Streit erstochen. Alkohol, Frauen, eine Sache der Ehre, verstehen Sie? Ich habe es mal heimlich recherchiert. Nico wollte nie von Korsika erzählen.«

Duval sah auf die Uhr.

»Sie müssen los, entschuldigen Sie –«

Oh, dieser dumme Reflex, immer musste er auf die Uhr sehen. »Nein, nein, nicht sofort jedenfalls«, beteuerte er. »Kann ich Sie nachher irgendwo hinfahren?«

»Nein, lassen Sie mich einfach am Kommissariat raus, ich gehe noch ein bisschen in die Stadt, bevor ich wieder hochfahre, und vielleicht tauche ich die Füße noch mal kurz ins Wasser.«

»Sie fahren heute schon zurück?«

»Ja.«

Am Kommissariat trennten sich ihre Wege. Duval machte ein bedauerndes Gesicht. »Tja, dann ... aber melden Sie sich, wenn Sie wieder hier sind, ja? Warten Sie«, er scrollte in seinem Mobiltelefon die Kontakte durch, »Ihre Handynummer ist noch die gleiche? Nur, für den Fall, dass ...«

»Ja, immer noch die gleiche. Danke, Léon.«

»Danken Sie mir noch nicht, ich bin nicht sicher, ob ich überhaupt etwas erfahren kann.«

»Villiers?«

»Ja, Chef?«

»Machen Sie mal die Tür zu, bitte.«

Villiers schloss die Tür und sah Duval erwartungsvoll an.

»Wissen wir etwas über den Journalisten-Mord? Nicolas Rinzetti?«

»Oh, Chef, wollen Sie sich mit Galliano anlegen?« Er rieb sich grinsend die Hände. »Mir scheint, das ist ein großes Geheimnis, da dringt nichts nach außen.« Er überlegte. »Ich kann mal ein bisschen rumhören. Gibt's einen Zusammenhang mit dem Einbruch?«

»Nein. Also, das heißt, keine Ahnung, vielleicht.« Er überlegte einen Augenblick. »Gut, Villiers, dann versuchen Sie doch mal etwas zu erfahren, aber ohne Galliano zu alarmieren, ja?«

»Mache ich, Chef!«

»Danke.« Das Telefon klingelte. Duval seufzte. Der Chef-Chef.

»Oui, Monsieur le Directeur?«

»Duval, hören Sie, der Fall ist doch so gut wie abgeschlossen, wenn ich das richtig sehe. Hat dieser Philippe Favier endlich gestanden? Ich habe das der Presse ja schon so angedeutet, jetzt wollen die natürlich eine Bestätigung.«

»Das war vielleicht etwas voreilig, Monsieur le Directeur, ich bin nicht sicher, dass der Rezeptionist wirklich hinter allem steckt. Vor allem einen Mord beauftragt zu haben, traue ich ihm nicht zu.«

»Papperlapapp, Duval, den müssen Sie mal richtig in die Mangel nehmen. Diese modernen Methoden, dieses einfühlsame Gespräch, das Sie praktizieren, das führt nicht immer zu einem Ergebnis. Manchmal sind die guten alten Methoden noch ganz nützlich, vor allem bei so verstockten Typen, glauben Sie mir.«

Duval dachte an seinen Vorgesetzten aus Paris, der nicht zimperlich war, der brüllend auf den Tisch haute und auch handgreiflich wurde. Und er dachte an diese ›böser Flic – guter Flic‹-Spielchen. Er hatte das immer gehasst. »Ich werde noch einmal mit ihm reden, Monsieur le Directeur.«

»Gut, gut. Wir müssen mal zu einem Ende kommen. Ein bisschen positive Schlagzeilen können wir gut gebrauchen. Der Innenminister ist auch dieser Ansicht.«

Der kann mich mal, der Innenminister, dachte Duval, aber er sagte nur unwillig: »Wir arbeiten dran.«

»Ja, hoffentlich. Also, dann … ich erwarte Ihren Bericht.«

Duval hatte den Hörer noch in der Hand, als LeBlanc in sein Büro trat.

»Ah, LeBlanc, wie geht's? Ich hatte Ihnen heute Morgen etwas anderes Kniffliges auf den Tisch gelegt, schauen Sie bei Gelegenheit mal, wo uns die Telefonnummern hinbringen.«

»Bei Gelegenheit? Wie meinen Sie das, bei Gelegenheit?«

Duval vergaß immer mal wieder, dass Anweisungen an LeBlanc klar und ironiefrei erfolgen mussten. »Am liebsten wäre es mir, Sie würden sich jetzt sofort darum kümmern«, sagte er daher überdeutlich.

»Sie sagten aber bei Gelegenheit?!«

»Ja, sagen wir so, wenn Sie jetzt sofort dafür noch etwas Zeit hätten, dann wäre es doch eine gute Gelegenheit ...«

»Ach so.«

»Genau.«

»Gut, dann mache ich das jetzt.«

Duval musste sich zusammenreißen, um nicht wieder eine ironische Antwort zu geben. »Sehr schön«, sagte er stattdessen.

LeBlanc nickte und verschwand.

Duval sah LeBlanc hinterher. Dessen familiäre Situation schien sich wieder gefestigt zu haben. Zumindest sahen seine Hemden wieder gebügelt aus, eine Zeit lang hatte er ausgesehen, als schliefe er darin. Damals war er von seiner Frau verlassen worden. Sie war dann zu ihm zurückgekehrt, was aus LeBlanc keinen weniger mürrischen Menschen gemacht hatte. Aber er sah wieder gepflegter aus. Aber vielleicht nahm er auch nur die Dienste einer Wäscherei in Anspruch, wie er selbst. Da fiel ihm etwas ein. »Emilia?!«

»Ja, Monsieur le Commissaire?«

»Haben Sie schon etwas erreicht in Sachen Haushaltshilfe?«

»Ja und nein, ich habe eine Botschaft losgeschickt, aber noch keine Antwort bekommen.«

»Wie darf ich das verstehen?«

»Ich habe in der italienischen Kirchengemeinde gesagt, dass Sie jemanden suchen, und alle hören sich um … keine Sorge, wir finden schon Hilfe für Sie, irgendjemand kennt jemanden.«

»Gut, Dankeschön. Und nichts gegen Ihre italienische Gemeinde, aber ich nehme jede Hilfe an, unabhängig von der Nationalität und der Religion.«

»In Ordnung, Commissaire.«

»Ich möchte eine Vermisstenanzeige aufgeben, Monsieur le Commissaire! Meine Tochter ist verschwunden, und ich bin sicher, dass ihr etwas zugestoßen ist. Lächeln Sie mich nicht milde an, als sei ich eine überbesorgte Gluckenmutter. Ich komme auch extra zu Ihnen, weil Ihre Kollegen mich nicht ernst nehmen.«

»Gut, Madame de Breuil, das werde ich nicht tun. Erzählen Sie mir, warum Sie glauben, dass Ihre Tochter verschwunden ist.«

»Sie IST verschwunden!«

»Gut, gut«, beschwichtigte Duval die aufgebrachte Frau. »Fangen wir von vorne an. Ihre Tochter, sie heißt Angélique, nicht wahr? Wie alt ist sie? Wann haben Sie sie das letzte Mal gesehen?«

»Angélique ist 36 Jahre alt, ich habe hier ein Foto …«, sie zog einen Umschlag aus ihrer Handtasche und legte ein Foto auf den Schreibtisch des Kommissars. Duval betrachtete es. Es zeigte das Gesicht einer rundlichen jungen Frau mit langen dunklen Haaren. Sie sah den Fotografen mit einem eher unfreundlichen Blick an.

»Ist das ein aktuelles Foto?«

»Ja. Es stammt vom letzten Jahr. Ich hatte mir Fotos meiner Kinder gewünscht. André ging zu einem Star-Fotografen und ließ ein geradezu albern inszeniertes Porträt von sich machen, was vermutlich ein Vermögen gekostet hat, das nur nebenbei, und Angélique gab mir ein Foto, das irgendjemand so mal eben schnell fotografiert hatte, wie um mir zu zeigen, wie wenig mein Wunsch ihr bedeutete.«

»Sie haben kein gutes Verhältnis?«

»Ach ... manchmal ist es schwierig.«

»Wann also haben Sie sie zum letzten Mal gesehen?«

»Ich habe das natürlich überlegt, aber ich weiß es nicht genau. Ich erinnere mich an unseren Streit, das ist schon ein Weilchen her, und dass ich ihr mal wieder einen Scheck ausgestellt habe. Das immerhin konnte ich überprüfen, das war Ende Juli, am 25., um genau zu sein. Und sie hat ihn auch umgehend eingelöst. Da ist sie schnell. In allem anderen aber ...«

»Das war das letzte Mal?«

»Es ist das letzte Mal, dass ich mich erinnere, sie wirklich gesehen zu haben. Manchmal schwirrt sie ein bisschen im Hotel herum und spielt Schlossherrin, aber glauben Sie nicht, dass Sie mir guten Tag sagt ... vielleicht war sie da, vielleicht nicht, aber wann?!«

»Worüber haben Sie sich gestritten?«

»Über alles Mögliche. Über Geld, über ihren Freund und über die Art, wie sie herumläuft.«

»Wie läuft sie herum?«

»Ach ... wissen Sie, solange sie in ihren vier Wänden ist, kann sie machen, was sie will, aber wenn sie ins Hotel kommt, dann möchte ich, dass sie präsentabel ist. Sie weiß, dass es mir nicht gefällt, wenn sie ungepflegt ist, aber es kümmert sie nicht. Oder sie macht es extra, um mich zu ärgern.«

»Ungepflegt?«

»Sie sah immer aus, als käme sie gerade aus dem Wasser. Nicht frisiert, ungeschminkt, schlecht angezogen. Sie muss ja kein Chanel-Kostüm tragen, sie kann sich von mir aus gerne sportlich kleiden, wenn sie schon jeden Tag schwimmen muss, aber mit ein bisschen Schick und Stil wenigstens.«

»Ihre Tochter ist 36 Jahre alt.« Duval hatte durchaus Verständnis für eine natürliche junge Frau, die gerne schwamm.

»Ja, eben! Und sie ist die zukünftige Chefin eines Hotels!«

»Der Freund? Was ist mit dem? Bei ihm kann sie nicht sein?«

»Nein. Bei ihm ist sie angeblich nicht. Er sagt mir aber nicht, wo sie ist. Können Sie sich das vorstellen? Ich bin ihre Mutter! Er ist kein guter Umgang für meine Tochter.«

Duval war amüsiert. »Über Geld haben Sie sich auch gestritten?«

»Ja, natürlich. Sie wollte, dass ich ihr vorab etwas von ihrem Erbe auszahle. Als würde ich ihr nicht schon genug geben.«

»Wofür wollte sie dieses Geld haben? Irgendein Projekt?«

»Ein ›Projekt‹, dass ich nicht lache!«

»Sie haben es ihr nicht ausgezahlt?«

»Nein.«

»Gut, fassen wir mal zusammen, es gibt mehrere Konfliktpunkte. Grund genug, sich vielleicht einen Moment nicht zu sehen. Und Ihre Tochter hatte die Tendenz, sich nur unregelmäßig zu melden. Warum glauben Sie also, dass Ihre Tochter verschwunden ist? Es gibt doch eigentlich keinen Anlass, das zu glauben?«

»Commissaire, ich bitte Sie, fragen Sie nicht genauso wie Ihre Kollegen, ich WEISS es! Angélique taucht oft einfach ab, verreist ein paar Tage, und ich erfahre es erst hinterher, das bin ich gewohnt, aber jetzt ist es anders.«

»Was ist anders?«

»Hören Sie Commissaire, wir hatten diese Woche Gesellschafterversammlung des Hotels, und obwohl sie ein Drittel des Hotels besitzt, ist sie nicht gekommen. Stattdessen kam dieser Anwalt und brachte eine Vollmacht von ihr mit.« Madame de Breuil atmete heftig, und ihre Stimme begann zu vibrieren.

»Was sagte der Anwalt, warum sie nicht gekommen ist? Welcher Anwalt übrigens?«

»Roland Arnaud. Der Freund meiner Tochter. Ich traue ihm nicht über den Weg. Er sagte, Angélique müsse sich ausruhen! Ausruhen! Ich möchte wissen wovon! Sie tut nichts! Neulich hat sie mir eine eigenartige Mail geschickt, dass sie Abstand brauche, ich bitte Sie, noch mehr Abstand ist ja gar nicht mehr möglich! Sie müsse atmen, hat sie mir das letzte Mal gesagt, als ich sie gesehen habe. Na, dann atme doch, habe ich geantwortet. Aber deshalb kann sie sich doch um wichtige Angelegenheiten kümmern, das Hotel war doch auch ihre Zukunft ...« Madame de Breuils Stimme sackte weg.

»Was ist passiert, Madame de Breuil?«

»Sie haben mich abgesetzt.« Ihre Stimme war tonlos. »Ich habe nichts mehr zu sagen in meinem eigenen Hotel.« Sie sah müde aus. Ihr rundliches Gesicht wirkte trotz des Makeups grau und faltig. Leise sagte sie: »Angélique hat Maître

Arnaud eine Vollmacht ausgestellt und ihn angeblich gebeten, bei der alljährlichen Wahl um den Posten der Direktion gegen mich zu stimmen.« Sie schwieg und sah Duval an, um zu sehen, ob er die Tragweite verstand. Duval nickte ernst und zustimmend. »Angélique hält 30 % der Anteile, André noch 5 % und Nicole Bouvard hat 25 %«, fuhr sie fort. »Zusammen mit Angélique besitzt Nicole Bouvard nun 55 % und hat damit die Mehrheit bekommen. Selbst mit den 5 % von André, er hat für mich gestimmt, immerhin, ich sah am Blick von Nicole Bouvard, dass sie das nicht erwartet hatte, kam ich nur auf 45 %. Es hat nichts genützt. Sie haben Georges Bouvard als Direktor eingesetzt. Er hat keine Ahnung vom Hotel, aber er wird tun, was seine Mutter will.«

»Wie geht es jetzt weiter?«

»Ich habe keine Ahnung. Sie wollen, dass ich verkaufe.«

»Werden Sie das tun?«

»Nein! Solange es irgend geht nicht, aber ich kann mich den Umbauplänen nicht widersetzen und muss sie anteilig mitfinanzieren. Das kann und will ich nicht. Aber wenn Sie sich in einem Gemeinschaftsprojekt weigern zu zahlen, werden Sie ganz schnell enteignet. So ist das Gesetz.«

Duval schnippte nachdenklich mit dem Clip seines Kugelschreibers.

»Und Angélique? Warum hat sie das gemacht? Ihrer Meinung nach?«

»Ich weiß es nicht. Ich kann nur vermuten, dass Maître Arnaud und Nicole Bouvard sie einer Gehirnwäsche unterzogen haben. Sie ist leicht zu beeinflussen, ich vermute, der Lebensstil von Nicole Bouvard imponiert ihr, sie möchte wahrscheinlich auch ein glamouröseres Leben führen und vielleicht hält sie den Besitz eines Luxushotels für ehrenvoller als den eines alten Familienhotels. Sie hat überhaupt keinen Sinn für Tradition und den Stil der Belle Époque. Alles muss neu, groß und modern sein und aus Glas, Stahl und Beton. Schauen Sie, nur ein Beispiel: Wir hatten einen Wasserschaden in einem Zimmer im Hotel. Da mussten unter anderem Kacheln ersetzt werden. Ich versuche bei allen Reparaturen die alten Kacheln in den Badezimmern zu erhalten oder identische Kacheln zu finden, damit der Stil erhalten bleibt. Das Haus steht immerhin unter Denkmalschutz. Das alles ist aufwendig und jemanden zu finden, der kommt, um nur dreieinhalb Kacheln einzusetzen, ist fast aussichtslos. Und dann verlacht man mich noch dafür. Nur was neu und modern ist, zählt in ihren Augen. Ich glaube, Angélique wollte mich zwingen, den Stil zu ändern.«

»Vielleicht wollte sie Sie zwingen zu verkaufen?«

»Ah bon?« Madame de Breuil schien wirklich überrascht. »Na, aber sie weiß doch, dass das Hotel mein Leben ist! Ich habe ihr immer Geld gegeben. Aber das Hotel verkaufen kommt nicht infrage!«

»Sie haben sie nicht gesprochen seither?«

»Nein. Und auch nicht vorher. Eine Mail habe ich bekommen, das ist alles. Das war am 5. September. Aber auf meine Antwort hat sie wieder nicht reagiert. Es ist mir zunächst nicht weiter aufgefallen, sie meldet sich ja nicht regelmäßig. Wissen Sie, es gibt Familien, da schauen die Kinder täglich rein, um Hallo zu sagen und um zu hören, wie es den Eltern geht, aber Angélique habe ich nicht mal täglich gesehen, als sie noch zu Hause wohnte. Und seit sie ausgezogen ist ... ich sage es Ihnen ...«

»Ja, Madame de Breuil, ich verstehe ...« Duval unterbrach ihren Redefluss. »Aber wissen Sie, es ist schwierig für mich, etwas Unnormales im Verhalten Ihrer Tochter zu sehen. Sie ist erwachsen, offensichtlich sucht sie die Nähe zu Ihnen nicht so, wie Sie es gern hätten, und nun ja, sie hat sich von ihrem Freund, einem Ihnen bekannten Anwalt bei einer Gesellschafterversammlung vertreten lassen, mit einer, zugegeben, für Sie unangenehmen Konsequenz. Aber vermutlich ist sie genau deswegen nicht persönlich gekommen und auch genau deswegen weiterhin nicht für Sie zu sprechen. Sie fürchtet vermutlich Ihre Reaktion. Das ist alles nicht so ungewöhnlich, wie Sie vielleicht vermuten. Wenn Sie wüssten, wie viele junge Menschen sich von ihren Eltern distanzieren und Entscheidungen treffen, die von den Eltern nicht geschätzt werden.«

»Monsieur le Commissaire, ich WEISS es einfach, dass ihr etwas passiert ist. Ich bin doch ihre Mutter! Eine Mutter spürt so etwas!«

»Sicher.« Duval nickte mit ausdruckslosem Gesicht. Diese stereotypen Sätze von Eltern, die angeblich alles spürten und letztlich nichts von ihren Kindern wussten, hatte er schon so oft gehört. »Ich verstehe, dass Sie sich sorgen, Madame de Breuil, aber das ist alles ein bisschen wenig, fürchte ich.«

»Das heißt, Sie wollen nichts unternehmen?«

Duval zuckte die Schultern. »So wie die Situation momentan aussieht, ist es für eine Vermisstenanzeige und eine aktive Suche nach Ihrer Tochter noch zu früh. Die letzte E-Mail haben Sie von ihr am 5. September bekommen. Das ist nicht mal zwei Wochen her. Warten Sie noch ein, zwei Wochen, sie meldet sich bestimmt irgendwann. Vermutlich ist es einfach so, wie sie sagt, sie braucht Abstand und ist vielleicht verreist. Sie haben mir doch erzählt, dass sie viel und oft auch spontan verreist?!«

Isabelle de Breuil sah auf einmal sehr erschöpft aus. Mit leiser Stimme sagte sie: »Glauben Sie mir, Commissaire, es ist ihr etwas passiert.«

Duval tat die Frau plötzlich leid. »Können Sie denn nicht zunächst in ihrer Wohnung nachsehen? Haben Sie keinen Schlüssel zu ihrer Wohnung?«

Sie schüttelte den Kopf, sah ihn aber voller Hoffnung an. »Ich bin natürlich schon vorbeigegangen, habe geklingelt und geklopft, und das letzte Mal habe ich einen Umschlag unter der Tür durchgeschoben. Eine Karte und etwas Geld ... Sie verstehen ... Aber ich habe sie nie angetroffen, und sie hat sich auch nicht dafür bedankt.«

»Nun ja ...« Duval blieb skeptisch. »Hat irgendjemand einen Schlüssel zu ihrer Wohnung? Ihr Sohn? Der Freund? Ein Nachbar?«

»Das weiß ich nicht. André eher nicht. Vielleicht der Anwalt.«

»Haben Sie mit dem Anwalt noch einmal Kontakt aufgenommen?«

»Nein!« Sie klang empört. »Nachdem er mich neulich so abgespeist hat, das tue ich mir nicht noch einmal an.«

»Klick«. Duval, der die ganze Zeit mit seinem Kugelschreiber gespielt hatte, hatte den Clip abgebrochen. Konsterniert legte er den Kugelschreiber vor sich hin und sagte dann abschließend: »Gut, Madame de Breuil, dann verbleiben wir so?!«

Sie sah ihn fragend an. »Das heißt, Sie unternehmen gar nichts? Können SIE nicht trotzdem wenigstens in ihrer Wohnung nachschauen?«

»Mit welcher Begründung wollen Sie, dass ich die Wohnung durchsuche?« Duval schüttelte leicht den Kopf und machte eine unbestimmte Geste mit den Händen.

Isabelle de Breuil sah ihn flehentlich an. »Bitte!«

Er begleitete sie zur Tür und gab ihr die Hand. »*Au revoir*, Madame de Breuil.«

Madame de Breuils Blick war voller Enttäuschung und Wut, als wolle sie sagen »Sie sind auch nicht besser als Ihre Kollegen«. Aber sie sagte nur eisig: »Guten Tag, Monsieur le Commissaire.«

Duval zuckte mit den Achseln und sah ihr nach. Sie ging langsam, ihm schien, als hinke sie ein wenig. Der Verlust des Hotels und die Sorge um ihre Tochter hatten sie sichtlich mitgenommen. Duval goss sich einen Kaffee aus der Thermoskanne in eine Tasse, rührte ein Stück Zucker hinein und überlegte.

Villiers kam singend in Duvals Büro getanzt. Duval sah ihn etwas missbilligend an. »Was soll das?«

»Sie haben es nicht erkannt«, stellte Villiers bedauernd fest.

»Was?«

»Das war ›It's raining men‹!«

»Und?«

»Das ist eine Schwulenhymne.«

»Villiers, ich bitte Sie!«

»Och, Commissaire, das war, um Sie spielerisch ins Thema einzustimmen.« Er sagte etwas leiser: »Ich hab' was zu Rinzetti erfahren.«

»Ah! Er war schwul?«

»So sieht's aus. Und er hat sich wohl mit bösen Jungs vom Straßenstrich amüsiert, die dann eine Spur zu böse wurden, und dann war's aus mit dem Spiel, und Rinzetti blieb auf der Strecke.«

Duval zog die Augenbrauen hoch. »Geht's auch sachlicher?«

»Tod im Rotlichtmilieu. Ein Sado-Maso-Spiel, das etwas zu weit gegangen ist.«

»Nicht schön.«

»Nein, gar nicht.« Villiers legte Duval ein paar Fotokopien auf den Tisch. Duval besah sie und verzog das Gesicht. »Man will aber kein Aufsehen erregen, deshalb ist die Sache unter Verschluss. War kein schlechter Journalist heißt es, ein bisschen die Sorte Schnüffler vielleicht, aber man will weder ihn noch seine Familie diskreditieren.«

»Danke, Villiers.«

»Immer zu Diensten, Commissaire!«

Duvals Telefon klingelte. Villiers salutierte und tänzelte grinsend und singend aus dem Büro. Duval sah ihm nach und schüttelte den Kopf. Dann nahm er den Hörer ab. Es war Eric Morandi.

»Bingo, Léon, komm rüber und schau dir an, was wir gefunden haben!«

»Bin sofort da.«

Die junge Polizeianwärterin hatte sich viel Mühe gemacht und konnte Duval an mehreren Bildschirmen fast einen zusammenhängenden Film zeigen. Man sah die Ankunft eines schwarzen Motorrollers mit zwei schwarz behelmten Gestalten, der über die Route Napoléon kam, kurz verlangsamte, es wurden drei Schüsse von dem hinteren Mann aus nächster Nähe auf einen etwas abseits stehenden jungen Mann abgegeben. Man sah ihn zusammenbrechen, und die umstehenden Menschen reagierten wie in Zeitlupe, während der Fahrer Gas gab und der Motorroller Richtung Avenue Franklin Roosevelt entschwand. »Kann ich das noch einmal sehen?«

»Natürlich.« Sie ließ die Bilder noch einmal durchlaufen.

»Der Hintermann hat einen Rucksack auf.«

»Ja, und schauen Sie mal«, sie wechselte zu einer anderen Kameraansicht, »ich dachte mir, der will bestimmt auf die Autobahn und nimmt die nächste Möglichkeit, deshalb habe ich gleich die Bilder der Kamera an der Kreuzung der D 809, die zur Autobahn führt, angesehen. Er taucht auch auf, fährt aber geradeaus, die Avenue du Maréchal Juin entlang, er überquert die Kreuzung übrigens bei Rot, sehen Sie hier ...«, sie deutete auf die Ampel, »... Richtung Mougins ...«

»Stop, Stop, lassen Sie das noch einmal zurücklaufen, was steht auf dem Rucksack? Und ich will das Nummernschild, kriegt man das genauer?«

Sie nickte und holte die Filmsequenz des Motorrollers, der bei Rot über die Kreuzung preschte. Sie hielt den Film an und zoomte das Bild des Motorrollers heran. »*Voilà*, hier haben Sie beides.«

»Foot Locker, das heißt doch ›Foot Locker‹ da auf dem Rucksack, oder?«

»Ja«, sie nickte, »und das Kennzeichen ist CX-984-NN.«

Duval suchte etwas zu schreiben, aber sie hielt ihm bereits ein DIN-A4-Blatt entgegen. »Ich habe es Ihnen schon ausgedruckt.« Duval nickte und nahm das Blatt entgegen. »Ich habe ihn noch an einem Kreisverkehr entdeckt, auch von dort könnte er zur Autobahn, aber er bleibt auf der Route Napoléon. Dann verlässt er unsere Gemarkung. Die nächsten Kameras gehören schon zu Mougins.« Sie zuckte bedauernd die Schultern. »Ich hätte die Kollegen ja angerufen, aber die Suche ist nicht offiziell, wenn ich es richtig verstanden habe?«

»Ja, so in etwa«, Duval blieb vage. »Sehr gute Arbeit auf jeden Fall, danke!«

»Gerne.« Sie lächelte erfreut.

Ein Kennzeichen und ein Rucksack mit der Aufschrift

»Foot Locker«. Nicht schlecht für den Anfang. Er sah auf den großen Plan von Cannes und der Umgebung an der Wand. Dann rief er Emilia und einen Streifenwagen an.

Den schwarzen Motorroller hatte man bereits einen Tag später verlassen auf einem der kleinen Parkplätze, die rund um den Naturpark Valmasque eingerichtet waren, gefunden. Er war am Tag des Mordes an Mehdi Kherbouche vormittags in der Nähe des Bahnhofs entwendet worden. Sein Besitzer, ein Student der Rechtswissenschaften, hatte ihn bereits als gestohlen gemeldet und schien trotz des Ärgers erfreut, dass er indirekt in eine kriminelle Affäre verwickelt war. »Praxis, alles dient der Praxis!«, sagte er eifrig, und nahm es daher auch mit gespielter Erfahrung hin, dass er noch eine Weile auf sein Gefährt verzichten musste. »Natürlich, verstehe, verstehe!«, nickte er ernsthaft.

Dank des Rucksacks mit dem Aufdruck »Foot Locker« konnten die beiden Männer auch bei ihrer Ankunft in Cannes am Bahnhof identifiziert werden. Sie hatten den Bahnhof durch den Hinterausgang verlassen. Man sah sie, wie sie sich auf dem Boulevard de la République vor einem Zweiradladen Motorroller besahen. Sie kamen jedoch unverrichteter Dinge aus dem Laden, und man sah sie auf mehreren Bildern sich erneut Richtung Bahnhof bewegen. Wie die Ermittler später erfuhren, war dem Ladenbesitzer das Verhalten der beiden Männer »nicht ganz koscher« vorgekommen. Sie hatten ihm 2000 Euro in bar für einen 125-ccm-Motorroller angeboten, wollten jedoch weder Ausweispapiere noch Führerschein vorzeigen. Bei einem anderen Händler in einer Seitenstraße zum Boulevard de la République erstanden sie immerhin zwei

Helme. In der Nähe der Unterführung zwischen dem Bahnhof und dem Marché Gambetta, wo zahlreiche Motorroller abgestellt waren, schlossen sie endlich einen der Motorroller kurz, mit dem sie dann über kleine Straßen bis nach Rocheville fuhren. Zweimal tauchten sie dort auf einer Kamera auf, vermutlich um die Lage zu sondieren, bevor der Hintermann die tödlichen Schüsse auf Mehdi Kherbouche abgab.

Der Motorroller wurde auf Spuren und Fingerabdrücke untersucht, er war aber mit einem starken Reinigungsmittel komplett abgewischt worden, bevor die Täter ihn hatten stehen lassen. Das Vorkommen von Kaliumhydrochlorid auf dem Motorroller ließ auf einen starken Chlorreiniger schließen. Fand man auf dem Motorroller auch keinerlei Fingerabdrücke, dafür aber umso mehr auf einer leeren Plastikflasche *Eau de Javel*, die achtlos neben dem Parkplatz in den Wald geworfen worden war. Darauf fand man klare Abdrücke der Finger einer rechten Hand, die direkt zu dem bereits in der Polizeikartei bekannten Sami H. führte, einem bislang nur durch Kleinkriminalität bekannten Komorer, der in einem der problematischen Viertel im Norden von Marseille beheimatet war. Dort fand man ihn auch kurze Zeit später.

Duval begab sich zur Vernehmung nach Marseille. Er hatte keine Lust, drei Tage auf die Genehmigung eines Dienstfahrzeugs zu warten und nahm seinen eigenen Wagen. Später verfluchte er sich dafür. Wenn er auch mit seinem kleinen verbeulten Fiat in den Straßen Marseilles nicht weiter auffiel, so hatte er darin weder Funk noch Navigationssystem. Und die Straßenverhältnisse von Marseille hatten mit den Ausdrucken des Routenplaners, die er sich vorsichtshalber gemacht hatte, wenig gemeinsam. Er fuhr durch immer grauere und ärmlichere Wohngegenden. Das 15. Arrondissement war eines, das von der Wahl Marseilles zur Kulturhauptstadt nicht profitiert hatte. Das Polizeirevier lag im Schatten der hochgebauten Stadtautobahn, die das Viertel der Länge nach durchschnitt. *»Bonjour Tristesse«*, dachte Duval.

Donnerstag, 14. September

»Wie dämlich kann man sein?«, fragte ihn Duval. »Ihre ganze Aktion ist so unprofessionell, dass es schmerzt. Da kommen Sie gemeinsam mit dem Zug von Marseille bis nach Cannes, klauen dort einen Motorroller, erledigen Ihren Auftrag, entledigen sich des Rollers, säubern ihn sogar und gehen ein Stück zu Fuß weiter, nehmen den Bus zurück nach Cannes, und fahren wieder schön zurück nach Marseille, als sei das alles ein Schulausflug.«

»Welcher Auftrag? Ich weiß von nix. Echt, ich schwöre, ich hab nix gemacht. Immer wollen Sie uns Schwarzen was anhängen. Wir sind cool, Mann.« Der junge Mann mit den kurzen Rastalöckchen sah ihn empört an.

»Nicht cool genug, zumindest, um so einen schmutzigen Job korrekt zu machen. Eigentlich müsste man Ihnen das positiv anrechnen, dass Sie noch nicht so ausgebufft sind, wenn es nicht gerade um Mord ginge ...«

»Putain de merde! Sie wollen mir einen Mord anhängen?! Ich hab nix gemacht, sage ich, echt ey!«

»Mit etwas mehr Umweltbewusstsein wären Sie vielleicht davongekommen. Hätten Sie Ihren Müll wieder mitgenommen, wie es so schön auf den Hinweistafeln auf dem Parkplatz gezeigt wird, und zu Hause brav in den Plastikmüll entsorgt, wir hätten Sie nicht gefunden. Oder zumindest nicht so schnell.«

»Ich hab nix gemacht. Ich war hier. Sie können mir nix beweisen.«

»Oh doch, das können wir, junger Mann. Wissen Sie, im Unterschied zu Marseille sind in Cannes fast überall Kameras installiert und entgegen der landläufigen Meinung funktionieren sie auch. Pech für Sie, denn wir haben hübsche Fotos von Ihnen und Ihrem Kollegen. Wir konnten Ihren Weg quasi lückenlos nachvollziehen, seit Sie in Cannes am Bahnhof angekommen sind. Aber das Dümmste, was Sie machen konnten, ist, Ihren Müll nicht ordentlich zu entsorgen. Das macht man doch heute nicht mehr. Umweltschutz, Mülltrennung, damit liegen sie uns jetzt doch schon seit Jahren in den Ohren, das müsste doch auch in Ihrem Kopf angekommen sein, oder? Denn fast direkt neben diesem Roller, den Sie hinter dem Bahnhof kurzgeschlossen haben und den Sie auf einem Parkplatz im Valmasque entsorgt und auch noch so brav gereinigt haben, lag, achtlos weggeworfen, diese Plastikflasche *Eau de Javel.*« Duval zeigte auf die Flasche, die in einem Plastikbeutel neben ihm lag. »Und wenn Sie auch daran gedacht haben, die Fingerabdrücke vom Motorroller zu wischen, die auf der achtlos und bedauerlicherweise falsch entsorgten Plastikflasche sind ganz wundervoll, und es sind Ihre. Wie kommen die dorthin, fragen wir uns da?«

»Ich hab nix gemacht. Und was soll das mit *Eau de Javel*, alles Quatsch. Ich weiß nicht, was Sie wollen. Ich war ganz ruhig zu Hause, die ganze Zeit und hab Fernseh' geguckt.«

»Die ganze Zeit.« Wiederholte Duval. »Sehr schön. Und, was gab's denn so im Fernsehen?«

Es dauerte nicht allzu lang bis Sami H. gestand. Zwei weitere Tage brauchten die Beamten, um des zweiten Täters, der sich in der Zwischenzeit in den Norden abgesetzt hatte, habhaft zu werden. Alhair H., der Schwager von Sami H., konnte in Zusammenarbeit mit dem Mobilfunkanbieter über die Anrufliste des Mobiltelefons von Sami H. ermittelt werden und dank seines Handys wurde er auch alsbald in Rennes geortet. Alhair H. war ein härteres Kaliber als sein jüngerer Schwager. Er erfand eine Geschichte nach der anderen, aber ohne Alibi und unter der Last der Beweise gestand er schließlich, die tödlichen Schüsse auf Mehdi Kherbouche abgegeben zu haben.

Sonntag 17. September

»Wie wär's mit einem neuen Slogan ›Wer seinen Müll nicht trennt, in sein Verderben rennt‹«, witzelte Villiers, als Duval ihnen berichtete, was sich in den letzten Tagen in Marseille abgespielt hatte.

»Nicht schlecht.« Duval grinste. »Und, wer vorgibt, ferngesehen zu haben, sollte wenigstens wissen, was er gesehen hat, bevor er am helllichten Tag eingeschlafen ist, weil das Programm so miserabel war. Was ja durchaus vorstellbar ist.«

»Ich verstehe nicht, wie man so unprofessionelle Typen engagieren kann.« Leroc schüttelte den Kopf.

»Alles eine Frage des Geldes. Wenn Sie nur zehntausend Euro ausgeben wollen, bekommen Sie auch auf dem Auftragskillermarkt nur zweite Wahl.«

»Für zehntausend haben die das gemacht?«

»Genau. Zehntausend Euro für jeden allerdings. Für die Jungs war das kein schlechter Deal, aber bislang waren sie nur als Kleinkriminelle tätig gewesen, bisschen Einbruch und Diebstahl und Hehlerei und daher noch ohne große Erfahrung in diesem speziellen Geschäft. Sie haben zwar mit mehreren Handys jongliert und die SIM-Karten gewechselt, dabei aber grobe Fehler gemacht.«

»Tja, auch Auftragsmorden will gelernt sein.«

»Oh, Noah, bitte!« Leroc stöhnte auf.

»Er hat ja recht, Léa.« Duval machte eine Grimasse, »aber ich hoffe doch sehr, dass wir diesen speziellen Ausbildungsweg für die beiden langfristig unterbrochen haben.« Dann berichtete er weiter: »Sami H. redete seine Beteiligung zunächst herunter, er habe nur den Roller organisiert und sei gefahren, und naja, er habe den jungen Mann ausspioniert. Aber das sei ja alles nicht so schlimm, oder? Und die Fingerabdrücke auf der Flasche bewiesen ja nur, dass er die Flasche in der Hand gehabt habe, aber sonst nichts. Aber da, und das können Sie mir glauben, ist er in Marseille an den richtigen Vernehmungsbeamten gekommen.«

Duval schwieg einen Moment. Er erinnerte sich nur ungern.

Léa Leroc und Villiers warfen sich einen Blick zu.

Duval fuhr fort: »Letztlich haben beide gestanden. Sami H. sagte aus, sein Schwager Alhair H. habe ihn angeworben. Alhair H. behauptete hingegen, dass er den Auftrag über Telefon entgegengenommen habe, und er wisse nicht, wer der Anrufer gewesen sei. Den Umschlag mit dem Geld hatte er in einer Bar abgeholt. Man hatte ihn dort deponiert. Der dortige Barmann wiederum sagte aus, den Umschlag auf der Theke vorgefunden zu haben und eine telefonische Anweisung, ihn an Alhair H. zu übergeben. Der Barmann leugnete jedoch, Geld für seine Briefkastendienste angenommen zu haben. Aber auch dieser Anrufer war vermutlich nur ein Mittelsmann. Den richtigen Auftraggeber kannte angeblich keiner. Und bei aller Lügerei, das glaube ich ihnen«, sagte Duval. »So läuft es ja normalerweise. Jemand kennt jemanden, der jemanden kennt, der wiederum gewisse Kontakte in die Unterwelt hat …«

»Ja, so wird es gewesen sein, und wir werden nie rauskriegen, wer dahintersteckt«, stimmte Villiers zu.

Léa Leroc nickte, dann ordnete sie lange und umständlich einen Papierstapel.

»Gut, wenn hier nichts anliegt, gehe ich gleich wieder. Wollte nur mal reinschauen. Ich bin hundemüde und muss jetzt erst mal eine Runde schlafen, die Fans von Olympic Marseille, die gestern Nacht unablässig durch die Straße meiner Pension gezogen sind, haben mir den Rest gegeben«, verabschiedete sich Duval dann von den Kollegen.

»Oh Chef, sagen Sie nur, Sie haben das Spiel nicht gesehen? Wir haben gewonnen! 3:2 gegen Lyon, das musste doch gefeiert werden! ›*Allez, allez* OM, *allez*‹«, sang Villiers sofort los.

»Gnade, Villiers, ich kann nicht mehr. Nein, ich habe das Spiel nicht gesehen. Ich habe stattdessen in einem kleinen, feinen Restaurant eine ausgezeichnete *Bouillabaisse* gegessen. Das hatte ich mir verdient, dachte ich. Aber meinen ebenso verdienten Nachtschlaf haben die grölenden Fans verhindert. Ich kann jetzt wirklich alle Hymnen auswendig. Komplett alle, selbst die für den Pastis 51. Die kannte ich wirklich noch nicht.«

»Sie als treuer 51-Trinker kannten nicht ›*51 Je t'aime*‹?«, fragte Villiers ungläubig. »Das gibt's ja gar nicht.«

»Nein, und bei aller Liebe zu meinem Pastis, ich muss es jetzt auch nicht immer wieder hören.« Duval sah Villiers mahnend an. »Also, wenn nichts weiter anliegt, dann gehe ich jetzt. Bis morgen.«

»Bis morgen, Chef.«

»Gute Erholung«, wünschte Léa Leroc noch.

Bildete er sich das nur ein, oder wirkten Leroc und Villiers erleichtert, dass er sie schon verließ? Aber vermutlich war er nur übermüdet. Wieso waren eigentlich beide am Sonntagmittag im Büro? Ach, er hatte keine Lust, darüber nachzudenken. Die letzten Tage waren anstrengend gewesen. Er wollte schlafen. Nur schlafen. Alles andere hatte Zeit bis morgen.

4

Montag, 18. September

Duval lief seine morgendliche Strecke. Was für ein Luxus! Strand und Meer in unmittelbarer Nähe trugen nicht wenig dazu bei, dass er sich in Cannes wohlfühlte, auch wenn er sich, das musste er sich eingestehen, beruflich verschlechtert hatte. Morgens aber, bevor er ins Polizeipräsidium kam, fand er diese Tatsache noch unerheblich. Denn jeden Morgen aufs Neue fand er den Moment erhebend, wenn er durch die engen Gassen bergab lief und plötzlich hinter Autos, Menschen und Palmen die Sicht frei wurde auf das Blau von Himmel und Meer. Diese Weite. Als würde dieses große Blau einen zum Innehalten zwingen. Schau mich an. Atme. Lebe. Nach seinem dienstlichen Ausflug nach Marseille war er heute geradezu erleichtert, wieder in der Provinz zu sein. Er hätte nicht gedacht, dass er schon so der Großstadt entwöhnt war. Marseille war ein hartes Pflaster. Rau und abgebrüht waren ihm die Kollegen vorgekommen, die jeden Tag mit der überbordenden Kriminalität der Hafenstadt konfrontiert waren: Jegliche Form von Gewalt war ihr Tagesgeschäft. Vergewaltigung, Mord, Überfall, dazwischen agierte gnadenlos und uneingeschränkt die Drogenmafia. Fast kein Tag verging, an dem es nicht irgendwo in der Stadt zu einer Schießerei kam. Auch in Marseille hatte man in der Zwischenzeit eine Anzahl von Überwachungskameras vor allem im Innenstadtbereich installiert, gemessen an der Größe der Stadt und dem gleichzeitigen Stellenabbau von über zweihundert Beamten, hatte sich jedoch nichts zum Besseren gewendet. Die Frustration im Marseiller Polizeipräsidium war spürbar. »Ich hab's so satt!«, hatte ihm Commissaire Roger Beltramo resigniert zum Abschied gesagt. »Ich habe noch zwei Jahre bis zur Rente. Ich hoffe, ich halte noch so lange durch. Ich habe keine Kraft mehr.«

Wie viel provinzieller war Cannes, wie viel ruhiger auch, selbst wenn sich auch hier eine gewisse Unzufriedenheit bei Kollegen, die schon lange im Dienst waren, abzeichnete. Duval zog die Schuhe aus, streifte das T-Shirt ab und ging die wenigen Schritte zum Wasser. Es war kühl und klar, ein Schwarm kleinster Fische schwamm um seine Beine. Er sah suchend im flachen Wasser umher, aber das Wasser hatte sich in den letzten Tagen schon deutlich abgekühlt. Die Quallen bevorzugten es lauwarm. Er tauchte entschlossen ein. Auf dem Rücken schwamm er bis zur 300-Meter-Boje und sah dabei in den Himmel. Was für ein Glück!

Auf dem Rückweg machte er bei Bernard halt und blätterte einen Moment in der Zeitung, während er der aufgeregten Unterhaltung des *Épicier* mit einem Kunden zuhörte. Monsieur Bernard war außer sich. Bereits zum zweiten Mal hatte ein Beamter von der Umweltkriminalität ihm ein Strafmandat wegen illegalen Abladens von Müll verpasst. »Hundertfünfzig Euro jedes Mal! Zu Unrecht! Seit fünfundzwanzig Jahren entsorge ich meine Kartons da. Es ist nicht direkt vor dem Laden, weil da kein Platz ist. Das versteht man doch. Sonst kommt man ja gar nicht mehr vorbei.« Er deutete auf den schmalen Weg vor dem Laden, wo schon die Obst- und Gemüseregale standen. »Deswegen lege ich die Kartons dort vorne hin. Seit fünfundzwanzig Jahren mache ich das. Was kann ich dafür, wenn die Müllabfuhr sie heute früh nicht mitgenommen hat?

Aber vermutlich streiken die auch heute. Ich bitte Sie, wie soll das jemals wieder aufwärtsgehen mit der Wirtschaft, wenn alle immer nur streiken? Aber eine Kamera haben sie installiert, extra für mich, wie es scheint, und dann schicken sie einen Beamten, der sich durch die Kartons wühlt und meinen Namen darauf findet. Natürlich steht da mein Name drauf, es sind meine Warenkartons, das leugne ich ja gar nicht! Ich stelle sie dort hin, schon immer mache ich das. Aber die Müllabfuhr kam heute nicht, oder sie hat sie nicht mitgenommen, oder was weiß ich. Und jetzt bin ich ein illegaler Müllentsorger im Wiederholungsfall. Oh là là, ich sag's Ihnen …«

»Erheben Sie Einspruch«, ließ Duval sich vernehmen. Er drehte dabei die Zeitung um, er hatte wie so oft von hinten zu lesen begonnen, jetzt sah er die Schlagzeile der heutigen Ausgabe von *Nice Matin* und stutzte. Er suchte den Artikel auf Seite 3 und las. Er schüttelte den Kopf.

»Ha! Das habe ich das letzte Mal schon gemacht«, schimpfte der Ladenbesitzer weiter. »Als hätte ich sonst nichts zu tun, als Beschwerdebriefe zu schreiben. Genützt hat es nichts. Nur Ärger hat man. Nichts als Ärger! Das wird geprüft und noch mal geprüft, in der Zwischenzeit bekommen Sie einen Mahnbescheid. Den kriegen Sie komischerweise, es kommt wochenlang keine Post, aber einen Mahnbescheid kriegen Sie immer! Und weil Sie nicht gezahlt haben, ist der dann noch ein bisschen höher, dann muss ich dagegen auch wieder Einspruch erheben … es ist zum Wahnsinnigwerden! Und wenn wirklich was los ist, dann kommt keiner. Vor drei Wochen hat hier ein Laster in der Kurve Baumaterial verloren, hier direkt auf der Kreuzung vor meinem Laden. Irgendwelche schweren Platten lagen da rum. Glauben Sie, da wäre auch nur ein Beamter erschienen, um wenigstens den Verkehr zu regeln? Stundenlang war hier

Chaos. Aber dann sitzt ein ganz Schlauer vor dem Monitor und sieht meine Kartons, die hier ordentlich gefaltet und gestapelt stehen, und schickt postwendend einen Beamten los, wegen illegalen Müllabladens. Ich bitte Sie!«

Duval hörte sich den Ausbruch des sonst so heiteren und gelassenen Mannes an. Bernard, der nicht wusste, dass Duval *flic* war, schimpfte noch weiter, andere Kunden mischten sich ein. Duval zog es vor, nichts mehr dazu zu sagen. Er kannte die Problematik.

»Was meinen Sie denn dazu?«, fragte Bernard dann und bezog ihn dann ganz direkt in das Gespräch ein.

»Wissen Sie, ich glaube, es ist auch für die *Police Municipale* nicht einfach, aber ich verstehe Ihren Ärger durchaus«, antwortete Duval diplomatisch. »Ich würde einen Brief schreiben und alles so darlegen, wie Sie es hier eben getan haben. Wenn das nichts nützt, würde ich mich an die Schlichtungsstelle wenden.«

»Eine Schlichtungsstelle?«

»Ja, die gibt es für eben solche Fälle. Erkundigen Sie sich. Ich nehme dann zwei Schokocroissants«, wechselte er das Thema.

»Ach ja, natürlich, verzeihen Sie, möchten Sie sonst noch etwas?«

»Die Zeitung nehme ich auch.« Duval nahm die Tüte mit den zwei Schokocroissants, klemmte die Zeitung unter den Arm und verabschiedete sich. Er hörte noch, wie die Diskussion wieder einsetzte. Vermutlich war es heute das Tagesgespräch beim *Épicier*.

»Nun, wie sieht's aus? Was gibt's hier Neues? Ich habe das Gefühl, ewig weg gewesen zu sein.« Leroc, Villiers und LeBlanc sahen sich unschlüssig an. Keiner sagte etwas. »Nicht alle auf einmal«, versuchte Duval zu scherzen, aber es klang nicht wirklich amüsiert. »LeBlanc, Sie zuerst«, forderte Duval ihn auf.

Capitain LeBlanc begann zu berichten. Isabelle de Breuil hatte mehrmals angerufen, denn Angélique de Breuil war noch immer nicht wieder aufgetaucht.

»Die Telefonnummern des kleinen Arabers, die Sie mir gegeben haben, eine sinnloser als die andere.« LeBlanc schüttelte den Kopf. »Neben den Nummern seiner Cousins, und ein paar Jungs aus dem Milieu, war da nur Blödsinn. Das Milieu haben wir überprüft, von da ging es nicht weiter. Aber der Junge wollte wohl den großen Max machen und hat Autovermietungen für Luxuslimousinen angerufen und solche Scherze. Als ob er in die High Society hätte aufsteigen wollen.«

»Vielleicht hoffte er das. Weil das mit dem Schmuck so schnell und einfach geklappt hatte, sah er sich schon ganz oben: ›Vom Ziegenhirten zum Millionär‹, so in der Art. Dieser Luxus von Cannes hat ihm wohl den Kopf verdreht.« Duval erinnerte sich daran, was Mehdis Cousine erzählt hatte.

»So.« Duval wurde plötzlich streng. »Das ist alles schön und gut, aber was ist DAS hier?« Duval pfefferte die Zeitung auf den Tisch und deutete auf die Schlagzeile. »Wann hatten Sie vor, mir das zu erzählen? Nächste Woche? Warum haben Sie mir das gestern nicht erzählt? Sie wussten es doch?« Duval sah Leroc und Villiers wütend an. »Sind Sie hier eigentlich von allen guten Geistern verlassen?«

Die Beamten sahen sich betreten an. »Er hat es eben gestanden.«

»Was denn?! WAS hat der denn gestanden?« Duval wurde laut.

»Na alles.«

»Alles.« Duvals Ton war ätzend. »Philippe Favier hat ›alles‹ gestanden! Dieses Geständnis ist doch keinen Pfifferling wert, das hält doch keiner Gegenprobe stand. Haben Sie ihn mal gefragt, wie er das alles gemacht hat? Natürlich ist er der Mittäterschaft schuldig, aber er ist doch kein Hauptverantwortlicher in dieser Geschichte! Ich fasse es nicht. Der ist nur voller Angst, der knickt überall ein, wenn man ihm nur ordentlich Druck macht. Wer hat ihn denn dazu gebracht?«

»Galliano. Sie waren ja nicht da, Chef.« Villiers war kleinlaut.

»Galliano! Natürlich.« Duval schüttelte den Kopf.

»Der Chef-Chef wollte Ergebnisse. Und Galliano hat Ergebnisse geliefert.«

»Na, der wird noch von mir hören! Alle werden noch von mir hören!«, brüllte Duval.

»Ich bin sicher, die hören Sie schon«, wagte Villiers zu scherzen. Duval warf ihm einen vernichtenden Blick zu.

Robert Galliano stand selbstgefällig im Büro des Direktors. Ein smarter Karrierist, mit allen Wassern gewaschen, und lächelte nur fein, als Duval sich lautstark empörte. »Beruhigen Sie sich Duval, was wollen Sie eigentlich? Sie waren ja in Marseille, um die Mörder des kleinen Araberjungen dingfest zu machen, sehr verdienstvoll übrigens, *chapeau!*«, sagte der Polizeidirektor mit vor Ironie triefender Stimme. »In der Zwischenzeit haben wir hier Nägel mit Köpfen gemacht. Commissaire Galliano kommt vielleicht nicht aus Paris, aber er hatte den richtigen Ansatz. Und Ihr Rezeptionist hat schließlich gestanden. Ich habe das gestern so an die Presse gegeben. Der Fall ist gelöst, Punkt aus.« Der Direktor sah Duval leicht abschätzig an und sagte dann kalt: »Nehmen Sie sich ein, zwei Tage frei, Duval, Sie wirken etwas gestresst.«

Duval war wütend. »Was für eine verdammte Scheiße, was für hirnverbrannte Idioten!« Er riss seine Jacke vom Kleiderhaken und verließ das Polizeipräsidium. Zunächst lief er ziellos durch die Straßen. Dann wählte er den Weg zur Rue de Mimont.

Er wollte dem Friseur in der Rue de Mimont zumindest vom Ergebnis seiner Ermittlungen berichten. »Wir haben die beiden Männer, die Ihren Cousin ausspioniert und erschossen haben, festgenommen. Wir haben den Fahrer des Motorrollers und auch den Schützen. Beide kommen vor Gericht, und der Mörder Ihres kleinen Cousins bekommt seine Strafe, das ist gewiss.« Er sah Murad Kherbouche ernst an. »Aber die Hintermänner dieses Auftragsmordes haben wir noch nicht. Ich weiß auch nicht, ob wir die noch kriegen.«

Murad Kherbouche zuckte müde mit den Achseln. »Danke, Monsieur le Commissaire, ich danke Ihnen, dass Sie sich die Mühe gemacht haben, bis zu mir zu kommen. Möchten Sie vielleicht einen Tee?«

Duval lehnte ab. »Danke nein. Ich trinke nur Kaffee«, fügte er hinzu, um nicht unhöflich zu erscheinen.

»Der Auftraggeber war nicht der Rezeptionist des Hotels, wo Mehdi diesen Schmuck gestohlen hatte? Das stand doch so in der Zeitung.«

»Ja, das stand in der Zeitung. Na und? Glauben Sie bloß nicht alles, was in der Zeitung steht!« Duval hatte heftiger geantwortet, als er wollte. Etwas ruhiger sagte er: »Ich bin davon nicht überzeugt«, nach einer Pause fügte er hinzu, »aber ich kann mich natürlich auch irren.«

»Egal, es macht Mehdi auch nicht mehr lebendig.«

»Nein, natürlich nicht.«

»Allah hat es so gewollt. Wir werden jetzt dafür beten, dass Allah ihn bei sich aufnimmt.«

Duval schwieg dazu. Vielleicht war es tröstlich, wenn man das glauben konnte. Ihm selbst war dieses Hinnehmen von Situationen im Glauben, dass eine höhere Macht »es so gewollt habe« fremd. Er wollte irdische Gerechtigkeit.

Spontan machte er einen Abstecher in die benachbarte Avenue du Prado: Wieder einmal einen Blick auf das Haus seiner Urgroßeltern zu werfen, brachte ihn vielleicht auf andere Gedanken. Vor dem Haus Nummer 8 blieb er stehen und betrachtete die helle Fassade des mehrstöckigen Hauses, aber es wollten sich keine weiteren Erinnerungsbilder einstellen. Kurz überlegte er, ob er klingeln sollte, um das Haus von innen und vor allem um den ehemaligen Hühnerhof wiederzusehen, entschied sich aber dagegen. Er schlenderte ein wenig durch die angrenzenden Straßen und war erstaunt, direkt neben einem großen Appartementhaus wieder kleine, fast dörflich anmutende Häuser zu finden, zwischen denen ein kurzes Stück oberirdische Kanalisation floss. Mehrere kleine Handwerksbetriebe reihten sich hier aneinander, ein großes Scheunentor ließ auf einen ehemaligen Hof schließen. Duval betrachtete dieses Eckchen voller Sympathie. Es war noch gar nicht so lange her, als Cannes ein verschlafenes Dorf gewesen war, mit Kühen, dampfenden Misthaufen und gackernden Hühnern. So hatte es vermutlich auch ausgesehen, als seine Urgroßeltern sich hier niedergelassen hatten. Er las die Straßennamen. Da fiel ihm etwas ein. Er sah sich um, es musste ganz hier in der Nähe sein.

Duval drückte die Klinke der Gartentür nach unten. Quietschend öffnete sich das Tor. Er stand in einem kleinen vernachlässigten Vorgarten, in der trockenen Erde wuchs ein verkrüppelter Orangenbaum, der aber immerhin einige kleine grüne Orangen aufwies. Vertrocknete Pflanzen vegetierten in einfachen Blumentöpfen. Eine grüne Plastikgießkanne stand neben der Mülltonne, auf der sich eine rot getigerte Katze erwartungsvoll reckte und streckte. Der ockerfarbene Verputz des kleinen Hauses war teilweise abgeblättert. Neben der Eingangstür standen zwei schmutzige flache Glasschälchen. Die Katze war von der Mülltonne gesprungen und rieb sich miauend und schnurrend an seinen Beinen. Aber Duval beachtete sie nicht, alarmiert sah er, dass die Versiegelung an der Tür aufgebrochen war. Er zog Schutzhandschuhe aus seiner Jackentasche, streifte sie über und stieß dann vorsichtig die Tür auf. Er fand sich in einem kleinen Flur wieder, von dem rechts und links ein Zimmer abging. Rechts war die Küche, links ein Wohn-Schlafzimmer mit einem Schreibtisch. Alles war durcheinandergeworfen. Die Schubladen der Kommode und des Schreibtischs waren ausgeleert worden, ein Aktenschrank mit einer Hängeregistratur stand offen, der Fußboden war mit Papier übersät. Die Katze strich miauend um Duvals Beine. »Schon gut, hör auf, sei ein bisschen still«, murmelte er und strich ihr abwesend über das Fell. Es hatte den gegenteiligen Effekt. Die Katze schnurrte und miaute nur noch lauter. »Oh là là, hör auf … lass das … AUS!«, rief er irgendwann genervt. Wie spricht man verdammt noch mal mit einer Katze? Aber die Katze hatte zu lange darauf gewartet, dass ihr jemand etwas zu fressen geben möchte, sie ließ nicht von ihm ab. Wenn schon Nico nicht kam, dann eben dieser hier. Duval ging in die gegenüberliegende Küche, die Katze folgte ihm und miaute noch aufgeregter. Sie sprang auf das Spülbecken und rieb sich am Wasserhahn. Wasser! Hallo! Er verstand aber auch gar nichts, dieser Typ. Auch in der Küche hatte man Schränke geöffnet, zwei zerbrochene Tassen lagen im Spülbecken. Kaffeepulver und Zucker waren verschüttet, die Besteckschublade ausgeleert. Die Katze kratzte jetzt wild an einem Küchenunterschrank. Als Duval ihn schließlich öffnete, miaute sie in höchsten Tönen. »Willst du wohl still sein«, herrschte er sie an, aber sie hörte nicht auf. Duval wühlte in dem unaufgeräumten Schrank, Hunderte von zusammengeknäulten Plastiktüten quollen ihm entgegen, darunter fand er eine Kiste mit Schuhputzutensilien, und in einer Ecke stand eine große hohe Blechdose. Er öffnete sie und verzog das Gesicht. Er verstand augenblicklich das ekstatische Gemaunze der Katze. Das Trockenfutter roch penetrant. Er füllte eines der Schälchen, die er vor der Tür gesehen hatte, mit Futter, das andere nahm er mit in die Küche, wusch es kurz aus und füllte es mit Wasser. Als er es wieder vor die Tür stellte, waren es bereits drei Katzen, die gierig, aber friedlich nebeneinander aus dem Schälchen fraßen. Er sah ihnen zu. Eine kleine grau-weiß Gefleckte, eine magere Schwarze und die rot Getigerte, die ihn begrüßt hatte. In null Komma nichts hatten sie die Portion aufgefressen und sahen ihn erwartungsvoll an. Die rot Getigerte begann erneut in hohen Tönen zu maunzen. »Ist ja gut, sei still, aus! Ja doch, ja doch, du kannst aufhören.« Was für eine Nervensäge diese Katze war. Er öffnete erneut die Dose und gab ihnen noch eine Handvoll Futter. Viel war nicht mehr drin, kurz entschlossen leerte er alles, umdrängt von den schnurrenden und miauenden Katzen, in das Schälchen. Wer weiß, wann sie das nächste Mal etwas bekämen. Was war das? Duval griff hastig in das Schälchen und zuckte zurück, *merde*, eine der Katzen hatte ihn gekratzt.

Keinesfalls wollte sie ihr mühsam erarbeitetes Futter wieder hergeben. *Merde!* Sein Handrücken war ordentlich zerkratzt, und es blutete. Aber er hielt einen USB-Speicherstick in der Hand.

Duval steckte den Speicherstick in seinen PC, klickte die einzelnen Ordner darauf an und besah sich, was darauf abgespeichert war. Dann pfiff er leise durch die Zähne. Nicolas Rinzetti hatte unter anderem über die Immobilienmachenschaften eines Louis Cosenza recherchiert. Cosenza war keine unbekannte Größe in Cannes, unter anderem gehörte ihm das Spielcasino am Palm Beach. Duval war ihm jedoch noch nicht persönlich begegnet. Er klickte sich in Windeseile durch die Dokumente und wurde immer aufgeregter. Vorsichtshalber kopierte er alle Ordner auf seinen eigenen Rechner und druckte zusätzlich alle Dokumente aus. Er las und blätterte vor und zurück, zwischenzeitlich machte er sich Notizen. Louis Cosenza schien seine Immobiliengeschäfte auf fragwürdige Art und Weise zu tätigen. Er hatte in Cannes mehrere Mehrfamilienhäuser erworben und eine Villa in Antibes, Objekte, die er laut Rinzetti stark unter Wert gekauft hatte. Duval stutzte, blätterte zurück und las noch einmal. Rinzetti hatte die Namen seiner Quellen und Gesprächspartner nur mit Initialen angegeben. »AdB«. Es ging um das Hotel Beauséjour. »Sieh mal einer an«, dachte Duval.

Er hörte erst auf zu lesen, als sein Magen knurrte. Er sah auf die Uhr, es war bereits Viertel nach eins. Er beschloss, sich ein Baguette und beim *Traiteur* ein fertiges Mittagsgericht zu holen. Immerhin gab es jetzt einen *Traiteur* in der Nachbarschaft. Als sein Vater wieder nach Cannes gezogen war, hatte es in diesem Viertel noch allerhand Metzger, Bäcker, Handwerksbetriebe und kleine Läden gegeben. Familienbetriebe, die einer nach dem anderen geschlossen hatten, nachdem der jeweilige Besitzer in Ruhestand gegangen war. In den Familien fanden sich keine Nachfolger mehr, die für nur geringen Umsatz an sechs Tagen die Woche an einer Kasse oder hinter einer Theke stehen wollten. Und die meisten Anwohner bevorzugten heute zum Einkaufen sowieso die außerhalb gelegenen Supermärkte, wo man seinen gesamten Bedarf erwerben konnte, einen Parkplatz fand, und günstiger war es dort meistens auch. Noch immer erkannte man an den Wohnhäusern die ehemalige Ladenstruktur: Drei Stufen an einer Hausecke führten zum ehemaligen Eingang und rechts und links des Eingangs sah man die jetzt stets mit Rollläden verschlossenen Schaufenster. Vor Kurzem aber hatte ein rühriger Metzger mit seinen beiden jungen Söhnen eine der ehemaligen Metzgereien wieder eröffnet und bot zusätzlich Cateringservice an. Es gab wechselnde Tagesgerichte, und wenn die Anwohner anfangs auch skeptisch waren, so lief die Metzgerei bald hervorragend, und vor allem das tägliche Essen, das einer der Söhne zusätzlich mittags auf Bestellung auslieferte, wurde der Renner. Günstiger als das Restaurant war es für viele ältere Menschen die ideale Lösung. In Laufnähe befand sich noch ein Bäcker, sodass man in nur einer Viertelstunde sein tägliches Baguette und das Mittagessen erstehen konnte. Theoretisch zumindest, denn ging das Brotkaufen trotz der stets langen Menschenschlangen einigermaßen schnell, so dauerte es in der Metzgerei meist lange. Der Metzger war ein launiger Typ. Er plauderte, scherzte und lachte lange und ausgiebig mit jedem Kunden, was dazu führte, dass man um die Mittagszeit auch bei ihm oft bis auf die Straße anstand. Vermutlich ein gewollter Kniff, denn, wenn Kunden irgendwo Schlange standen, so war das ein Qualitätsmerkmal. Duval aber hasste es zu warten. Es machte ihn ungeduldig und nervös, zudem fand er die Scherze des Metzgers plump und banal. Aber er traf damit zumindest für die meisten Anwohner den richtigen Ton, für die der tägliche Einkauf in der Metzgerei zu einem angenehmen Moment der Zerstreuung wurde. Um Viertel nach eins hatte Duval jedoch nur eine ältere Dame vor sich, die ihren in hohen Tönen kläffenden Pudel vor der Metzgerei angebunden hatte, sodass das Plauderstündchen in diesem Fall nicht ausuferte. Und schon wenig später wärmte er sich in der Mikrowelle eine klassische *Blanquette de Veau*, ein Kalbsfrikassee mit Reis, auf. Ein Gläschen Rosé begleitete sein Mittagsmenü. Als Dessert knackte er ein paar frische Walnüsse auf, die er eines Morgens bei Bernard entdeckt hatte. Sie waren so frisch, dass sich das innere Häutchen noch abziehen ließ. Duval schmatzte vor Genuss. Köstlich. Danach wärmte er sich auch noch seinen Kaffee vom Vortag auf. So anspruchsvoll er auch außer Haus mit Kaffee war, so wenig störte ihn aufgewärmter Kaffee zu Hause. Es war alles nur eine Gewohnheitsfrage. Und es war vor allem seinem Hang geschuldet, nichts umkommen zu lassen. Duvals einzige Tätigkeit im Haushalt, als er noch mit Hélène und den Kindern zusammengewohnt hatte, war das Kaffeekochen gewesen. Da er morgens als Erster aufstand, hatte es sich so ergeben. Jetzt konnte er sich einfach nicht daran gewöhnen, die Kaffeemenge zu reduzieren. Er kippte wie früher eine ordentliche Menge Pulver in den Filter und goss eine Kanne Wasser dazu. Natürlich war es zu viel. Aber irgendwann hatte er sich daran gewöhnt, dass sein Kaffee jeden zweiten Tag einen etwas faderen Geschmack hatte. Er rührte ein Stück Zucker hinein und war äußerst zufrieden mit seinem Mittagsmenü. Um kurz nach vierzehn Uhr fuhr er bereits nach Grasse zum Landgericht. Er hatte sich entschieden, den üblichen hierarchischen Weg über den Polizeidirektor zu umgehen und sich direkt mit Richter Dussolier in Verbindung zu setzen.

Richter Dussolier war ein kleiner älterer Herr mit schütterem grauen Haar, dem man anmerkte, dass er schon alles gesehen hatte und nichts mehr glaubte. Einen Fall, der ihn noch in Staunen versetzte oder aus der Reserve lockte, hatte es schon lange nicht mehr gegeben.

Überrascht sah er auf, als Duval in der Tür seines Büros stand. Duval hatte selten ein unübersichtlicheres Büro gesehen. Akten stapelten sich auf dem Tisch, in den Wandregalen, selbst auf dem Fußboden. Dazu kamen bestimmt Hunderte von Ordnern, eine Wand voller Bücher und sämtliche Gesetzestexte, alle versehen mit Post-it-Aufklebern. Die Regalbretter bogen sich an manchen Stellen unter der Last des Papiers. »Ah, Commissaire Duval, kommen Sie rein, möchten Sie einen Kaffee? Nein? Recht haben Sie. Mein ganzes Berufsleben hindurch habe ich diesen Automatenkaffee getrunken, das muss man sich mal vorstellen. Dass ich kein Magengeschwür bekommen habe, grenzt an ein Wunder. Was gibt es, dass Sie mich so unangemeldet beehren? Noch Neuigkeiten im Schmuckfall? Das ging ja erfreulich flott, alles in allem.«

Duval warf einen kurzen Blick Richtung Gerichtsschreiber, der in einer Ecke des Büros an einem Tisch die hauchdünnen Seiten mit Aktualisierungen in verschiedene Loseblattsammlungen einarbeitete. Der Richter schien zu verstehen.

»Mein lieber Gaudet, machen Sie mal eine kurze Pause, ja?«, sagte er zum Gerichtsschreiber. »Ich rufe Sie, wenn ich etwas brauche.«

Der Gerichtsschreiber sah erstaunt auf, nickte aber, beschwerte die verschiedenen Stäpelchen hauchfeinen Papiers mit einigen Gegenständen, die er auf dem Schreibtisch fand und verließ folgsam das Büro.

»Also?« Der Richter machte ein schmatzendes Geräusch mit der Zunge. Duval war kurz irritiert. Beinahe hätte er gelacht. Der Richter spielte beim Sprechen mit seiner lockeren Zahnprothese, was ihm den Anschein eines leicht debilen alten Mannes gab. Aber er blickte Duval mit hellwachen Augen an.

»Setzen Sie sich doch.« Der Richter machte eine auffordernde Geste, und Duval nahm ihm gegenüber Platz.

»Ich glaube, ich habe etwas gefunden, das Sie interessieren könnte.« Duval reichte ihm die ausgedruckten Seiten der Recherche von Rinzetti über Cosenza. Der Richter setzte eine große schwarz gerandete unmoderne Brille auf und begann zu lesen, nickte hin und wieder, blätterte weiter, dann sah er auf.

»Schön, Duval, sehr schön. Aber wissen Sie, mir ist das alles nicht so unbekannt. Das Problem ist, dass Cosenza sehr einflussreich ist. Sagen wir, er hat auch recht einflussreiche Freunde an entscheidenden Stellen, Sie verstehen, was ich sagen will?«

Duval nickte.

»Wo haben Sie das alles gefunden? Wer weiß noch davon?«

Duval berichtete, wie er sich zufällig vor Rinzettis Wohnung wiedergefunden hatte und wie er noch viel zufälliger den USB-Speicherstick gefunden hatte.

»Zufällig, wenn Sie wüssten, wie oft ich einen Fall aufklären konnte, weil der Zufall mitgespielt hat. Wie schön, dass Sie so tierlieb sind, Commissaire.« Der Richter lächelte ganz fein. »Und Commissaire Galliano haben Sie diesen Fund nicht anvertrauen wollen? Es ist doch sein Fall, wenn ich recht informiert bin.«

»Für Commissaire Galliano ist der Fall Rinzetti abgeschlossen. Man hat einen schmuddeligen Unfall mit Todesfolge in der Rotlicht-Schwulenszene daraus gemacht. Rinzetti war ...« Duval zögerte eine Sekunde, »... homosexuell. Man hat ihn gefesselt und mit heruntergezogener Hose gefunden. Angeblich aus Anstand hat man dann nicht weiter darüber reden wollen. Ich glaube jetzt nicht mehr an diese Version.«

»Ja, ich habe davon gehört.« Der Richter sah Duval ernst an. »Aber Claude Furet ist informiert?«

»Nein.« Beim Gedanken an sein letztes Zusammentreffen mit dem Polizeidirektor musste Duval tief durchatmen.

»Ah.« Der Richter zog die Augenbrauen hoch. »Warum nicht?«

»Wir hatten eine Meinungsverschiedenheit, und er hat mich, sagen wir so, kurzfristig beurlaubt.«

»Darf man erfahren, um was es ging?«

Duval suchte eine diplomatische Formulierung. »Meines Erachtens hat man sich in dem Fall Beauséjour mit dem erstbesten Ergebnis zufriedengegeben. Ich denke, es ist im Interesse einiger Menschen, dass dieser Fall so schnell wie möglich vom Tisch ist. Raus aus den Schlagzeilen, raus aus der Aufmerksamkeit und gleichzeitig ein schneller Pluspunkt in der Statistik.«

»Hmm«, machte der Richter. »Verstehe.« Nachdenklich schmatzte er kurz, und die Zahnprothese bewegte sich erneut leicht in seinem Mund.

»Schauen Sie mal weiter hinten ...« Duval zeigte auf die

Papiere, die der Richter noch in der Hand hatte. »Cosenza hat im Viertel Moure Rouge einige Mehrfamilienhäuser erworben. Seine letzte Errungenschaft hat vormals zwei Brüdern gehört. Erst besaß er nur ein Appartement in diesem Haus, das der eine der Brüder wegen Spielschulden verkaufen musste, praktischerweise direkt an Cosenza, dann hat er nach und nach die Wohnungen dieses Mannes gekauft, und als dessen Bruder nicht ebenso willig seine Anteile verkaufen wollte, sind eine Reihe merkwürdiger Dinge passiert. Ständig waren das Licht im Flur und der Fahrstuhl defekt, dann wurde eingebrochen und jemand hatte Unrat ins Treppenhaus geleert. Das Schloss der Haustür wurde manipuliert, und die Tür ließ sich nicht mehr schließen, was zur Folge hatte, dass sich im Keller wohnsitzlose Menschen einrichteten, dann wurde dort ein Drogenhandel aufgezogen ... Nun, die Mieter fühlten sich zunehmend terrorisiert, sodass sie nach und nach auszogen. In einer Erdgeschosswohnung, die Cosenza bereits gehörte, hatte sich eine Prostituierte eingemietet, deren Freier nun Tag und Nacht im Hausflur anstanden. Eine Situation, die auch die letzten Mieter dazu brachte zu gehen. Die Wohnungen standen dann lange leer, weil der Besitzer partout keine Nachmieter mehr fand. Alle potenziellen Mieter sind manchmal auch noch nach Vertragsunterzeichnung kurzfristig wieder abgesprungen. Nachdem der Mann nachts in seinem eigenen Haus überfallen wurde, war er so weit, seine Haushälfte zu verkaufen. Unter Wert. Weit unter Wert. Wenn es um sein eigenes Leben geht, ist man dann doch zu Kompromissen bereit.« Duval schwieg. »Und wie praktisch, dass Cosenza schon zwei weitere Häuser in derselben Straße gehören, da kann man aus dem kleinbürgerlichen Viertel vielleicht bald etwas Repräsentativeres machen. Einen Appartementkomplex mit Pool auf dem Dach oder vielleicht ein großes Hotel.

Die Nähe zum Casino ist so angenehm. Ich denke mit dem Hotel Beauséjour lief es so ähnlich. Cosenza hat ein Auge auf das Hotel Beauséjour geworfen, und was er will, das bekommt er über kurz oder lang.«

Der Richter sah Duval an. »In der Hotelgeschichte taucht Cosenza bislang nicht auf, wenn ich mich nicht täusche.«

»Nicht direkt. Aber ich bin sicher, Madame Bouvard agiert an seiner Stelle.«

»Hm«, machte der Richter. »Ich bin nicht so sicher. Aber es ist sehr gut möglich, dass Cosenza ihr hilft. Die beiden kennen sich lange, auch wenn sie den Kontakt gern diskret handhaben. Vielleicht wollte sie ein nettes Hotel am Meer haben. Alten Freunden tut man gern einen Gefallen. Die beiden waren schon zusammen in der Schule, wissen Sie?«

Duval schüttelte den Kopf.

»Nun, wenn Madame Bouvard trotz allen Einflusses, den sie hat, nicht weiterkommt, dann bedient sie sich gern der Unterstützung ihres alten Schulfreundes Louis Cosenza. Beide ein Jahrgang, beide Kinder italienischer Einwanderer, beide wollten aus den ärmlichen Verhältnissen aufsteigen. Das verbindet. Während sie jedoch ein Abitur mit Auszeichnung hingelegt hat, hat er es in den Sand gesetzt, aber er hatte damals schon ein kleines Business mit Waffen und Mädchen laufen und war alsbald Besitzer eines maroden Spielclubs. Auch wenn sich ihre Wege dann zumindest offiziell nicht mehr kreuzten, weil sie in die bessere Gesellschaft eingeheiratet hatte und er sich in der Halbwelt etablierte, so blieben sie doch immer in Kontakt. Man weiß ja nie, wann diese Beziehungen mal von Nutzen sein können ...«

»Aha.« Duval nickte verstehend. »Auf jeden Fall gibt es einen Zusammenhang zwischen dem Tod von Rinzetti und der Hotelgeschichte, und Cosenza hat meines Erachtens die

Finger mit drin, wie auch immer. Und das Verschwinden von Angélique de Breuil ist auch Teil der Geschichte. Rinzetti hat eine seiner Quellen mit AdB angegeben, das kann nur Angélique de Breuil sein. Und jetzt ist er tot, und sie ist verschwunden.«

»Angélique de Breuil?«, fragte der Richter nach.

»Tochter von Isabelle de Breuil und Erbin des Hotel Beauséjour.«

»Und sie ist verschwunden?«

»Verzeihen Sie, aber bislang hatten wir nur vage Verdachtsmomente, ihre überbesorgte Mutter vor allem. Wir gingen immer noch davon aus, dass sie möglicherweise auf Reisen ist.«

»Sie haben also dahingehend noch nichts unternommen? Vielleicht ihre Konten angesehen?«

»Nein, ganz ehrlich, bis jetzt haben wir ihre Abwesenheit noch nicht wirklich als beunruhigend gefunden. Und wie sollte ich das auch ohne richterliche Anordnung tun?«, fragte Duval unschuldig.

»Ach, Commissaire, machen Sie mir nichts vor, ich kenne alle Methoden.«

Duval grinste ganz leicht.

»Gut, dann sollten Sie das jetzt tun. Vielleicht werfen Sie als Erstes mal einen Blick auf die Konten der Dame. Ich mache Ihnen die Papiere dafür fertig.« Der Richter druckte ein Dokument aus, unterschrieb es und reichte es ihm. Er sah Duval an. »Gut, Commissaire, nehmen Sie sich Ihren freien Tag, aber gehen Sie morgen oder übermorgen wieder zum Dienst, sonst können wir offiziell nichts in Angriff nehmen.«

Duval nickte. Richter Dussolier gefiel ihm immer besser.

»Danke, dass Sie mich informiert haben. Ich werde mal

darüber nachdenken, was ich mit alledem mache. Ich halte Sie auf dem Laufenden.« Der Richter nahm seine Brille ab und sah Duval ernst an. »Wissen Sie, Commissaire, ich habe viele Kröten geschluckt im Laufe meines Dienstes. Wenn man weiterkommen will, muss man mit dem Strom schwimmen. Das habe ich lange gemacht. Es hat mir nicht immer gefallen. Aber es gilt immer abzuwägen ... nun bin ich nicht mehr weit von meiner Pensionierung entfernt, viel kann mir nicht mehr passieren. Ich meine, ich kann und werde mir erlauben, kurz vor Ende meiner Karriere vielleicht noch die eine oder andere unpopuläre Entscheidung zu treffen. Und zwar mit dem größten Vergnügen, weil man das von dem alten trotteligen Dussolier, der nur noch die Tage bis zur Rente zählt, nicht mehr erwartet.« Er schmatzte wie zur Bestätigung mit der Zunge, und die Zahnprothese bewegte sich wieder in seinem Mund. »Und selbst wenn mir morgen etwas zustoßen sollte«, fuhr er fort, »meine Familie ist abgesichert, meine Kinder sind erwachsen. Verstehen Sie, was ich sagen will? Sie sind noch sehr jung, Duval. Überlegen Sie gut, was Sie machen, sonst, so fürchte ich, sieht Ihre Zukunft in Cannes nicht allzu rosig aus.«

Duval nickte entschieden. Für ihn gab es nichts zu überlegen.

»Haben Sie eine gute Truppe um sich?«

»Ja. Klein zwar, aber ich denke, alle auf meiner Seite.« Bei LeBlanc war er allerdings nicht ganz sicher.

»Gut, bleiben Sie erreichbar. Sie hören von mir.« Der Richter begleitete Duval bis zur Tür und gab ihm die Hand.

»Auf Wiedersehen, *Monsieur le Juge*.«

Der Richter nickte und schloss die Tür.

Duval verließ das Landgericht und sah auf die Uhr. Er könnte nach Théoule fahren, an einer der Strandbars die Füße ins Wasser hängen und einen Apéro oder zwei nehmen und danach im kleinen Restaurant zu Abend essen, überlegte er. Immerhin hatte er Urlaub. Wenn auch nicht ganz freiwillig. Vielleicht wäre heute aber auch ein guter Tag, seinen Halbbruder zu sehen. Er hatte nichts mehr von Frédéric gehört und rief ihn noch einmal an. Er hatte das Gefühl, es mit einem bockigen Teenager zu tun zu haben, der sich nur widerstrebend für den Abend zu einem Essen im Restaurant mit ihm verabredete. Er sah auf seine Uhr. Bis dahin blieb ihm noch viel Zeit.

—

Duval hatte sich kurzfristig entschieden, bei Angélique de Breuil vorbeizuschauen, er hatte jetzt wirklich ein ungutes Gefühl.

Angélique de Breuil wohnte in einer großen, modernen Appartementanlage, dessen Grundstück von einem hohen Zaun begrenzt war. Das große Tor und die kleinere Eingangstür waren zusätzlich mit einem Eingangs-Code gesichert. Duval hatte Glück, von innen fuhr ein Wagen auf das Tor zu, das langsam zur Seite glitt. Er ging über den Kiesweg, der durch einen kleinen gut gepflegten und von Palmen bestandenen Park führte. Als Duval die Namen an den Klingelschildern las, öffnete ihm von innen eine ältere Dame die Tür. »Suchen Sie jemanden?«

»Ich möchte zu Angélique de Breuil.«

»Ah«, die Dame öffnete weit die Tür. »Ich glaube, das ist ganz oben.«

»Danke, Madame! Sie kennen sie?«

»Kennen ist vielleicht zu viel gesagt. Sie wohnt ja noch nicht so lange hier. Aber wir haben unsere Garagen nebeneinander, da begegnet man sich hin und wieder. Sie hat mir einmal mein Auto in die Garage gefahren, als ein anderer Nachbar seinen Wagen in der Zufahrt abgestellt hatte und ich buchstäblich die Kurve nicht bekommen habe. Sie ist eine gute Autofahrerin.«

Duval nickte. Er fand es wie so oft verblüffend, wie leicht man sich selbst in ein gesichertes Haus Zugang verschaffen konnte. Und wie vertrauensvoll die Menschen antworteten, wenn man ihnen Fragen stellte. Warum fragte niemand nach? Warum musste man nur einen Namen nennen, und die Leute öffneten einem bereitwillig die Tür? Er hoffte, es läge nur an seiner vertrauenerweckenden Art. Er sah prüfend über die Briefkästen, die im Eingangsbereich wie eine Hängeregistratur angebracht waren. Tatsächlich quollen aus einem der Kästen Werbeprospekte. Er war übervoll, Duval zog die Prospekte heraus, ein neutraler Umschlag steckte dazwischen, adressiert an Angélique de Breuil. Der Briefkasten schien voll. Duval war alleine im Aufzug und fuhr bis in den sechsten Stock. Er trat auf den Flur, ging ein paar Schritte und lauschte. Keinerlei Geräusch war hinter den weit auseinanderliegenden Eingangstüren vernehmbar. Er ging aufs Geratewohl auf die mittlere Tür zu und hatte richtig getippt: »De Breuil«, stand auf dem Klingelschild. Er klingelte. Nichts rührte sich. Er legte sein Ohr an die Tür, klopfte und rief laut: »Mademoiselle de Breuil?« Nichts geschah. Er besah sich das Türschloss, überlegte kurz, zog sich Handschuhe an und bearbeitete es mit einem Einbruchswerkzeug, das er immer bei sich trug. Mit einem leisen Klick öffnete sich die Tür. Er betrat die Wohnung und konstatierte einen leicht abgestandenen Geruch. Leise schloss er die Tür hinter sich und hob einen Umschlag vom Boden auf. Er besah ihn. Er war nicht zugeklebt. In die Mitte einer Grußkarte hatte Isabelle de Breuil fünf Zweihundert-Euro-Scheine gelegt. Duval legte den Umschlag wieder auf den Boden. Er stand in einem von Licht durchfluteten großen Raum, ein Eckzimmer, dessen Außenwände beinahe durchgängig aus Glasfront bestanden: große Schiebetüren, hinter denen eine umlaufende Terrasse sichtbar war. Kein Haus verdeckte die Aussicht. Der Raum war fast völlig leer und wirkte irgendwie trostlos. Die Wände waren weiß und kahl. Es gab keine Vorhänge, aber auch keine Nachbarn, gegen die man sich abschirmen musste. In einer Ecke stand auf einem niedrigen Tisch ein großer Flachbildfernseher. Davor ein kleines Sofa. Eine große Grünpflanze verkümmerte daneben, viele trockene Blätter waren abgefallen. Links von ihm stand ein antik wirkender Sekretär mit einem steifen Holzstuhl. Am Telefon blinkte die rote Taste für eingegangene Nachrichten auf dem Anrufbeantworter. Er drückte darauf, es piepste. »Sie haben zwölf neue Nachrichten. Erste neue Nachricht ...«, sagte eine Computerstimme. »Praxis Dr. Momège, Mademoiselle de Breuil, wir können Ihnen doch einen früheren Termin anbieten. Am Mittwoch um 15 Uhr 45. Bitte melden Sie sich kurz, um den Termin zu bestätigen. Vielen Dank.« »Angélique, wie oft soll ich noch anrufen? Bitte melde dich! Wir müssen miteinander sprechen, hörst du?!« Das war ohne Zweifel Isabelle de Breuil. Noch mehrfach war ihre Stimme auf dem Anrufbeantworter zu hören. Sie schwankte zwischen Besorgnis und Verärgerung. Dazwischen eine Männerstimme: »Angie, hier ist dein Bruderherz, ich weiß, Maman nervt dich, aber melde dich trotzdem mal. Sie macht sich langsam Sorgen.« Eine junge Frauenstimme rief fröhlich: »Angélique, ich bin wieder da, sehen wir uns bald?« Dann noch eine Männerstimme, die etwas gehetzt klang: »Mademoiselle de Breuil, bitte rufen Sie mich noch einmal an. Es ist dringend!« Duval sah alarmiert auf das Display, die Nummer wurde nicht angezeigt. Dann schaltete sich der Anrufbeantworter mit mehrfachem Piepsen ab. Während er die Anrufe abhörte, hatte er die Papierflut auf dem Sekretär durchgesehen. Zwischen Immobilienprospekten, Telefonrechnungen und Werbeprospekten fand er handgeschriebene Briefe oder besser Briefentwürfe. Alle waren an Roland gerichtet. Duval las: »Du hast mir gesagt, du seist kein Mann für nur eine Frau, ich weiß es, ich will dich nicht anders, aber ich will dich! Warum lässt du mich so lange warten, ohne ein Wort, ohne ein Zeichen? Roland, es ist etwas Großes, etwas Besonderes zwischen uns, aber du kannst dich nicht darauf einlassen.« Duval nahm ein anderes Blatt zu Hand: »Ich weiß, ich muss dich loslassen, damit du mir nah sein kannst. Wenn ich dir nachlaufe, fliehst du. Ich habe sehr viele Hochs gelebt mit dir, und jetzt lebe ich sehr tiefe Tiefs, ich hoffe, wenn ich dich loslasse, kommst du wieder. Ich liebe dich.«

Duval seufzte. Er sah sich im Rest der Wohnung um und öffnete eine Tür: eine Toilette. Als er die nächste Tür öffnete, erschrak er. In dem fensterlosen Raum roch es faulig und abgestanden. Gleichzeitig erkannte er in der Badewanne eine Gestalt. »*Oh, merde!*« Duval schaltete eilig das Licht an und atmete auf. Es waren nur ein schwarzer Taucheranzug und ein Paar Schwimmflossen. Er bewegte den Anzug in der Badewanne, ein faulig-säuerlicher Geruch von ungereinigtem und zu langsam getrocknetem Neopren schlug ihm entgegen. Sand und kleine Algenreste klebten daran und lagen auch in der Wanne. Zwei große weiße Handtücher hingen nachlässig auf einer Stange, und in einem kleinen Regal lag ein Stapel anscheinend nagelneuer ebenso weißer Handtücher. Auf der Ablage vor dem Spiegel standen völlig durcheinander Schminkutensilien, Cremes, Wattestäbchen, ein Deo, eine Zahnbürste, Parfüm. Mit dem Licht hatte sich auch ein Ventilator eingeschaltet. Duval ließ das Licht an und ging weiter. Er fand eine karg eingerichtete Küche. In der Kaffeemaschine war ein Rest Kaffee eingetrocknet. Im Kühlschrank roch es schlecht. Er entdeckte darin einen Liter sauer gewordene Milch, eine angebrochene Packung verschimmeltes Toastbrot, eine noch ungeöffnete Packung Schinken, Butter und Käse. Ein schmutziger Aschenbecher stand in der Spüle, eine halb volle Flasche Rotwein daneben. Auf dem Boden in einer Ecke der Küche standen weitere leere Flaschen: Rotwein, Whisky, Champagner. Duval besah sich das Weinetikett. Ein durchschnittlicher Côtes du Rhône. Ein namenloser Champagner und ein amerikanischer Whisky. Von der Küche aus führte eine Schiebetür auf die Terrasse.

Duval öffnete sie und trat hinaus. Die Terrasse war breit und führte rund um die über Eck liegende Wohnung. In großen Kübeln standen vereinzelt Pflanzen an der Brüstung, die vom Wind zerzaust und mangels Wasser vertrocknet waren. Der böige Wind ließ selbst die eingefahrene Markise ächzen. Möwen glitten kreischend vorüber. Der Blick von hier oben war großartig. Während man von der Küchenseite auf eine alte Villa in einem immensen Park hinabsah, blickte man von der Wohnzimmerseite über die Dächer von Cannes und auf das Meer. Grausilbern spiegelte und reflektierte es in der Sonne, und man sah viele weiße geblähte Segel, die sich am Horizont bewegten. Schönstes Regattawetter. Auf der Terrasse vor dem Wohnraum stand eine wie es schien nagelneue weiße Sitzgruppe: Ein großer Tisch aus mattiertem Glas und weiße Stühle aus geflochtenem PVC, wie sie gerade Mode waren. Das makellose Weiß der Möbel reflektierte so stark im

Sonnenlicht, dass es Duval in den Augen wehtat. Vor dem letzten Raum standen zwei weiße Sonnenliegen. Duval vermutete hinter den weißen bodenlangen Vorhängen, die den Blick nach innen verhinderten, das Schlafzimmer. Er ging über die Terrasse langsam zurück, um noch diesen letzten Raum zu inspizieren. Darin stand nur ein breites, nachlässig gemachtes Bett mit zwei Kissen, die nebeneinander lagen. Ein Einbauschrank mit nur wenigen Kleidungsstücken, mehrere Paar Schuhe waren achtlos hineingeworfen worden. Ein kleines Duschbad schloss sich an das Schlafzimmer an. Auf dem Fußboden neben dem Bett lag ein Tagebuch, Duval schlug es auf, ein Foto fiel ihm entgegen. Ein kleines Mädchen mit hochgesteckten Haaren in Ballettkleidung machte eine graziöse Pose und sah den Fotografen mit großen Augen an. Die Sehnsucht und ernste Traurigkeit in den Augen des Mädchens trafen ihn. Seitdem er selbst Kinder hatte, war er vom Schicksal anderer Kinder oft mehr angegriffen, als ihm lieb war. Er blätterte in dem Tagebuch und las an verschiedenen Stellen: »Er war da, wir haben zusammen geschlafen, aber kaum war es vorbei, zog er sich schon wieder an und verschwand. Ich musste augenblicklich weinen. In mir ist Angst, Leere, Traurigkeit, Verlassenheit. Ich kann nicht aufhören zu weinen.« Dann: »Er war da, aber er war mir nicht nah. Ich weiß, dass er mich liebt, aber er will es nicht leben. Ich verstehe es nicht. Ich wollte ihn finanziell unabhängig machen, damit er das leben kann, was er leben will. Aber er kann es immer noch nicht.« Zwei Tage später hatte sie eingetragen: »Er hat immer noch nicht angerufen. Seit einer Woche habe ich kein Zeichen von ihm. Er fehlt mir so. Ich kann mich nicht aufraffen, etwas anderes zu tun. Ich denke nur an ihn. Ich will auch niemand anderen sehen. Ich sehe fern, rauche und trinke, bis ich schlafen kann.« Einen Tag später las er: »Ich habe das Gefühl, er bestraft mich, weil ich ihn so gesehen habe. Ich weiß, dass er mich liebt. Warum will er es nicht zulassen?« Und: »Heute habe ich ihn gesehen, als er seinen Sohn von der Schule abgeholt hat, ich habe mich hinter einer Hecke versteckt. Als er mich entdeckt hat, war er nur wahnsinnig wütend. Natürlich musste ich sofort wieder heulen, das hat ihn nur noch wütender gemacht. Ich wollte ihn doch nur sehen. Er fehlt mir. Er fehlt mir so.« Noch einen Tag später: »Ich habe ihn mit einer Frau gesehen! Ich weiß nicht, ob es seine Frau ist? Sie lachten zusammen, und er hat sie geküsst. Ich dachte, ich muss sterben, als ich das sah.« Die Aufzeichnungen endeten am 2. September. Duval legte das Tagebuch wieder auf den Boden. Unter dem Bett erspähte er ein Blatt Papier mit einer kurzen Nachricht. In großen runden Buchstaben stand da: *»Es tut mir leid. Mein Weg endet hier. Ich bin müde und kann nicht mehr. Roland soll sich um alles Weitere kümmern. Angélique.«*

Duval rief Richter Dussolier an. Der Richter entschied, dass die Wohnung Angélique de Breuils am nächsten Morgen offiziell geöffnet werden sollte.

Frédéric hatte ein teures Restaurant in der oberen Etage eines Fünfsternehotels in Cannes gewählt. Der Blick auf die Bucht war fantastisch, was sich selbstredend auf das Preisniveau des Restaurants niederschlug. Duval wusste nicht, ob Fred ihn damit beeindrucken wollte oder ob es wirklich seinem Lebensstil entsprach. Als er im Restaurant ankam, stand Frédéric am Empfangstresen und sprach angeregt mit dem Empfangskellner. Anscheinend kannte man sich. Duval hingegen begrüßte er nur knapp und gab ihm nachlässig die

Hand. Sie hatten einen Tisch mit Meerblick, und Frédéric bestellte mit einer lässigen Art und ohne in die Karte zu sehen als Entrée einen *Tartare von der Dorade Royal* und als Hauptgericht gegrillten Hummer mit Orangensoße. Dazu bestellte er einen Riesling Grand Cru aus dem Elsass. Duval schloss sich mit dem Entrée an, wählte dann aber ein Schwarzes Risotto mit Langustenschwänzen. Zu alledem passte der Riesling, den der Kellner ihnen kunstvoll einschenkte, ausgezeichnet.

Die Konversation allerdings war bemüht, Duval stellte Fragen, und Frédéric antwortete kurz und einsilbig.

»Das ist kein Verhör, Fred«, sagte Duval schließlich, »ich möchte nur ein bisschen was darüber erfahren, wie dein Leben aussieht, verstehst du?!«

»Ich finde, es geht dich nichts an.«

»Ja, das merke ich schon. Lass gut sein, ist nicht wichtig.« Wenn Frédéric nichts erzählen wollte, dann eben nicht. Sie aßen schweigend. Der Blick auf die abendliche Bucht war wundervoll und das Essen vorzüglich.

»Hast du mal geschaut, wegen der Fotoalben?«, fragte Duval dann doch, schließlich waren sie der Anlass für das Treffen gewesen.

»Ja.«

»Ja, und weiter?«

»Es gab sechs große Alben, alle fein säuberlich angelegt und beschriftet mit Hunderten von kleinformatigen Schwarz-Weiß-Fotos von anno dazumal, zum Teil noch vor 14/18 oder was weiß ich.«

»Es gab ...?!« Duval hatte es genau gehört.

»Ja, hab sie verbrannt. Die Briefe auch übrigens und all den andern alten Scheiß.« Frédéric trank einen Schluck Wein und sah ihn lauernd an.

Duval hatte das Gefühl, als habe man ihm mit der Faust in den Magen geschlagen. Er sah Fred ausdruckslos an. Das immerhin hatte er schon als Kind trainiert. Sich nichts anmerken lassen. Weder Freude noch Trauer. »Warum?«, fragte er nur.

»Warum ich sie verbrannt habe?«

Duval nickte.

»Ich hab reingeschaut, aber ich kann damit nichts anfangen, all diese Leute, die ich nicht kenne. Was soll ich damit?«

»Es ist deine Familie.«

Frédéric zuckte die Achseln.

»Aber du wusstest doch, dass es mich interessiert hat, warum hast du die Sachen nicht einfach mir gegeben?«

»Hör zu, Léon, Papa wollte dir nichts hinterlassen, das war sein letzter Wille. Ich halte mich nur an das, was er wollte. Du hast dir schon hinterrücks das Haus erschlichen, reicht dir das nicht?«

Duval war für einen Moment sprachlos von so viel Bösartigkeit. »Er war auch mein Vater, Frédéric, und mir steht rechtmäßig ein Drittel des Erbes zu. Das weißt du auch.«

»Papa wollte, dass ich alles bekomme!« Er klang wie ein verwöhntes trotziges Kind. Vermutlich war er das auch. Duval hatte keine Lust sich mit seinem Halbbruder erneut über dieses Thema zu streiten, das sie am Ende vor Gericht geführt hatte.

»Du hast also alles verbrannt?«

»Ja.« Er lächelte provokativ.

Duval spürte Wut in sich aufsteigen, dunkle schwarze Wut. Er ließ sich nur selten provozieren, das war in seinem Beruf bitter nötig, er war ein Meister der Konfliktentschärfung und schlug in der Regel auch niemanden, aber seinem Halbbruder hätte er jetzt gerne ordentlich die Fresse poliert. Mitten in diesem schicken Restaurant und vor allen Leuten. Er sah Frédéric an und legte langsam Messer und Gabel neben den Teller. Frédéric schien seine Wut zu spüren und wirkte plötzlich weniger selbstsicher. Duval nahm die Serviette von den Knien und stand auf. Er blieb vor seinem Halbbruder stehen, der sich aufpumpte und schwer atmete. Mit einer kurzen Geste schlug Duval die Serviette hart auf den Tisch, ließ sie dort liegen und ging. Am Eingang beglich er wortlos seinen Teil der Rechnung und verließ das Restaurant. Er lief Richtung Strand, er brauchte Luft und Weite. In ihm brodelte es. Woher kam dieser Hass seines Vaters? Und was hatte er Fred erzählt, dass dieser glaubte, die Feindseligkeit gegen ihn fortführen zu müssen? Er hatte Fred nur selten gesehen, sie hatten keine gemeinsame Vergangenheit. Nichts war zwischen ihnen vorgefallen. Es gab nur diesen überlieferten Hass.

Duval lief auf dem Boulevard du Midi am Meer entlang, er lief und lief, und als er aufsah, war er beinahe in Mandelieu. Zur Rechten lag der Golfplatz und links mehrere Strandrestaurants. Er hatte Lust auf etwas Hochprozentiges und ging in das erste kleine Restaurant. Ein Kellner war dabei, die Terrassenstühle aufzustapeln und ins Innere zu tragen. »Wir haben schon geschlossen«, sagte er unwillig. »Kann ich vielleicht nur schnell einen Cognac bekommen? Oder haben Sie einen Rum?«, fragte Duval dennoch. Der Kellner sah ihn an, nickte dann und zeigte auf die Flasche Bally im Regal. »Ist der genehm?« Duval nickte. »Sehr sogar. Einen Doppelten, bitte«, bat er. Der Kellner goss einen doppelten Rum in ein kleines dickwandiges Glas und stellte ihm die Flasche neben das Glas. »Für alle Fälle«, meinte er und fügte hinzu: »Solange ich aufräume, können Sie bleiben.« Duval nickte dankbar. Er trank den Rum in zwei großen Schlucken und goss sich nach. Er sah sein Gesicht im Spiegel, der hinter dem Tresen angebracht war, und brauchte einen Moment, um sich in dem zornigen Mann, den er sah, zu erkennen. »Noch einen?«, fragte der Kellner. Duval zögerte. »Nein«, entschied er dann, »besser nicht, ich muss noch ein gutes Stück laufen.«

»Ich kann Ihnen ein Taxi rufen. Wo müssen Sie hin?«

»Cannes.«

»Da kann ich Sie auch gleich mitnehmen, wenn Sie wollen.«

Duval zögerte und nickte dann, »gut, dann nehme ich noch einen.«

»*Allez*«, sagte der Kellner verständnisvoll und goss ihm noch einen Rum ein, »Sie sehen aus, als könnten Sie noch einen gebrauchen.«

Duval zog eine Grimasse und sagte nichts.

»Besser?«, fragte der Kellner, der sich ihm als Julien vorgestellt hatte, als sie im Auto saßen.

»Naja.«

»Eine Frau?«, fragte Julien mitleidend.

Duval schüttelte den Kopf. »Familiengeschichten«, fügte er knapp hinzu.

»Ah, Familie ... ganz übel.«

»Ja.« Duval nickte, »Ganz fantastisch, und da hat man was für sein ganzes Leben«, fügte er sarkastisch hinzu. »Sie können mich hier rauslassen«, sagte er, als sie die ersten Häuser von Cannes erreichten. »Den Rest kann ich gut zu Fuß gehen.« Der Kellner hielt vor dem kleinen Park Mistral.

»Dankeschön und guten Abend noch«, sagte er, als er aus dem Auto stieg.

»Keine Ursache! *Bonne soirée!* Und *bon courage!*«

Duval wählte den Weg durch die Altstadtgassen des Suquet. Die Wärme des Tages staute sich in den engen Gassen, und die kleinen Terrassen der Restaurants waren noch immer gut besucht. Es war laut und trubelig. Afrikanische Straßenverkäufer versuchten nach wie vor bunte Hüte, Schmuck und Stofftiere an Touristen zu verkaufen. Der Rum und der kurze freundliche Austausch mit Julien hatten ihn etwas ruhiger gestimmt. Als er zu Hause ankam, fühlte er sich dennoch einsam. Er suchte Musik, die seiner Stimmung entsprach und legte schließlich Moustaki auf. Die leise Melancholie, mit der dieser von seiner Einsamkeit sang, tat ihm wohl, schaffte es aber nicht, das Gefühl der Leere in ihm zu vertreiben. Gerne hätte er jetzt jemanden an seiner Seite gehabt. Kurz überlegte er, Martine anzurufen, aber dann verwarf er die Idee wieder. Im Prinzip hatten sie sich nichts zu sagen, es war das Bett, das sie verband, und dafür war er wirklich nicht in Stimmung. Er sah auf die Uhr, dann wählte er die Nummer von Hélène. Es war Lilly, die den Hörer abnahm.

»Hallo, mein Spatz, hier ist der Papa, du bist noch nicht im Bett? Es ist schon spät!«

»Ja, aber morgen ist später Schule, und es ist der Geburtstag von Ben, deshalb dürfen wir aufbleiben, und gleich gibt es Schokoladenkuchen!«, plapperte sie eifrig.

Na super, heute war wirklich sein Glückstag, dachte er. Aber er sagte: »Schokoladenkuchen ist gut. Wie geht es dir, Schätzchen? Wie ist die neue Lehrerin?«

»Mir geht's gut, aber die Lehrerin ist superstreng. Willst du Ben zum Geburtstag gratulieren?«

Keinesfalls, dachte Duval. »Ich wollte eigentlich die Mama sprechen, meinst du das geht?«

»MAMAAAN«, hörte er Lilly rufen: »Papa ist am Telefon!« Während er wartete, hörte er Musik, laute Stimmen und Gelächter in der Wohnung.

»Léon? Alles in Ordnung? Wie geht es dir?« Hélène klang aufgedreht.

»Ich störe euch gerade, oder?«

Sie zögerte: »Ehrlich gesagt ist es im Moment etwas unpassend …«

»Es ist Bens Geburtstag, und du hast das Haus voller Leute«, konstatierte Léon.

»Ja, hat Lilly es dir gesagt?«

»Hm.« Er machte ein zustimmendes Geräusch.

»O. k., und jetzt warten alle auf den Kuchen, und ich bin dabei, die Kerzen in diese verdammten Kerzenhalter zu stecken …«

»Ich will! Ich will! Ich will Papa sprechen!«, rief Matteo im Hintergrund.

»Léon, ich geb dir erst mal Matteo, ich komme gleich wieder.«

»Hallo Großer, wie geht's dir?«

»Papa, ich habe den orangen Gürtel!«

»Echt? Super! Ich bin stolz auf dich! War's schwierig? Warst du aufgeregt?«

»Nö«, behauptete Matteo, »alles easy.«

»Easy? Sprichst du jetzt englisch?«

»Ja, mit Ben ein bisschen. Ich kann schon ›good morning‹ sagen und ›good evening‹ und ›my name is Matteo‹ und ›What's your name?‹.«

»Aha. Prima.« Seine Begeisterung war nicht ganz echt.

»Also?«

»Was?«

»What's your name?«

»Fragst du mich das?«

»Ja! What's your name?« Jetzt war Matteo ein bisschen ungeduldig.

»My name is Léon and I am your Daddy«, konnte er sich nicht verkneifen hinzuzufügen.

»Was?«

»Ich habe auf Englisch gesagt ›ich bin dein Papa‹.« Oh Gott, er machte sich lächerlich.

»Ja, weiß ich doch«, gab Matteo auch gelangweilt zurück, um dann umso eifriger »Salut, Papa, wir essen jetzt Kuchen!« in den Hörer zu rufen.

»Salut, Matteo, lass es dir schmecken.«

»Léon?« Hélène hatte den Hörer wieder übernommen. »Léon, lass uns vielleicht ein andermal telefonieren. Ist alles in Ordnung?«

Er zögerte, dann sagte er »Ich habe mich heute mit Frédéric getroffen.«

»Oh.«

»Ja.«

»Ach, Léon, ich höre schon an deiner Stimme, dass es nicht gut gelaufen ist, es tut mir leid, aber ich hab jetzt wirklich keine Zeit, um mit dir in Ruhe zu sprechen. Ich ruf dich vielleicht morgen Abend an, ja? Bist du morgen Abend zu Hause?«

»Ich denke schon, wo sollte ich sonst sein.«

»O. k., ich versuch's.«

»Ihr seid alle amerikanisiert, du sagst auch schon zum zweiten Mal ›o. k.‹ mit amerikanischem Tonfall.«

»*Ah bon?*« Sie lachte. »Ich ruf' dich morgen an, versprochen! Lilly will dir noch was sagen. Salut, Léon!«

»Papi, hast du mein Bild bekommen?«

»Welches Bild, Schätzchen?«

»Ich habe ein Bild gemalt, und wir haben es dir geschickt, aber das ist schon ganz lang her.«

Duval überlegte kurz. »Nein, Liebes, ich habe keine Post bekommen. Du hast es mit der Post geschickt?«

»Ja, schon ganz lange. Maman, wann haben wir das Bild an Papa geschickt?«

Duval hörte Hélène von weit weg irgendetwas antworten.

»Vor etwa zwei Wochen, sagt Maman. Guck gleich noch mal in den Briefkasten, ja?«

»Ja, Liebes, mache ich. Aber die Post streikt hier unten, weißt du, vielleicht braucht der Brief deswegen so lang. Er kommt bestimmt noch. Ich rufe dich an, sobald ich ihn habe, ja?«

»Okeh. Gute Nacht, Papi!«

Duval seufzte, noch ein »O. k.«. »Gute Nacht, mein Spatz, ich hab dich lieb!«

»Ich hab dich auch lieb, Papi!«

Duval legte auf und fühlte sich sehr melancholisch. Er ging zunächst noch einmal hinunter zum Briefkasten, aber der war, wie erwartet, leer. In der Küche öffnete er den Kühlschrank. Auch hier herrschte traurige Leere. Er säbelte sich ein paar Scheiben von einem Stück rohen Schinken ab, der schon eine Weile im Kühlschrank lagerte und bereits ziemlich trocken war. Rosé war auch noch da. Immerhin etwas. Mit beidem setzte er sich vor den Fernseher und klickte sich durchs späte Abendprogramm. Bei einer Varietéshow blieb er hängen, nur nichts Problematisches mehr heute Abend. Aber während er Akrobatiknummern und Zaubertricks verfolgte, ratterte es in seinem Kopf weiter. Zu Angélique de Breuil und Frédéric hatte sich nun noch dieser Kerl gesellt, der vermutlich mit seiner Frau schlief, denn noch war Hélène seine Frau, wenn man es mal genau nahm, noch waren sie verdammt noch mal nicht geschieden! Und seinen Kindern brachte er amerikanisches Kauderwelsch bei, feierte seinen Geburtstag mit ihnen, lachte und stopfte Schokoladenkuchen in sich hinein. *Putain de merde.* Er hatte keine Ahnung, wie dieser Ben aussah, aber er wollte sich einen gefräßigen, breitärschigen, hässlichen Kerl vorstellen. Um

Mitternacht ging er zu Bett. Gegen halb zwei nahm er ein halbes Temesta, sein letztes Mittel, um in einen tiefen traumlosen Schlaf zu fallen.

Dienstag, 19. September

Am nächsten Morgen fühlte er sich zerschlagen und hatte Kopfschmerzen. Er löste zwei Aspirin in einem Glas Wasser auf und überlegte, ob er trotz allem an den Strand gehen sollte. Laufen würde er nicht, aber vielleicht eine Runde Schwimmen, das würde seinem Kopf sicher guttun. Aber noch während er überlegte, klingelte sein Telefon. So früh schon. Er stöhnte gequält.

»Ja?«

»Guten Morgen, Chef, alles o.k.?« Es war Villiers.

»Ja, so weit. Ich komme heute wieder. Stellen Sie sich schon mal drauf ein, wir werden die Wohnung von Angélique de Breuil durchsuchen.«

»Aha. Das passt ja. Haben Sie schon die Zeitung gelesen?«

»Nein. Was gibt's?«

»Das Hotel Beauséjour ist bis auf Weiteres geschlossen worden. Alle Mitarbeiter werden zum Monatsende entlassen. Angeblich ist kein Geld mehr da. Georges Bouvard hat an die Presse gegeben, dass die unzulängliche Geschäftsführung von Madame de Breuil das Hotel in den finanziellen Ruin getrieben hätte. Die verbliebenen Angestellten demonstrieren jetzt vor dem Hotel und wollen vors Arbeitsgericht ziehen.«

»Die sind ganz schön dreist.«

»Die Angestellten?«

»Nein, die Bouvards. Später sollten wir da auch noch mal hinfahren und uns umhören. Aber zunächst fahren wir zur

Wohnung der Tochter de Breuil. Ich bin gleich da, ich erkläre es Ihnen.«

»Gut, Chef, bis gleich!«

»Niemals hat meine Tochter sich das Leben genommen! Niemals! Sie war der lebenslustigste Mensch, den man sich vorstellen kann. Ausgehen, feiern, reisen, unterwegs sein. Da war keine Spur von Lebensmüdigkeit. Niemals! Ich verstehe diesen Brief nicht. Sind Sie sicher, dass er von ihr ist?« Madame de Breuil war außer sich.

»All diese Briefe und dieses traurige Tagebuch sind aber doch von Ihrer Tochter geschrieben?«

»Ja. Das heißt, also, ich weiß es nicht. Ja, es ist Angéliques Schrift, aber, aber ... «, sie suchte nach Worten. »Nein! Ich glaube das nicht.«

»Wir werden das analysieren lassen. Aber es sieht mir doch sehr danach aus, dass Ihre Tochter unglücklich war. Sehr unglücklich. Sie haben mir doch diese eher depressiv klingende Mail gezeigt kürzlich? Von einer Dummheit war da die Rede, wenn ich mich recht erinnere. Das passt doch ganz gut zusammen? Einen Computer haben wir übrigens nicht gefunden. Sie hatte doch einen PC?«

»Ja, sie hatte einen dieser ganz flachen tragbaren Computer.« Sie dachte nach. »Diese Mail klingt jetzt weniger absurd, aber ...«, sie zögerte und beendete den Satz nicht. »Aber wenn sie unglücklich war, dann nur, weil dieser Mann sie so unglücklich gemacht hat«, ergänzte sie heftig. »Ich habe es ihr gesagt. Ich wusste, er ist nicht gut für sie. Finden Sie meine Tochter, bitte!«

»Wir tun unser Bestes, Madame de Breuil.«

»Jaja, das sagen Sie immer! Sie hätten das schon viel früher tun sollen, ich wusste, dass etwas nicht in Ordnung ist. Ich habe es Ihnen gesagt! Und nicht nur einmal!«

»Nun, es gibt immer noch die Möglichkeit, dass sie einfach nur weggefahren ist und den Computer mitgenommen hat. Was für einen Wagen fährt Ihre Tochter? Sie hatte doch einen?«

»Vielleicht ist sie weggefahren, ja. Ich hoffe das. Ja, natürlich hatte Sie einen Wagen. Einen großen Range Rover. Er ist fast nagelneu! Steht er nicht in der Garage?«

»Ein Geländewagen?«

»Ja. Ein ziemliches Ungetüm. Ich verstehe nicht, wie sie so ein Auto kaufen konnte. Wozu braucht eine junge Frau denn so ein Auto?«

»Sicherheitsbedürfnis?«, schlug Duval vor. Er wusste nicht, warum er auf die rhetorisch gemeinte Frage geantwortet hatte. Isabelle de Breuil sah ihn kritisch an. »War nur so eine Idee«, fügte er hinzu. »Aber in der Garage steht er nicht. Vielleicht hat sie ihn woanders abgestellt? Könnte das sein?«

Isabelle de Breuil sah skeptisch aus. »Eher nicht. Auch wenn die Wohngegend eher ruhig ist, mit einem neuen Auto, wissen Sie, es gibt immer ein paar Neider, die mal eben den Außenspiegel abreißen oder den Lack verkratzen.«

»Können Sie denn erkennen, ob Sachen von Ihrer Tochter fehlen? Die sie auf eine Reise mitgenommen hätte, zum Beispiel? Kleider? Koffer?«

»Ich weiß es nicht. Ich war noch nie in dieser Wohnung. Sie ist erst vor Kurzem hierhergezogen. Und hier ist ja kaum etwas.« Sie sah sich missbilligend um und schnaubte. »Nach ihrer Scheidung wusste sie nicht wohin und so zog sie zunächst wieder zu Hause ein. Ich war nicht dagegen. Die Villa ist viel zu groß für mich alleine. André wohnt seit ein paar Jahren im ehemaligen Gärtnerhäuschen, aber ich sehe ihn trotzdem kaum. Als Angélique zurückkam, habe ich ein paar Änderungen vorgenommen und bin selbst ins Erdgeschoss gezogen. Angélique hatte so die ganze erste Etage für sich. Und sie hatte dort alles, was sie brauchte, schließlich war sie ja mit nichts zurückgekommen.« Isabelle de Breuil schüttelte unwillig den Kopf. »Ich weiß nicht, was sie hier wollte.«

Duval zog es vor, dies nicht zu kommentieren. Er selbst war mit siebzehn von zu Hause ausgezogen und hatte eine Zeit lang sehr spartanisch in möblierten Zimmern gewohnt. Er hatte bei allen Annehmlichkeiten dennoch die bourgeoise Enge in seinem Elternhaus nicht mehr ertragen.

»Haben Sie ihre Tauchausrüstung gefunden?«

Die Frage von Isabelle de Breuil schreckte ihn aus seinen Gedanken hoch.

»Wir haben zumindest einen Tauchanzug in der Badewanne gefunden. Ihre Tochter taucht also?«

»Ja, seit sie sechzehn ist. Sie schwimmt auch. Wasser ist ihr Element. Sie schwimmt geradezu exzessiv, sie muss ständig ins Wasser, egal bei welchem Wetter. Es beruhigt sie, sagt sie. Und irgendwann hat sie mit dem Tauchen angefangen. Das ist eine große Leidenschaft von ihr. Vielleicht hat sie in der Garage noch einen Schrank und die Ausrüstung ist dort, oder vielleicht im Keller. Aber sie hatte mindestens noch einen weiteren Tauchanzug und Flossen, eine Maske und Flaschen und all diese Messgeräte hatte sie auch, das weiß ich.«

»Die Beamten werden den Keller noch durchsuchen. Könnte es denn sein, dass sie möglicherweise doch zu einem Tauchurlaub aufgebrochen ist?«

»Ja, nein, ich weiß es nicht. Fragen Sie Maître Arnaud!«,

sagte sie dann energisch. »Er muss wissen, wo sie ist, und Ihnen muss er es doch sagen! Mir erzählt er nur irgendeinen Unsinn, dass sie sich ausruhen müsse. Aber ich glaube keine Sekunde, dass sie sich umbringen wollte. Sie ist hierhergezogen, hat sich dieses unsägliche Auto gekauft – auch wenn ich es nicht verstehe, das sind doch Zeichen, dass sie irgendetwas leben wollte.« Sie schüttelte den Kopf. »Angélique war …«, sie stockte, »oh Gott, was sage ich da … ich rede schon, als sei sie nicht mehr da … das haben Sie ja selbst gelesen, sie IST sehr verliebt in ihn. Viel mehr, als ich glaubte. Sie hat mir nichts mehr erzählt, weil ich gegen diese Beziehung war, ach Herrgott, ich rede in der Vergangenheitsform, es ist schrecklich … ich BIN dagegen. Arnaud ist verheiratet, und ich glaube nicht, dass er vorhat, sich von seiner Frau scheiden zu lassen. Aber was will man als verliebte Frau nicht alles glauben.«

»Kennen Sie diese Stimme, Madame de Breuil?« Duval spielte ihr die Ansage der Männerstimme, die dringend um Rückruf bat, auf dem Anrufbeantworter vor.

»Nein.« Sie schüttelte den Kopf.

»Gut, Leute – Richter Dussolier hat angeordnet, dass wir die Suche nach Angélique de Breuil verstärken, möglicherweise steht ihr Verschwinden in Zusammenhang mit dem, was sich im Hotel Beauséjour abspielt. Wir werden zunächst ihre Konten überprüfen, ihr Umfeld befragen, den Bruder, den Anwalt, mit dem sie befreundet war, die Freundin, die auf dem Anrufbeantworter war, Nachbarn. Lassen Sie auch gleich mal nach dem Auto fahnden, ein recht neuer schwarzer Range Rover Sport HSE, ein Geländewagen, das Kennzeichen lautet

CF – 545 – KW, zugelassen im Départment Alpes-Maritimes. LeBlanc, machen Sie das?« Capitain LeBlanc nickte.

»Und bei alldem sollten wir das Hotel nicht aus den Augen verlieren«, fuhr Duval fort. »Vielleicht will jetzt noch einer sein Gewissen erleichtern, man weiß ja nie, da sollten wir auch immer mal Präsenz zeigen.« Und ich werde außerdem den Rezeptionisten und seine Familie aufsuchen, das sagte er jedoch nicht laut. »Noch Fragen?«

»Sollten wir nicht versuchen herauszukriegen, wer die männliche Stimme auf dem Anrufbeantworter ist?«

»Ja, Leroc, ich habe aber so eine Ahnung, wer es ist, und ich weiß auch schon, wen ich bitte, die Stimme zu identifizieren.«

Léa zog die Augenbrauen hoch, sagte aber nichts.

»Gut, Sie wissen alle, was zu tun ist. Ich sehe mir als Erstes die Konten an. So viel für den Moment, noch Fragen?« Er sah die Beamten an. »Gut, dann los.«

Er selbst rief umgehend die *Association Française des Banques* an. Er hatte gewisse Kontakte dort und hoffte so, ohne große Formalitäten etwas in Erfahrung zu bringen. Und tatsächlich: Angélique de Breuil hatte ein Konto bei der hiesigen Filiale der *Crédit Lyonnais*. Er rief den Direktor an, der selbstverständlich der *Police Judiciaire* einige Fragen beantworten wollte, aber gerade völlig im Stress war und ihn bat, sich einen Moment zu gedulden. Duval seufzte. Natürlich konnte selbst ein kleiner Filialleiter nicht einfach so Zeit haben. Aber schon nach kurzer Zeit rief er zurück und hatte seinen Computer befragen können.

»Da gibt es zur Zeit keine großen Kontobewegungen, Monsieur le Commissaire. In den letzten Tagen gingen nur drei Daueraufträge raus: Miete, Mobiltelefon und Internet.«

»Von wann datiert denn der letzte Kauf, der mit der Kreditkarte vorgenommen wurde?«

»Das war am 30. August. *Côté Jardin*, ich vermute, das ist ein Restaurant. Am selben Tag gab es nur noch eine Bewegung: eine Apotheke. Vorher ging es auf dem Konto allerdings etwas bewegter zu, die Dame ist anscheinend viel unterwegs, ich sehe hier verschiedene Boutiquen, Autobahngebühren, Parkhäuser …«

»Die letzte aktive Bewegung war also am 30.8.?«

»Ja.«

»Ich danke Ihnen …«

»Warten Sie«, die Stimme des Bankdirektors klang plötzlich hellwach, »ich habe, während wir sprachen, weiter zurückgeblättert, das wird Sie vielleicht interessieren. Da ging eine große Summe hier ein. Sehr groß, um ehrlich zu sein, sechsstellig, und kurz darauf wurde sie auf ein anderes Konto transferiert.«

»Sie können nicht etwas konkreter werden, Monsieur le Directeur?«, fragte Duval.

»Wissen Sie, Monsieur le Commissaire, was mir ganz konkret fehlt, ist eine richterliche Anordnung – wir haben auch ein gewisses Bankgeheimnis zu wahren.«

»Die habe ich vorliegen, Monsieur le Directeur.«

»Dann möchte ich Sie doch bitten, dass Sie damit persönlich vorstellig werden, Monsieur le Commissaire«, antwortete der Direktor und gefiel sich offensichtlich in seiner launigen Art.

»Aber sicher. Das werde ich umgehend tun. Ich danke Ihnen auf jeden Fall schon einmal für Ihre Zusammenarbeit, Monsieur le Directeur. Ich bin in einer Viertelstunde bei Ihnen.«

»Ich erwarte Sie.«

Tja, Pech für dich, dachte Duval, ich habe die Papiere wirklich. Oft genug schlug man in Ermangelung von offiziellen

Papieren nämlich einen Deal vor: »Tust du mir einen Gefallen, tue ich dir auch einen Gefallen«. Im Austausch gegen eine Information konnte man immer mal einen Strafbescheid wegen Geschwindigkeitsüberschreitung platzen oder ein Parkknöllchen verschwinden lassen. Wenn der Direktor darauf gehofft hatte, so hatte er sich getäuscht. Glücklicherweise lag die Filiale der Bank nur fünf Minuten entfernt in der Rue d'Antibes.

Duval suchte eine Telefonnummer in seinem Mobiltelefon und klickte sie an.

»Hallo?«

»Annie?«

»Ja, hallo Léon, so bald schon rufen Sie an, wie schön. Haben Sie etwas erfahren?«

»Ja und nein, aber ich bräuchte Ihre Hilfe, Annie. Könnten Sie an einem der nächsten Tage noch einmal nach Cannes kommen?«

»Sicher. Um was geht es?«

»Möchte ich ungern am Telefon sagen. Kommen Sie einfach her. Es wird nicht lang dauern.«

»Gut, morgen, reicht das? Ich brauche etwa zwei Stunden und könnte etwa ab neun da sein. Kommt immer drauf an, was auf der Straße so los ist. Ist das in Ordnung?«

»Prima. Ich danke Ihnen.«

»Dann bis morgen!«

Der Bankdirektor empfing ihn fast augenblicklich und war äußerst korrekt.

»Sehen Sie, es verhält sich genau so, wie ich Ihnen eben am Telefon auch schon sagte, es gibt keine weiteren Kontobewegungen, außer den Abbuchungen für die Miete, Telefon und Internet. Keine aktiven Ausgaben, keine Kreditkartenzahlung, rein gar nichts. Aber ...«, der Direktor klickte sich ein paar Seiten im Computer zurück, »sie hat ja noch mindestens ein anderes Konto ... *voilà*, da ist es ja. Sehen Sie? Die Summe von 600 000 Euro, die am 6.8. per Scheck eingezahlt wurde, ging schon drei Tage später auf ein Konto bei der *Crédit Foncier de Monaco*. Im Prinzip waren wir nur ein Durchlaufkonto für die 600 000 Euro. Vielleicht lebt sie zurzeit davon. Fragen Sie doch mal in Monaco nach. Ich nehme an, Sie hätten gern einen Ausdruck der Unterlagen?«

»Bitte. Und dieser Scheck, können Sie sehen, wer ihn ausgestellt hat?«

»Eine SA Riviera.«

»Société Anonyme Riviera«, wiederholte Duval. »Wissen Sie, wer sich dahinter verbirgt?«

»Das entzieht sich meiner Kenntnis, Commissaire.«

Duval glaubte ihm nicht, aber er würde es auch selbst herausfinden. »Die *Crédit Foncier de Monaco* hat keine Filiale in Cannes?«

»Nicht, dass ich wüsste. Die CFM ist eine Privatbank, gehört aber zur Gruppe der *Crédit Agricole International*. Ich vermute jedoch stark, dass Sie sich für eine Konteneinsicht bis nach Monaco begeben müssen. Monaco ist ja unsere kleine Schweiz. Aber es ist ja nicht so weit, machen Sie einen Ausflug ...«

Hinter der Gesellschaft SA Riviera verbarg sich das Casino am Palm Beach. Sieh an, dachte Duval, was für ein erstaunlicher Zufall, schon haben wir es wieder mit Cosenza zu tun.

Das große weiße Gebäudeensemble am Cap Croisette, im äußersten Osten der Stadt gelegen, beherbergte neben dem Spielcasino auch ein elegantes Restaurant und einen großen Saal für exklusive Veranstaltungen, ein Galadiner etwa, wo man in Anwesenheit illustrer Gäste fürstlich speisen konnte. Einladungskarten gab es zu einem stolzen Preis und nur für handverlesene Gäste. Das Ehepaar Rochefort hätte kürzlich die Ehre und das Vergnügen gehabt, an einem solchen Diner teilzunehmen, wenn ... ja, wenn man ihnen nicht schnöde den Safe geleert hätte. Von außen hatte das Gebäude wenig Anziehendes, auch wenn man sich bemüht hatte, den Eingangsbereich glamourös mit rotem Teppich, Lichteffekten und Palmen in Szene zu setzen.

Was hatte Cosenza wohl bewogen, Angélique de Breuil einen Scheck in dieser Höhe auszustellen?

»Ein Spielgewinn, Monsieur le Commissaire, ich erinnere mich an diese Summe, wie könnte ich nicht, so häufig kommt es ja glücklicherweise nicht vor, dass wir solche Summen auszahlen müssen. Das Glück der Gäste ist uns eine Freude, aber wir verdienen unser Geld natürlich mit dem, was die Gäste hierlassen.« Cosenza machte eine ausladende Geste mit beiden Armen und zeigte stolz die Räumlichkeiten. »Aber wir können das nachprüfen, wenn Sie es wünschen, unsere Buchführung ist tadellos, das versichere ich Ihnen.« Der Mann war keinen Augenblick in Verlegenheit.

Duval war sich sicher, dass die offizielle Buchführung des Casinos über jeden Zweifel erhaben war.

»Aber warum fragen Sie Mademoiselle de Breuil das nicht selbst?«

»Das würde ich gern, aber sie ist nicht auffindbar. Sie haben sie nicht vielleicht in letzter Zeit einmal gesehen?«

»Lassen Sie mich überlegen ... wissen Sie, Mademoiselle de Breuil ist ein ständiger Gast in unserem Etablissement, ebenso wie ihr Bruder, das ist auch kein Geheimnis, also darf ich es Ihnen wohl sagen, ohne indiskret zu sein. Angélique hat schon häufig gewonnen, ebenso häufig verloren, und ich erinnere mich, dass sie eines Abends eine außergewöhnliche Glückssträhne hatte. Und sie hatte vor allem die sehr glückliche Idee im richtigen Moment aufzuhören. Das ist nämlich das Problem der meisten Spieler, dass sie unersättlich sind. Man glaubt, wenn man 600 000 Euro gewonnen hat, kann man auch eine Million gewinnen. Es läuft doch gerade so gut. Man glaubt, man habe das Glück bezwungen, und es gehe immer so weiter, man hält sich für geradezu gottähnlich. Aber ich glaube, seit diesem Abend habe ich sie hier nicht mehr gesehen. Ungewöhnlich, jetzt, wo Sie mich fragen, fällt es mir auf. In der Regel kommen die Gäste schnell wieder, wenn sie gewonnen haben. Aus dem gleichen Grund. Man will wieder gewinnen. Spielen Sie, Monsieur le Commissaire?«

»Nein, Monsieur Cosenza, das Risiko zu verlieren kann ich bei meinem Gehalt gar nicht eingehen.«

»Oh, man kann auch mit kleinen Einsätzen gewinnen. Letzte Woche kam jemand mit nur 1500 Euro Einsatz, und er ist mit 35 000 Euro gegangen.«

Duval blieb ungerührt. Allein die Idee »nur« 1500 Euro einzusetzen kam ihm absurd vor.

»Nun, wenn Sie das Glück jemals herausfordern wollen, Monsieur le Commissaire, sind Sie uns auf jeden Fall immer willkommen!« Cosenza lächelte. »Möchten Sie, dass ich Ihnen die Räumlichkeiten zeige?«

»Ich sehe mich gern selbst ein bisschen um, wenn Sie erlauben.«

»Aber sicher, Commissaire.« Louis Cosenza drehte sich um und machte einem der in Schwarz gekleideten Herren vom Sicherheitspersonal ein Zeichen. »Alles geregelt, Commissaire. Sehen Sie sich um. Wenn ich noch etwas für Sie tun kann ... vielleicht möchten Sie nachher in unserem Restaurant etwas essen oder einen Apéro nehmen? Sie werden verzeihen, aber ich schlage Ihnen das nur vor, weil ich wirklich stolz bin, die schönste Terrasse von Cannes zu haben. Wo finden Sie so etwas? Ich freue mich jeden Tag, diesen Blick zu haben.« Er schaute selbst begeistert durch die verglaste Fensterfront. »Es ist einzigartig an der Côte d'Azur, dass Sie unter freiem Himmel mit diesem fantastischen Blick auf das Meer und die Île Ste. Marguerite spielen und nur einen Schritt weiter hervorragend essen können. Ich schätze mich außerordentlich glücklich, einen ausgezeichneten italienischen Koch ins Haus geholt zu haben: Luca Ribieni.« Er sah Duval an. Duval schüttelte den Kopf. »Er war vorher in Amalfi. *Il Gatto Bianco*, nie gehört?«

»Nein, tut mir leid, ich bin kein Kenner der Gourmet-Szene.«

»Aaaah, aber das lässt sich leicht ändern, Commissaire. Wenn Sie etwas probieren möchten, ein kleines *Amuse-Gueule* vielleicht ...«, er stibitzte ein Häppchen von einer kunstvoll angerichteten Platte, die eine junge Servicekraft gerade vorbeitrug. Sie sah ihn erschrocken an. Er lachte laut. »Wissen Sie, ich bin Gourmand, das sieht man vielleicht«, er tätschelte leicht seinen Bauch, »ich kann niemals an etwas zu essen vorbeilaufen, ohne zuzugreifen.«

Duval schüttelte den Kopf. Er hatte keine Lust, mit dem undurchsichtigen Chef des Casinos über Gastronomie zu plaudern, geschweige denn in seinem Restaurant zu essen. »Nein, ich danke Ihnen für Ihr Angebot, ein anderes Mal vielleicht.« Er hoffte, dass man seinen knurrenden Magen nicht hören würde.

»Immer gerne, Commissaire, Sie wissen ja, wo sie uns finden.« Nach einer Pause fügte er dann hinzu: »Ich habe Ihren Vater übrigens gut gekannt.«

»Ach ja?« Duval hatte diesmal Mühe, seinen indifferenten Blick zu halten. Das hatte er nicht erwartet. Was hatte sein Vater mit Cosenza zu schaffen? »Mein Vater ... tja, wissen Sie, wir hatten wenig gemeinsam, mein Vater und ich«, sagte er dann.

»Aah, die Familie, die Familie .... manchmal macht sie uns Sorgen, aber es gibt nichts Besseres als die Familie, meinen Sie nicht, Commissaire?«

Duval fühlte sich bemüßigt, das Thema zu wechseln. »Kommen wir noch einmal zurück zu Angélique de Breuil. Was spielt sie denn, wenn sie hier ist?«

»Das kommt drauf an. Manchmal setzt sie sich an die Spielautomaten, die große Summe aber gewann sie beim Roulette. Das ist das ehrlichste Spiel, wenn Sie mich fragen. Wenn Sie da gewinnen, können Sie das Sechsunddreißigfache Ihres Einsatzes herausholen.«

»Kennen Sie die Gepflogenheiten von all Ihren Gästen?«

»Ich kenne mein Metier, Monsieur le Commissaire, und die Spielleidenschaften meiner regelmäßigen Gäste kenne ich durchaus, und so groß ist mein Casino nun auch wieder nicht, als dass ich nicht den Überblick behalten könnte. Wir sind ja nicht in Las Vegas.« Er lächelte. »Gut, dann lasse ich Sie sich umschauen, wenn Sie keine weiteren Fragen mehr haben ...«

»Im Augenblick nicht.« Keinesfalls wollte er Cosenza nervös machen. Falls sie ihm mithilfe des Richters noch einmal auf den Zahn fühlen wollten, dann war es besser, keine schlafenden Hunde zu wecken. Duval lief einmal durch sämtliche Räume, die ihn an eine große Theaterkulisse erinnerten, mit den silbernen Sesseln und Sofas, den wuchtigen Gipsbüsten und kitschigen Kopien griechischer Götterstatuen, die vermeintlich die Decke trugen. Vor den Spielautomaten, die sämtlich entlang der Wände angeordnet waren, saßen vereinzelt ältere Damen und ein dicker Mann, dem das Hemd aus der Hose gerutscht war. Alle drückten im Sekundentakt auf die verschiedenen Knöpfe und sahen den wirbelnden Symbolen zu. Duval sah Karten, Ziffern und Disneyfiguren, die sich drehten. Manche der Spielautomaten konnte man bereits mit einem Einsatz von nur zwei Cent spielen. Das wurde auf einem Plakat zumindest groß verkündet. Der dicke Mann hatte ein Glas Champagner neben sich stehen und aß dazu hastig ein paar Nüsschen, ohne den Blick von den wirbelnden Seejungfrauen zu lassen. Duval ging an den Roulette-, Poker- und Blackjack-Tischen vorbei auf die Terrasse. Die Tische waren noch mit einem schwarzen Tuch abgedeckt. Sie wurden erst ab 20 Uhr bespielt. Die Terrasse befand sich unter einem großen weißen Zelt, das als Schutz vor dem relativ starken Wind aufgespannt war. Auch hier standen Spielautomaten und in der Mitte ein Roulettetisch. Vier junge Männer drängten sich vor einem Automaten und bliesen Rauch in die Luft. Auf der Terrasse durfte geraucht werden, vermutlich ein großes Plus. Duval dachte an all die Filme mit rauchenden Pokerspielern, die er gesehen hatte. Spielen und Rauchen gehörten eindeutig zusammen. Er warf einen Blick auf die offene Terrasse des Restaurants, die mit Kunstrasen ausgelegt war. Bislang hatte sich dort niemand zum Essen eingefunden. Die Aussicht auf die Inseln hingegen war wirklich schön. Duval genoss sie nicht allzu lang. Ein Securitymann öffnete ihm bereitwillig auch die privaten Spielräume. Um diese Tageszeit herrschte dort noch gähnende Leere.

Duval hatte Hunger, aber es gab moralische Grenzen. Er ließ das Auto auf dem Parkplatz stehen und beschloss, sich zu Fuß ein Restaurant im angrenzenden Viertel zu suchen. Das frühere Fischerdorf Moure Rouge bestand heute in erster Linie aus aneinandergereihten Appartementanlagen. Von der Zeit, in der hier Fischer allnächtlich aufs Meer fuhren, zeugten nur noch der kleine Hafen, der zu einem Jachthafen für die weniger vermögenden Bootsbesitzer geworden war und einige bescheidene Häuschen, die sich verschämt zwischen die Appartementanlagen duckten. Am kleinen flachen Strand von Moure Rouge, dem einzig verbliebenen natürlichen Sandstrand von Cannes, tobten sich bei entsprechendem Wind Surfer und Kiter aus. Heute waren es nur drei Kiter, die über die Wellen preschten, dabei immer mal wieder aus dem Wasser sprangen, durch die Luft flogen und wieder eintauchten. Vom Strand aus sahen ihnen einige Menschen zu und kommentierten die Kunstfertigkeit der verschiedenen Sportler. Duval blieb einen Moment stehen und beobachtete sie, dann ging er weiter die Uferpromenade entlang. Ein nagelneues vieleckiges und verglastes Appartementhaus schraubte sich neben einer bereits halb abgerissenen alten Villa in die Höhe. Ein großes Plakat an der verglasten Vorderfront wies darauf hin, dass noch zwei Appartements mit 180 und 280 Quadratmetern Wohnfläche zum Verkauf stünden. Ein Preis war nicht angegeben. Rechts davon standen drei niedrigere und schlichte Mehrfamilienhäuser. Und sie standen offensichtlich leer. Die Fenster und Türen im Erdgeschoss waren zugemauert, damit sich keine ungebetenen Gäste einfanden. Duval hatte so eine Ahnung, wem sie gehörten.

»Eine Schande ist das, finden Sie nicht?« Ein altes Frauchen, das einen übergewichtigen Dackel spazieren zog, war neben ihm stehen geblieben. Sie stützte sich auf einen Gehstock.

»Was meinen Sie?« Duval sah die kleine Frau an. Sie trug ein weißes Strickjäckchen über einem schlichten grün gemusterten Kleid.

»Na, was sie hier machen.« Sie fuchtelte mit dem Gehstock in der Luft herum und zeigte auf die Häuser.

»Was machen sie denn?«

»Das sehen Sie doch! Alles, was alt ist, wird abgerissen, und dann baut man so etwas hierhin.« Sie zeigte auf das gläserne Appartementhaus.

Duval nickte. »Ja, ist ein anderer Stil.«

»Allerdings! Und da wohnen dann auch andere Leute drin, das kann ich Ihnen sagen. 280 Quadratmeter Wohnfläche, wo hat man denn so was in Moure Rouge gesehen?! Ich bitte Sie! Mein Häuschen hat 45 Quadratmeter, da wohne ich schon seit über 50 Jahren drin. Und da haben wir mal zu viert gewohnt. Mein Mann und ich und die zwei Kinder. Vor vielen Jahren, als die Kinder noch klein waren, wollten wir ein Stockwerk auf unser Haus aufsetzen, aber damals haben wir dafür keine Baugenehmigung bekommen, und heute dürfen sie so etwas hier hinstellen!« Sie schüttelte den Kopf. »Ach, Cannes hat sich so verändert. Bin mal gespannt, wie lange ich hier noch wohne.«

»Warum? Was meinen Sie damit?«

»Na, ich sehe doch, was hier passiert. Mein Häuschen stört langsam. Ist nicht mehr schön genug. Vor fünfzig Jahren war hier noch ein Fischerdorf, wissen Sie? Mein Pierre war

Fischer. Er ist schon tot seit über zwanzig Jahren. Gott sei Dank, dass er das nicht mehr mit ansehen muss, was aus unserem Dorf geworden ist. Damals kannten wir uns hier alle. Aber jetzt ... jetzt bin ich beinahe die Letzte, die aus dieser Zeit noch lebt. Also, die noch hier lebt, will ich sagen. Die meisten haben ihr Häuschen schon vor langer Zeit verkauft und sind weggezogen. Ich kenne fast niemanden mehr hier. Es sagt auch niemand mehr ›Guten Tag‹, wenn er an einem vorbeiläuft. Alles Fremde.« Sie schüttelte wieder den Kopf. »Das ist mein Viertel, aber inzwischen bin ich fremd hier.«

»Und diese drei Häuser? Die wurden auch schon verkauft?«

»Ja ja, verkauft ist gut. Hier passiert viel.« Sie sah ihn skeptisch an. »Sind Sie von hier?«

»In gewisser Weise schon. Meine Urgroßeltern haben im Quartier République gewohnt, und ich wohne im Haus meiner Großeltern in der Avenue de Grasse.« Er war tatsächlich ein bisschen stolz darauf.

»Ah!« Die Dame lächelte, aber dann winkte sie ab. »Wissen Sie, man hört so allerhand. So ganz freiwillig haben sie nicht verkauft, heißt es. Aber ich sag' nix. Ich will meine Ruhe haben. Komm, Suzie, wir gehen weiter.« Sie zog ihr Jäckchen zurecht, nahm ihren Stock und wandte sich zum Gehen. Sie drehte sich noch einmal halb um ... *»bonne journée, Monsieur!«*

»Bonne journée, Madame!«

Er sah sie davonhumpeln mit dem alten dicken Dackel, beide auf kurzen, krummen Beinen, und es war nicht ganz klar, wer wen spazieren führte. Er hätte sie nach einem Restaurant fragen sollen, dachte er, und bewegte sich in Richtung Place de l'Étang. Der Platz war groß und schmucklos, aber es befanden sich mehrere Restaurants und einige Läden in seinem Umkreis. Duval wusste bereits, dass die Place de l'Étang eines der großen Boulezentren von Cannes war. Schon vor Jahr und Tag verbrachten Rentner und Fischer ihre Tage beim Boulespielen. Von den Beach-Club-Boulisten, die heute den Platz bevölkerten, war jedoch niemand mehr Fischer, und es waren heute auch viele Frauen unter ihnen. An fast jedem Tag im Jahr gab es einen Wettbewerb. Von der Terrasse der angrenzenden Restaurants konnte man den Spielern zusehen, wie sie gekonnt und hoch konzentriert die Kugeln auf dem in mehrere Spielflächen geteilten Gelände rollten oder legten.

Duval entschied sich für das Fischrestaurant an der oberen Ecke des Platzes, das altmodisch und bescheiden wirkte. Er sah durch die Scheibe. Das Restaurant war gut besucht. Auf der Terrasse saßen hingegen nur wenige Gäste. Die Septembersonne war noch warm, aber der Wind hatte die überwiegend älteren Herrschaften bewogen, das Innere des Restaurants aufzusuchen. Duval sah sich suchend um. Ein älterer Kellner wies ihm einen relativ windgeschützten Platz auf der Terrasse an und reichte ihm mit ausgesuchter Höflichkeit die Karte. Duval bestellte einen Pastis und las staunend die Karte, die eine Auswahl an Fisch bot, die er so noch nie gesehen hatte. Das alles, ohne dazu ein Feuerwerk an Gourmetsprache abzufeuern, wie er es im Hotel mit Frédéric erlebt hatte und wie es selbst in den banalsten Restaurants üblich war. Dies hier war ein Fischrestaurant und hier aß man Fisch. Zumeist auf dem Stein gegrillt. Dazu gab es eine Auswahl an Gemüse und Punkt. Er bestellte der Einfachheit halber das Tagesmenü, das als Entrée einen lauwarmen Tintenfischsalat vorsah und als Hauptgang ein Schwertfischfilet nur begleitet von gedünstetem Gemüse. Am Nachbartisch bestellte ein ungleiches Paar, ein älterer Herr mit junger Begleitung, frischen Petersfisch. Umgehend wurde ihnen eine Auswahl gezeigt. Ein Kellner hielt artig ein großes Tablett und zog mal den einen, mal den anderen Fisch am Schwanz nach oben, damit man ihn in all seiner Pracht sehen konnte. Der größte von dreien wurde für gut befunden, er wog, wie Duval mit anhören konnte, ein Kilo und dreihundert Gramm.

Duval faltete eine große gestärkte Stoffserviette auseinander und legte sie über seine Knie. Er genoss seinen Tintenfischsalat und hatte sich schließlich doch zu einer halben Flasche Rosé Sainte-Roseline hinreißen lassen. Das Paar am Nebentisch stieß mit Champagner an. Es war ruhig, nur das unregelmäßige Klacken der aneinanderschlagenden Boulekugeln unterbrach die verschlafene Ruhe des Platzes. Als Duval seine Scheibe gegrillten Schwertfisch zerteilte, wurde dem Paar am Nebentisch gerade der Fisch perfekt filetiert. Von dem großen Fisch blieben gerade vier kleine Filets übrig, die nun auf zwei Tellern angerichtet wurden. Das übersichtliche Ergebnis auf den großen Tellern ließ die junge Dame kurz auflachen. Sie redete auf ihren Begleiter ein, der lächelnd die Schultern zuckte und ihr noch etwas Champagner nachschenkte. Duval war zufrieden mit seinem Menü. Es war schlicht und schmackhaft. Auf ein Dessert verzichtete er, die Auswahl hatte ihn, anders als beim Fisch, eher enttäuscht und wählte stattdessen einen *café*. Die Rechnung, die ihm dezent auf einem Tablett und in einem Ledermäppchen gereicht wurde, ließ ihn kurz schlucken. Er überprüfte die einzelnen Posten und zog dann seine Kreditkarte heraus, die er auf das kleine Tablett legte. Nun gut. Puristischer Fisch hat eben seinen Preis. In Cannes allemal. Das nächste Mal würde er wieder nach Théoule fahren.

Maître Arnaud war erstaunlich kooperativ. Ein gut aussehender Mann etwa im gleichen Alter wie er selbst, elegant gekleidet in einem Brioni-Anzug, kam er mit einem offenen Lächeln auf ihn zu. So herzlich war Duval noch nie von einem Anwalt begrüßt worden. Normalerweise ließen diese gern die gesellschaftliche Kluft spüren, die sie zwischen sich und dem Rest der Gesellschaft errichtet hatten, und verschanzten sich nur allzu oft hinter ihrer Unantastbarkeit. Duval war kurz irritiert, weil der Anwalt ihn nicht in seiner Kanzlei empfing, sondern sich mit ihm auf der Terrasse der Bar gegenüber verabredet hatte. Der Anwalt begründete es damit, »einfach mal raus zu müssen«, den ganzen Tag eingesperrt am Schreibtisch nur mit seinen Akten, bekam er manchmal einen Drang nach draußen. Er zündete sich eine Zigarette an. »Stört es Sie?« Duval schüttelte den Kopf. Ohne lange Umschweife beantwortete er die Fragen Duvals nach dem Aufenthaltsort Angéliques. Natürlich wusste er, wo sie war. In einem Sanatorium, sie müsse ein bisschen ausspannen.

»Sie ist fragil, wissen Sie, sie wirkt robust, aber seelisch ist sie sehr labil.« Der Anwalt sah Duval ernst an: »Sie hatte tatsächlich versucht, sich das Leben zu nehmen, oder sagen wir, sie hat eine erhöhte Dosis Schlaftabletten genommen und dazu Alkohol getrunken. Aber dann hat sie mich angerufen, und ich habe dafür gesorgt, dass sie nach der Erstversorgung vom Notarzt in diese Privatklinik gebracht wurde. Ein sehr guter Freund von mir ist dort Arzt. Es ist eine Entzugsklinik für alle Arten von Sucht, Tabak, vor allem Alkohol. Ich dachte, es kann Angélique nur guttun dort. Sie raucht und trinkt viel und sie experimentiert hin und wieder mit Tabletten und Drogen. Ich habe es Isabelle de Breuil nicht gesagt, weil Angélique mich darum gebeten hat.«

»Isabelle de Breuil bezweifelt, dass Angélique sich das Leben nehmen wollte.«

Der Anwalt lachte kurz spöttisch auf. »Na, dann fragen Sie den Notarzt, der ihr den Magen ausgepumpt hat. Isabelle weiß gar nichts. Also zumindest nichts von Angélique.« Maître Arnaud seufzte. »Angélique versucht seit Jahren, sich von der Dominanz ihrer Mutter zu befreien, aber Isabelle will das nicht sehen und versucht sie mit dem Hotel an sich zu binden. Und mit Geld natürlich.«

»Dass Isabelle de Breuil nicht mehr die Direktion des Hotels innehat, ist Ihrer Ansicht nach nur ein Befreiungsschlag von Angélique?«

»Ich glaube, Monsieur le Commissaire, dass alles immer im Fluss ist. Nichts ist für ewig. Isabelle de Breuil hat das Hotel eine Zeit lang geleitet, jetzt ist ihre Zeit vorbei, und die Kinder wollen dieses Hotel nicht. Sie hätte das sehen können und schon vor einiger Zeit gut verkaufen. Aber ihr fehlt ein realistischer Blick oder vielleicht fehlen ihr auch Visionen. Es ist gut so, wie es ist.«

»Maître Arnaud, wir haben Angéliques Tagebuch gefunden und jede Menge Briefe, die alle an Sie gerichtet sind, aber nie abgeschickt wurden. Alles liest sich im Grundtenor sehr verzweifelt und unglücklich. Wie war Ihr Verhältnis zu Angélique de Breuil?«

»Was soll ich Ihnen sagen? Ich habe sie kennengelernt, als ich mich um ihre Scheidung gekümmert habe. Ich fand sie anziehend. Sie mich auch. Irgendwann haben wir miteinander geschlafen. Wir waren eine Zeit lang sehr verliebt, aber dann ist es gekippt. Sie hing wie eine Klette an mir. Sie wollte nur noch mit mir zusammen sein. Das geht nicht. Ich habe meinen Beruf, ich kann mich nicht 24 Stunden am Tag um sie kümmern. Das hätte sie gern gehabt. Dass wir die ganze Zeit zusammen sind und nichts tun. Aber ich bin kein reicher Hotelerbe, ich muss Geld verdienen, um mich und meine Familie zu ernähren. Ich habe ihr gesagt, sie solle ausgehen, Freunde treffen, aber sie saß nur noch zu Hause und wartete und malte sich sonst was aus, machte mir Vorwürfe und heulte. Das fand ich dann nicht mehr ganz so attraktiv, das gebe ich zu. Aber ich wollte mich nicht von ihr trennen. Es ist schon das zweite Mal, dass sie so etwas tut, wissen Sie?! Ich war bei meiner Frau, meiner Exfrau, wenn Sie so wollen, wir haben einen gemeinsamen Sohn, aber wir leben getrennt. Meinen Sohn aber will ich sehen, so bin ich eben hin und wieder in Pégomas. Angélique erträgt es nicht, dass ich nicht ausschließlich ihr gehöre. Sie ist ein verwöhntes Mädchen, das schon immer alles bekommen hat, was es wollte. Ich denke, sie wollte sich nicht wirklich umbringen, sie wollte mir wehtun, mich strafen, und ich sollte mir Sorgen um sie machen, mich um sie kümmern. Dann bekam sie vermutlich Angst, dass ich sie nicht finden würde, sonst hätte sie mich ja nicht angerufen. ... In der Klinik ist sie in guten Händen.«

»Geben Sie mir die Adresse?«

»Selbstverständlich. Es ist das Sanatorium Saint Georges in Montauroux. Es liegt etwas außerhalb.«

»Wann haben Sie sie zuletzt gesehen?«

»Als ich sie dort hingebracht habe. Das ist etwa zwei Wochen her, das müsste ich nachsehen, es war abends ... das weiß ich noch, weil ich mit Floriane, das ist meine Frau, meine Exfrau meine ich, gerade zum Essen gehen wollte.«

»Seitdem haben Sie sie nicht besucht?«

»Nein, aber das ist Teil des Klinik-Konzepts. Kein Kontakt mit der Außenwelt. Man will, dass die Patienten ganz zu sich kommen. Aber ich bin sicher, sie ist dort in guten Händen.«

»Das ist Nicolas Rinzetti.« Annie Chatel zögerte nicht eine Sekunde, als Duval ihr die Aufnahme des Anrufbeantworters vorspielte.

»Sind Sie sicher?«

»Absolut sicher. Wie eigenartig seine Stimme zu hören, obwohl er schon tot ist …«

»Danke, Annie, das war im Prinzip schon alles. Tut mir leid, dass ich Sie deswegen von Ihrem Berg runtergeholt habe, aber es ist wichtig.«

»Natürlich. Keine Sorge. Können Sie mir schon mehr sagen? Woher stammt diese Aufnahme? Er klingt etwas gehetzt, finden Sie nicht? Wissen Sie etwas Näheres über die Umstände seines Todes?«

»Ja und nein, Annie. Ich kann Ihnen dazu noch nichts sagen, aber Ihr Kollege hat in einer sehr düsteren Sache recherchiert, die ihn vermutlich das Leben gekostet hat. Man hat seinen Mord dann aber so hingedreht, als sei es ein schmuddeliger Unfall bei schwulen Sado-Maso-Spielchen gewesen.«

»Was?« Sie sah ihn ungläubig an. »Wieso denn schwul? Rinzetti war doch nicht schwul!«

»Ach so?« Duval war überrascht.

»Nein!«, sagte sie mit Entschiedenheit. »Das weiß ich ziemlich genau.« Sie zögerte, dann fügte sie hinzu: »Nicolas und ich … nun, wir hatten lange ein Verhältnis. War aber immer alles ziemlich kompliziert mit ihm. Außer dem Sex, der war prima.«

Duval war diese Offenheit unangenehm. Er schwieg und sah sie an. Annie, die mit einem anderen Mann Sex hatte, wollte er sich nicht vorstellen. Leider sah er nun genau das vor seinem geistigen Auge.

»Habe ich Sie schockiert?«

»Nein, nein«, log Duval, »keinesfalls. Aber dann hat man es so inszeniert, dass man annehmen musste, er sei schwul gewesen und habe in einem sadomasochistischen Spiel mit jemandem verkehrt. Er war gefesselt und so weiter, ich erspare Ihnen die Details.«

Annie sah ihn schockiert an. »Deswegen redet keiner darüber!«

»Vermutlich. Sie bitte ich aber auch, nicht darüber zu reden. Was ich Ihnen gesagt habe, ist vertraulich. Mehr kann ich Ihnen nicht sagen, aber Ihr Freund hat sich eindeutig keine Freunde gemacht bei seiner Arbeit, das ist sicher.«

»Hm.« Sie klang bedrückt.

»Ich melde mich wieder, verbleiben wir so? Heute bin ich etwas unter Zeitdruck, sonst wäre ich gerne noch einmal mit Ihnen essen gegangen, aber ...«

»Ja, ist schon in Ordnung. Ich muss das sowieso erst mal verdauen. Ich werde ein wenig am Strand spazieren gehen.«

»Mache ich auch immer. Hilft oft. Bewegung ist sowieso gut.« Duval sah sie an, sie wirkte etwas verloren, und er unterdrückte den Impuls, sie in den Arm zu nehmen. Er begleitete sie zum Aufzug, und während sie warteten, schwiegen beide. Als die Tür aufschwang, gab er ihr die Hand. Mit der anderen Hand berührte er sie kurz an der Schulter. »*Au revoir*, Annie. Wir bleiben in Kontakt, ja? Rufen Sie mich an, wenn Sie mögen. Jederzeit, ja?«

Sie nickte und sah ihn ernst an. Dann schloss sich die Tür, und der Aufzug fuhr nach unten.

Duval blätterte unruhig in den Unterlagen, die er bei Rinzetti gefunden hatte. Was hatte Cosenza ihm sagen wollen, als er die Anspielung auf seinen Vater gemacht hatte? Duval las erneut, aber er fand nichts, was ihm Aufschluss hätte geben können. Schließlich gab er den Namen seines Vaters in das Polizeisystem ein. Er hielt kurz den Atem an, aber es wurde kein Ergebnis gefunden. Er war erleichtert. Vielleicht hatte sein Vater im Casino gespielt? Das war ja nicht verboten.

Um 10 Uhr hatten sich alle in seinem Büro zur Lagebesprechung eingefunden. Leroc und Villiers hatten André de Breuil in seiner Galerie in der Rue d'Antibes aufgesucht.

»Ich weiß nicht, wie das funktioniert mit diesen Galerien, ich frage mich das jedes Mal. Ich sehe da niemals einen Menschen drin. Außer dem Galeristen, der irgendwo im Hintergrund sitzt und telefoniert. Von was leben die?« Villiers schüttelte den Kopf.

»Na, André de Breuil lebt vom Geld seiner Mutter, das ist ziemlich sicher«, warf Leroc ein und fuhr dann fort zu berichten: André de Breuil hatte seine Schwester als kompliziert bezeichnet. Sie konnte schroff und abweisend sein, aber gleichzeitig war sie bedürftig und anhänglich wie ein Kind. Sie konnte schlecht alleine sein. Immer suchte sie Abwechslung oder war umgeben von Freunden. Zumindest bevor sie Roland Arnaud kannte. Seitdem war sie sehr auf ihn fixiert und isolierte sich mehr und mehr. Dass sie ohne ihn zur Vernissage gekommen sei, grenze an ein Wunder, sagte André de Breuil. Er konnte wenig dazu sagen, ob sie glücklich oder unglücklich war. Dafür sähen sie sich zu wenig und tauschten sich nicht wirklich aus. Er habe angenommen, sie sei glücklich, auch wenn sie bei der Vernissage nicht unbedingt so ausgesehen habe und ziemlich viel Champagner getrunken habe. Er habe während der Vernissage aber anderes im Kopf gehabt, als sich mit seiner Schwester zu unterhalten. Sie wirkte eher gelangweilt, habe sich aber später eine Zeit lang mit einem der anwesenden Journalisten unterhalten. Das habe ihn genervt, weil er eigentlich mit dem Journalisten über seine Ausstellung reden wollte, und nicht dazu kam, und danach war Angélique weg und kurz darauf auch der Journalist. André de Breuil war sauer und dachte, dass der Journalist Angélique angemacht habe und sie deshalb zeitversetzt verschwunden seien. Er hat sie seither nicht mehr gesehen und hat keine Idee, wo sie sein könnte.

»Wann war diese Vernissage?«, fragte Duval.

»Am 14. August, am Vorabend des Feiertags.«

»Nun, Angélique de Breuil ist laut Maître Arnaud in einem Sanatorium in Montauroux – eine Privatklinik für Suchtpatienten, wenn ich es richtig verstanden habe«, begann Duval. Er wurde aber sogleich von Emilia unterbrochen, die den Kopf zur Tür hereinsteckte: »Nein, da ist sie nicht. Zumindest ist sie jetzt nicht mehr dort, das wurde mir eben am Telefon gesagt.«

»Was?« Duval fuhr hoch. »Und der Anwalt weiß das nicht? Das hat er mir gerade eben noch erzählt. Jetzt wird es aber mysteriös.« Duval ärgerte sich. Es schien alles so logisch. Eine labile junge Frau, sehr verliebt, Eifersucht, Mutter-Tochter-Konflikt. Er hatte die Aussage des Anwalts nicht angezweifelt, alles, was er sagte, klang in Duvals Ohren glaubhaft. War sie überhaupt jemals in diesem Sanatorium gewesen? Hatte der Anwalt nur eine gute schauspielerische Leistung abgelegt? Der einfühlsame Mann? Was davon stimmte überhaupt?

»Villiers, fahren Sie mit Leroc nach Montauroux und klären Sie, wann Angélique de Breuil dort war und vielleicht, ob sie überhaupt je dort war. Sprechen Sie auch mit dem Arzt, der sich um sie gekümmert hat, wenn sich überhaupt jemals jemand um sie gekümmert hat ...« Villiers und Leroc nickten und standen auf.

»Und Sie, LeBlanc, schauen Sie mal, was Sie über diesen

Anwalt finden. Und ich …«, er sah auf die Uhr, »bin auch noch mal unterwegs. Wir sehen uns später wieder.«

»Also? Was haben wir? War sie überhaupt in diesem Sanatorium?« Duval sah erwartungsvoll in die Runde.

»Ja«, sagte Léa Leroc, »das war sie, aber sie blieb dort nur drei Tage. Dann ist sie verschwunden. Viel haben wir nicht erfahren, der Arzt«, sie sah auf ihren Zettel, »ein Dr. Millet, berief sich auf seine Schweigepflicht. Er meinte aber, dass ihn ihr Weggang aus der Klinik nicht gewundert habe, sie sei nicht wirklich aus freien Stücken zu ihm gekommen. Um eine richtige Therapie oder eine Suchtentwöhnung zu beginnen, ist es Voraussetzung, dass der Kranke sich selbst einliefert, oder zumindest den festen Willen hat, eine Therapie zu beginnen. Er hatte nur ein kurzes Aufnahmegespräch mit ihr, sie wirkte verstockt und weinte viel, aber sie hatte offensichtlich keine Lust, ihm etwas zu erzählen. Er dachte, er lasse sie ein, zwei Tage in Ruhe, sie würde sich schon öffnen, wenn sie so weit wäre. Aber dann verschwand sie. Er hat es dem Anwalt mitgeteilt, und damit war für ihn der Fall erledigt.«

»Wie einfach.«

»Naja, er sagte, er habe nur wenige Therapieplätze, die Anmeldeliste für das Sanatorium ist lang, sodass er niemanden, der nicht bleiben möchte, gegen seinen Willen festhält. Es bringe sowieso nichts, wenn die Menschen nicht wirklich bereit sind für Therapie.«

»Ja, schön«, Duval hatte wenig Interesse für diese psychologischen Spitzfindigkeiten, »aber man kann doch einen suizidgefährdeten Menschen nicht einfach so sich alleine überlassen.«

»Er hat es dem Anwalt gesagt. Er war als Kontaktperson angegeben.«

»Hm.« Duval war nicht überzeugt. »Und dann ist sie einfach verschwunden?«

»Ja. Das ist nicht weiter schwierig, es ist ja keine geschlossene Psychiatrie. Das ist eine Art Krankenhaus-Hotel, das liegt dort sehr schick in weitläufigen Parkanlagen. Die Patienten können dort kommen und gehen, wie sie wollen. Sie sagte, sie ginge in den Park spazieren und eine Zigarette rauchen und kam nicht wieder.«

»Und ihre Sachen? Hat sie die mitgenommen? Wie muss ich mir das vorstellen? Sie ging im Park mit ihrem Koffer spazieren, und niemand wird aufmerksam? Wie ist sie denn weg von dort? Zu Fuß? Oder hatte sie ihr Auto dabei? Hat sie vielleicht ein Taxi gerufen? Prüfen Sie das alles nach!« Duval sah Villiers und Leroc an. Dann sah er auf die Uhr. »Was wissen wir denn über diesen Anwalt, LeBlanc? Wenn er über ihr Verschwinden informiert worden ist, dann hat er uns vorsätzlich angelogen.«

»Maître Arnaud kommt aus kleinen Verhältnissen, ist aber sehr ehrgeizig«, begann LeBlanc. »Er ist noch nicht sehr erfolgreich, hatte bislang eher banale Fälle und verdient sein Geld mehr schlecht als recht. Er hat zwar eine noble Adresse auf dem Boulevard Carnot, aber sein Büro ist nicht viel mehr als ein Loch im Erdgeschoss. Die ehemalige Concierge-Wohnung nämlich. Vermutlich kann er sich mehr nicht leisten, und so ganz klar wird nicht, wie er sich überhaupt finanziert. Er hat immerhin Frau und Kind, ein Häuschen in Pégomas, er fährt ein schickes großes Auto, und man sieht ihn häufig und mit wechselnder weiblicher Begleitung in den angesagten Clubs, im Baôli und im Babylon.«

»Pft«, machte Villiers, »das Babylon ist ein Ort für die Kids der Reichen. Zweitausend Euro kostet da im Schnitt ein Tisch.«

»Ja«, Leroc nickte, »oder für die Möchtergern-Reichen. Sie haben dort kürzlich einen jungen Mann abgeholt, der eine Flasche Dom Pérignon nach der anderen bestellte. Am Ende hatte er eine Rechnung von mehreren Tausend Euro und konnte sie nicht bezahlen. Er sah zwar aus wie ein reicher Schnösel, mit Anzug und Rolexuhr, aber er war nur ein kleiner Pizzaiolo, der drei Monatsgehälter an einem Abend verpulvert hatte, aber im Prinzip war sein Budget schon nach den Apéros erschöpft.«

»Gut, ich konstatiere, dass unser Anwalt ein teures Auto fährt und in teuren Clubs verkehrt, vielleicht muss man das, wenn man sich diese Klientel als Mandanten erarbeiten oder Mädchen aus reichem Haus beeindrucken will. Weiter ...?!« Duval sah LeBlanc an.

»Hat sich vielleicht bezahlt gemacht, denn sein erster Kunde aus der besseren Gesellschaft war Isabelle de Breuil, die ihn mit der Scheidung ihrer Tochter beauftragt hat. Und die hat er dabei, wenn ich meiner Quelle glauben darf, ordentlich geschröpft. Er hatte geglaubt, damit den Weg in den Geldadel geschafft zu haben, und hoffte, der Haus- und Hofanwalt von Isabelle de Breuil zu werden, aber Madame de Breuil hatte keinen Bedarf.«

»Und weil er Isabelle nicht umgarnen konnte, hat er Angélique eingewickelt.« Das war Leroc.

»Möglich«, sagte Duval. »Haben wir eigentlich schon das Auto von Angélique de Breuil gefunden?«

»Noch nicht, aber ich habe die Kollegen in Nizza mit einbezogen. Den Flughafen und so weiter. Wissen Sie, wie viele schwarze Range Rover dieser Größenordnung im Département Alpes-Maritimes gemeldet sind?«

»Nein, LeBlanc, ich will es auch nicht wissen, ich habe vollstes Vertrauen in Ihre Fähigkeiten, die Stecknadel im

Heuhaufen zu finden und will nur, dass Sie diesen einen ausfindig machen, klar so weit?!«

»*Oui,* Chef«, murmelte LeBlanc leise, unsicher, ob er gerade gelobt oder getadelt worden war.

Der Anwalt war keinesfalls verlegen. Er lächelte sogar. Normalerweise hatte Duval ein Gespür dafür, wenn man ihm Unsinn erzählte. Dass er diesem Mann am Vortag aufs Wort geglaubt hatte, irritierte ihn. Er schien ein geschickter Manipulator zu sein, der genau zu spüren schien, was sein Gegenüber brauchte. Aber dieses Mal war Duval auf der Hut.

»Ich wollte ihr einen Vorsprung lassen. Sie hatte sich entschieden, nach Südamerika zu gehen. Sie wollte dort ein neues Leben anfangen.«

Duval war kurz perplex von so viel Unverfrorenheit. Dass man solchen Geschichten dennoch nachspüren musste, auch wenn er geradezu sicher war, dass sie erlogen waren, machte ihn manchmal rasend. Das würde sie erneut eine Weile beschäftigen, und derweil war Angélique an einem ganz anderen Ort und vielleicht sogar in Gefahr. Er schloss es nicht mehr aus, dass ihr tatsächlich etwas zugestoßen sein könnte. Aber einen Anwalt konnte man nicht mal eben in Polizeigewahrsam nehmen, um ihn schmoren zu lassen. Und dieser hier würde vermutlich selbst nach 96 Stunden noch nichts anderes sagen. Ganz abgesehen davon, dass er dafür wohl niemals eine richterliche Anordnung bekäme.

»Ja, klar, nach Südamerika, warum auch nicht«, sagte er genervt. »Erzählen Sie mir doch keine Märchen, ich bitte Sie, Maître Arnaud.«

»Nein, Monsieur le Commissaire, ich weiß, es klingt

unwahrscheinlich, und es war auch eine Ad-hoc-Entscheidung, aber im Prinzip ist es ein lang gehegter Traum von ihr. Sie ist schon oftmals dorthin gereist und kennt dort Leute. Das Leben drüben gefällt ihr.«

»Aber sicher doch. Welches Land?«

»Venezuela.« Der Anwalt hatte auf alles eine Antwort. »Aber hundertprozentig sicher bin ich nicht. Sie war mal wieder verstockt. Das war so ihre Taktik, wenn sie wollte, dass ich mich um sie kümmere. Vielleicht wollte sie auch nur erreichen, dass ich sie zurückhalte. Manchmal war sie wirklich noch ein Kind. Aber ich dachte, es täte ihr gut, wirklich mal mit allem auf Abstand zu gehen.«

»Haben Sie sie in Montauroux abgeholt?«

»Ich? Nein. Ich hatte sie nur am Telefon. Ich wusste, dass sie die Klinik verlassen wollte. Aber bitte, sie ist erwachsen. Es ist ihr Leben.«

»Aber sie war doch sehr labil. Ein paar Tage vorher hatte sie versucht, sich das Leben zu nehmen. Sie waren ihre Kontaktperson.«

»Hören Sie, Commissaire, ich bin kein Sozialhelfer. Ich habe sie in die Klinik gebracht. Wenn sie dort nicht bleiben will, dann eben nicht. Und wenn sie reisen will, umso besser.«

»Warum hinterlässt sie dann keinen Brief, in dem sie ihren Aufbruch erklärt, sondern lässt nur einen Brief sichtbar liegen, der Selbstmord signalisiert?«

»Das kann ich Ihnen auch nicht erklären, Commissaire.« Der Anwalt zuckte lächelnd die Schultern. »Verstehe einer die Frauen.«

—

Isabelle de Breuil war ebenso sprachlos, als Duval sie über den kurzen Aufenthalt ihrer Tochter im Sanatorium unterrichtete, und sie fiel aus allen Wolken, als er sie mit deren eventuellem Neuanfang in Südamerika konfrontierte.

»Sie hat also wirklich versucht, sich das Leben zu nehmen? Wie verzweifelt muss sie gewesen sein, mein kleines Mädchen ... ach, ach, mein Kind!« Mit pathetischer Geste hob sie die Hände zum Himmel. »Ich mache mir solche Vorwürfe, dass ich sie mit diesem Anwalt in Kontakt gebracht habe. Durch ihn ist sie so unglücklich geworden! Eine Freundin von mir hatte mir Arnaud als Anwalt empfohlen. Er ist ihr Neffe oder ein Großcousin, so genau weiß ich es nicht mehr. Sie sagte, wenn du einen Anwalt brauchst, nimm Roland, er ist geschickt, aber noch hangelt er sich so durch, er kann ein bisschen Unterstützung gebrauchen. Er war auch geschickt, vor allem hat er mir geschickt ziemlich viel Geld aus der Tasche gezogen, als ob ich das nicht gemerkt hätte. Ich bin ja nicht auf den Kopf gefallen, und sein charmantes Geschwätz hatte ich bald durchschaut. Aber gut. Ich wollte die Sache anständig zu Ende führen und habe nichts gesagt. Danach aber wollte ich ihn nicht mehr sehen. Also hat er sich an meine Tochter rangemacht. Aber ich konnte ihr sagen, was ich wollte, sie wollte nichts davon wissen.« Isabelle de Breuil schüttelte den Kopf. »Das ist also diese ›Dummheit‹, die sie begangen hat? Wissen Sie, ich dachte zwischenzeitlich, diese merkwürdige E-Mail sei gar nicht von ihr geschrieben worden und irgendjemand habe einfach nur ihren PC benutzt. Aber warum soll sie denn nach Südamerika geflogen sein? Das glaube ich nun wirklich nicht. Was soll sie denn da? Ein Urlaub schön und gut, aber deswegen wird sie doch nicht dauerhaft dort leben wollen. Ja, vermutlich kennt sie dort Leute, so wie man eben Leute im Urlaub kennenlernt, aber das sind Urlaubsbekanntschaften, das hält drei Wochen, und danach ist nur noch heiße Luft.« Sie verstieg sich jedoch sogleich in noch viel abwegigere Spekulationen. Dass man ihre Tochter im Sanatorium mit Drogen vollgepumpt und nach Südamerika als Prostituierte verkauft habe, war nur eine Idee, die Duval, obwohl er schon allerhand gesehen hatte, als nicht realistisch einschätzte. Er hatte Mühe, Isabelle de Breuil zu beruhigen. Aber sie entwickelte ein Schreckensszenario nach dem anderen und steigerte sich in eine kaum zu bremsende Hysterie. Seitdem ihr Weltbild ins Wanken geraten war, schien alles möglich.

5

Donnerstag, 21. September

»Flughafen also. Ich glaube es ja nicht, aber überprüfen müssen wir es. Fahren Sie da mal hin, und nehmen Sie ein Foto von Angélique de Breuil mit. Man weiß ja nie.« Duval sah Villiers und Leroc an. »Und prüfen Sie mal alle Passagierlisten, der infrage kommenden Fluglinien. So viele können es ja nicht sein, der Flughafen Nizza ist ja nicht so groß.« Wenn sie sich nicht entschieden hat, ab Marseille zu fliegen, dachte er, und wenn sie überhaupt geflogen ist …

Duval machte sich endlich auf den Weg nach Monaco, um Einblick in das mysteriöse Konto von Angélique de Breuil zu nehmen, auf das die 600 000 Euro transferiert worden waren. Vielleicht gab es dort eine Kontobewegung, die etwas über ihren Verbleib aussagen konnte. Er nahm einen der offiziellen Wagen. Sein kleiner verbeulter Fiat würde in Monaco vermutlich sofort angehalten, so wenig vertrauenerweckend sah er aus. In Monaco hatte man ein Auge auf alles. Außerdem hatte er so keine Parkplatzsorgen. Auf dem Weg in die Tiefgarage des Polizeipräsidiums klingelte sein Mobiltelefon. Es war Richter Dussolier.

»Was machen Sie, Duval?«

»Bin auf dem Weg nach Monaco. Ich werde mir die Konten von Angélique de Breuil anschauen.«

»Gut, kommen Sie bitte heute noch nach Grasse. Wir müssen etwas besprechen.«

Duval konnte nicht mal mit »Ja« antworten. Der Richter hatte das Gespräch schon beendet.

Duval musste, so war es üblich, zunächst Kontakt mit der Polizeibehörde in Monaco aufnehmen, sein Anliegen und seine Papiere wurden lange und gründlich geprüft und schließlich eskortierten ihn zwei monegassische Polizeibeamte zur Bank. Sicherheit hatte in Monaco oberste Priorität. Schon beim Überqueren der Staatsgrenze wachte ein streng schauender Polizeibeamter über die ankommenden Pkws. Nichts entging ihm und alles, was verdächtig erschien, wurde sofort weitergegeben. Mehr als in Monaco, darüber waren sich sämtliche Sicherheitsspezialisten einig, war kaum machbar. Das gesamte Staatsgebiet wurde rund um die Uhr von Hunderten von Videokameras überwacht. Fast jedes Gebäude verfügte zusätzlich über eine Videoüberwachung im Eingangsbereich. Ganz zu schweigen von den Hotels und dem Casino, die zusätzlich auf ein eigenes Sicherheitssystem vertrauten. Der kleine Stadtstaat konnte im Notfall innerhalb kürzester Zeit komplett abgeriegelt werden. Die Polizei in Monaco galt als die modernste und effizienteste Europas. Die über fünfhundert Polizeibeamten hatten klare Anweisungen: Alles, was nicht dem harmonischen Miteinander der Bevölkerung diente, war schlicht verboten. In Monaco gab es keine Bettler, keine Obdachlosen, jede Art von Ruhestörung war untersagt, betrunkene oder unziemlich bekleidete Touristen wurden mit Bußgeldern bestraft. Nirgends im Süden wurden die Regeln des Straßenverkehrs so peinlich genau eingehalten. Die monegassischen Richter waren mit Delinquenten gleich welcher Art gnadenlos: Sie verordneten die Höchststrafe. Basta. Was alles dazu führte, dass es so gut wie keine Delikte gab und man in Monaco seinen Reichtum ganz ungeniert zeigen konnte. Der Traum eines jeden Innenministers, dachte Duval. Monaco war sauber, geordnet und sicher. Er konnte es fühlen. Die Menschen verhielten sich tatsächlich anders als in Cannes. Es war beeindruckend. Aber war das ein echtes Leben und nicht nur eine Operettenkulisse? Die Monegassen, auch die weniger reichen, schienen damit nicht unzufrieden, nein, sogar stolz auf ihr kleines sicheres Fürstentum zu sein.

Die *Crédit Foncier de Monaco* hatte ihren Hauptsitz in einem bemerkenswert hässlichen Gebäude der Sechzigerjahre, aber mit nobler Adresse, direkt gegenüber dem Hafen. Hier lagen ganzjährig Jachten jeder Größenordnung. Die mehrstöckigen weißen Boote wirkten von Weitem wie Kreuzfahrtschiffe. Schon eines davon würde den Hafen von Cannes sprengen.

Duval durfte nun Einblick in die Konten von Angélique de Breuil nehmen und erfuhr, dass sie mit Roland Arnaud ein gemeinsames Konto bei der CFM eröffnet hatte, über das beide unabhängig voneinander verfügen konnten.

»Das ist nicht üblich, aber durchaus möglich«, erläuterte ihm freundlich die Bankangestellte, eine junge Frau, die in ihrem klassischen hellgrauen Kostüm und dezentem Schmuck sehr distinguiert aussah. »Ich sehe hier, dass am 9.8. die Summe von 600 000 Euro eingezahlt wurde. Und nein, es gab im weiteren Verlauf keinerlei Kontobewegung. Bis zum 11.9. Da ist die Gesamtsumme dann auf ein anderes Konto transferiert worden.«

»Wie bitte? Auf welches Konto?« Duval war perplex.

»Die Summe ging auf ein privates Konto von ... warten Sie, von Maître Roland Arnaud.« Sie machte eine kurze Pause.

»Ebenfalls ein Konto in unserem Haus, über das er, soweit ich das sehen kann, alleine verfügt.«

»Was meinen Sie, Mademoiselle, dieses Konto könnten wir nicht vielleicht auch ansehen, wenn wir schon mal dabei sind ... und wir regeln das Offizielle im Nachhinein?« Duval lächelte so charmant, wie er vermochte, aber er wusste augenblicklich, dass er hier damit nicht weiterkam. Das Lächeln der jungen Dame wurde nun professionell kühl. »Bedaure«, sagte sie. Sie hatte strikte Anweisungen und keinerlei Handlungsspielraum, und Männer, die sie anlächelten, um was auch immer zu erreichen, kannte sie vermutlich zur Genüge. Die Kunden, mit denen sie täglich zu tun hatte, waren von einer ganz anderen Größenordnung. Ein kleiner französischer *Flic* beeindruckte sie schon gleich gar nicht. Und er hatte nun mal keine offiziellen Papiere, um ein Konto von Maître Arnaud einzusehen. Nun gut. Duval seufzte. Er war in Monaco, einem souveränen Staat. Er hatte hier keinerlei Befugnisse.

Wenigstens könnte er hier noch essen gehen. Essen müssen wir doch sowieso, wie Villiers immer treuherzig insistierte. Er hatte versäumt, die monegassischen Kollegen nach einem Restaurant zu fragen, aber er würde auch so etwas finden. Vor der Bank zögerte er kurz und sah sich um: Vor ihm lag der Hafen. Zur Rechten, hoch auf seinem Felsen thronte der Fürstenhof, kleine bunte Häuschen zogen sich von dort bis zur Felsspitze. Es sah aus, als könnte man sie mit der Hand berühren. Gegenüber, ebenfalls auf einem Hügel, erblickte man hinter neben- und übereinandergestapelten weißen Häuserfassaden, ganz klein die Fassade des Spielcasinos. Alles lag hier eng beisammen, aber die Wege waren mühsam. Auf dem schmalen Stück Land des Fürstentums war jeder Quadratmeter bebaut, und die Hochhäuser zogen sich die

Hänge hinauf. Dazwischen schlängelten sich die Straßen. Monaco war keine Stadt, in der man schön flanieren konnte, schon gar nicht am Meer entlang, wie es in Nizza und auch in Cannes möglich war. Rund um den Hafen schmiegten sich alte dreistöckige Villen an fünfzehnstöckige Hochhäuser, die, von den Abgasen grau geworden, nicht allzu einladend aussahen. Während Duval noch stand und überlegte, waren auf dem breiten Boulevard bereits zwei Rolls-Royce, ein Bentley und ein Lamborghini an ihm vorbeigefahren, ohne dass irgendjemand davon besonders beeindruckt zu sein schien. Er entschied sich, einfach ein paar Schritte im Viertel, das sich hinter der Bank anschloss, spazieren zu gehen. In der kleinen Straße, die nach Prinzessin Caroline benannt war, standen noch immer Tische und Stühle vor Eisdielen, Cafés und Restaurants, die keinen allzu luxuriösen Eindruck machten. In den Boutiquen wurde bereits die Wintermode angepriesen: Wollkostüme, Stiefel und Pelzkragen sahen seltsam unwirklich aus bei den noch spätsommerlich warmen Temperaturen. Duval wechselte in eine andere Straße, die ebenfalls nach einer Prinzessin benannt war. Aus fast jedem Schaufenster, in das Duval sah, lächelte ihm das Fürstenpaar auf einer verblichenen Farbaufnahme entgegen. Man war loyal und stolz auf seine Herrscher hier im Fürstentum, kein Zweifel. Duval wählte aufs Geratewohl ein Restaurant, dessen Karte und Preisniveau ihm entgegenkam, und das schattig im Erdgeschoss einer alten Villa lag.

Er war einer der ersten Gäste, viele Tische trugen jedoch das »Reserviert«-Schildchen, aber er konnte dennoch einen kleinen Tisch auf der kleinen Loggia bekommen. Als Apéro bestellte er ausnahmsweise ein Perrier. Er hatte vor allem Durst.

Er freute sich auf das Tagesmenü, das als Entrée einen

herbstlichen Salat mit geräucherter Entenbrust und Nüssen vorsah. Für den Hauptgang hatte er die Wahl zwischen Fisch und Fleisch und entschied sich für eine *Bavette aux Échalotes*, ein Flanksteak mit einer Sauce aus Schalotten. Schon beim Gedanken daran lief ihm das Wasser im Munde zusammen. Er hatte das Fleisch *à point* bestellt, nicht blutig, nicht durchgebraten, leicht rosa, so musste es sein. Dazu wählte er ein Viertel Rosé.

Beglückt schnitt er das zarte, langfaserige Fleisch und genoss jeden Bissen. Es war perfekt. Den Rest der Soße tunkte er mit dem Weißbrot auf.

In der Zwischenzeit hatte sich das Restaurant gefüllt. Aus den umliegenden Banken und Büros strömten die Menschen zum Essen. An einem Nebentisch hatten sich zwei Damen und zwei Herren niedergelassen. Duval erkannte in einer der Damen die Bankangestellte der *Crédit Foncier* wieder und grüßte kurz mit einem Kopfnicken. Als sie ihn erkannte, zog sie kurz die Augenbrauen hoch, lächelte ihm dann aber huldvoll zu. Er hatte, so schien es, immerhin das richtige Restaurant gewählt.

Er verzichtete auf ein Dessert, trank noch einen *café*, zahlte und begab sich dann zurück zu seinem Wagen, der noch immer vor dem Polizeipräsidium stand.

Ein beeindruckendes Tunnelsystem führte ihn hinaus aus Monaco und auf die Autobahn. Er folgte den blauen Autobahnwegweisern, als sein Blick ein kleines weißes Straßenschild streifte: »Èze-Village 7 km«. Und kurz vor der Auffahrt zur A8 bog er blitzschnell dorthin ab. Sieben Kilometer Umweg konnte er verantworten. Èze. Er hatte das hoch gelegene Dorf, das sich an einen Bergkegel schmiegte, immer schon wiedersehen wollen, er konnte sich nicht erinnern, wann er dort das letzte Mal gewesen war. Die kleine kurvige

Bergstraße verwandelte sich oben zur Küstenstraße, und Duval beglückwünschte sich augenblicklich zu seiner Entscheidung. Die Aussicht von hier oben auf das Meer und auf die nahe Halbinsel St.-Jean-Cap-Ferrat war umwerfend. Nur Blau und Weite und, wie hingetupft, hier und da kleine weiße Segel. Eine unglaubliche Sehnsucht überkam ihn. Es war nicht nur die Sehnsucht, sich sofort dorthinein zu stürzen, sondern eine umfassende Sehnsucht zu verschmelzen, sich aufzulösen ... Er hatte schon zu lange keinen Sex mehr gehabt, sagte ihm sein Verstand.

In Èze angekommen, überkam ihn hingegen sofort eine Mischung aus Verdruss und Wut. Er fand keinen Parkplatz, es wimmelte von Autos und Menschen, bunte Fähnchen und Wimpel bewegten sich im Wind, große Tafeln warben für Pizza und Eis, und aus zwei Reisebussen ergossen sich beinahe gleichzeitig etwa hundert Personen, die Hälfte von ihnen mit weiß-roten Kappen behütet, und sie erklommen, emsig wie bunte Ameisen, den ansteigenden Weg ins Dorf. Noch war beste Saison, zumindest für alle, die keine schulpflichtigen Kinder hatten. Duval schüttelte den Kopf. Menschenansammlungen dieser Art waren ihm zuwider, er gab Gas und fuhr resigniert weiter Richtung Nizza. *Tant pis pour Èze.* Dann eben nicht. Hin und wieder erhaschte er einen Blick auf das Meer, von hier oben sah die Bucht von Villefranche paradiesisch aus. Er konnte sich nicht sattsehen an diesem Blau und gönnte es sich, in Nizza einmal die Promenade des *Anglais* entlangzufahren. Wenn seine Ursprungsfamilie nicht Wurzeln in Cannes geschlagen hätte, hätte er vielleicht Nizza gewählt. Allein die Weite der Bucht und des Kiesstrandes ließen ihn freier atmen. In Cannes drängte sich alles dicht auf dicht. Cannes war eigentlich ein Dorf ... Wie auf Kommando klingelte sein Mobiltelefon. Willkommen zurück in der Realität. Er sah auf das Display, es war LeBlanc.

»LeBlanc, was gibt's?«

»Ich habe den Wagen gefunden!«

Duval musste den Bruchteil einer Sekunde überlegen, von welchem Wagen LeBlanc sprach, so sehr hatte ihn das Blau gedanklich davongetragen. »Wo?«, fragte er nur knapp.

»Am Flughafen Nizza. Auf einem der Langzeitparkplätze.«

»Ach was?! Tatsächlich ...«

»Ich habe Villiers und Leroc verständigt und die Spurenermittler schon hinbeordert.«

»Sehr gut.«

»Noch was, Commissaire. Sie werden es nicht glauben, aber Philippe Favier hat sein Geständnis widerrufen.«

»Sieh an.« Duval gab sich erstaunt. »Doch, doch, das glaube ich. Na, dann ... Gibt es noch etwas?«

»Nein.«

»Dann danke und bis später ... oder ... warten Sie! LeBlanc!?«

»*Oui?*«

»Ich werde diesem Anwalt noch mal auf den Zahn fühlen. Kommen Sie doch dorthin. Ich bin, wenn es keinen Stau gibt«, er überlegte kurz, »sagen wir spätestens in einer dreiviertel Stunde da. Wir treffen uns vor seinem Büro, Boulevard Carnot, ja?«

»In Ordnung, Commissaire.«

Der verglaste Eingangsbereich des Appartementhauses »La Clairefontaine« lag zurückgesetzt und ein paar Stufen unter dem Straßenniveau. Im Vorhof plätscherte unregelmäßig ein kleiner Springbrunnen in einem schmucklosen rechteckigen Wasserbassin. Das Anwaltsbüro lag in der Eingangsebene gleich neben dem Aufzug und war nichts anderes als die ehemalige Concierge-Wohnung. Es gab auf dieser Ebene noch die Praxis eines Krankengymnasten und die eines Allgemeinmediziners. Tiefparterre nannte man es, wenn man zwar Fenster hatte, aus denen man aber nur die vorbeieilenden Beine der Passanten sah. Das Büro war winzig, die Tapeten vergilbt, und es roch nach kaltem Rauch. Maître Arnaud drückte eine Zigarette in einem schon recht vollen Aschenbecher aus, als sie eintraten. Er öffnete ein Fenster und wedelte mit der Hand, aber der Lärm des Straßenverkehrs war so stark, dass er es gleich wieder schloss.

»Das alles hier«, erklärte der Anwalt dann auch sofort und machte eine umfassende Geste mit der Hand, »ist nur vorübergehend. Ich warte darauf, dass eine Wohnung im Haus frei wird, in der Zwischenzeit hause ich hier. Nicht sehr schön, aber immerhin habe ich schon die richtige Adresse. Nun, was kann ich heute für Sie tun?«

»Maître Arnaud, kommen wir gleich zum Punkt. Ich komme aus Monaco, wir haben bei unseren Nachforschungen festgestellt, dass Sie mit Angélique de Breuil ein gemeinsames Konto bei der *Crédit Foncier* in Monaco führen?«

»Das ist richtig.«

»Angélique de Breuil hat am 9. August 600 000 Euro auf dieses gemeinsame Konto eingezahlt, das sie unabhängig voneinander nutzen können.«

»Möglich, ja.«

»Sicher, Maître. Sie wollen mir doch nicht weismachen, dass Sie sich nicht mehr daran erinnern können, vor gerade mal zwei Monaten mit Angélique de Breuil ein Konto in Monaco eröffnet zu haben.«

»Ich erinnere mich an die Tatsache, aber nicht an den Tag.«

»Sie erinnern sich aber sicherlich an die Tatsache, dass Sie diese Summe komplett auf ein weiteres Konto transferiert haben, zu dem nur Sie Zugang haben? Und zwar vor gerade mal zehn Tagen?«

»Ja.«

»Möchten Sie uns das nicht erklären?«

Maître Arnaud war gelassen. »Das Geld hatte Angélique mir zugedacht. Es gehört mir, also habe ich es auf mein Konto überwiesen.«

»Wo ist Angélique de Breuil, Maître?«

»Ich weiß es nicht. Ich denke, sie ist nach Südamerika geflogen. Das sagte ich doch schon. Sie hat sich nicht mehr bei mir gemeldet.«

»Und während sie möglicherweise in Südamerika ist, räumen Sie schnell das Konto leer?«

»Es war mein Geld, ob ich es jetzt oder später auf mein Konto überweise, was tut das zur Sache? Es war für mich gedacht. Sie wollte mich unterstützen.«

»Sie haben 600 000 Euro von ihr angenommen?«

»Ja, warum nicht? Ich habe sie nicht gezwungen, das zu tun. Sie hat es mir freiwillig überlassen. Sie hat vermutlich genug. Sie wird einmal sehr viel erben.«

»Sie war sehr verliebt in Sie.«

»Na und?«

»Wir haben in der Post Korrespondenz mit einem Immobilienmakler gefunden. Sie beabsichtigte, ein Haus im Hinterland zu kaufen. Wollten Sie dort zusammenleben?«

»Angélique vielleicht. Ich weiß davon nichts.«

»Wissen Sie, was ich glaube, Maître? Sie haben Angélique de Breuil verführt. Sie war verliebt, wollte mit Ihnen leben, sie plante eine gemeinsame Zukunft, deswegen unterstützte sie Sie so großzügig. Und Sie ließen sie so lange in dem Glauben, dass es auch Ihr Wunsch sei, bis sie Ihnen das Geld überlassen hat, und dann haben Sie sie abserviert.«

»Verführt«, Maître Arnaud lachte spöttisch. »Commissaire, Angélique ist doch kein kleines Mädchen. Sie wusste, auf was sie sich einließ.«

»Das glaube ich eben nicht.«

»Na, aber ich habe sie nicht gezwungen, sich in mich zu verlieben. Und wenn sie mich unterstützen will, bitte, aber deshalb lasse ich mich noch lange nicht kaufen. Ich weiß natürlich nicht, was sie sich in ihrem Kopf ausgemalt hat. Sie hatte allerhand kindische Ideen. Sie hat sich einen teuren Geländewagen gekauft, weil sie mit mir nach Marokko ›abhauen‹ wollte. ›Abhauen‹! Was für eine Idee! Wir sind doch nicht mehr siebzehn. Ich habe einen Sohn, ich habe Verantwortung, meine Kanzlei. Aber das hat sie sich allen Ernstes so vorgestellt. Ich sagte ihr, mach' das alleine oder mit einer Freundin. Aber das wollte sie natürlich nicht. Und dann hat sie sich entschieden, nach Südamerika zu fliegen, weil sie dort schon Leute kennt. So war es.«

»Und, was halten Sie von ihm?« Duval wandte sich an LeBlanc.

»Was er sagt, klingt logisch und kohärent finde ich. Selbst, dass er nur so ein mickriges Büro hat, konnte er erklären. Kann sein, dass er die Masche eines Heiratsschwindlers angewendet hat, das ist dann Pech für das Mädchen, aber wir haben nichts gegen ihn in der Hand. Das mit dem Geld ist doch, so wie es aussieht, legal gelaufen?! Und wir haben das

Auto doch am Flughafen gefunden. Vielleicht ist alles so, wie er sagt.«

»Ja, alles ganz legal. Solange wir sie nicht gefunden haben, und vielleicht eine andere Erklärung bekommen …« Er sah auf die Uhr. »Ich fahre noch mal nach Grasse. Ich hoffe, ich komme gut durch.« Duval betrachtete kritisch das Verkehrsaufkommen an der Pont Carnot. »Gut, LeBlanc, wir sehen uns morgen, vielleicht wissen wir ja dann schon mehr.«

»Bis morgen, Commissaire!«

Freitag, 22. September

Der Strand begann sich zu verändern. In den vergangenen Tagen hatte man die mobilen weißen Toilettenkabinen abgeholt, die man den Sommer über am Strand aufgestellt hatte, natürlich nur dort, wo keine Infrastruktur wie Strandrestaurants mit Liegestuhlverleih vorhanden war. Sie waren schockierend hässlich, aber während der Sommersaison unerlässlich. Die Pavillons des Wasserrettungsdienstes waren schon gleich nach Ende der Ferien verschwunden. Kein Bademeister wachte mehr über das Treiben am Strand und im Wasser. Das Personal in den Strandrestaurants ließ es gleichfalls gemütlicher angehen. Man öffnete später und man stellte ein paar Liegestuhlreihen weniger auf. Mehrere Männer bauten die beiden auf hohen Stelzen im Wasser stehenden Terrassenstege ab, deren Konstruktion Duval ohnehin wenig vertrauenerweckend erschien. Aber sie waren während des Sommers gut besucht, obwohl die Liegen dort noch teurer waren, und es hatte wohl noch nie Zwischenfälle gegeben, abgesehen von dem verstauchten Knöchel eines Kellners, der beladen mit einem Tablett voll sommerlicher Cocktails, den Fuß nicht richtig auf den Ansatz der schrägen

Rampe gesetzt und so das Gleichgewicht verloren hatte. Die Cocktails hatte er dabei weitgehend gerettet, was ihn für das spontan applaudierende Strandpublikum zu einem Sommerhelden gemacht hatte. Ein kleiner Zwischenfall, über den der *Nice Matin* in Zeiten des Sommerlochs gern berichtet hatte.

Duval schwamm hinaus. Die letzten kühleren Nächte hatten das Wasser frisch werden lassen. Die Boje, die während des Sommers sein tägliches Ziel gewesen war, war auch schon eingeholt worden. Nur die kleinen Flöße, die etwa hundert Meter vom Strand entfernt verankert waren, schaukelten leicht in den Wellen. So früh morgens gehörten sie aber ausschließlich den Möwen. Zwei von ihnen beäugten ihn aufmerksam, als er vorüberschwamm.

Duval ging die bevorstehende Hausdurchsuchung gegen Cosenza, über die der Richter ihn in Kenntnis gesetzt hatte, nicht aus dem Kopf. Richter Dussolier hatte sich entschieden, dafür die Gendarmerie aus dem Hinterland hinzuzuziehen, die über jeden Verdacht erhaben war, mit Louis Cosenza und dessen Geschäften in irgendeiner Weise verstrickt zu sein. Noch war der Moment der Aktion ungewiss. Duval fühlte eine leichte Unruhe in sich aufsteigen und begann zügig zu kraulen. Das Laufen und Schwimmen diente ihm vor allem dazu, abzuschalten und im Kopf eine gewisse Leere herzustellen.

Als er den Kopf aus dem Wasser hob, um einzuatmen, sah er direkt vor sich einen Schwarm großer silberner Fische aus dem Wasser springen. Vor Überraschung vergaß er zu schwimmen und zu atmen. Er ging mit offenem Mund unter und schluckte Wasser. Er hustete, als er wieder auftauchte und schnäuzte sich Salzwasser aus der Nase. Dann sah er sie erneut. Wie eine Fata Morgana schnellten Hunderte silberne rundliche Leiber aus dem Wasser und tauchten lautlos wieder ein. Immer und immer wieder. Er sah die sichelförmigen Schwanzflossen und wusste augenblicklich: Es waren Thunfische. Oft genug hatte er sie auf dem Markt gesehen. So nah kamen sie heran! Er war fasziniert und beglückt.

»Haben Sie das gesehen? Unglaublich, oder?«, wandte sich Duval an zwei ältere Männer, die angeregt miteinander sprachen, als er aus dem Wasser stieg. Er war immer noch ganz aufgeregt und wollte sein Erlebnis mit jemandem teilen. »Ja, wunderbar!« Die beiden Männer nickten. »Das sind Thunfische«, bestätigte einer von ihnen. »Bonitos, genauer gesagt. Noch ziemlich klein. Aber ein schöner Schwarm. Die waren auf der Flucht. Dann springen sie aus dem Wasser, um sich zu retten. Da war irgendein großer Fisch hinter ihnen her. Habe ich schon lange nicht mehr aus dieser Nähe gesehen. Wirklich beeindruckend.«

Als Duval nach Hause zurückkam, fand er hinter dem Gartentor jede Menge Umschläge auf dem Boden liegen. Endlich! Der Briefträger hatte der Schnelligkeit halber die Post einfach durch das Gitter geworfen. Duval sah die Umschläge durch: Werbung und Rechnungen für Telefon, Gas und Strom, eine Einladung zu einer Vernissage im Musée de la Castre und eine zu einem Jazzkonzert in einer der Villen der Stadt. Die Vernissage war für Freitagabend vorgesehen. Das Konzert hingegen hatte vergangenen Mittwoch schon stattgefunden. Wenn alle offiziellen Einladungen dafür in der Post hängen geblieben waren, so war es vermutlich nicht allzu gut besucht gewesen. Während er auf die Eingangstür zulief, öffnete er einen großen braunen Umschlag, der mit krakeligen

Buchstaben an ihn adressiert war. Darin fand sich das Bild, das Lilly für ihn gemalt hatte. Von ihm und für ihn genau genommen. Er sah im Zentrum einen großen Mann mit roten lockigen Haaren und einer Pistole in der Hand. Um ihn herum waren viele kleine schwarze Gestalten gruppiert, manche trugen eine Maske, ein anderer trug eine Art Kohlesack auf dem Rücken. Der Sack hatte ein Loch und daraus fiel Geld oder Schmuck, auf jeden Fall hatte sie mit einem Goldstift runde Kleckse gemalt und glitzernden Flitter darübergeklebt. »Mein Vater fängt Verbrächer« stand auf der Rückseite. Lilly, 7 Jahre. Duval lächelte. Er war sehr gerührt. Er würde sie sofort anrufen. Außerdem könnte er den Kindern von den Thunfischen erzählen, die vor seinen Augen aus dem Meer gesprungen waren. Aber noch während er die Tür aufschloss, hörte er sein Telefon klingeln.

»*Oui?*«

»Bonjour, Commissaire, die Post streikt nicht mehr!« Villiers rief es durch das Telefon.

»Danke, Villiers, hab's auch gerade gemerkt, ich habe Briefe in meinem Vorgarten gefunden. Deswegen rufen Sie mich an?«

»Naja, irgendwie schon. Sie werden es nicht glauben, aber Madame de Breuil hat Post von ihrer Tochter bekommen.«

»Wirklich?! Wo ist sie?«

»Na hier, im Polizeipräsidium.«

»Was? Im Polizeipräsidium?«

»Ja. Sie macht gerade einen Riesenaufstand.«

»Angélique de Breuil?«

»Ach so, nein, wo Angélique sich aufhält, das ist weiterhin ungewiss. Ich rede von Isabelle de Breuil. Die ist hier und macht, wie gesagt, einen Wahnsinnsaufstand. Angélique hatte ihrer Mutter eine Vollmacht für die Gesellschafterversammlung des Hotels geschickt. Allerdings schon vor mehreren Tagen, der Brief ist durch den Poststreik erst jetzt angekommen. Ich sag's Ihnen, Madame de Breuil ist außer sich.«

»Kann ich verstehen. Ich bin gleich da.«

Er warf die Umschläge auf das Tischchen im Eingangsbereich, schaltete die Kaffeemaschine an und ging unter die Dusche.

»DAS IST EIN SKANDAL!« Isabelle de Breuil betonte jedes Wort. »Wenn ich diese Vollmacht früher bekommen hätte, dann wäre diese ganze Katastrophe nicht passiert! Haben Sie gesehen, was die mit meinem Hotel gemacht haben? Geschlossen haben Sie es! Die Angestellten rausgeworfen. Weil angeblich kein Geld mehr da ist, wegen unzulänglicher Geschäftsführung. Unfassbar. Die lügen so frech, die Bouvards, das ist, das ist ... unfassbar. Alles ist von A bis Z erlogen. Ich werde dagegen vorgehen. Als Allererstes werde ich diesen Anwalt verklagen! Diese Vollmacht, mit der er an der Versammlung teilgenommen hat, die war doch gefälscht. Das war alles ein abgekartetes Spiel. Und ich werde die Post verklagen, die Gewerkschaft meinetwegen. Die sind mit ihrem dämlichen Streik schuld an dieser Katastrophe!«

»Wissen Sie denn, wo Ihre Tochter jetzt ist, Madame de Breuil?«

Madame de Breuil sackte zusammen. »Nein, ich weiß es nicht. Sie schreibt von einer Reise, die sie mit Arnaud unternehmen wollte, um gemeinsam mit ihm über ihre Beziehung nachzudenken.«

»Wohin wollten sie reisen? Südamerika?«

»Ich weiß es nicht. Sie erwähnt es nicht. ›Wir fahren ein paar Tage weg, um uns wieder näher zu kommen‹ oder so etwas Ähnliches, schreibt sie. Ich war zu aufgeregt wegen des Hotels, ich habe es nicht richtig gelesen. Hier, lesen Sie selbst.« Sie hielt Duval den Brief hin.

Duval besah sich zuerst den Umschlag.

»Sie hat den Brief am 8. September geschrieben. Können wir mal ermitteln, welches Postamt sich hinter dieser Nummer verbirgt?!« Er hielt den Umschlag hoch.

LeBlanc nickte und nahm den Umschlag an sich. Duval faltete den Brief auseinander und las:

Chère Maman,
ich habe viel nachgedacht in den letzten Tagen. Du findest anbei meine Vollmacht für die Gesellschafterversammlung. Ich werde damit wortbrüchig gegenüber Nicole Bouvard; ich hatte eingewilligt, gegen Dich zu stimmen, aber sie hatte mich angelogen, insofern sehe ich keine Verpflichtung, meine Zusage einzuhalten. Ich habe neulich einen Journalisten getroffen, der über Immobilienspekulationen recherchiert und der mir Dinge erzählt hat, die ich zunächst für wirre Verschwörungstheorien hielt, aber ich glaube, dass er klarer sieht als ich. Er hat mir erklärt, dass alles, was mit dem Hotel passiert, von langer Hand geplant ist. Nicole will das Hotel und sie will auch das Grundstück. Und sie wird das Hotel bewusst ruinieren, im Zweifelsfall wird es eines Nachts abbrennen, damit sie es möglichst billig kaufen kann, und dann: wird sie es zu Luxusappartements umbauen lassen! Bringt viel mehr ein als ein Hotel, das ist sicher. Ich wollte das nicht glauben, ich habe sie zur Rede gestellt, aber sie lügt mich weiterhin kalt lächelnd an. Ich weiß, dass sie lügt. Der Journalist hat mir

ein Schriftstück gezeigt, wo sie bereits eine Baugenehmigung verhandelt und dem Bürgermeister im Gegenzug eine der zukünftigen Wohnungen als Geschenk anbietet.
Maman, das Hotel ist Dein Leben, nicht meins. Ich habe bislang nie gewagt, es Dir so deutlich zu sagen, aber ich bin jetzt 36 Jahre alt, mein Leben wird sich ändern, und ich will so nicht mehr weitermachen. Ich will dieses Hotel nicht haben, und ich will es schon gar nicht führen. Ich würde es, sobald ich könnte, verkaufen (Du kannst es Dir sicher denken: André ist damit einverstanden). Es könnte mir daher egal sein, was damit passiert. Aber ich hasse es, wenn man glaubt, ich sei nichts weiter als eine geldgeile Idiotin und man könne sich meiner bedienen und mich offen anlügen. Das kann man nicht. Pech für Nicole. Ich selbst werde nicht da sein können, auch wenn es mir Freude machen würde, ihr Gesicht zu sehen, aber mein privates Glück ist mir jetzt wichtiger. Roland hat mir versprochen, dass wir zusammen für ein paar Tage wegfahren, um in aller Ruhe darüber nachzudenken, wie unsere Beziehung in Zukunft aussehen kann. Es wird sich alles fügen, davon ist überzeugt, Deine Tochter
Angélique
PS: Der Journalist wird sich auch mit Dir in Verbindung setzen.

»Na, da haben wir doch eine schöne Aussage, Madame de Breuil. Das ist doch sehr klar, auch wenn es nicht leicht sein wird, das zu beweisen. Hatte sich der Journalist denn bei Ihnen gemeldet?«

»Nein, aber das kann er ja noch tun.«

Duval schüttelte den Kopf. »Ich befürchte, das kann er nicht mehr. Aber Sie können immerhin versuchen, die Wahl bei der Gesellschafterversammlung anzufechten. Es wird nicht leicht werden, haben Sie einen guten Anwalt?«

»Noch nicht, aber ich werde mir einen besorgen, das ist sicher! Ich werde vor Gericht gehen! Das wollen wir doch mal sehen, wer da recht bekommt. Ich glaube noch an die Justiz!«

»Ich mache mir eine Fotokopie des Briefes, wenn Sie erlauben.«

»Natürlich.«

»Allerdings ...« Duval schüttelte bedauernd den Kopf, »sieht es nicht so aus, als habe Maître Arnaud irgendeine Reise mit ihrer Tochter unternommen. Er behauptet nach wie vor, sie sei nach Südamerika aufgebrochen, und zwar alleine.«

»Er lügt! Er lügt ständig! Wie können Sie diesem Mann glauben? Ich werde Anzeige gegen ihn erstatten wegen Urkundenfälschung! Er hat mich angelogen, er hatte keine Vollmacht von Angélique. Er hat ihre Unterschrift gefälscht oder sie auf die Vollmacht kopiert oder gescannt, oder was auch immer. Das geht ja heute alles so leicht.«

»Machen Sie das. Aber Sie müssen es beweisen können.«

»Das werde ich! Verlassen Sie sich darauf!«

»Wo könnte Ihre Tochter sein? Gab es einen Ort, den sie bevorzugte? Mit oder ohne Maître Arnaud?«

»Ich habe keine Ahnung.« Sie überlegte. »Auf jeden Fall am Wasser. Am Meer oder an einem See. Sie muss ja immer schwimmen.«

Ein Handy klingelte dumpf. Madame de Breuil suchte in ihrer Handtasche und sah auf das Display. »Ah, das ist jemand, der mir einen Anwalt empfehlen will ... verzeihen Sie ... Hallo?«, rief sie in den Apparat. »*Oui*, warte, eine Minute ...« Sie sah den Commissaire an. »Ich ... äh ...«

»Gut, Madame de Breuil, wir bleiben in Kontakt.«

Madame de Breuil nickte und verließ, bereits aufgeregt telefonierend, das Büro.

»Sie hat den Brief in Montauroux aufgegeben, Commissaire.« LeBlanc kam mit dem Umschlag in der Hand zurück.

»Danke. Hm. Das heißt, sie war noch in der Klinik und wartete vielleicht darauf, dass Arnaud sie dort abholte, um mit ihr wegzufahren. Danach ist sie verschwunden.«

»Oder er hat sie mit ihrem Auto zum Flughafen gefahren.«

»Und er lässt dann das Auto dort und fährt mit dem Bus zurück, oder was? Das ergibt doch keinen Sinn.«

»Was haben Sie denn am Flughafen erfahren?« Duval sah Léa Leroc und Villiers an.

»Nicht viel. Wir haben ihr Bild herumgezeigt, aber vom Bodenpersonal konnte sich niemand an sie erinnern. Wir haben Bilder von ihr dort gelassen, vielleicht erinnert sich ein Mitarbeiter einer anderen Schicht an sie. Fest steht, es gibt keinen Direktflug nach Caracas ab Nizza, es gibt überhaupt keinen Direktflug nach Südamerika, sagen wir so. Man hat immer entweder einen oder zwei Zwischenstopps. Iberia fliegt dreimal am Tag über Madrid dorthin, um 7 Uhr, um 12 Uhr und um 18 Uhr. Air Portugal ebenso dreimal am Tag über Lissabon, ähnliche Zeiten. Und mit United geht es via Lufthansa erst mal nach Frankfurt und dann über Houston. Frankfurt via Lufthansa wird häufiger angeflogen. Also, wir haben uns jetzt erst mal auf Caracas eingeschossen und uns am Einstelldatum ihres Autos auf dem Parkplatz orientiert und an der Einstellzeit. Sie hat das Auto nachmittags geparkt, um 15.13 Uhr genau genommen. Das würde bedeuten, sie kann noch die Abendflüge um 18 Uhr respektive 18 Uhr 30 genommen haben. Wir haben uns die entsprechenden Passagierlisten angesehen, aber ihr Name taucht nirgends auf. Die

Idee, dass sie unter einer anderen Identität geflogen ist, hatten wir auch schon. Aber wir haben alle anderen weiblichen Personen, die vom Alter infrage kommen, überprüft. Fehlanzeige. Dass sie die Nacht am Flughafen verbringt, um einen Flug am nächsten Morgen zu nehmen, halten wir für unwahrscheinlich. Dann hätte sie doch eher das Auto genommen und wäre wieder nach Hause gefahren. Falls sie aber nicht nach Venezuela, sondern nach Brasilien, sagen wir nach São Paulo geflogen ist, kommen noch zig andere Fluglinien infrage.«

»Sie kann natürlich immer noch ein ganz anderes Ziel gehabt haben. Vielleicht wollte der Anwalt ihr auch hier noch einmal ›einen Vorsprung geben‹, und sie sitzt jetzt ganz cool in Florida oder auf Guadeloupe und trinkt entspannt einen Cocktail am Strand.« Schlug Villiers vor.

»Vielleicht hat sie einfach den ersten Flug, der zeitlich passte, nach irgendwohin genommen.« Das war LeBlanc.

»Sie war ja nicht auf der Flucht«, widersprach Leroc. »So etwas macht man doch normalerweise nicht, oder? Wer geht denn an den Flughafen und sucht sich den ersten Flug, ganz egal wohin? In ihrem Brief schreibt sie, dass sie auf Arnaud wartet. Der ganze Brief klingt doch abgeklärt und ruhig. Wenn ich an all das verzweifelte Geschreibsel denke, das sie vorher verfasst hat, da war sie vielleicht noch in Fluchtstimmung. Aber jetzt will sie ihr zukünftiges Leben mit ihm klären. Und ich denke, sie ist schwanger«, beendete Léa Leroc ihre Ausführungen.

»Was?«, fragte Villiers.

»Naja, dieses Hin und Her zwischen, ›ich bring' mich um, weil ich nicht weiß, wie ich das alleine hinkriegen soll‹ und dieses resolute ›ich regle jetzt mein Leben‹, ich finde, das ist typisch.«

»Aha?!« Villiers zog amüsiert die Augenbrauen hoch.

»Na, du weißt ja nix davon, wie sich eine Frau fühlt, die schwanger ist.«

»Du vielleicht? ICH bin verheiratet und habe eine Tochter!« Villiers war jetzt ehrlich empört.

»Ja, aber weißt du, wie sich Sophie gefühlt hat, als sie von dir schwanger war und du dich nicht entschließen konntest, ob du sie und das Kind überhaupt willst?«

»Was weißt du denn davon?«

»Mehr als du ahnst!«

»Ha! Hat sie sich etwa bei dir ausgeweint? Ausgerechnet bei dir? Der Hammer! Und weißt du, wie ICH mich gefühlt habe, als sie mir sagte, dass sie schwanger ist? Nach nicht mal drei Monaten? Will das vielleicht jemand wissen?«

»Nein, das will jetzt niemand wissen, Villiers, bitte klären Sie Ihre Privatangelegenheiten mit Leroc und Ihrer Frau später!« Duval war streng.

»Wie haben Sie sich denn gefühlt, als Sie erfuhren, dass Ihre Frau schwanger ist?« Villiers ließ nicht locker.

»Das tut nichts zur Sache, Villiers!«

»Also, wenn ich etwas sagen darf ...«, ließ sich LeBlanc hören.

»Genau! Erzähle du uns doch auch noch, wie sich Geneviève gefühlt hat, als sie schwanger war ...«, fuhr Villiers LeBlanc an.

»Na, das ist es ja.« LeBlanc sprach leise. »Geneviève will so gerne Kinder, und es klappt einfach nicht. Sie wird nicht schwanger oder sie verliert das Kind schon nach ein paar Wochen. Wir haben schon drei Mal ein Kind verloren. Das ist so ... unendlich traurig. Und wenn jemand Wechselstimmungen von Frauen zwischen Euphorie und absoluter Verzweiflung bis hin zu Selbstmordfantasien kennt, dann ich.«

Die Beamten schwiegen betroffen.

»Das tut mir leid.« Duval und Leroc sagten es gleichzeitig. Léa Leroc legte kurz die Hand auf LeBlancs Arm.

»Ja, mir tut's auch leid. Entschuldige, Michel.« Villiers, so aufbrausend, wie er eben noch gewesen war, so weichherzig war er jetzt.

Einen Moment lang sagte niemand etwas. Dann ergriff Duval das Wort: »Machen wir dennoch hier weiter, bitte.« Duval hatte sich den Brief noch einmal vorgenommen: »Sie sagt ihrer Mutter klar, dass sie das Hotel nicht will. Bislang hat sie das noch nicht gewagt, sei es, um ihre Mutter nicht zu schockieren, vermutlich hatte sie Angst vor deren Reaktion, sei es, um nicht vom Geld ihrer Mutter abgeschnitten zu sein, für sie also eine große Entscheidung. Sie schreibt weiter ›mein Leben wird sich ändern‹, ›alles wird sich fügen‹. Aber, sie will mit Arnaud leben, sie hofft auf eine gemeinsame Zukunft mit ihm, deswegen ist sie ruhig und beinahe heiter. Ich glaube nicht, dass sie alleine irgendwohin fliegen will und schon gar nicht mit dem erstbesten Flieger ins Ungewisse. Irgendjemand hat das Auto am Flughafen abgestellt, um uns diese Fährte schmackhaft zu machen. Was ist denn eigentlich mit dem Auto? Gibt's da irgendetwas, was uns weiterbringt?«

Léa Leroc suchte den Bericht der Spurenermittler und fasste ihn zusammen: »Das Auto ist noch ziemlich neu und deshalb sehr sauber. Abgesehen vom Warndreieck, Verbandskasten und Warnweste lagen im Kofferraum noch ein Straßenatlas von Frankreich, zwei leere Plastikeinkaufstaschen, ein großes Strandhandtuch, eine halb leere Wasserflasche Evian, eine Einrichtungszeitschrift vom Juli. Im Handschuhfach lagen ein Kugelschreiber, eine Bürste mit ein paar langen dunklen Haaren, und es flogen auch noch genug lange Haare im Auto herum, ein angebrochenes Päckchen Zigaretten, ein Feuerzeug. Wir haben auf dem Boden und auf den Vordersitzen viel

Sand und jede Menge Brotkrümel gefunden. In den Seitentaschen saubere und benutzte Taschentücher, ein paar Parktickets, eine Parkscheibe, Muscheln, ein herzförmiger Stein. Im Innenraum wie gesagt viele lange Haare, ein paar kurze dunkle Haare, diverse Fingerabdrücke und – der spektakulärste Fund: ein winziges rotes Glasperlchen, das vielleicht von einem Schmuckstück stammt. Die langen Haare wurden mit den Haaren, die wir in Angéliques Wohnung gefunden haben, abgeglichen, sie stammen eindeutig von ihr, was ja aber nur beweist, dass sie mit dem Auto gefahren ist. Es gibt Fingerabdrücke, die gleichen, die wir auch in der Wohnung gefunden haben. Es sind vermutlich ihre eigenen und die sind nicht in unserem System. Dazu kommen noch diverse andere Fingerabdrücke, ebenfalls nicht im System, vielleicht die von Arnaud – sehr wahrscheinlich sind sie zusammen Auto gefahren. Nichts Auffälliges, und nichts davon bringt uns weiter.«

»Kein Blut?«, fragte Duval.

»Nein.«

»Haben wir schon die Bilder von der Mautstation in Antibes angesehen? Wer zum Flughafen will, nimmt doch in der Regel die Autobahn. Und die Einfahrt zum Parkplatz, ist die überwacht?«

»Die ist überwacht, ja, aber die Kamera am Parkplatz funktionierte nicht. Das haben wir überprüft.« Leroc schnitt eine Grimasse.

»Na, prima. Aber klärt das mal mit der Mautstation. Haben wir denn eigentlich noch was erfahren, wie sie von Montauroux weggekommen ist? Vielleicht hat sie ein Taxi genommen?«

»Das mit der Taxizentrale hatten wir geklärt.« Villiers suchte in den Unterlagen. »*Voilà*. Es gibt im Dorf Montauroux nur ein Taxiunternehmen, Taxi Christophe, der hatte das Krankenhaus zweimal bedient an diesem Tag. Er hat von dort morgens einen Herrn abgeholt und nach St. Raphael gefahren, und nachmittags brachte er eine Dame vom Bahnhof Cannes bis nach Montauroux. Das sind ja oft Leute mit Alkoholproblemen, die haben manchmal keinen Führerschein mehr«, fügte Villiers erklärend hinzu. »Es gibt noch vier weitere Taxibetriebe in den anderen Dörfern. In Callians gibt es sogar zwei Taxis, dort befindet sich ein Rehazentrum für Herzkranke, das regelmäßig angefahren wird, des Weiteren in Fayence, aber die hatten alle keine Fahrt zum Krankenhaus in Montauroux an diesem Tag. Niemand erinnert sich an sie. Mit dem Taxi ist sie wohl nicht gefahren.«

»Spricht doch alles dafür, dass Arnaud sie dort abgeholt hat.«

»Aber der hatte doch gesagt, er habe sie nicht abgeholt.« Das war LeBlanc.

»Ja, der sagt aber eine ganze Menge, wenn der Tag lang ist, dieser Anwalt.«

LeBlanc sah verwirrt aus. »Was meinen Sie damit?«

»Dass ich ihm nicht glaube, LeBlanc, das meine ich. Nicht alles zumindest. Was hat denn Arnaud für einen Wagen?«

»Einen weißen BMW Kombi, das Kennzeichen lautet BG – 754 – RC. Im Département Alpes-Maritimes zugelassen.«

»Ich fahre da noch einmal hin und höre mich um. Das gibt es nicht, dass sie sich einfach so in Luft aufgelöst hat.«

Duval bewegte sich völlig frei auf dem Klinikgelände. Das Sanatorium bestand aus mehreren niedrigen, versetzt angeordneten Gebäuden, die in einen Park eingebettet waren. Geschwungene Wege durchschnitten große Rasenflächen und führten vorbei an üppigen Blumenrabatten, im Schatten von Olivenbäumen und Oleanderbüschen standen Holzbänke. Einzelne Personen spazierten durch den Park. Auf einer der Holzbänke nahe dem Eingangsbereich saß ein Mann und rauchte eine Zigarette. Er inhalierte tief. Duval studierte die Orientierungstafel. »Was suchen Sie denn?«, fragte ihn der Raucher.

»Eine Bekannte soll hier sein. Ich weiß nur nicht, wo ...«

»Alkohol, Tabletten, Drogen?«, fragte der Mann trocken.

»Suizidversuch«, antwortete Duval ebenso trocken.

»Im Flügel D, ganz da drüben«, der Mann zeigte es mit der Hand.

»Danke. Sie kennen sich aus?!«

»Ja, bin schon die sechste Woche hier. Nächste Woche komme ich raus.«

»Sie sind doch schon draußen«, scherzte Duval.

»Jaja, aber das Leben zu Hause ist noch mal was anderes, glauben Sie's mir. Ich bin jetzt zwar trocken, aber dafür trinke ich viel Kaffee und ich rauche umso mehr. Aber alles geht eben nicht.«

»Und das haben Sie hier gelernt, den richtigen Umgang mit dem Alkohol, meine ich?«

»Richtiger Umgang ist gut. Keinen Tropfen mehr. Das ist der einzig richtige Umgang.« Der Mann zündete sich eine weitere Zigarette an. Seine Hände zitterten leicht. Er inhalierte stark. »Welche von den Suiziden ist es denn? Die traurige Blonde oder die Brasilianerin?«

»Bitte?«

»Na zurzeit gibt es nur zwei Frauen. Sie sagten, Sie suchen eine Bekannte.«

»Sie kennen hier alle?«

»Ich bin schon sechs Wochen hier.«

»Nein, weder blond noch Brasilianerin. Eine Dunkelhaarige, Angélique de Breuil. Kennen Sie sie?«

»Angie. Die ist doch schon eine Weile weg. Die war überhaupt nur kurz hier. Ich mochte sie irgendwie. Dabei heulte sie die ganze Zeit. Und plötzlich strahlte sie, ›alles wird gut!‹, sagte sie und dann fuhr sie davon mit ihrem Lover.«

»Das wissen Sie?«

»Ja, wir Raucher hängen immer hier rum. Sind ja nicht so viele. Die meisten sind hier zur Raucherentwöhnung, das sind die leichtesten Fälle. Angélique rauchte. Sie sagte, sie würde damit aufhören, aber drei am Tag rauchte sie noch. Nach den Mahlzeiten. Mit dem Kaffee. Das gehört irgendwie zusammen.«

»Wieso war plötzlich alles ›gut‹?«

»Keine Ahnung. Hatte sich mit ihrem Typen wieder versöhnt, denke ich.«

»War er hier?«

»Nee. Mann, wieso fragen Sie das alles? Ist was nicht in Ordnung?«

Duval zeigte nun seinen Dienstausweis.

»Oh!« Der Mann war betroffen. »Ist ihr was passiert?«

»Sie ist spurlos verschwunden, seitdem sie aus der Klinik abgeholt wurde.«

»Oh Scheiße.«

»Hm. Also noch mal meine Frage: War ihr Freund hier? Haben Sie ihn gesehen?«

»Nee, war nicht hier. Also, nicht dass ich wüsste, zumindest. Leute von draußen sollen ja nicht kommen. Kontaktsperre. Ich denke, die haben telefoniert.«

»Ach so, das geht? Trotz Kontaktsperre?«

»Nicht offiziell. Aber wenn jemand telefonieren will, findet er Wege zu telefonieren, mit Handy geht ja alles.«

»Und Sie haben gesehen, wie sie weggefahren ist?«

»Ja. Nach dem Mittagessen wurde sie abgeholt. Wir haben noch eine geraucht, dann kam ihr Typ, und sie fuhren davon.«

»Haben Sie den Mann denn gesehen, der sie abgeholt hat?«

»Nee. Sie stieg ins Auto und fuhr weg. Der ist nicht ausgestiegen. War ein großer Geländewagen. Ich dachte, ist ein reicher Angeber.«

»Ein Geländewagen? Welche Farbe, wissen Sie das noch?«

»Schwarz, denke ich. So ein ziemliches Trumm. Wie gesagt, ich dachte, ein reicher Schnösel.«

»Haben Sie noch etwas bemerkt?«

»Hm. Jetzt wo Sie fragen ... Ich fand's komisch, dass er nicht ausgestiegen ist. Sie öffnete die Tür und redete mit dem Fahrer, und dann stieg sie ein. Sie hat sich noch umgedreht und mir zugewunken. Aber ich dachte, wenn ich meine Liebste vom Krankenhaus abholen würde, dann würde ich aussteigen, ihr einen Kuss geben und ihr den Koffer ins Auto heben. Bisschen Ritterlichkeit eben. Hab ich sogar gemacht, wenn ich stockbesoffen war. So ein paar Manieren hat man doch, oder?«

»Er ist nicht ausgestiegen, und Sie haben ihn nicht gesehen?«

Der Mann schüttelte den Kopf. »Nee, ich hab den nicht gesehen. Der Wagen hatte auch geschwärzte Scheiben. Oh Mann, Scheiße, ist ihr wirklich etwas passiert?«

»Wir wissen es nicht.«

»So ein Mist. War ein nettes Mädchen. Bisschen merkwürdig vielleicht. Aber wir sind ja alle merkwürdig hier.« Er grinste.

»Sie sind vermutlich der Letzte, der sie gesehen hat, Monsieur ...«

»Chabert. Patrick Chabert. Oh, Mann – wissen Sie, früher hätte mich das so fertiggemacht, dass ich sofort einen Schluck hätte trinken müssen ...«

»Und jetzt?«

»Nicht leicht. Jetzt rauche ich noch eine, und dann hole ich mir noch einen Kaffee.« Er versuchte, sich noch eine Zigarette anzuzünden. Er schnippte mehrfach mit dem Feuerzeug und wurde ungeduldig: »Drecksding!«

»Monsieur Chabert, wir müssen Ihre Aussage aufnehmen. Könnten Sie morgen nach Cannes kommen? Wenn nicht, würde ich Ihnen zwei Beamte schicken. Was meinen Sie?«

Patrick Chabert inhalierte tief: »Das müssen Sie mit der Leitung klären.«

»Mache ich.«

Maître Arnaud war nicht mehr ganz so charmant, als Duval ihm überraschend einen weiteren Besuch abstattete.

»Was wollen Sie denn noch, Commissaire, ich habe Ihnen alles gesagt.«

»Jemand hat Angélique de Breuil von der Klinik abgeholt. Mit einem schwarzen Geländewagen. Das waren nicht etwa Sie, Maître Arnaud?«

»Nein, bestimmt nicht.«

»Sie haben Angélique nicht versprochen mit ihr zu verreisen, um in Ruhe über die gemeinsame Zukunft nachzudenken, und sie dann mit ihrem eigenen Wagen aus der Klinik abgeholt?«

»So ein Quatsch. Wer hat das denn erzählt?«

»Sie wollten nicht zusammen verreisen?«

»Nein. Das sagte ich doch schon. Sie wollte nach Südamerika, das ist das Letzte, was sie mir am Telefon gesagt hat. Vielleicht hat sie jemanden gefunden, der mit ihr ›abhauen‹ wollte und der hat sie dort abgeholt.«

»Wo waren Sie denn am Freitag, den 8. September gegen Mittag?«

»Das muss ich nachschauen.«

»Dann tun Sie das bitte.«

Der Anwalt blätterte in seinem Terminkalender, schüttelte dann den Kopf.

»Wo waren Sie?«

»Das tut hier nichts zur Sache.«

»Ob das etwas zur Sache tut, entscheide ich, Maître. Wo waren Sie?«

»In Italien.«

»Natürlich. Italien. Hätte ich auch gleich drauf kommen können. Wo und mit wem, möchten Sie mir das auch noch sagen?« Dieser Anwalt ging Duval gehörig auf die Nerven.

»Ich habe mit meiner Begleitung ein langes Wochenende in Bordighera verbracht. Im Hotel Rocce del Capo. Das können Sie gerne überprüfen.«

»Das werden wir, verlassen Sie sich drauf. Und den Namen Ihrer Begleitung, würden Sie mir den auch noch verraten?«

»Nathalie Girardet.«

»Madame oder Mademoiselle Girardet kann das sicher bestätigen?«

»Mademoiselle.« Der Anwalt nahm eine Visitenkarte, schrieb auf die Rückseite eine Telefonnummer und reichte sie Duval: »Fragen Sie sie.«

»Während Ihre eine Freundin noch in einer Klinik liegt, kurz nach einem Selbstmordversuch immerhin, verbringen Sie mit einer anderen Frau ein Wochenende in Italien?«

Der Anwalt lachte spöttisch auf. »Kommen Sie mir jetzt mit katholischer Moral, Commissaire? Ich bin nun mal kein Mann für nur eine Frau. Angélique weiß das auch. Das ist eben so.«

»Wussten Sie, dass Angélique schwanger ist?«

Der Anwalt sah Duval eindringlich an und schüttelte dann den Kopf: »Das ist ein Bluff, oder?«

Duval verzog keine Miene.

»Nein, das kann nicht sein. Das hätte sie mir doch gesagt.«

»Sie wissen es also nicht?«

»Nein.«

»Der macht mich wahnsinnig, dieser Anwalt«, Duval fuhr sich durch die Haare. »Jetzt zaubert er ein Alibi aus dem Hut, genau für den Moment, wo irgendjemand Angélique de Breuil aus der Klinik abgeholt hat.«

»Der lügt.«

»Ja, aber wann lügt er? Diese reizende Nathalie Girardet hat sein Alibi bestätigt.«

»Naja, vielleicht lügt sie auch? Falsches Alibi.«

»Das Hotel hat es auch gerade bestätigt.« Léa Leroc legte den Hörer des Telefons auf. »Er war dort. Er kann sie nicht abgeholt haben.«

»Aber wer war es dann? Sie wartet auf Arnaud und steigt dann zu jemand anderem ins Auto. Einfach so?«

»Tja, da sieht man es mal wieder, man sollte niemals zu Fremden ins Auto steigen«, witzelte Villiers.

»Es war vielleicht kein Fremder.«

»Sie muss die Person gekannt haben, sonst wäre sie doch nicht fröhlich winkend in das Auto gestiegen. Ein Bekannter, oder jemand der sagt ›Roland hat mich geschickt‹ oder so etwas.«

»Eine Frau steigt in ein Auto und verschwindet. Am hellichten Tag. Und bislang haben wir keine Spur von ihr und ebenso wenig eine Leiche. Wir sollten eine detaillierte Suchmeldung an die Medien geben«, überlegte Duval laut.

Samstag, 23. September

Duval näherte sich dem Lac de Saint-Cassien. Es wurde gerade hell. Er wusste, dass die kurvige Straße, die er fuhr, am See entlangführte, aber den See selbst sah man von hier aus nicht. Eine üppige Vegetation versperrte die Sicht. Das Einzige, was man sehen konnte, war ein leichter Morgennebel, der über dem Wasser hing. Die vielen kleinen Parkplätze entlang der Straße ließen darauf schließen, dass es von dort einen Zugang zum See gab. Duval erinnerte sich nicht, wann er hier das letzte Mal gewesen war. Der Stausee, der sich dreiarmig zwischen den Gebirgen Tanneron und Esterel erstreckte, war ein Wasserreservoir für die Küste und zugleich ein touristischer Anziehungspunkt für das Hinterland. Aber jetzt, Ende September, war auch hier die Saison weitestgehend vorbei. Duval fuhr an mehreren Imbissbuden und Ausflugsrestaurants vorbei. Natürlich waren sie so früh noch geschlossen. Es war nicht zu erkennen, ob sie ihre Aktivität für die Saison schon endgültig beendet hatten, oder ob sie zumindest die sonnigen Wochenenden in diesem trockenen Spätsommer noch mitnahmen.

Er sah den See erst, als er über eine kleine Brücke fuhr. Schwarz und still lag er unter ihm. Wattige Nebelfetzen waberten in der Luft. »Nach sechshundert Metern hinter der Brücke links«, hatte ihm Villiers erklärt. Duval hätte die Abzweigung fast übersehen. Er rumpelte auf einer hundertfach geflickten Teerschotterstraße, die auf beiden Seiten von Büschen und niedrigen Bäumen gesäumt war. Links unterhalb musste jetzt der See liegen. Rechts sah man hin und wieder einen Zaun oder ein großes Tor. Zeichen, dass hier irgendwo im Nichts noch ein Haus stand. Sonst sah man nichts. Der Weg wurde nur durch die Scheinwerfer seines Wagens erleuchtet. Das Radio rauschte. Duval suchte mit der rechten Hand einen anderen Sender, TSF Jazz war hier nicht mehr zu empfangen. *Merde!* Was war das? Duval bremste scharf, Steinchen spritzten auf, sein Wagen rutschte hin und her. Ein kleines Tier war vor seinem Auto von rechts nach links in das Dickicht gehuscht. Ein Marder vielleicht oder eine Katze. Duval atmete durch und fuhr langsam weiter. Nach knapp zwei Kilometern mündete der Weg in einen quer verlaufenden Feldweg. Kein Wegweiser, nur der Name des Wegs war angezeigt. »Chemin de Fonduranne«. Rechts oder links? Er öffnete das Fenster und lauschte. Frösche quakten. Instinktiv fuhr er nach links. Der »Chemin de Fonduranne« war ein holperiger und staubiger Feldweg, der ans äußerste Ende des schmalen Westarms des Stausees führte. Langsam rumpelte Duval den Weg entlang und schluckte dabei den aufgewirbelten Staub. Er hustete und schloss das Fenster. Ein Wegweiser zum Naturschutzgebiet von Fonduranne tauchte auf. Er war richtig.

Hier, am Ende des Sees war ein Angelgebiet und hier trafen sich vermutlich auch Liebespaare, die ungestört sein wollten. Wenn sie die Stechmücken nicht störten. Duval hatte bereits zwei von innen an der Fensterscheibe erschlagen. Da klebten sie nun in ihrem eigenen Blut. So romantisch die Idee des Stelldicheins an einem See auch war, in der Realität durchkreuzten all diese kleinen Blutsauger die Idylle.

Duval parkte seinen Fiat auf dem dafür ausgewiesenen

Platz und versuchte anhand der Autos zu erkennen, wer schon alles vor Ort war: Gendarmerie, Feuerwehr, Notarzt. Zwei Wagen, die er nicht kannte. Von hier ging es nur zu Fuß weiter. Auf einem schmalen, steinigen und staubigen Feldweg ging es bergab. Duval erreichte das Seeufer. Zeitgleich tauchte die Sonne über den Bäumen auf und die Nebelfetzen hoben und verflüchtigten sich.

Der See war grün. Duval suchte nach einem Ausdruck für die Farbe, der dieses Grün entsprach: dunkelgrün, flaschengrün, jadegrün vielleicht. Das breite Ufer aber war schlammig und steinig. Der See sah aus, als habe er gerade Ebbe. Ein kleines geschwungenes Brückchen führte weiter rechts über den See, der hier sehr schmal war, zum anderen Ufer. Der See war umgeben von ansteigenden bewaldeten Hängen. Stechmücken umschwirrten ihn. Er schlug um sich.

Ein Gendarm sah ihm misstrauisch entgegen. »*Bonjour*, ich bin Commissaire Duval, *Police Judiciaire* Cannes«, Duval zeigte seinen Ausweis, der Gendarm nickte, und Duval schlüpfte unter dem Absperrband hindurch. Dann folgte er dem kleinen Trampelpfad, der durch halbhohes dorniges Dickicht zu einer kleinen steinigen und versteckt liegenden Bucht führte. Die Szene war noch mit einem starken Scheinwerfer erleuchtet. Zwei Männer schälten sich gerade aus ihren Taucheranzügen. Ein anderer saß mit dem Rücken an einen Baum gelehnt auf einer Aludecke, ein Feuerwehrmann sprach mit ihm. Eine Gestalt in einem weißen Schutzanzug beugte sich über eine reglose Person am Boden. Richter Dussolier stand etwas abseits und unterhielt sich mit einem ranghohen Gendarmen, soweit Duval es erkennen konnte. Duval begrüßte beide und erfuhr, dass Commandant Crémer und seine Brigade in Fayence für den Kanton zuständig waren. Mit acht Gemeinden und mehreren Hundert Quadratkilometern Umland. »Wir sind ziemlich aufgerieben nach diesem Sommer, Monsieur le Juge«, sagte er gerade, »wie vermutlich alle Brigaden, die an touristischen Orten Dienst tun.« Der Richter nickte.

Commandant Crémer wandte sich direkt an Duval. »Vielleicht ist sie für Sie, Commissaire. Sie sieht aus wie die junge Frau, die Sie als vermisst gemeldet haben. Schauen Sie sie sich an, und übernehmen Sie sie, wenn sie erkennbar mit Ihrem Fall zu tun hat. Ich verhehle Ihnen nicht, dass mir ein mysteriöser Todesfall weniger in der Statistik entgegenkommt. Nach *dieser* Saison ...«

»So viel los?«, fragte Duval.

Der Commandant nickte. »Das übliche Sommerinferno, ich muss Ihnen da wohl nichts erzählen?! Sie kennen das aus Cannes, denke ich mir.«

»Ja, ich weiß, was Sie meinen«, antwortete Duval.

»Sehen Sie, wir haben jedes Jahr Tote am See. Badeunfälle jeder Art. Obwohl wir einen Bademeister und einen Wasserrettungsdienst haben. Mindestens einer stirbt hier im Sommer an Hypothermie. Aber dieses Jahr ist auch ein kleines Mädchen im See ertrunken, das hat uns alle sehr mitgenommen. Dazu kamen im Tanneron diese Waldbrände durch die enorme Trockenheit. Sie sehen ja, wie es hier aussieht.« Er zeigte auf die vertrockneten Gräser, den braunen Ginster und das dornige Gebüsch. Die Hagebutten daran sahen aus wie Korinthen. »Im Wald da oben ist es nicht anders. Es reicht schon eine Zigarettenkippe, und alles brennt wie Zunder. Dabei ist in einem Campingbus ein Mann mit verbrannt. Und vor zwei Wochen hat sich ein Angehöriger des Angelklubs erschossen, ganz hier in der Nähe übrigens. Er hat seinen nächtlichen Kontrollgang um den See dazu genutzt, seinem Leben ein Ende zu setzen. Tragisch. War ein beliebter

Mensch, sehr aktiv im Angelverein und in seinem Dorf. Niemand hat verstanden, wieso er sich erschossen hat. Und jetzt diese junge Frau ... also, wenn Sie mir einen Fall abnehmen können ... nur zu!«

Duval nickte und näherte sich der Leiche, die abgedeckt auf einer Trage lag. Er hob das Tuch an und verzog das Gesicht. Er erkannte Angélique de Breuil auf Anhieb, obwohl ihr unbekleideter Körper völlig aufgedunsen war und ihr Gesicht einer grotesken Maske glich.

»Kein schöner Anblick, ich weiß. Aber schon mehrere Tage im Wasser machen keinen schöner, auch wenn man uns immer erzählt, dass wir viel trinken sollen, um die Haut schön straff zu halten. Zu viel Wasser, und Sie haben das hier.« Die Gerichtsmedizinerin, die Dr. Charpentier vertrat, war mehr als sarkastisch.

»Wie lange lag sie im Wasser?«

»Schlecht zu sagen. Sie ist noch ziemlich gut beisammen. Zwei Wochen vielleicht. Bei Wasserleichen haben wir leider immer noch zu wenig sichere Erkenntnisse. Das Wasser verhindert eine normale Verwesung, und das übliche Gewürm, das wir bei Leichen auf dem Land vorfinden, stellt sich nicht ein. An ihrem Rücken haben Fische und ein paar Krebse schon leicht zu knabbern begonnen. Hier im See kommen ein paar carnivore Fischarten vor, Hechte zum Beispiel, und es gibt Flusskrebse, wenn ich richtig informiert bin, aber wohl nicht allzu viele. Im Meer hätten sich die diversen Krabben und Krebse schon über sie hergemacht. In Kanada hat man im Ozean Studien mit Schweineleichen gemacht, da haben die Krebse ein Schwein innerhalb eines Monats bis auf die Knochen weggeputzt. Süßwasserfische sind dagegen weniger gierig. Was ich Ihnen aber mit Bestimmtheit sagen kann, ist, dass der Körper der Frau bis heute Nacht ohne Einwirkung von Sauerstoff unter Wasser lag. Sie sehen, dass sie gut konserviert ist, das Körperfett hat sich zu einer Art Wachsschicht umgewandelt und verursacht diese panzerartige und gleichzeitig aufgedunsene Haut.« Sie zeigte auf die Finger: »Und hier diese Waschhautbildung – das kennen Sie auch von sich, wenn Sie zu lange in der Badewanne liegen.«

»Hm«, machte Duval und starrte auf die schrumpeligen Fingerkuppen, um das Gesicht nicht ansehen zu müssen.

»Mit diesem Draht«, sie zeigte auf ein Stück Draht, das die Kollegen bereits in einen Plastikbeutel gesteckt hatten, »hat man sie an diesen Steinbrocken festgebunden. Ihr Körper ist stellenweise von der Reibung am Stein völlig wund gescheuert. Aber ich kann nicht mit Bestimmtheit sagen, ob das in acht, zehn oder vierzehn Tagen passiert ist. Unfall oder Suizid schließe ich aber mit Bestimmtheit aus.« Sie grinste Duval an.

»Und die Flecken am Hals?«

»Richtig.« Die Gerichtsmedizinerin nickte. »Sie ist meines Erachtens stranguliert worden, bevor man sie ins Wasser geschafft hat. Ich vermute stark, dass sie schon tot war, als man sie hier angebunden hat. Das kann ich Ihnen nach der Obduktion aber ganz genau sagen.«

Duval atmete tief durch. »Danke, Docteur ...«

»Levèbre, Alice Levèbre.« Sie nestelte eine Visitenkarte aus ihrem Koffer und reichte sie ihm. Dann sah er sich nach dem Angler um, der die Leiche entdeckt hatte. Er saß immer noch mit dem Rücken am Baum auf der Decke. Er war bleich.

»*Bonjour*, ich bin Commissaire Duval, Sie haben die Tote gefunden, nicht wahr? Ich würde Ihnen gern ein paar Fragen stellen. Wird das gehen?«

»*Bonjour*, ja sicher, wird schon gehen.« Er machte Anstalten aufzustehen.

»Bleiben Sie ruhig sitzen. Sie kamen zum Angeln hierher, richtig?«

»Ja, richtig. Ich bin gestern angekommen. Ich war im Frühjahr schon einmal hier zum Angeln, da hatte der See aber viel mehr Wasser. Der Ort, wo ich im Frühjahr geangelt habe, ist jetzt fast völlig ausgetrocknet. Gestern Mittag habe ich mich umgesehen, ich dachte, vielleicht stelle ich mich hier auf. Ich angle vom Ufer aus, verstehen Sie?« Er sah Duval fragend an.

Etwas blitzte auf der Erde. Duval bückte sich und hob es auf. Ein winziges Glasperlchen. Sie hatten schon eines gefunden, wo noch gleich? Er überlegte.

»Verstehen Sie?«, fragte der Mann noch einmal. »Ja.« Duval verstand nichts vom Angeln, aber er nickte. Der Mann war zufrieden und fuhr fort: »Heute ganz früh habe ich daher meine Runde gemacht, um zu sehen, ob ich Fische sehe. Also Karpfen, meine ich. Sie verstehen schon?« Es war nur eine rhetorische Frage, er sprach sofort weiter. »Ich habe im Frühjahr ein schönes Exemplar rausgefischt. Da drüben war das«, er zeigte auf die andere Uferseite. »35 Pfund! So ein Kerl war das!« Er zeigte es mit den Armen. »Ein Prachtexemplar. Ich hatte auch zwei Tage lang angefüttert. Aber heute in der Frühe, als ich kam, so gegen vier war das, da war der Wasserstand noch mal drastisch abgesunken, sehen Sie ja, hier ist fast alles trockengelegt. Hier geht nichts mehr. Ich habe überlegt, ob ich nicht besser ein Boot nehmen sollte, um weiter rauszufahren. Aber das Boot hätte ich gestern schon organisieren müssen, um heute rausfahren zu können. Ich war unschlüssig und bin hin und her gelaufen, ich wollte angeln und nicht noch einen Tag verlieren, verstehen Sie? Und dann bin ich über das Brückchen gelaufen, nur so. Und während ich so dastehe und überlege und ins Wasser schaue, da kommt mir im Wasser etwas komisch vor. Ich dachte, das kann kein Karpfen sein, es war keine Bewegung, wie sie ein Karpfen verursacht, verstehen Sie?«

Duval nickte abermals. Er wusste nicht, wie man Karpfen in einem See ausmachen konnte. Durch Luftblasen? Schlugen sie mit der Schwanzflosse? Sprangen sie aus dem Wasser wie die Thunfische neulich im Meer? Aber es war nicht wirklich wichtig. Er nickte erneut.

»Also bin ich hingegangen, um nachzuschauen, das Wasser ist ja ganz flach dort, aber ich konnte es schlecht erkennen, es gab nur wenig Mondlicht, und das Wasser ist so trüb, verstehen Sie?«

Ja, das verstand Duval nun tatsächlich. Dunkelheit. Trübes Wasser. Er war etwas angestrengt von den vielen »Verstehen Sie?«-Nachfragen des Mannes, der ihn jedes Mal direkt ansah, sodass er sich bemüßigt fühlte, immer wieder brav zu nicken.

»Also nehme ich die Angel und stochere ein bisschen und sie bleibt hängen und ich ziehe ... es war furchtbar. Ganz furchtbar. Ich musste mich übergeben ...« Er würgte erneut bei der Erinnerung daran. »Verzeihen Sie.« Er wandte sich ab. Er war unangenehm berührt, dass man ihn so sah. »Ich kann Fische töten und ausnehmen, alles kein Problem – aber dass ich so unversehens auf eine tote Frau ... ihre Haare wickelten sich um meine Angel ...«, er würgte schon wieder. »Verzeihung, ich ...«

»Schon in Ordnung. Wir machen einfach später weiter.«

Sonntag, 24. September

Isabelle de Breuil hatte Haltung bewahrt, als sie ihre Tochter in der Leichenhalle des Krankenhauses in Grasse identifiziert hatte, aber danach war sie zusammengebrochen. Sie weinte hemmungslos. Alice Levèbre hatte ihr ein Beruhigungsmittel gespritzt. Duval begleitete sie in einen Warteraum, zog ihr einen Kaffee aus dem Automaten. »Bleiben Sie einen Moment hier, jemand kann Sie später nach Hause fahren, in Ordnung?«

Sie nickte apathisch. »Was ist passiert, Commissaire? Ist sie ertrunken? Sie schwimmt doch so gut?!«

»Über die genauen Umstände ihres Todes wissen wir noch nicht viel, Madame de Breuil, aber wir haben sie im Wasser gefunden, im Lac de Saint-Cassien. Ich werde noch einmal mit Dr. Levèbre sprechen. Ich bin gleich da. Warten Sie bitte so lange hier.«

Sie nickte und suchte in ihrer Handtasche einen Spiegel und versuchte mit einem Papiertaschentuch die verschmierten Spuren, die die Tränen in ihrem Make-up hinterlassen hatten, zu entfernen. Trotz allem wollte sie gepflegt aussehen.

Duval kehrte zurück zu Dr. Levèbre, die ihn mit ernstem Gesicht ansah.

»Sie war schwanger, die junge Frau. Achte Woche etwa.«

»Hm, wir haben so etwas vermutet.«

»Und sie war schon tot, bevor man sie ins Wasser geschafft hat. Sie hatte kein Wasser in der Lunge. Zwei Einstiche im linken Arm, aber Sie sagten, sie war wegen Suizidversuchs im Krankenhaus?«

Duval nickte.

»Dann stammen die Einstiche vermutlich von einer Führungsnadel, mit der sie eine Infusion erhalten hat. Ich konnte keine Drogen in ihrem Körper nachweisen. Das ist nach so langer Zeit auch kaum mehr möglich. Allerdings gibt es Zeichen, die auf Gewalt und einen gewaltsamen analen Sexualverkehr hinweisen. Ich weiß nichts über ihre sexuellen Vorlieben, aber das letzte Mal hat man ihr wehgetan, sie ist buchstäblich aufgerissen – möchten Sie die Verletzungen sehen?«

»Nein, bitte nicht, Ihr Bericht genügt mir vollkommen.«

Alice Levèbre nickte. Sie kannte das. Selbst hartgesottene Polizisten wurden beim Anblick von verwesenden oder aufgesägten Leichen oft blass um die Nase und wollten den Raum nur so schnell wie möglich wieder verlassen. Sie bevorzugten den Bericht und die Fotoaufnahmen. Das Grauen war so weniger direkt und die stete Geruchsmischung von Fäulnisgasen und Desinfektionsmitteln konnte man ebenso umgehen. Alice Levèbre fand den Geruch auch nicht appetitlich, aber ihre Nase hatte sich daran gewöhnt.

»Sperma für einen DNA-Test kann ich natürlich nicht mehr nachweisen, nach so langer Zeit. Ihr Körper weist noch Hämatome und viele kleine äußere Verletzungen auf, Hautrisse, sehen Sie hier?«

Duval sah nun doch hin. »Hm. Man hat sie geschlagen?«

»Geschlagen, gewürgt, missbraucht. Und dann hat man sie vermutlich auf dem Trampelpfad ins Wasser geschleppt, und ihr unbekleideter Körper wurde dabei durch die Hagebutten- und wilden Brombeersträucher, die dort überall wuchern, verletzt. Und in ihrer linken Wade habe ich einen kleinen Dorn entdeckt. Der stammt von einem Hagebuttenstrauch.« Sie hielt ihm ihren winzigen Fund in einem Plastikbeutel entgegen.

»Dann hat der Täter sie mit zwei Felsbrocken beschwert und Steine und Körper wie ein Paket großzügig mit Draht umwickelt.«

Duval seufzte leise. Das alles würde er Madame de Breuil nicht so detailgenau wiedergeben.

Montag, 25. September

Die Stimmung im Kommissariat war niedergeschlagen. Auch wenn keiner mehr wirklich damit gerechnet hatte, Angélique de Breuil lebend zu finden, die Umstände ihres Todes waren bedrückend.

»Dass sie überhaupt entdeckt wurde, schon jetzt entdeckt wurde, sollte man vielleicht sagen, liegt nur daran, dass es seit Wochen nicht geregnet hat, und man sich dieses Jahr ausnahmsweise zweimal des Stausees bediente, um die Trinkwasserversorgung der Städte und Gemeinden im Osten des Départements Var und im Becken von Cannes zu sichern. Ihnen ist das alles vielleicht bekannt, aber mir war es neu«, erklärte Duval und fuhr fort: »Der Stausee ist ein Wasserreservoir, das aus den Zuflüssen der Siagne gespeist wird und der in Zeiten von Hochwasser auch als Auffangbecken dient. Er kann sechzig Millionen Kubikmeter Wasser fassen. Im Regelfall wird einmal im Jahr, und zwar in der dritten Augustwoche, Wasser verkauft. Und zwar an die private Firma *La Lyonnaise des Eaux*. Die kauft zehn Millionen Kubikmeter Wasser. Aufgrund der nicht nachlassenden Trockenheit gab es aber einen außergewöhnlichen zweiten Verkauf von weiteren zehn Millionen Kubikmetern gerade eben, was erklärt, dass der Wasserstand des Sees wirklich drastisch gesunken ist. Vermutlich hat der Täter nicht damit gerechnet. Es ist selten, dass der See so wenig Wasser hat.«

»Ich bin nicht sicher, ob der Täter das wirklich bedacht hat. Vermutlich hat es sich einfach so ergeben. Meines Erachtens wurde Angélique de Breuil in Montauroux abgeholt, von wem auch immer, und sie wollte vermutlich schwimmen gehen – was lag näher, als an den See zu fahren. Vielleicht konnte sie noch einmal schwimmen, bevor sie gewaltsam ums Leben kam. Dann musste man sich des Körpers entledigen, und der Täter hat sie mit den Felsbrocken zu einem Paket verschnürt.« Léa Leroc war pragmatisch.

»Es ist jemand, der tauchen kann.«

»Muss man wirklich tauchen können, um eine Leiche zu versenken?« Léa Leroc war skeptisch.

»Es war Roland Arnaud.« Das war Villiers.

»Der hat ein Alibi, wie Sie sich erinnern«, wandte Duval ein.

»Das ist doch gefaked. Es kann nur er sein. Er hat ein Motiv. Und er hat das Geld auf sein Konto verschoben, weil er wusste, dass sie tot war. Er wusste, sie würde keinen Einspruch mehr erheben.« Villiers war entschieden. »Ich denke, er wollte sich Angélique vom Hals schaffen. Er hatte, was er wollte. Sie hatte ihm 600 000 Euro überschrieben. Jetzt war sie ihm nur noch lästig. Sie wollte zu viel von ihm, klammerte sich an ihn, und sie war wirklich schwanger. Das wissen wir nun. Vermutlich hat sie Gewissheit darüber bekommen, als sie in der Klinik war. Vielleicht wurde dort ein Test gemacht. Wie auch immer. Sie erzählt es Arnaud am Telefon. Der ist vermutlich *not amused*, ein Kind von Angélique ist das Letzte, was er will. Aber, er geht zum Schein darauf ein, schlägt ihr ein Wochenende in Italien vor, etwas, was er eigentlich mit Nathalie vorhatte, insofern kann er auch glaubwürdig erzählen, dass er das alles schon geplant habe. Er wird sie abholen. Das erzählt Angélique zumindest Patrick Chabert, dem Mann, mit dem sie in der Klinik in der Raucherecke stand, und der sieht sie auch wegfahren. In einem schwarzen Geländewagen. Das ist das Einzige, was nicht passt, Arnaud fährt einen weißen BMW, keinen schwarzen Geländewagen.«

»Er hat sie vielleicht mit ihrem eigenen Wagen abgeholt«, schlug LeBlanc vor.

»Ja, den er dann später auf dem Parkplatz am Flughafen abstellt. Das ist eine Möglichkeit«, stimmte Duval zu.

»Und das alles mitten am Tag an einem Badesee? Mit all den Tretbootfahrern und Leuten überall? Das hätte doch jemand bemerkt.« Léa Leroc widersprach.

»So viele Menschen sind doch unter der Woche gar nicht dort«, wandte Duval ein. »Ich habe mir den See angesehen. Wir sind außerhalb der Saison. Die Snackbars und der Tretbootverleih sind nur noch am Wochenende geöffnet. Und sie befinden sich außerdem in der Mitte des Sees, wo er breiter und offener ist. Dort ist das Schwimmengehen auch unproblematisch, das Ufer ist flach und sandig. Dort, wo wir Angélique gefunden haben, am äußersten Zipfel des Westarms, ist es fast menschenleer. Man muss schon wirklich dort hinwollen. Die kleinen versteckten Buchten, die nur über diese Trampelpfade zu erreichen sind, sind vielleicht anziehend für manche, aber der Zugang zum See ist dort schwierig: schlüpfrige Steine, Algen, Schilf, der Boden ist morastig. Ein paar Angler stehen dort frühmorgens, das ist alles. Aber mir gefällt vor allem das Timing nicht. Er holt sie gegen 13 Uhr in der Klinik ab und um 15 Uhr stellt er das Auto schon auf den Parkplatz am Flughafen? Denn das Auto wurde um 15.13 Uhr geparkt. Er hatte nicht mal zwei Stunden, um zum See zu fahren, sie zu vergewaltigen, zu erwürgen und in den See zu schaffen und dann bis nach Nizza zum Flughafen zu fahren.«

»Nein. Das ist nicht machbar.« Léa Leroc schüttelte den Kopf.

»Es sei denn, er lagert die Leiche irgendwo zwischen, fährt das Auto zum Flughafen und kommt nachts wieder und versenkt sie dann im See«, schlug Villiers vor.

»Warum lässt er sie dann nicht einfach liegen? Wiederkommen ist doch riskant«, wandte LeBlanc ein.

»Na, um sie verschwinden zu lassen, damit diese Südamerikareise plausibel wird. Ohne Leiche, kein Mord. Dass sie entdeckt wurde, schon jetzt entdeckt wurde, liegt ja nur daran, dass man den See schon zweimal angezapft hat, dieses Jahr.« Für Villiers war alles klar.

»Und sein Alibi?« Das war LeBlanc.

»Gelogen. Gefaked irgendwie.« Villiers war entschieden.

»Ja, ich denke auch, dass er lügt, und er hat das stärkste Motiv.« Duval war nachdenklich. »Ich will auf jeden Fall eine Hausdurchsuchung bei ihm und in seiner Kanzlei. Ich denke, der Verdacht auf eine Straftat ist gegeben.«

Richter Dussolier stimmte einer Hausdurchsuchung sowohl der Privaträume als auch der Kanzlei von Maître Arnaud zu, ein Polizeigewahrsam für den Anwalt aber sah er bislang nicht vor.

Dienstag, 26. September

Duval ging mit prüfendem Blick durch die nüchtern eingerichtete Wohnung des Anwalts, während drei Polizeibeamte sie systematisch durchsuchten. Ein Taucheranzug und das dazugehörige Material wurden sichergestellt. All das würde ebenso wie sein Auto von den Spurenermittlern überprüft werden.

In der Kanzlei war Richter Dussolier mit anwesend, während Roland Arnaud darüber wachte, dass die Akten ebenso wie der Datenbestand seiner Mandanten nicht angerührt wurden. Duval ließ aber den pedantisch geführten Terminkalender von Roland Arnaud beschlagnahmen und versuchte neben den Geschäftsterminen vor allem dessen kryptisch verschlüsselten Einträge zu entziffern. Anfangsbuchstaben und Ausrufezeichen. Das wiederkehrende »A.« könnte für Angélique stehen, ein »N.« für Nathalie. Es gab auch ein F., manches Mal ein P. und ein H. Hieß die Exehefrau nicht Flora oder Floriane? Und P.? Und H.? »Ich bin kein Mann für eine Frau«, hatte der Anwalt gesagt. Duval grübelte über die Ausrufezeichen, die hinter dem Buchstaben angefügt waren. Sie waren nicht immer mit demselben Stift eingetragen worden. Duval vermutete, dass die Ausrufezeichen für die Häufigkeit standen, mit der der Beischlaf vollzogen worden war. Wenn die Theorie stimmte, dann war er ziemlich aktiv, der gute Roland Arnaud. Eine Zeit lang gab es viele Ausrufezeichen hinter vielen A's. Dann wechselte es häufig zwischen N und A. Dann lange kein A. Warum aber war hinter dem N, das tatsächlich für das betreffende Wochenende in Italien eingetragen war, kein Ausrufezeichen eingetragen? Roland Arnaud, ein Mann mit sexuellem Appetit, der an manchen Tagen nachmittags ein Rendezvous mit Nathalie hatte (zwei Ausrufezeichen) und sich spät abends noch mit Angélique traf (ein Ausrufezeichen), sollte drei Tage und Nächte mit Nathalie in einem lauschigen Hotel in Italien verbracht haben, und es fand während der drei Tage und Nächte kein Beischlaf statt?

»Vielleicht hat er es nur nicht eingetragen, weil er seinen Kalender nicht dabeihatte«, schlug LeBlanc vor.

»Nein«, Duval schüttelte den Kopf, »ich glaube, er war gar nicht dort. Er hatte es vor, aber er ist nicht hingefahren. Er hat kurzfristig umdisponiert.«

»Aber das ist so vage, mit dieser Beischlaf-Statistik, das geht nie als Beweis dafür durch, dass er nicht in Italien war. Und Arnaud wird das nie bestätigen.« Léa Leroc war skeptisch.

»Vermutlich nicht, aber ich möchte, dass jemand nach Italien fährt und in das Meldebuch dieses Hotels schaut, wer da wann unterschrieben hat.«

»Jetzt gleich?« Villiers war Feuer und Flamme.

»*Allez*, jetzt gleich, Leroc und Villiers, Sie fahren zusammen.«

Duval stand am Fenster und dachte nach.

»Monsieur le Commissaire?« Emilia steckte den Kopf zur Tür herein.

»Ja, Emilia? Was gibt's?« Er klang unfreundlicher, als er wollte. Aber er hatte das Gefühl, dass er kurz davor gewesen war, einen wichtigen Gedanken zu erhaschen, nun war er schon wieder weg, ungreifbar, verschwunden wie ein Traumbild.

»Drei Neuigkeiten, haben Sie einen Moment?« Sie lächelte und schien seine Verstimmung nicht bemerkt zu haben.

Duval seufzte. Jetzt war es auch egal. »Legen Sie los.«

»Ad 1: Ich habe eine Haushaltshilfe für Sie gefunden.« Sie schwieg und sah ihn erwartungsvoll an.

»Prima. Danke Emilia. Wer ist es?«

»Eine ältere Frau, Jeanne Moury heißt sie. Sie hat vorher bei einer superreichen Familie gearbeitet, aber es wurde ihr dort zu anstrengend und zu viel. Wenn Sie mich fragen, so grenzte ihr Dienstverhältnis dort an Sklavenhaltung.« Emilia machte eine Grimasse. »Nun steht sie kurz vor der Rente und will etwas weniger arbeiten, und sie sucht zwei, drei Personen, bei denen sie leichte Hausarbeit verrichten kann.«

»Gut. Ich bin einverstanden. Wie verbleiben wir? Wann kann sie kommen?«

»Sie wollen sie nicht erst kennenlernen?«

»Emilia, ich vertraue Ihnen, und wenn Sie sie mir empfehlen ... Geben Sie ihr meine Nummer, sie soll mich anrufen, dann machen wir einen Termin aus. Was ist die zweite Neuigkeit?«

»Ad 2«, sagte Emilia und ließ sich von seiner kurz angebundenen Art nicht irritieren, »ich glaube, ich habe das Geheimnis von ›cococciu‹ gelöst!« Sie sagte es mit feierlicher Stimme, und Duval sah ihr an, dass sie stolz war. Er war gerührt und musste unwillkürlich lächeln.

»Dieses dumme kleine Kosewort hat Sie nicht losgelassen, was?«

»Nein. Und es wollte mir nicht in den Kopf, dass ich es nicht verstand. Es klingt so vertraut, und ich konnte keinen Sinn darin finden. Ich habe meine Großmutter gefragt und noch andere italienische Frauen, aber niemand kannte das Wort.« Sie machte eine kleine dramaturgische Pause.

»Ja?«, fragte Duval.

»Ich konnte keinen Sinn darin finden, weil ich die ganze Zeit dachte, es sei ein italienisches Wort. Aber es ist französisch! Oder sagen wir, es ist eine Mischung aus italienisch und französisch. Also, zumindest glaube ich das.«

»Sie machen es aber spannend, Emilia, was heißt es denn jetzt?«

»Sie haben mir doch von den Hühnern erzählt, die Ihre Urgroßmutter hatte?!«

»Ja ...« Duval wurde ungeduldig, aber Emilia ließ sich ihre Pointe nicht einfach so wegnehmen.

»Na, ich denke ›cococciu‹ kommt eigentlich von ›cocotte‹. Und das Wort Ihrer Urgroßmutter ist eine Mischung aus ›Schätzchen‹ und dem Kinderwort für Hühnchen, und gleichzeitig steckt da auch noch das ›cot cot‹ drin, mit dem man die Hühner ruft. Nur das ›cciu‹ ist italienisch und eben noch eine zusätzliche, typisch italienische verniedlichende Endung. Ihre Urgroßmutter kam ja noch aus Italien, die sprach bestimmt so ein französisch-italienisches Kauderwelsch. Und wenn sie Sie rief, rief sie eigentlich ›cocotte-cciu‹. Also vielleicht etwas wie ›mein kleines Hühnchen-Schätzchen‹. Was meinen Sie?« Emilia war ganz aufgedreht.

Duval zuckte mit den Schultern. »Hm. Bin nicht sicher. Kann sein.«

Emilia war sichtlich enttäuscht über seine spröde Reaktion.

»Danke, Emilia«, fügte Duval hinzu, »vermutlich sehe ich mich nur nicht gern als ›kleines Hühnchen-Schätzchen‹, das verstehen Sie, oder?«

Sie lächelte und nickte. »Aber es klingt logisch, oder?«

»Ja, durchaus, aber ich verdonnere Sie zu absolutem Schweigen darüber, Emilia, und wehe ich höre das Wort hier im Büro oder anderswo hinter meinem Rücken!« Er bemühte sich autoritär zu klingen, war aber trotz allem gerührt von Emilias Eifer, mit dem sie das Kosewort seiner Urgroßmutter zu entschlüsseln versucht hatte. Und ein kleines Lächeln schlich sich deshalb in seine strenge Vorgesetztenmiene.

Emilia nickte. »Versprochen. Ich schweige wie ein Grab. Ich weiß schon gar nicht mehr, worüber wir gesprochen haben.« Sie zwinkerte mit den Augen.

»Danke. Was war die dritte Neuigkeit?«, fragte er aber dann.

»Oh.« Sie klang nun ebenfalls wieder ganz nüchtern. »Draußen wartet der Zeitungsverkäufer von der Pont Carnot auf Sie. Er will Ihnen etwas sagen und nur Ihnen, so wie ich ihn verstanden habe.«

»Momo?«

»Ja, so heißt er wohl.«

»Schicken Sie ihn sofort rein.« Duval war wie elektrisiert.

Mittwoch, 27. September

Die Ergebnisse der Hausdurchsuchung lagen vor, und der Anwalt hatte der Vorladung Duvals Folge geleistet. Mürrisch und arrogant beantwortete er die obligatorischen Einstiegsfragen zu seiner Person. Er suchte in seinen Taschen und zog ein Päckchen Zigaretten heraus.

»Sie erlauben?«

»Nein.« Duval war kategorisch.

Der Anwalt verzog kurz das Gesicht und steckte die Zigaretten wieder ein. »*Tant pis*. Dann halt nicht.«

»Monsieur Arnaud, reden wir mal Klartext. Wir haben Angélique de Breuil gefunden.«

»Na wunderbar. Dann ist doch alles bestens. Warum haben Sie mich dann vorgeladen?«

Duval fand den Anwalt erstaunlich unverfroren. Er legte ihm die Aufnahmen, die von der Toten gemacht worden waren, vor ihn auf den Tisch. »Ganz so wunderbar ist es nicht. Schauen Sie, wie sie aussieht.«

Der Anwalt warf nur einen oberflächlichen Blick darauf.

»Sehen Sie die Fotos an. Schauen Sie sich an, was mit Ihrer Freundin passiert ist. Vergewaltigt, erwürgt, ins Wasser geworfen.«

Der Anwalt sah sich die Fotos an, blieb aber unbeteiligt und zuckte die Achseln.

»Ein Achselzucken ist alles, was dieser Anblick bei Ihnen auslöst?«

»Ich habe damit nichts zu tun.«

»Und mehr Gefühlsregungen verursacht es Ihnen nicht, dass man Ihrer ehemaligen Geliebten so etwas angetan hat?«

»Nein, tut mir leid …«

»Sie hatten sie wirklich satt, oder Monsieur Arnaud? Sie wollten sich von Angélique befreien, die für Sie zu einer Last geworden war. Solange sie eine gut gelaunte und unkomplizierte Gespielin war, war alles bestens, aber eine verbindliche Beziehung wollten Sie nicht mit dieser anstrengenden Frau eingehen. Und dann wurde sie auch noch schwanger. Es wurde wirklich Zeit, sie sich vom Hals zu schaffen. Ein bisschen Geld hatte sie Ihnen großzügigerweise schon überlassen. Also, weg mit Schaden.«

»Das ist Ihre Version. Ich habe damit nichts zu tun.« Der Anwalt reagierte blasiert.

»Hören Sie Monsieur Arnaud, ich weiß nicht, ob Sie sich darüber im Klaren sind, aber es sieht nicht gut aus für Sie. Sie haben ein starkes Motiv!«

»Nur weil ich ein Motiv habe, muss ich sie doch nicht umgebracht haben. Außerdem vergessen Sie, dass ich ein Alibi habe.«

»Ihr Alibi, Monsieur Arnaud, existiert nicht mehr. Sie wollten vermutlich wirklich nach Italien mit Nathalie, aber Ihre Freundin war dort ganz alleine. Sie hat zwar zwei Personen eingetragen, weil Sie ihr versprochen hatten nachzukommen, aber es gibt nur eine Unterschrift im Anmeldeformular, nämlich die von Nathalie Girardet. Sie hat dort lange auf Sie gewartet, aber Sie kamen nicht. Der Rezeptionist des Hotels erinnert sich mit Bedauern, dass *la bella signorina* stets alleine zum Essen kam und nach zwei Tagen vorzeitig das Hotel verlassen hatte. Sie waren an diesem Wochenende nicht in Italien, Monsieur Arnaud.«

Er zuckte die Achseln.

»Waren Sie in Italien?«

»Nein, ich war nicht in Italien.« Er klang gelangweilt.

»Was haben Sie also an diesem Wochenende gemacht? Wo waren Sie an diesem Freitag?«

»Ich konnte nicht fahren, mein Sohn ist überraschend

krank geworden, und ich bin bei meiner Exfrau gewesen, wir haben uns um Alex gekümmert.«

»Was hatte er denn?«

»Er hat ganz plötzlich hohes Fieber bekommen. Meine Exfrau war sehr besorgt, also bin ich hingefahren.«

»Das wird Ihre Frau sicher gern bestätigen.«

»Sicher.«

»Und Sie haben vermutlich einen Arzt gerufen?«

»Meine Frau, ja.«

»Warum haben Sie das denn nicht gleich ausgesagt?«

Maître Arnaud schwieg.

»Monsieur Arnaud, wir haben Beweise, dass Sie Angélique de Breuils Auto an dem betreffenden Freitagnachmittag gefahren haben.«

»Ich habe das Auto nicht gefahren.«

»Wir haben Ihren Kopf wie von einer Kamera gefilmt gesehen.«

»Nie im Leben.«

»Wir haben einen Zeugen, der Sie an jenem Freitagnachmittag an der Pont Carnot im Auto von Angélique de Breuil gesehen hat. Alleine. Was sagen Sie dazu?«

»Das stimmt nicht. Ihr Zeuge lügt, oder Sie erfinden etwas.«

»Na also, Sie werden mir doch nicht erzählen wollen, dass ich lüge?«

Der Anwalt verzog abschätzig das Gesicht.

»Nun werden Sie mal nicht unverschämt. Nur, weil Sie ununterbrochen lügen, glauben Sie, dass alle anderen es auch tun?«

»Ich lüge nicht.«

»Wie nennen Sie es denn, wenn Sie ständig die Unwahrheit sagen?«

Der Anwalt schwieg.

»Ein Zeuge hat Sie im Auto von Angélique de Breuil gesehen.«

»So ein Quatsch.«

»Sie standen mit dem Wagen von Angélique de Breuil an der Ampel der Pont Carnot. Der Zeitungsverkäufer, der dort seinen Standplatz hat, hat Sie erkannt.«

»Ha!« Der Anwalt lachte spöttisch auf: »Sie werden doch so einem verlausten Penner nichts glauben?«

»Und wie ich dem glauben werde. Mohammed Benhaoun heißt der Mann, den Sie einen verlausten Penner nennen. Er steht dort seit über zwanzig Jahren. Hätten Sie das gedacht? Zwanzig Jahre! Unglaublich eigentlich, dass ein Obdachloser so an seiner Straßenecke hängt. Er ist gar nicht wirklich obdachlos, aber das gehört jetzt nicht hierher. Sie haben ihn vielleicht nie wirklich wahrgenommen in all den Jahren, aber Mohammed Benhaoun hat Sie wahrgenommen. Er kennt jedes Auto und jeden Fahrer, er kann zwischen Cannois und Touristen unterscheiden, und er weiß, wer ihm etwas geben wird und wer nicht. Er erkennt manche Autos schon von Weitem. Es ist sein Job.«

Duval machte eine Pause, aber der Anwalt sah unbeteiligt vor sich hin. »Angélique nun«, fuhr er dann fort, »war ein großzügiger Mensch, das haben Sie ja auch erfahren dürfen, *n'est-ce pas, Maître*? Angélique hat Mohammed Benhaoun immer Geld gegeben und zusätzlich ein paar Worte mit ihm gewechselt. Nicht viel, aber ein kleines ›*Bonjour, ça va?*‹. Ein Lächeln. Eine Geste. Das ist viel in der Welt von Mohammed, den viele, so wie Sie, nur als verlausten Penner wahrnehmen. Und sie gab ihm Geld, und zwar nicht nur fünfzig Cents, sondern hin und wieder auch einen Schein. Auch das ist selten in der Welt von Momo, der normalerweise nur Kleingeld in die Hand gedrückt bekommt. Er kannte Angélique also. Und das neue Auto von Angélique de Breuil hatte er in seinem Kopf abgespeichert. Und so näherte er sich lächelnd und grüßend dem Range Rover, in dem er Angélique erwartete, aber zu seiner Überraschung sah er Sie, und auch nur Sie, bevor Sie grußlos das Fenster schlossen. Gegeben haben Sie ihm auch nichts. Das hat Momo irritiert, hatte er sich mit dem Auto getäuscht? Er täuscht sich nämlich nie, müssen Sie wissen, und so hat Momo das Auto noch einmal genau angeschaut, ebenso das Nummernschild, als Sie mit ihm davongefahren sind. Und das war am Freitag, den 8. September, nachmittags.«

»Dieser Penner ist doch Analphabet. Der kann das Nummernschild nicht mal lesen.«

»Er ist in der Tat Analphabet, aber die Menschen, die nicht lesen können, kommen in der Welt der Schrift doch irgendwie zurecht. Er kann das Nummernschild auf seine Art sehr gut lesen.«

»So ein Blödsinn. Der lügt doch. Das kriegen Sie nie durch.«

»Warum sollte er denn lügen?«

»Was weiß denn ich.«

»Er lügt also?«

»Natürlich.«

»Schauen Sie, Maître, nicht alle Menschen lügen. Ich sage oft, das Metier verdirbt einen. Mir werden den ganzen Tag lang so viele Lügen erzählt, dass ich es manchmal auch nicht mehr glauben kann, wenn jemand ganz einfach die Wahrheit sagt. Daher bin ich ein Kontrollfreak geworden. Ich muss alles überprüfen. Ich habe also für den betreffenden Zeitraum die Videosequenzen der Überwachungskamera angesehen, die über der Pont Carnot hängt, nur um sicherzugehen. Es war dumm, über den Boulevard Carnot zu fahren, Maître. Nicht nur Momo hat Sie gescannt, sondern auch die Videokamera. Und vielleicht kann Momo nicht richtig lesen, aber ich kann es. Schauen Sie, hier haben wir ein schönes Bild von Ihnen im Auto von Angélique de Breuil ...« Duval legte den Ausdruck eines Bildes der Videokamera auf den Tisch.

Der Anwalt sah nicht einmal hin. Er zuckte die Achseln. »Das beweist gar nichts.«

»Das beweist immerhin, dass Sie lügen. Diese erfundene Südamerikareise hat uns eine Weile beschäftigt. Dankeschön auch. Angélique ist nicht nach Südamerika geflogen und auch nicht irgendwo anders hin. Sie haben sie abgeholt, haben ihr vorgegaukelt, mit ihr ein Wochenende verbringen zu wollen und von einer gemeinsamen Zukunft fantasiert, und dann haben Sie sie umgebracht. Sie waren wütend, oder? Richtig wütend auf diese kleine Schlampe, die glaubte, Sie mit Geld und einem Kind an sich binden zu können, oder? Sie haben sie geschlagen und gewürgt, diese Schlampe, oder? War es aufregend, sie von hinten zu nehmen? Da wurden Sie schon ein bisschen brutal, nein? Erregt Sie das?«

»Von was reden Sie denn? Ich habe sie nicht abgeholt, und ich werde Ihnen doch nicht erzählen, wie ich Sex habe.«

»Nein?«

»Ich sage dazu nichts.«

»Gut, reden wir über etwas anderes, Ihr Verhältnis zu Monsieur Cosenza zum Beispiel.«

»Wie meinen Sie das?«

»Drücke ich mich so unklar aus? Dann verzeihen Sie mir das. Wie ist Ihr Verhältnis zu Louis Cosenza? Besser so?«

»Ich kenne und schätze Louis Cosenza als Geschäftsmann.«

»Er unterstützt Sie finanziell?«

»Wie kommen Sie denn darauf?«

»Beantworten Sie meine Frage, Maître.«

»Ich habe Monsieur Cosenza mehrfach in juristischen Fragen beraten. Ich bin Jurist.«

»Eine Beratertätigkeit.«

»Ja.«

»Für diese Beratergespräche werden Sie dann auch in sein privates Domizil eingeladen?«

»Das ist schon vorgekommen.«

»Er hat einen eigenen Reitstall, habe ich mir sagen lassen.«

»Es ist ein großes Anwesen. Er hat Hunde und Pferde. Er liebt Tiere.«

»Ihr Sohn lernt dort reiten, habe ich erfahren.«

»Was hat mein Sohn damit zu tun? Das verbiete ich Ihnen!« Roland Arnaud war aufgesprungen.

»Setzen Sie sich, Monsieur Arnaud. Sie verbieten mir nichts. Ich konstatiere nur, dass Ihr Sohn im Reitstall von Louis Cosenza hin und wieder Reitunterricht nimmt.«

»Reitunterricht, naja ... Alex hat manchmal auf einem Pony gesessen. Na und? Louis Cosenza ist ein großzügiger Mensch, er mag Tiere, und er hat meinen Sohn ins Herz geschlossen. Und manchmal lässt er Alex auf einem Pony reiten. Wollen Sie mir daraus einen Strick drehen?«

»Nein, natürlich nicht. Schönes Bild übrigens. Das bringt mich zum Thema zurück. Jetzt erzählen Sie mir mal, wie sich das an diesem bewussten Freitag abgespielt hat. Haben Sie Angélique in Montauroux abgeholt?«

»Nein. Das sagte ich doch schon.«

»Wer hat sie denn abgeholt?«

»Keine Ahnung. Ich war es nicht.«

»Wo sind Sie mit dem Wagen von Angélique de Breuil hingefahren?«

»Ich sage jetzt gar nichts mehr.«

»Sie haben den Wagen zum Flughafen gefahren. Das wissen wir nun. Die Frage ist warum?«

Der Anwalt schwieg.

»Wie Sie wollen. Ich habe alle Zeit der Welt.«

Aber Maître Arnaud lächelte nur überheblich. Er beantwortete keine Frage mehr. Einen Anwalt zu seiner Verteidigung lehnte er ab. Er würde sich selbst vertreten.

»Gut, Monsieur Arnaud, ich bin sicher, Richter Dussolier ist einverstanden, dass wir Sie einen Moment in unserem Etablissement unterbringen. Es ist etwas schlicht, aber Sie werden sich daran gewöhnen.«

Der Anwalt schwieg.

6

Donnerstag, 28. September

Um drei Uhr morgens bereitete man sich im Palm Beach Casino darauf vor, die Tore zu schließen, die Kassierer begannen mit der Tagesabrechnung, die Croupiers räumten Chips und Karten zusammen und die letzten Gäste verließen angeheitert die Spielsäle. Nur die Brüder Dehio, zwei von der Sonne und dem Champagnerzuspruch rotgesichtige Amerikaner, beide stark übergewichtig, jeder von ihnen füllte mit seinem Körperumfang eines der kleinen Zweisitzersofas aus, waren enttäuscht, dass man ihnen keine weitere Flasche Champagner mehr servieren wollte: »*One more Dom Päh-riegnon, sssillvouhpläh!*« Sie hatten gewonnen, das musste doch gefeiert werden! Auch der Schein, den einer von ihnen dem jungen Mann, der sie höflich zum Gehen aufgefordert hatte, mit lässiger Geste zuzustecken versuchte, änderte nichts daran. Greg und Phil erhoben sich missgelaunt und ächzend aus den kleinen, niedrigen Sofas. Alles war klein, eng und begrenzt in diesem Land. Und was für miserable Öffnungszeiten sie in diesem Mini-Casino hatten. In Las Vegas ging es jetzt erst los! Das nächste Mal würden Sie wieder dorthin fliegen. Verglichen mit der Größe und der Großzügigkeit von Las Vegas waren alle anderen Casinos lächerlich. Sie bewegten sich zum Ausgang. Greg hatte plötzlich ein starkes Bedürfnis, seine Blase zu entleeren, der Champagner tat seine Wirkung, und watschelte in die Toilettenräume. Ächzend quetschte er sich in die enge Kabine. Einmal drin, ließ sich die Tür nur noch schwer von innen schließen, er drückte sie mühsam an seinem Bauch vorbei und ins Schloss. »Goddamn«, fluchte er, »alles ist zu eng in diesem verdammten Land.« Er öffnete seinen Reißverschluss und nestelte seinen Schwanz aus der Hose. Aaach, er seufzte vor Erleichterung, als sich der erste Strahl ergoss. Wenigstens hatten sie hübsche Mädchen. Vielleicht würde er sich noch einmal diese Blonde kommen lassen, die mit dem Schmollmund. Er dachte daran, was sie mit diesem Mund bei ihm alles machen würde, Tamara oder Tatjana oder wie immer sie hieß, als es heftig an der Tür klopfte. »*C'est la Police!* Gendarmerie! Öffnen Sie!« Vor Schreck pinkelte er sich auf die Füße. Oh Shit! Verdammter Mist.

Die Durchsuchung des Palm Beach Casinos hatte begonnen. Richter Dussolier hatte den Durchsuchungsbeschluss vor sich hergetragen wie eine Fahne. Hinter ihm stiefelten mit grimmiger Entschlossenheit etwa zehn Gendarmen über den roten Teppich. Duval und Villiers folgten. Louis Cosenza eilte aus seinem Büro und sah aus, als wolle er einen Wutausbruch bekommen. Als er Richter Dussolier erblickte, bemühte er sich, joviale Gelassenheit auszustrahlen: »*Bonsoir, Messieurs*, kann ich Ihnen helfen? Was suchen Sie denn?« »Beweismaterial für den Stimmenkauf Angélique de Breuils im Zusammenhang mit der Übernahme des Hotels Beauséjour sowie Beweismaterial für den Mord an Angélique de Breuil«, antwortete der Richter kurz. »*Ah bon?*« Cosenza war überrascht. »Damit habe ich nichts zu tun. Aber sehen Sie sich nur um, meine Herren!« »Das tun wir, keine Sorge«, entgegnete ihm der Richter. Zwei Gendarmen baten das Personal sowie die beiden Amerikaner in die Mitte des Raumes und überprüften die Personalien. Duval postierte sich an der Fensterfront. Er warf einen Blick aus dem Fenster und sah unter sich den erleuchteten Parkplatz. Ein Mann kam aus einem Seitenzugang des Casinos und eilte zu einem Geländewagen. Er sprang hinein, startete unmittelbar und fuhr mit quietschenden Reifen davon. »Villiers!«, rief Duval, rannte aus dem Casino und sprang in den Streifenwagen. Villiers hatte keine Sekunde gezögert und warf sich auf den Beifahrersitz, als Duval schon anfuhr. Sie folgten dem Wagen, der bereits weit vor ihnen auf dem kurzen kurvigen Stück Küstenstraße fuhr. Dann verschwand er hinter einer Kurve. Duval gab Gas. Aber er hatte den Wagen schon aus den Augen verloren. Sie näherten sich einem Kreisverkehr. »Rechts!«, brüllte Villiers, und Duval schlitterte in den Kreisverkehr, um sofort wieder rechts hinauszurutschen.

»Wer ist das?«

»Keine Ahnung. Er kam aus einer Seitentür aus dem Casino und sprang in den Wagen. Das gefiel mir nicht.«

»Der fährt wie eine gesengte Sau. Gott sei Dank ist auf den Straßen noch nichts los. Hat der uns gesehen?«

»Möglich, aber spätestens jetzt wird er uns sehen.« Duval gab Gas und fuhr bei Rot über die Kreuzung. Noch zweimal rauschte er in einen Kreisverkehr, schnitt die Kurve und fuhr mit quietschenden Reifen rechts wieder raus.

»Sie fahren gut!« Villiers grinste anerkennend.

Duval machte eine Grimasse.

»Der fährt nach Antibes.«

»Vielleicht. Ich glaube, er will auf die Autobahn. Nach Italien.«

Villiers machte über Funk Meldung an die Autobahnpolizei, die hinter der Mautstation in Antibes stationiert war.

»Die sind vorbereitet. Sie werden die Mautstation künstlich verengen. Sie machen nur zwei Passagen auf. Da muss er durch. Dahinter stehen sie. Den kriegen wir!«

Sie folgten dem Wagen, der weiterhin mit überhöhter Geschwindigkeit fuhr und bereits in der kleinen leicht kurvigen Hauptstraße von Golfe Juan verschwunden war. Duval bretterte über die Bodenschwellen am Ortseingang, das Auto hüpfte und es krachte, als er aufsetzte. »*Merde!*« Duval fluchte.

»Stoßdämpfer sind auch nicht mehr das, was sie mal waren«, sagte Villiers trocken.

Plötzlich war der Wagen vor ihnen verschwunden. Duval bremste. »Scheiße noch mal! Wo ist er denn jetzt?«

»Zurück und links!«, brüllte Villiers. »Links, links! Hier rein!« Er fuchtelte wild mit dem Arm und zeigte auf eine kleine Abzweigung, die hinter ihnen lag. Duval prügelte den Rückwärtsgang rein, gab Gas, das Auto flog nach hinten, er riss das Steuer herum und bog in die enge Straße ein. »Der Sack kennt sich aus. Das hier ist eine Querverbindung über Vallauris zur Autobahn. Entweder will er uns hier abhängen und verschwindet gleich irgendwo im Wald oder später im Gewerbegebiet von Antibes ... da vorne ist er!« Der Wagen war für einen kurzen Moment in weiter Ferne zu erkennen und verschwand dann wieder hinter einer Kurve.

Villiers rief erneut die Kollegen von der Autobahnpolizei. »Wir sind jetzt auf der D 135, folgen dem verdächtigen Fahrzeug weiterhin in überhöhter Geschwindigkeit vermutlich Richtung Autobahn.«

»Wir werden uns an alle Zu- und Ausfahrten stellen. Ist der Fahrer bewaffnet?«

Villiers sah Duval an. Der zuckte die Schultern. »Gut möglich«, sagte er dann.

»Damit muss gerechnet werden«, gab Villiers weiter.

»Gut. Wir erwarten ihn.«

Die Beamten der Autobahnpolizei hatten nur zwei der fünf Passagen für die kleine Mautstation an der Nebenstraße geöffnet und sich hinter der Mautstation positioniert. Ein Lkw rumpelte gerade langsam auf der ganz rechten Spur in die Mautstation hinein, als der Geländewagen angeschossen kam. Kurzfristig machte er ein Manöver nach links, fuhr mit voller Geschwindigkeit durch die freie Passage und durchbrach die dahinter liegende Schranke. Es krachte, splitterte, sofort ging ein Alarm los. Der Fahrer gab erneut Gas und hielt nun auf die Beamten zu, die hinter der Mautstation standen. Eine Beamtin sprang in letzter Sekunde zur Seite, ein anderer schoss auf die Reifen, der Wagen schlingerte kurz, fuhr aber ungehindert weiter. Zwei schnelle Streifenwagen nahmen nun die Verfolgung auf. Duval und Villiers hängten sich dran und warfen nur im Vorüberfahren einen Blick auf die Zerstörung, die der Wagen angerichtet hatte. Sie hörten den Polizeifunk ab. Der Wagen schoss noch immer über die Autobahn.

»Harter Brocken.«

»Hm.«

Sie rasten an den Ausfahrten Villeneuve-Loubet und St. Laurent-du-Var vorbei.

»Vielleicht können sie ihn in St. Isidore stoppen. Wenn wir ihn dort nicht kriegen, sehen wir alt aus. Das ist die letzte Möglichkeit vor Italien«, überlegte Duval laut.

»Vielleicht fährt er vorher noch ab.«

»Wo soll er denn hin? Nach Nizza? Ins Hinterland?«

Villiers hob die Schultern. »Wer weiß ...«

Schon von Weitem sahen sie das Blaulicht der Streifenwagen inmitten der Baustelle für die neue Anschlussstelle Nizza.

Sie standen quer auf der Autobahn. Ein Beamter hatte notdürftig eine Absperrung errichtet und winkte die am frühen Morgen noch nicht so zahlreichen Autofahrer links daran vorbei. Dahinter sah man den großen Geländewagen, der von einem Brückenpfeiler gestoppt worden war. In den sich anschließenden, noch unfertigen Kreisverkehren war der Wagen ins Schleudern gekommen und schlingernd an der Leitplanke entlanggeschrammt, hatte sich dabei einmal um die eigene Achse gedreht, um dann frontal auf den Betonpfeiler der noch im Bau befindlichen Überführung zu krachen. Der schwere Wagen stand da wie ein verletztes großes Tier, die Motorhaube aufgeklappt und eingedrückt. Der Fahrer hing reglos über dem Lenkrad.

Die Beamten hatten den Notarzt bereits verständigt. In der Zwischenzeit versuchte man die Identität des Mannes festzustellen. Die Halteranfrage für das Auto ergab, dass es sich um den Wagen von Ricardo Agnello, 52, wohnhaft in Cannes handelte. Ein Beamter hatte den Kofferraum geöffnet: »Der Wagen ist leer. Eine Werkzeugkiste, das ist alles.«

Duval horchte auf. »Eine Werkzeugkiste?« Er zog sich Schutzhandschuhe an und öffnete den schweren schwarzen Kunststoffkoffer. Ein unübersichtliches Chaos lag darin: Verschiedene Schraubenzieher, Schraubenschlüssel, eine Metallsäge, eine Feile, Klebeband, Kabelbinder, ein Cutter, leicht angerostete Metallschienen, eine abgegriffene Rohrzange, etwa ein Meter Elektrokabel, mehrere Stücke Schleifpapier unterschiedlicher Körnung und eine völlig verdreckte und zerdrückte orangefarbene Tube, die Reste der Aufschrift waren nicht mehr entzifferbar. Duval schraubte sie auf und roch daran. Es roch metallisch und muffig. Er drückte etwas von der undefinierbaren Paste heraus: Fett! Vaseline! Er wühlte vorsichtig durch die Anhäufung der Kleinteile: Diverse Metallteile, Haken, Schrauben und Dübel, in einem verschrammten Plastikkästchen lagen angerostete und verstaubte Metallbohrer nebeneinander. Alles war offensichtlich alt und viel genutzt. Er hob die oberste Etage heraus und sofort fiel sein Blick auf eine Rolle schon leicht angeschwärzten verzinkten Draht. Spanndraht in zwei Millimeter Stärke. Das war's. Er war sicher. Und da war auch die Zange. Ein verschrammter, wohl schon oft benutzter Seitenschneider mit breiten abgenutzten dunkelblauen Kunststoffgriffen lag schwer in seiner Hand. Er rief Richter Dussolier an.

Duval hatte sich die Akte des bereits abgeschlossenen Falls Nicolas Rinzetti geholt, las den Obduktionsbericht von Dr. Charpentier und betrachtete die Aufnahmen der Verletzungen des Mannes. Man hatte den Journalisten mit Draht an den Händen gefesselt, geschlagen, gewürgt und ebenfalls brutal vergewaltigt. Weshalb die Schlussfolgerung, es habe sich um ein Sexualdelikt gehandelt, um ein vielleicht außer Kontrolle geratenes Sadomaso-Spiel, nicht völlig von der Hand zu weisen war.

Einen Zusammenhang zwischen dem Mord an Rinzetti und dem an Angélique de Breuil zu sehen, wäre für einen Gerichtsmediziner ein Leichtes gewesen, wenn ... wenn nicht der geschundene Körper von Nicolas Rinzetti auf dem Obduktionstisch von Dr. Charpentier gelandet wäre, der von Angélique de Breuil hingegen auf dem Alice Levèbres.

Duval musste viel Papier ausfüllen, das wiederum mit einer größeren Anzahl von Stempeln versehen werden musste, um die Herausgabe des Spanndrahtes, mit dem man

Rinzetti gefesselt hatte, aus der Asservatenkammer zu erreichen.

Weitere 24 Stunden musste er warten, bis ihm die Analyse der Kriminaltechnik vorlag. Der junge Kriminaltechniker hatte sich persönlich auf den Weg gemacht und hielt Duval nun den Bericht entgegen. Er wirkte aufgeregt.

»Und?«, fragte Duval und sah den Mann gespannt an.

»Steht alles im Bericht.« Der junge Mann gab sich zugeknöpft.

»Na, sicher, aber jetzt sind Sie schon extra bis hierher gekommen ...«

»Ein Volltreffer!« Er strahlte jetzt doch.

»Na, sehen Sie!« Duval war zufrieden. »Mein Instinkt hat mich also nicht getrogen.«

»Ja«, nickte der Mann, »also ich meine natürlich nein.« Er hielt kurz inne und schien verwirrt. »Ich meine, Sie hatten recht: Nicolas Rinzetti und Angélique de Breuil sind mit dem gleichen verzinkten Spanndraht gefesselt worden, und beide Male hat man den Draht mit demselben Seitenschneider abgeknipst. Und zwar mit dem, den Sie in der Werkzeugkiste von Ricardo Agnello gefunden haben.«

Duval nickte, blätterte schnell den Bericht durch und las das abschließende Ergebnis. »Sehr schön.« Er sah den jungen Techniker freundlich an und fragte: »Ihre Arbeit?«

Der junge Mann nickte stolz und sah sich dadurch aufgefordert, noch etwas auszuholen. Er räusperte sich und begann zu dozieren: »Zunächst neutrale Objekte werden im Laufe der Jahre durch häufige Nutzung und die immer gleiche Handhabung zu einem individuellen, personalisierten Gegenstand. So, wie man mit dem Füllfederhalter einer anderen Person nicht richtig schreiben kann, weil die Schreibfeder sich dem Schreibstil ihres Besitzers angepasst hat, so verhält es sich auch mit häufig genutztem Werkzeug. Die Zange hat beim Abknipsen des Drahtes ein ebenso eindeutiges Zeichen hinterlassen wie ein Fingerabdruck.«

»Dankeschön«, unterbrach Duval das Referat des eifrigen jungen Mannes. »Und der Heimwerker Ricardo Agnello hat sein Werkzeug vermutlich ebenso geliebt wie ein Briefeschreiber seinen Füllfederhalter«, fügte er dann noch hinzu.

»Oder ein Koch seine Messer.«

»Genau. Wir könnten sicher noch mehr Beispiele finden, aber ich denke, es ist alles klar. Ich danke Ihnen.« Duval nickte dem jungen Mann abschließend zu und nahm bereits den Telefonhörer ab.

Samstag, 30. September

Ricardo Agnello war verheiratet mit der Schwester von Louis Cosenza und dessen rechte Hand. Louis Cosenza machte immer noch eine schmerzlich bekümmerte Miene, als Duval ihn auf den vor zwei Tagen tödlich verunglückten Schwager ansprach.

»Er war ein Hitzkopf. Das war sein größter Fehler. Ich habe ihm vertraut, er war immer an meiner Seite, aber ich musste ihn oft beruhigen. *Calme-toi*, Ricardo, habe ich gesagt, beruhige dich, Ricardo. Immer sofort auf hundertachtzig. Das ist nicht gut für die Gesundheit.« Er seufzte theatralisch. »Jetzt werde ich mich wieder mehr um meine Schwester kümmern müssen.« Er seufzte erneut. »Familie, Familie. Ach, Ricardo, er war ein guter Kerl, manchmal ein bisschen rau im Ton, aber im Grunde ... ach, ach ...«

»Wir haben eine große Werkzeugkiste in seinem Wagen gefunden. Darin war Werkzeug für quasi jeden Anlass ...«

»*Ah oui*, Ricardo war sehr geschickt. Ein Bastler, ein

Heimwerker. Er konnte alles reparieren, wirklich ein patenter Kerl. Kein Intellektueller, meine Schwester hat sich manches Mal beklagt. Nachdem die erste Leidenschaft verflogen war, hatten sie sich nicht mehr viel zu sagen. Theater, Oper, das war nichts für ihn, aber ich mochte Ricardo, und es ist gut, einen Handwerker in der Familie zu haben! Wenn Sie für alles immer jemanden rufen müssen … Sie wissen ja selbst, wie das mit den Handwerkern ist. Einen guten Installateur kriegen Sie so gut wie nie und schon gar nicht zeitnah. Wir haben alle die gleichen Probleme, glauben Sie mir.«

Duval war fasziniert von der machtvollen Präsenz Cosenzas, der im lockeren Plauderton so tat, als säße man gemeinsam beim Tee.

»Monsieur Cosenza, sagt Ihnen der Name Nicolas Rinzetti etwas?«

Cosenza schüttelte den Kopf. »Nein, sollte er?«

»Nicolas Rinzetti ist Journalist und hat unter anderem über Sie Recherchen angestellt. Er fand die Art und Weise, wie Sie die eine oder andere Immobilie erworben haben, sagen wir, nicht ganz sauber.«

»*Ah bon?* Tatsächlich? Das ist bestimmt ein Missverständnis. Er hat nie mit mir gesprochen. Das ist ärgerlich, wissen Sie, so werden immer wieder Gerüchte in die Welt gesetzt! Die Menschen sprechen nicht mehr direkt miteinander. Warum kommt er nicht zu mir und fragt mich? Ich könnte ihm erklären, wie ich Geschäfte mache.«

»Das wird er wohl nicht mehr können.« Duval legte die Aufnahmen, die man vom Körper Rinzettis gemacht hatte, vor Cosenza auf den Tisch.

Cosenza nahm sie in die Hand, betrachtete sie und legte sie zurück. »Das ist dieser Journalist, von dem Sie sprachen?«

»Ja. Nicolas Rinzetti. Erkennen Sie ihn?«

Cosenza schüttelte den Kopf. »Nein, nie gesehen.«

»Monsieur Cosenza, er wurde ermordet, und zwar nachweislich mit Werkzeug, das wir im Auto Ihres heimwerkenden Schwagers gefunden haben. Was sagen Sie dazu?«

Cosenza tat verblüfft. »*Eh ben*, was soll ich dazu sagen? Es ist natürlich schlimm, dass man diesen Mann getötet hat. Aber ich verstehe es nicht ganz. Sie wollen sagen, es war Ricardo, der ihn getötet hat? Mit seinem Werkzeug? Warum? Vielleicht hat man ihm das Werkzeug gestohlen?«

»Wir haben das Werkzeug in seinem Wagen gefunden, als er verunglückt ist – das spricht gegen die Theorie, dass es ihm abhandengekommen ist, meinen Sie nicht? Aber das Warum interessiert uns auch brennend. Warum könnte Ihr Schwager diesen Mann getötet haben?«

»Ah, Commissaire, da fragen Sie mich was ... woher soll ich das wissen?«

»Sie haben keine Idee?«

»Absolut keine.«

»Monsieur Cosenza, Sie erinnern sich, dass ich Sie schon einmal kurz befragt habe wegen Angélique de Breuil?!«

»Ja, vage. Es war wegen des Spielgewinns, *n'est-ce pas?*«

»Deswegen und weil sie verschwunden war.«

»Ah ja, und jetzt haben Sie sie gefunden?«

»Ja. Und ihr war ein ähnliches Schicksal beschieden wie Nicolas Rinzetti.« Duval legte auch diese Fotos vor Cosenza auf den Tisch.

Cosenza nahm das erste Foto in die Hand und verzog das Gesicht. »Armes Mädchen. Nicht schön.«

»Nein, gar nicht schön. Und ihre Verletzungen sind ähnlich denen, die Nicolas Rinzetti erlitten hat.« Duval sprach jetzt laut und schnell: »Mit Draht gefesselt, geschlagen, vergewaltigt, erwürgt und letztlich ins Wasser geworfen. Mit *dem* Draht gefesselt, den man im Auto Ihres Schwagers gefunden hat. Der abgeknipst wurde mit der Zange, die wir im Werkzeugkasten Ihres Schwagers gefunden haben. Was sagen Sie uns dazu?«

Cosenza verzog das Gesicht, hob die Achseln und schüttelte dann den Kopf.

»Nichts sagen Sie dazu? Ein Mann und eine Frau wurden beide auf die gleiche bestialische Art getötet, und zwar von Ihrem Schwager. Und Ihnen fällt dazu nichts ein?«

»*Eh beh*, was wollen Sie, dass ich dazu sage?«, gab Cosenza brüsk zurück. »Ich kann es nicht glauben. Aber Sie haben sicher irgendwelche Beweise.«

»Die haben wir. Wir haben auch Beweise, dass Angélique de Breuil im Auto Ihres Schwagers saß. Ein Zeuge hat den Wagen identifiziert, und wir fanden darin, obwohl er sein Auto akribisch gesäubert hatte, ein klitzekleines Glasperlchen, das sich auf dem Fußboden zwischen den Sitzen versteckt hatte. Genau so ein Glasperlchen haben wir im Auto von Angélique de Breuil gefunden und auch am Tatort. Sie gehören zu einem Kleid, das teilweise mit diesen bunten Perlchen bestickt war, und das Angélique am Tag ihres Verschwindens getragen hat. Ich frage Sie nochmals, warum hat Ihr Schwager, der Ihre rechte Hand war, Nicolas Rinzetti und Angélique de Breuil getötet?«

»Tja, das müssten Sie schon ihn fragen. Ich weiß es nicht.« Cosenza zuckte mit den Schultern.

»Ja, das können wir ja nun bedauerlicherweise nicht mehr, aber ich werde Ihnen etwas sagen, er hatte keinen Anlass die beiden zu töten. Überhaupt keinen. Es gibt keinen Zusammenhang zwischen Rinzetti, Angélique de Breuil und Ihrem Schwager. Keinen. Aber er hat es dennoch getan. Warum? Ich dachte, das können *Sie* mir vielleicht sagen, Monsieur Cosenza.«

Cosenza sah Duval kalt in die Augen. »Ich habe keine Ahnung, Commissaire.«

»Sie haben keine Ahnung, so, so. Möchten Sie, dass ich Ihnen erzähle, wie es war?«

»Bitte, ganz wie Sie wollen.«

»Ricardo Agnello hat für Sie gearbeitet. Er war Ihre rechte Hand, Ihr Mann für alle Fälle, Ihr Faktotum. Er war Ihnen treu ergeben. Wenn Sie einen Auftrag für ihn hatten, dann hat er ihn gewissenhaft erledigt. Ganz gleich, ob es sich darum handelte, Scheiße aus verstopften Klos zu pumpen oder störende Menschen aus dem Weg zu räumen. Letzteres tat er vielleicht mit einer gewissen, sagen wir, künstlerischen Freiheit, aber er tat es. Für Sie. Sie haben ihn beauftragt, Monsieur Cosenza.«

Cosenza verzog das Gesicht zu einer Grimasse. »Ich höre, was Sie sagen, Commissaire, aber glauben Sie mir, ich habe damit nichts zu tun, gar nichts.«

»Ich höre, was Sie sagen, Monsieur Cosenza, aber ich glaube Ihnen nicht«, gab Duval im gleichen Tonfall zurück.

»Glauben Sie es oder glauben Sie es nicht. Ich kann mich nur wiederholen.«

»Fangen wir mal ganz von vorne an: Die Geschwister de Breuil brauchen Geld. André de Breuil hatte Spielschulden bei Ihnen. Um nicht schon wieder seine Mutter damit zu belästigen, verkaufte er fast seinen gesamten Anteil am Hotel Beauséjour, den sie ihm bereits überschrieben hatte, er verkaufte allerdings nicht an Sie, sondern Sie vermittelten ihn an Madame Bouvard, eine gute Freundin von Ihnen. Er bezahlte seine Schulden, und mit dem Rest des Geldes kaufte er sich eine Galerie. Vielleicht war das schon immer sein Traum, lassen wir das mal dahingestellt sein. Angélique de Breuil brauchte ebenso Geld, aber sie brauchte es, um ihren Geliebten zu unterstützen. Sie litt entsetzlich darunter, dass er sie so vernachlässigte. Wenn er den finanziellen Engpass seiner Kanzlei überbrückt haben würde, würde er weniger gestresst sein und wieder mehr Zeit mit ihr verbringen, erzählt ihr Roland Arnaud, oder sie glaubt es zumindest. Sie will ihm helfen. Ihre Mutter will ihr keinen Vorschuss auf ihr Erbe geben, zumindest nicht so schnell, wie sie es braucht, *tant pis*, dann lässt sie sich dafür eben auf einen Deal ein. Sie wird bei der Gesellschafterversammlung gegen ihre Mutter stimmen, sodass Nicole Bouvard, der noch neuen Miteigentümerin, die Kontrolle über das Hotel zufällt. Und das ist dieser einiges wert. 600 000 Euro nämlich, die Summe, die Roland Arnaud angeblich fehlt, um seine Kanzlei über Wasser zu halten, weshalb er so gestresst und so oft abwesend ist. Jetzt kommen wieder Sie ins Spiel, Monsieur Cosenza, denn dieses Geld bekommt sie von Ihnen, als Spielgewinn getarnt. Nicole Bouvard ist eine alte Freundin, da hilft man sich gern gegenseitig, *n'est-ce pas?*«

»Erzählen Sie nur weiter, ich bin gespannt, wie es ausgeht.« Cosenza hatte ein amüsiert-spöttisches Lächeln im Gesicht.

»Jetzt kommt Nicolas Rinzetti ins Spiel, ein kleiner ambitionierter Journalist, der aber unbedingt einen großen Coup landen wollte und angefangen hatte über Sie, Monsieur Cosenza, zu recherchieren.«

»So, hat er das?«

»Ja, das hat er, und da er seine Nase in Ihre Immobilientransaktionen gesteckt hat, und mit den ehemaligen Besitzern der Häuser am Boulevard Edouard de Gazagnaire in Moure Rouge gesprochen hat, wurde er hellhörig, als er von den immer wiederkehrenden Ärgernissen im Hotel Beauséjour hörte. Rinzetti war als Journalist bei der Vernissage in der Galerie von André de Breuil anwesend und kam dort mit Angélique ins Gespräch. Er erzählte ihr, was er wusste, nämlich, dass Nicole beabsichtigte das Hotel in ein großes Luxusappartementhaus umzuwandeln und es vorher entsprechend zu ruinieren, damit sie es weit unter Wert kaufen könnte. Angélique war empört und hat den Fehler begangen, Nicole Bouvard direkt zur Rede zu stellen und zu drohen, dass sie von der bevorstehenden Abstimmung Rinzetti informieren und dieser alles veröffentlichen würde. Madame Bouvard war vermutlich *not amused* und hat Sie informiert, Monsieur Cosenza. Sie gaben einen Auftrag an Ricardo, und so kam Rinzetti ums Leben. Das würde Angélique lehren, den Mund zu halten, dachten Sie. Aber es ist nicht mal sicher, dass sie davon Kenntnis hatte, denn Angélique hat in der Zwischenzeit ganz andere Sorgen: Sie hat festgestellt, dass sie schwanger ist, und Arnaud lässt sie trotz des Geldes, das sie ihm besorgt hat, immer noch hängen, sie spioniert ihm nach, sieht, dass er sich mit anderen Frauen trifft und dass er alles andere tut, als seine Anwaltspraxis auszubauen. Sie ist verzweifelt, nimmt Schlaftabletten und trinkt jede Menge Alkohol. Dann ruft sie Arnaud an, in der Hoffnung, dass er sich um sie sorgen, um sie kümmern würde. Er aber schiebt sie nur schnöde in eine Entzugsklinik ab und lebt sein Leben mit anderen Frauen wie gehabt weiter. Sie ruft ihn von der Klinik x-mal an, sagt ihm auch, dass sie schwanger ist und setzt ihm vermutlich die Pistole auf die Brust, dass sie nicht gegen ihre Mutter stimmen und ihm das Geld wieder wegnehmen werde. Arnaud, der mit Ihnen unter einer Decke steckt, kann nicht riskieren, dass der Plan scheitert. Zu viel steht für ihn auf dem Spiel. Seine zukünftige Karriere ist von der Zusammenarbeit mit Madame Bouvard und

Ihnen, Monsieur Cosenza, abhängig. Und außerdem hat er die Nase voll von Angélique, ihrer weinerlichen Anhänglichkeit, und ein Kind von ihr ist das Allerletzte, was er will. Er geht zum Schein darauf ein, sich mit ihr zu einem versöhnlichen Wochenende in Italien zu treffen und bittet Sie, Monsieur Cosenza gleichzeitig um Hilfe. Sie sind sich einig, dass Angélique ein Risikofaktor ist. Also geben Sie Ricardo mal wieder einen Auftrag, dieses Mal soll er die Leiche aber richtig verschwinden lassen, im Meer in Italien beispielsweise. Es ist also Ricardo, der Angélique in Montauroux abholt, vermutlich erzählt er ihr etwas davon, dass Arnaud kurzzeitig verhindert sei und dass er sie nach Italien fahren werde. Oder so etwas in der Art. Aber dann will Angélique schwimmen gehen. Sie hat von ihrem Zimmer in Montauroux aus immer den grün schimmernden Stausee in der Ferne liegen sehen. Er ist zu verlockend. Also fahren sie zunächst dorthin. Und Ricardo denkt sich, prima, besser kann's ja gar nicht laufen, und er erledigt seinen Auftrag dort mit der ihm eigenen Prise Sex und Gewalt. Roland Arnaud fährt zur gleichen Zeit den Wagen von Angélique de Breuil an den Flughafen, um eine falsche Fährte zu legen. Denn solange die Leiche von Angélique nicht gefunden würde, so lange gäbe es keinen Grund anzunehmen, dass sie nicht einfach nach Südamerika ›abgehauen‹ ist, um dort ein neues Leben anzufangen. Was sagen Sie dazu?«

»Hübsche Geschichte, Commissaire, das sage ich, aber Sie täuschen sich. Ich habe damit wirklich gar nichts zu tun. Vielleicht war es Ricardo, vielleicht nicht, das wissen Sie besser als ich, Sie haben ja Ihre Beweise. Mich betrübt das alles sehr. Ich mochte Ricardo, wirklich. Ich wusste nicht, dass er so eine brutale Seite hatte – hätte ich ihn sonst mit meiner Schwester verheiratet? Man kann eben nicht in die Leute hineinsehen, sage ich immer.«

»Tja, das ist wohl so …« Duval schwieg. Er war sich hundertprozentig sicher, dass es sich so oder ähnlich abgespielt haben musste, aber Cosenza war wie eine uneinnehmbare Festung. Gab es irgendetwas, was ihn zu einer echten Gefühlsregung veranlassen könnte?

»Gut, machen wir weiter …«

»*Ah bon*? Haben Sie noch so eine hübsche Geschichte auf Lager?« Er sah Duval spöttisch an.

»Ja, und es wird immer noch schöner, ich wollte es auch nicht glauben. Aber siehe da, wir haben hübsche Dinge in Ihrer Garage gefunden. Zum Beispiel lagerten dort fünf Kilogramm Kokain, Monsieur Cosenza, das ist nach dem Betäubungsmittelgesetz strafbar. Wie kommen die denn da hin? Können Sie uns wenigstens dazu etwas sagen?«

»*Oh là là*, ich wusste es.« Cosenza bekam einen desillusionierten Gesichtsausdruck. »Ricardo hatte mich gebeten, ein Paket für ihn aufzubewahren. Ricardo, habe ich gesagt, ich hoffe, es ist nichts Unrechtes in dem Paket. Ich will nicht wissen, was darin ist, aber du weißt, ich mache keine unsauberen Geschäfte.« Cosenza seufzte dramatisch. »Aber er hat mir gesagt, es sei ein Geschenk für Lydie, er wollte es in meiner Garage aufbewahren, damit sie es nicht schon vor ihrem Geburtstag fände. Sie ist furchtbar neugierig, Lydie. Ich habe ihm geglaubt.«

»Und diese zu Herzen gehende Geschichte sollen wir Ihnen abkaufen, Monsieur Cosenza?«

»Hören Sie, ob Ihnen diese Geschichte zu Herzen geht oder nicht, das ist Ihre Sache. Ich vertraue meiner Familie, so ist das nun mal. Ich habe Ricardo geglaubt.«

»Sie leugnen also, von dem Kokain gewusst zu haben?«

»Leugnen, leugnen, ich leugne gar nichts, ich habe damit nichts zu tun. So ist das! Dieses Paket gehört mir nicht. Es gehörte Ricardo. Was da drin ist, weiß ich nicht. Wenn Sie sagen, es ist Kokain, dann ist es sicher Kokain. Aber ich habe damit nichts zu tun. Basta.«

»Wir haben weiterhin Waffen gefunden, Monsieur Cosenza. Wem gehören die denn, auch Ihrem Schwager? Hat er sie Ihnen auch zur Aufbewahrung anvertraut?« Duvals Tonfall war schneidend.

»Ich habe einen Jagdschein, Monsieur le Commissaire. Ich gehe auf die Jagd und besitze Waffen, jawohl. Ich habe verschiedene Jagdgewehre und einen Revolver habe ich auch. Den finden Sie in meinem Schreibtisch, rechts oben in der Schublade. In meinem Metier muss man sich zur Not verteidigen können, das verstehen Sie sicher.«

»Maschinengewehre und Scharfschützengewehre gehören auch dazu?«

»Natürlich nicht!«

»Wie kommen dann zwei Kisten davon in Ihre Garage?«

»Ich habe keine Ahnung. Fragen Sie meine Angestellten, vielleicht macht einer von ihnen krumme Geschäfte. Ich weiß es nicht. Vielleicht gehören die Waffen auch tatsächlich Ricardo.«

»Ah, Ricardo. Wie gut, dass der nichts mehr sagen kann. Ein guter Schwager, treu und hilfreich bis in den Tod. Im Grunde passt es ganz gut, dass Ihr hitzköpfiger Schwager ums Leben gekommen ist, so können Sie ihm alle Ungereimtheiten anhängen, *n'est-ce pas,* Monsieur Cosenza?«

»Ich muss mir derart respektlose Äußerungen verbitten, Commissaire. Schließlich habe ich ein Mitglied meiner Familie verloren.«

Man konnte Louis Cosenza nichts beweisen. Weder, dass er für 600 000 Euro die Stimme Angélique de Breuils in der Gesellschafterversammlung gekauft hatte, noch dass er ihren und den Tod Rinzettis in Auftrag gegeben hatte.

»Es widert mich an«, sagte Duval in seinem Gespräch mit Richter Dussolier, »der Fall ist abgeschlossen, aber die wahren Schuldigen sind mal wieder davongekommen.«

»Ach, machen Sie sich keine Sorgen, Duval, darum kümmere ich mich diesmal persönlich«, gab der Richter zurück. »Sehen Sie, mit alten Ermittlungsrichtern ist das wie mit Wachhunden. Wenn man sie einmal geweckt und auf etwas angesetzt hat, dann lassen sie nicht mehr davon ab.« Er lächelte fein. »Ich lasse Cosenza nicht mehr in Ruhe, Commissaire. Und ich werde ihn daran hindern, dass er so weitermachen kann wie bisher. Ich habe genügend Informationen, um ihm das Leben zumindest ein ganzes Stück schwerer zu machen.«

»Und wenn er sich absetzt?«

»Wo kann er denn hin? Die Länder, die ihn aufnehmen würden, sind auf die Dauer kein angenehmes Pflaster. Glauben Sie wirklich, das macht Spaß, als alter Mann alleine in einem fremden Land zu leben? Noch einmal von vorne anfangen zu müssen? Eine fremde Sprache? Fremde Kultur? Wem kann er vertrauen? Er hat Geld, na und, aber auch er wird alt und krank werden. Er ist Diabetiker, wussten Sie das? Und Cosenza ist ein Familientier, er hängt an seiner Familie, den Kindern, an den Enkeln vor allem, an seinem Haus, den Pferden. Er wäre anderswo auf Dauer unglücklich. Er ist auch nur ein Mensch. Ich bin sicher, der setzt sich nicht ab.«

»Aber Madame Bouvard ist fein raus!«

»Ach, Nicole Bouvard ... warten wir's ab. Gestoppt haben wir sie schon mal. Wir werden sie im Auge behalten, mehr können wir vorerst nicht tun, aber das tun wir, Duval! Und

Roland Arnaud blickt immerhin einer Anklage wegen Urkundenfälschung und Mittäterschaft im Mordfall Angélique de Breuil entgegen. Sein Schweigen wird ihm gar nichts nützen. Die Tatsache, dass er Angéliques Geld auf sein Konto verschoben hat, zeigt, dass er wusste, sie würde keinen Einspruch erheben können, weil sie zu diesem Zeitpunkt schon tot war. Und dass er ihren Wagen an dem Tag, an dem sie die Privatklinik verlässt, an den Flughafen gefahren hat, um eine falsche Fährte zu legen, beweist doch, dass er mit von der Partie war. Sein Pech war, dass man sie gefunden hat. Hätte sie für immer unentdeckt auf dem Grund des Lac de Saint-Cassien gelegen, hätte man ihm nichts vorwerfen können. Denn ohne Leiche kein Verbrechen. Damit wäre das Szenario vom Neuanfang in Südamerika zumindest nicht ausgeschlossen gewesen. Ich denke mal, eine Haftstrafe von zwanzig Jahren wird er wohl nicht bekommen, aber acht sind gut drin. Und seine Anwaltszulassung kann er an der Gefängnispforte gleich mit abgeben. Das ist ein großer Erfolg, das sollten Sie nicht unterschätzen, Duval.«

Das Gleiche wiederholte Duval, als Madame de Breuil sich bitterlich darüber beschwerte, dass der Anwalt nicht schon längst verurteilt war.

»Er ist ein Verbrecher! Er hat meine Tochter benutzt und manipuliert, er hat ihr Geld abgeschwatzt, sie geschwängert, sie unglücklich gemacht, er hat sie dazu gebracht, dass sie gegen mich stimmen wollte. Und dann hat er sie umgebracht! Er hat mein Leben ruiniert. Ich habe mein Kind verloren und mein Hotel. Er hat alles kaputt gemacht! Ich will, dass dieser Mann für immer hinter Schloss und Riegel kommt, und dass er leidet, wie ich leide! Er hat mein Kind getötet! Das werde ich nicht auf sich beruhen lassen!«

»Madame de Breuil, es ist unerträglich, ich stimme Ihnen zu, und seien Sie gewiss, Roland Arnaud wird seine Strafe bekommen. Aber Mittäterschaft ist alles, was wir ihm zur Last legen können. Den Mord an Ihrer Tochter hat er nachweislich nicht begangen. Und der tatsächliche Mörder Ihrer Tochter ist bereits tot.«

»Ja, er hat sich nicht selbst die Hände schmutzig gemacht, dieser Kerl, natürlich nicht, nur bereichert hat er sich! Dafür war er sich nicht zu fein! Aber er steckt dahinter, und ich werde ihn dafür kriegen, und wenn ich für den Rest meines Lebens nichts anderes mehr tue, da können Sie sicher sein!«

Duval nickte. »Er wird für den Rest seines Lebens zumindest kein Anwalt mehr sein können. Einmal verurteilt, ist er seine Zulassung los. Das wird ihm wehtun, seien Sie sicher. Und wie geht es mit Ihrem Hotel weiter, Madame de Breuil?«, wechselte Duval das Thema.

»Auch darum kämpfe ich. Ich habe das Ergebnis der vergangenen Gesellschafterversammlung angefochten. Immerhin kam es mit einer gefälschten Unterschrift zustande. Und ich konnte zumindest alles, was diese Verbrecher mit meinem Hotel vorhatten, bis auf Weiteres stoppen. Bislang konnte ich keine Wiedereröffnung erwirken, aber ich tue alles, um mein Hotel zurückzubekommen, und ich werde auch alle meine Leute zurückholen! Ich habe schon mit ihnen gesprochen, wir werden zusammen vor dem geschlossenen Hotel demonstrieren! Wir gehen an die Öffentlichkeit, ich habe die Presse informiert und das Fernsehen ... die Menschen sollen wissen, was hier passiert!« Sie war laut geworden und funkelte den Commissaire an, als sei er ihr Feind.

»*Chapeau!* Ich bewundere Ihre kämpferische Haltung, Madame de Breuil.«

»Danke, Commissaire!« Dann sackte sie ein wenig zusammen. Deutlich leiser sagte sie: »Wissen Sie, ich MUSS das tun. Ich kann nicht mehr schlafen, ich muss immer an Angélique denken. Was hat sie am Ende ihres Lebens erleiden müssen?! Das bekomme ich nicht aus meinem Kopf. Am liebsten würde ich auch aufhören zu leben. Einfach aufhören zu atmen.« Sie sah ihn an. »Verstehen Sie das?«

Duval blickte sie mit einem ernsten, aber unbestimmten Gesichtsausdruck an. Er kannte diesen Gemütszustand nicht, aber er nickte dennoch leicht.

»Und solange ich um das Hotel kämpfen kann, habe ich immerhin etwas anderes im Kopf, was mich von all diesen schwarzen Gedanken ablenkt. Ich mache weiter, ich muss mich konzentrieren, und ich habe etwas zu tun, das mich zwingt, morgens aufzustehen.«

Duval nickte. »Gut. Dann machen Sie das mit der Presse. Ich bin kein Freund von solcher Art Öffentlichkeit, aber in Ihrem Fall kann es hilfreich sein. Schlechte Schlagzeilen sind immer unangenehm, und es hilft vielleicht, dass man allen Beteiligten etwas mehr auf die Finger sieht. Wir haben auch ein Auge darauf, das verspreche ich Ihnen.«

Epilog

Sonntag, 1. Oktober

Es war unmerklich Herbst geworden. In der Stadt sah man es kaum. Während die Sonne die stoppeligen Felder und Wiesen im Hinterland der Côte d'Azur gelb und braun verbrannt hatte, das Laub an den Rebfeldern abfiel und die Trauben schwarz gereift waren, so war die Küste selbst noch immer lieblich grün, und es blühte dort, als gäbe es weder Trockenheit noch Wassermangel. Die Stadt gab enorme Summen für die künstliche Bewässerung der städtischen Grünanlagen aus. Gärten und Parks waren mit Sträuchern und Büschen bepflanzt, die nie ihr Laub verloren. Immergrüne Zypressen, Pinien und Palmen wuchsen in die Höhe. Dazwischen standen gewaltige Kakteen und ausladende Agaven. Nur an den Platanen, unter denen die Boulespieler in den Alleen ihre Kugeln setzten, hatten sich die Blätter in ein helles Gelb verfärbt. Statt des bunten Laubs übernahmen in Cannes üppige Astern- und Dahlienpflanzungen die farbliche Veränderung in herbstliche Orange- und Rottöne.

Es wurde früher dunkel, die Sonne schien milder, und die Temperaturen waren tagsüber auf angenehme 22 °C gesunken. Nachts, morgens und abends aber war es mitunter schon empfindlich frisch, was die grazilen Gymnasiastinnen bewog, auf dem Schulweg stolz ihre neue Wintergarderobe zu zeigen: Zum kurzen Minirock trug man jetzt Stiefel und Daunenjacke auf dem Motorroller. Noch immer aber ließ der Regen auf sich warten.

Duval hatte in der Küche einige der alten Fotos aus der muffig riechenden Kiste an die Wand gepinnt, wie er es auch bei der Ermittlungsarbeit machte. Wenn das alle Fotos waren, die ihm von der Familie seines Vaters geblieben waren, wollte er sich damit umgeben. Vielleicht kamen ihm Erinnerungen, wenn er sie täglich vor sich sah. Frédéric kam ihm dabei wieder in den Sinn. Die Wut gegen seinen Halbbruder war in eine Art Melancholie umgeschlagen. Dass Frédéric die Fotoalben als Ausdruck seiner Feindseligkeit ihm gegenüber verbrannt hatte, tat ihm weniger weh als die Tatsache, dass es nun tatsächlich keine Fotos mehr gab. Er betrachtete seine eigenen kindlichen Filzstiftzeichnungen, die auch in der Kiste gelegen hatten, dann aber hängte er stattdessen Lillys Bild »Mein Vater fängt Verbrächer« auf. Wäre schön, wenn er wirklich mal die echten »Verbrächer« fangen könnte und nicht immer nur zusehen müsste, wie sie davonkamen. Drei Tote hatte dieser Fall gefordert. Auch wenn die Täter gefunden waren, und selbst wenn Madame de Breuil ihr Hotel zurückgewinnen könnte – so schlecht sah es gar nicht aus für sie –, so hinterließ dies alles bei Duval doch einen schalen Nachgeschmack.

Philippe Favier wartete noch immer auf seine Verhandlung, hatte aber ein Gesuch zur Überprüfung seines Falls beim zuständigen Untersuchungsrichter gestellt. Unterstützt wurde er dabei von seinem Sohn und seiner Frau, die diese Situation erstaunlicherweise wieder zusammengeschweißt hatte. Manchmal sah man erst in einer Extremsituation, ob eine Ehe oder Familie Bestand hatte. Hélène und er hatten es nicht geschafft zusammenzubleiben, aber immerhin hatten sie sich bei der Trennung keinen Krieg geliefert. Und jetzt hatte sie Ben. Daran allerdings konnte er sich immer noch nicht gewöhnen. Annie fiel ihm ein. Und vielleicht war es nur, um dieser Vorstellung von Hélènes Zweisamkeit etwas entgegenzusetzen, dass er ihre Nummer wählte.

»Annie? Hier ist Léon, störe ich Sie?«

»Salut Léon, nein, gar nicht, freut mich, dass Sie sich melden, wie geht's Ihnen?«

Wie wohl es ihm tat, dass ihre Stimme so aufrichtig erfreut klang. Er hätte sie schon längst anrufen sollen.

»Ganz gut, so weit. Der Fall ist zumindest für mich abgeschlossen.«

»Ja, ich habe es in der Presse verfolgt, soviel man da eben erfahren kann, aber ich kann ja auch zwischen den Zeilen lesen. Sind Sie zufrieden?«

»Mehr oder weniger. Sagen wir so, im Augenblick konnten wir nicht mehr erreichen. Aber wir behalten das alles weiter im Auge. Die Unterlagen, die wir bei Ihrem Freund Rinzetti gefunden haben, waren dabei wirklich sehr hilfreich.«

»Na, dann hat seine Arbeit wenigstens einen Sinn bekommen. Aber dass er dafür so grauenhaft sterben musste ...«

»Ja ...« Duval suchte nach einem tröstenden Satz, aber es fiel ihm nichts ein. Er wollte keine banalen Allgemeinplätze von sich geben.

»Ich habe einen kleinen Nachruf auf ihn geschrieben und will versuchen ihn in einer Zeitung unterzubringen. Mir gefällt nicht, dass er so ohne Ehrung aus dem Presseleben verschwand. Mal sehen, *Nice Matin* ist noch etwas zögerlich, aber ich lasse nicht locker.«

»Machen Sie das«, ermunterte Duval sie, »er hat es verdient.«

»Ja, das finde ich auch. Und sonst? Wie geht's Ihnen?«

»Gut so weit. Ich habe seit Neuestem eine sehr anhängliche Mitbewohnerin.«

»Ah bon?« Sie klang sofort ein wenig reserviert, was Duval nicht ungern zur Kenntnis nahm.

»Stellen Sie sich vor, eine von Rinzettis Katzen hat mich auserkoren, ihr neuer Futterlieferant zu sein.«

»Ah! Echt? Wie süß!« Sie lachte. Klang sie erleichtert?

»Naja, wie man's nimmt. Ich bin kürzlich noch mal dort vorbeigefahren, um zu sehen, ob die drei Katzen noch da sind. Ich traf eine ältere Nachbarin, die sie gerade fütterte. Sie war einverstanden, sich auch weiterhin um die Katzen zu kümmern, aber drei waren ihr zu viel. Und da die rot getigerte nur auf mich gewartet zu haben schien, so sehr schnurrte sie um mich herum, habe ich sie kurzerhand mitgenommen. Ich dachte eigentlich, ich könnte sie an Madame Rinzetti weitergeben. Ich war extra im Altersheim, das ist hier gleich um die Ecke, die haben dort einen ziemlichen Aufstand gemacht, wegen Hygiene und so weiter, aber schließlich bekam ich die Zustimmung, dass die Katze als Therapie-Tier akzeptiert würde. Aber das undankbare Biest hat die Stellung schnöde abgelehnt, ist nicht mal einen Tag dort geblieben. Am nächsten Morgen saß sie schon auf meiner Mülltonne, als sei sie hier zu Hause.«

»Wie süß! Sehr schöne Geschichte. Wie heißt sie denn?«

»Keine Ahnung. Weiß ja nicht, wie sie vorher hieß, wissen Sie das? Bei mir heißt sie Katze.«

Annie lachte. »Ich weiß es leider auch nicht. Und jetzt haben Sie also eine Katze namens Katze auf dem Schoß?«

»Na, so weit kommt's noch. Nein, wir haben hier ein freundliches, aber noch weitgehend distanziertes Verhältnis. Die Distanz kommt jedoch eindeutig mehr von meiner Seite. Aber sie scheint trotzdem ganz zufrieden.«

»Und Sie auch, wie mir scheint.«

»Ja, verrückt. Ich kann mit Katzen gar nichts anfangen, das dachte ich zumindest bis vor Kurzem, aber diese lässt sich nicht entmutigen.«

»Sie hat Sie gewählt. Katzen machen das so.«

»Hm, und wie ist es bei Ihnen? Noch glücklich in den Bergen?«

»Absolut! Es ist schon richtig Herbst hier oben, abends und nachts wird es jetzt ziemlich kalt, aber tagsüber ist es noch sonnig und warm, die Sumachbüsche sind in allen Rottönen verfärbt. Das ist so schön, fast so großartig wie Indian Summer in Kanada, sollten Sie sich ansehen ... vielleicht finden Sie ja mal ein freies Wochenende?! Natürlich nur, wenn Ihre neue Mitbewohnerin nichts dagegen hat.«

»Würde ich mir gerne ansehen, und die Mitbewohnerin ist ja recht selbstständig, das wird schon gehen ... Gibt's denn Pilze bei Ihnen?«

»Oh! Das weiß ich gar nicht. Ich kenne mich mit Pilzen nicht aus, also sammele ich keine, aber ich werde gleich morgen meinen Nachbarn fragen, dann melde ich mich!«

»In Ordnung, ich erwarte Ihren Anruf.«

»Bis morgen!«

»Ja, bis morgen, *salut*, Annie!«

Duval hatte den Apparat schon vom Ohr genommen, da hörte er noch einmal ihre Stimme: »Léon?«

»Ja?«

»Sie kommen aber doch auch, wenn es keine Pilze gibt, oder?«

Er lachte leise. Dann sagte er: »Ja, ich komme auch dann. Ich komme auf jeden Fall.«

Duval legte lächelnd den Hörer auf und sah die Katze an, die zusammengerollt auf einem Sessel lag. Er streichelte sie etwas unbeholfen. »Na, du Katze«, sagte er leise. Sie schnurrte.